U0438182

汉籍合璧研究编

学术顾问（按齿序排列）

程抱一（法国） 袁行霈 项 楚 安平秋
池田知久（日本） 柯马丁（美国）

编纂委员会

主　任
　　詹福瑞
委　员（按姓氏笔画排列）
　　王承略　王培源　刘心明　刘　石　刘玉才　吕　健
　　孙　晓　刘跃进　陈广宏　陈引驰　张西平　张伯伟
　　杜泽逊　李　浩　吴振武　何朝晖　尚永亮　郑杰文
　　单承彬　郝润华　顾　青　聂济冬　黄仕忠　阎纯德
　　阎国栋　朝戈金　蒋茂凝　韩高年　傅道彬
总编纂
　　郑杰文
主　编
　　聂济冬　王承略
本辑编纂
　　任增强　葛　超　张潇澜

汉籍合璧研究编

中国俗文学在法国的庋藏与接受研究

黄仕忠 编

上海古籍出版社

国家重点文化工程"全球汉籍合璧工程"成果

山东省中华优秀传统文化传承发展工程重点项目成果

国家社会科学基金重大项目
"法国国家图书馆所藏中文古籍的编目、复制与整理研究"阶段性成果

前　言

建设一个开放包容、互联互通、共同发展的世界,是中国人民的心愿,也符合世界人民的愿望。"源浚者流长,根深者叶茂",我们回望历史,是为了更好地接续中华文脉,赓续中华文明,为实现中国式现代化提供历史经验和思想资源。而关注海外汉籍及海外汉学研究,也是彰显中华优秀传统文化底蕴、弘扬中华优秀传统文化精神的应有之义。

全球汉籍合璧工程是一项国家重点文化工程,主要任务是对境外存藏汉籍进行调查编目、复制影印,并对境外珍本汉籍作规范化整理,同时对海外汉籍与海外汉学进行综合性研究。根据工作内容,合璧工程确立了目录编、珍本编、精华编、研究编和数据库五个组成部分。其中,研究编的工作主旨是,在文、史、哲、外国语等多学科融合的视域中,综合性地探究海外汉籍接受历程与海外汉学发展的特征、规律。

中华民族拥有悠久历史和灿烂文明。随着记载中国思想文化的书籍东传,中华文明对东亚汉文化圈产生了深远影响。商周之际,箕子移居朝鲜半岛,中国礼乐文化和耕织技术传入朝鲜半岛。中国典籍开始传入朝鲜半岛的时间,约在公元1世纪前后,传入的典籍包括《易经》《孝经》《论语》《史记》《汉书》等。最早将中国书籍传入日本的是百济人,据日本《古事记》载,应神天皇十六年(285),百济王仁向天皇贡上《论语》十卷、《千字文》一卷。自五、六世纪始,中国书籍开始规模性地东传。据日本现存最早的汉籍目录、藤原佐世奉敕编纂的《日本国见在书目录》记载,迄日本平安前期为止,传入日本的中国书籍已有1 579部,16 790卷。这个数量相当于《隋书·经籍志》和《旧唐书·艺文志》著录书籍的一半。唐宋以后,购买中国书籍成为东亚诸国来华使臣的一项重要任务。《旧唐书·东夷传·倭国》载第九次遣唐使多治比县守带着"尽市书籍泛海而还"。《宋史》记载元祐七年高丽使臣"请市书甚众"。宋朝廷常以开放的姿态,对待东亚诸国的购书活动。熙宁七年宋神宗下诏国子监:"许卖九经、子史诸书与高丽使人。"不仅东亚诸国使臣通过官方渠道购书,来华的东亚各国民间商人、僧人等也通过各种采买路径购书。中国书籍开始源源不断地流向东亚各国。中国书籍不仅外流,也存在海外的中国书籍回流的现象。《旧五代史》载,后周显德六年,高丽国朝贡,进《别序孝经》一卷、《越王孝经新义》八卷、《皇灵孝经》一卷、《孝经雌图》三卷。面对东亚他国回流的书籍,宋人有明确的甄别、存藏珍稀本的意识。《宋会要辑稿·职官》载元祐七年秘书省上奏:"高丽国近日进献书册,访闻多是异本,馆阁所无,乞暂赐颁降付本省,立限誊本。"海外孤本、珍稀本的回流,在一定程度上补充了中国书籍的散失佚缺。因中国书籍和思想文化的东传,在东亚形成了汉字文化圈、汉字文化共同体,促进了东亚乃至亚洲各国的历史进步和文明发展。

  唐宋时期,中国古代书籍曾沿着陆地丝绸之路西行,传入阿拉伯,甚至更远的欧洲。明清时期,西人来华。为了便于传教、外交、贸易活动,他们需要了解中国,了解中国的历史地理、政治制度、思想文化、文学艺术等。中国传统典籍又越洋西传,形成了中学西传。在明隆庆六年(1572),来华的葡萄牙传教士格雷戈里奥·贡札尔维兹(Gregori Gonzalvez)将他在华搜集的7部中文图书,寄送给西班牙国王腓力二世(Felipe Ⅱ)。[①] 清康熙朝,中国图书开始规模化的西传。法国传教士白晋(Bouvet)曾将49册300卷中国图书,献给了法国国王路易十四。其中有《诗经》《书经》《广舆记》《资

---

① 谢辉:《西班牙藏〈新刊订补源流总龟对类大全〉》,《国际汉学》2024年第1期,第29页。

治通鉴》《大清律》《本草纲目》等。另一个传教士傅圣泽在1722年回到巴黎时,带回了3980种中国图书,全部捐赠给王家图书馆。彼时欧洲,包含儒家"四书""五经"、道家《老子》以及一些中国戏曲的中国书籍基本上都已有拉丁文、法文、德文等译本。这些中国书籍及其承载的思想文化的西传,对思想家莱布尼茨、魁奈、伏尔泰、孟德斯鸠、歌德等人产生了重要影响,进而对欧洲哲学、政治都产生了较大影响。以至有学者提出:"16—18世纪,中国与西欧的文化互识达到前所未有的高度,而无论从规模还是从影响上说,'中学西传'均远远超过'西学东渐',成为该时期文化交流的主流。"①

综上所述,我们可知,在东、西方由中国书籍的流通而形成的书籍之路,推动了中外文化交流,促进了世界文明的发展。从文化交流的意义上说,书籍之路堪与丝绸之路交相辉映。因此,围绕中国书籍之路的形成与发展,探究中国书籍的海外流传史和海外流布的区域特征,总结海外接受中国古籍的历史趋向,是研究编的一个主要任务。具体而言,研究编在海外汉籍研究方面,主要有三个面向:在历史维度上,考察海外汉籍流布走向、特征;在学术维度上,分析海外孤本、珍稀本的史料价值;在思想维度上,总结海外接受中国古籍的文化根源和历史影响。

而随着中国古籍及其承载的中国古代思想文化、科学技术、文学艺术在海外的传播、接受,产生了域外中国古典学术研究、古代中国研究,即海外汉学(sinologie),亦称国际汉学、域外汉学。因此,研究编的另一个任务是,在分析海外汉籍流布、接受特征、规律的基础上,梳理海外汉学发展的历史脉络与流向,考察海外汉学研究特点与特长,探究中国古代思想文化在海外的接受与发展,总结海外汉学发展规律与趋势。

关于海外汉籍与汉学的研究有多重现实意义,它不仅是异域之眼、他

---

① 王力军编:《中国海上丝绸之路研究年鉴(2018)》,浙江大学出版社,2020年,第281页。

山之石,还可在理论和方法论上,为中国本土古典学、古典文献学研究提供补充、借鉴、启示。对海外汉籍与汉学深入研究,会涉及中国古代史、宗教史、考古学、古代文学史、古典文献学、外国语等多学科、多领域的研究,这也会带动相关学科的交融,便于形成新的学科增长点,促进"新文科"发展,为丰富、推进中国特色哲学社会科学学科体系、学术体系和话语体系的建设提供一种支撑。而且,中华文明源远流长,博大精深,也是"在同其他文明不断交流互鉴中形成的开放体系"。① 从文化建设来看,古为今用、洋为中用,在创新性发展、创造性转化中华优秀传统文化中,辩证地吸收外来文化,可更好地发展自己。在中西文化交流、东西文明互鉴中,创造人类文明新形态。

总之,关于海外汉籍与海外汉学的研究,不仅有学术层面的价值,在文化交流方面也有深刻的意义。我们通过对海外汉籍与汉学的研究,可以在学理上探究海外中国形象的历史建构,总结中华优秀传统文化的世界影响力、感召力,为今天的对外文化交流提供历史智慧、经验。而且在当下,因东西方文化差异,全球出现了一些国家、种族、族群的思想隔阂和政治争端,我们可以以海外汉籍与汉学研究作为一个窗口,通过学术对话、文化交流促进不同文化的相互交融、不同族群的相互理解,进而实现多元文明互鉴,以期走向和而不同、美美与共的世界大同。

目前,研究编已根据合璧工程回归的珍本汉籍和对海外汉学发展的分析,紧扣时代脉搏,守正创新,确立研究课题。现各课题承担者们正按计划完成课题任务,研究编将分批次呈现研究成果。敬请大家批评指正。

---

① 习近平:《深化文明交流互鉴 共建亚洲命运共同体——在亚洲文明对话大会开幕式上的主旨演讲》,人民出版社,2019年,第9页。

目 录

前言 ·· 1

关汉卿《窦娥冤》杂剧的经典化历程 ······································ 1
改"冤屈"为"怨恨":《窦娥冤》初译本考异 ····························· 19
从词汇之译到视角之异:论元杂剧《货郎旦》在法国的传播和接受 ······ 40
神鬼、灵魂与投胎:从《岳寿转世记》谈元杂剧《铁拐李岳》和《倩女
　离魂》在 19 世纪晚期法国的接受与改编 ······························ 79
法图藏费丹旭《西厢》画册考述 ·· 110
法国 BULAC 藏朝鲜刻本《五伦全备记》考述 ··························· 147
《五伦全备记》版本流变探考 ··· 172
昆曲在法国的传播、发展与研究概述 ······································ 188
法国里尔市立图书馆藏戏曲小说版本述略 ································· 217
法国陈庆浩藏广府曲类目录 ·· 238
法国国家图书馆藏戏曲、俗曲总目 ·· 246
法国国家图书馆伯希和特藏之"俗唱本" ································· 271

后记 ··· 306

关汉卿《窦娥冤》杂剧的经典化历程

黄仕忠*

摘要：关汉卿《窦娥冤》在当下已经成为文学史与戏曲史上的经典作品。不过,它在元代并未受到关注,《录鬼簿》最初的版本里甚至没有收录。明人认为关汉卿擅长写作风月题材,朱权说他是"可上可下之才",何良俊、胡应麟等认为他在"元曲四家"中应当排在末尾。《元曲选》收录八种关剧,《窦娥冤》排在倒数第二位。直到王国维在1912年底完成《宋元戏曲史》,才推许关汉卿为"元人第一",把《窦娥冤》和《赵氏孤儿》放到与世界大悲剧相并提的高度。王氏的评价,其实是受西方汉学界影响的结果。1958年,关汉卿被推举为"世界文化名人",更被强调"斗士"身份,从此《窦娥冤》作为反抗黑暗时代的伟大作品,确立了它的经典地位。

关键词：关汉卿；窦娥冤；元杂剧；王国维

据当下戏曲史著作的表述,关汉卿是元代杂剧的代表作家,《窦娥冤》是其代表作,也是整个元代杂剧的代表性作品,在中国戏曲史上具有崇高的地位。

百度百科"关汉卿"条说：

---

* 黄仕忠,男,1960年生,浙江诸暨人。现为中山大学中文系教授、中国古文献研究所所长,中国非物质文化遗产研究中心研究员。著有《日本所藏中国戏曲文献研究》等。

关汉卿,元杂剧奠基人,"元曲四大家"之首,与白朴、马致远、郑光祖并称为"元曲四大家"。今知有67部,现存18部,个别作品是否为他所作,无定论,最著名的是《窦娥冤》。……关汉卿的作品是一个丰富多彩的艺术宝库,早在一百多年前,他的《窦娥冤》等作品已被翻译介绍到欧洲。中华人民共和国成立后,关汉卿的研究工作受到高度重视,出版了他的戏曲全集。1958年,关汉卿被世界和平理事会提名为"世界文化名人",北京隆重举行了关汉卿戏剧活动700年纪念大会。他的作品已成为中国人民和世界人民共同的精神财富。①

这里引用网络编集的词条而不是学者的著作,是想要说明这是当下通行的看法,已经成为普通读者的常识。

但是,从学术史的角度来看,这是现代学术思想背景下对戏曲史的表述,而并非"古已有之"。因为在明清戏曲评论家眼中,《窦娥冤》杂剧并没有引起多少关注,甚至可以说,关汉卿在明清两代也是被贬低的,时人认为根据作品的成就,关汉卿不应列为"四大家"之首,甚至把他摒弃于四家之外。因此,客观地说,关汉卿及《窦娥冤》在中国戏曲史乃至文学史上拥有崇高的地位,其实是近代以来西方文学思想影响和社会评价标准变化的缘故,也是中外文化交流的结果。

一

元钟嗣成的《录鬼簿》,是第一部元代杂剧作家作品的目录。初稿成于至顺元年(1330),后经过两次修订,末次修订约在至正六年(1346)。② 其卷上"前辈已死名公才人有所编传奇行于世者"著录关汉

---

① https://baikebaiducom/item/%E5%85%B3%E6%B1%89%E5%8D%BF/1611?fr=aladdin。
② 参见葛云波:《〈录鬼簿〉修订过程、时间及版本新考》,《南京师大学报》2006年第4期,第126页。

卿,在所有传奇(即杂剧)作家中位列第一。这多少代表了元代人对关汉卿的杂剧创作与演剧活动的相关成就的认可。此书今存三个版本,学者王钢《校订录鬼簿三种》(中州古籍出版社,1991)将其分为简本、繁本和增补本。增补本《录鬼簿》在关汉卿名下共著录杂剧六十二种,就数量而论,在元代作家中名列第一。今存本共十八种(其中三种是否为关作,尚有争议),也是元代杂剧作家中最多的。但简本和繁本《录鬼簿》都未著录《窦娥冤》;仅增补本(即天一阁藏本,有永乐二十年贾仲明跋)有著录:

窦娥冤　汤风冒雪没头鬼　感天动地窦娥冤①

这表明在至正六年之前的修订稿中,钟嗣成还不知道关汉卿撰写了这部杂剧。也从另一个侧面表明,《窦娥冤》在元代传演并不十分广泛,因而不太为人所知。另外,明初朱权《太和正音谱》在关汉卿名下也著录了此剧,可见他也关注到了关汉卿的这部剧作。

钟嗣成为他亲身接触或有所知闻的杂剧作家撰写了双调【凌波仙】曲加以评述,但因为关汉卿属于"前辈名公才人",既未亲见,亦无更多可靠资料,故阙而不论。明初,杂剧作家贾仲明根据自己的理解与评价,为钟嗣成未加评论的这些前辈作家补撰了【凌波仙】吊词。"关汉卿"名下云:

珠玑语唾自然流,金玉词源即便有,玲珑肺腑天生就。风月情、忒惯熟,姓名香、四大神物。驱梨园领袖,总编修师首,捻杂剧班头。②

这支曲子所说的内容,可以分为三层。第一层,称道他写作的剧本,语言自然,字字珠玑;用典使事,信手拈来;构思巧妙,仿佛生成。第二层,说他最擅长风月爱情故事,名冠全国。第三层,说他是驱使梨园(演剧界)的领袖,总领编修的首席,也是撰写杂剧的头牌,总体来说,主要肯定了关汉

---

① 钟嗣成:《录鬼簿》,《续修四库全书》第1759册,影印天一阁藏本,第144页。
② 钟嗣成:《录鬼簿》,第144页。

卿在当时演剧界的领袖地位。

贾仲明的评价,可以说代表了元代及由元入明的杂剧家和评论者的观点,从中大略可以窥知关汉卿在元代演剧界的影响与地位。

但从关汉卿的创作评价这个角度来说,"风月情、忒惯熟",足见当时人们最钦佩的是他在儿女风月故事写作方面的成就。《窦娥冤》是一个著名的冤狱故事,它并没有得到元代人及元末明初人的特别关注。也就是说,那时人们并没有把《窦娥冤》当作关汉卿代表作的想法。

朱权(1378—1448),明太祖朱元璋第十七子,是在明初成长起来的戏曲家。他的《太和正音谱》卷首曲论部分(撰于永乐之后①),详细论列了他所知道的元代及明初的杂剧作家和散曲作家共187人,其中前十二人评语下有解释,可以说即是把这十二人列为首等。关汉卿被列在这十二人中的第十位,称:

  关汉卿之词,如琼筵醉客。观其词语,乃可上可下之才,盖所以取者,初为杂剧之始,故卓以前列。②

朱权认为关汉卿不过是"可上可下之才",就文词而论,关汉卿的创作成就并不特别值得称道。他能够排到第十位,是兼顾到他是最早撰写杂剧的缘故。

可以说,从朱权开始,明代人从创作成就的角度对关汉卿的评价,与其他元代名家相比,总体上是趋于下降的。特别是到明代嘉靖之后,文人士大夫较多关注、评论戏曲,并根据他们的审美观念为元曲代表性作家重新排序,关汉卿是其中受到非议最多的一位。

---

① 参见黄文实(仕忠):《〈太和正音谱〉曲谱部分与曲谱非作于同时》,《文学遗产》1989年第6期,第110—111页。又洛地:《〈太和正音谱〉写作年代质疑》、夏写时《朱权评传》亦有类似观点。
② (明)朱权:《太和正音谱》,《中国古典戏曲论著集成》(三),中国戏剧出版社,1959年,第17页。

元人周德清在《中原音韵序》中说:"乐府之盛,之备,之难,莫如今时。其盛,则自缙绅及闾阎歌咏者众;其备,则自关、郑、白、马,一新制作。"①但明代人并不完全认同。如隆庆间何良俊撰《四友斋丛说》,在卷三七"词曲"内说:

> 元人乐府称马东篱、郑德辉、关汉卿、白仁甫为四大家。马之辞老健而乏滋媚,关之辞激厉而少蕴藉,白颇简淡,所欠者俊语。当以郑为第一。②

何良俊此说当承周德清之说而来,他认为"关之辞激厉而少蕴藉",所列四家,关汉卿已移至第三位。

明胡应麟《少室山房笔丛》辛部《庄岳委谈》下说:

> 今王实甫《西厢记》为传奇冠,北人以并司马子长,固可笑,不妨作词曲中思王、太白也。关汉卿自有《城南柳》《绯衣梦》《窦娥冤》诸杂剧,声调绝与郑恒问答语类,邮亭梦后,或当是其所补。虽字字本色,藻丽神俊,大不及王,然元世习尚颇殊,所推关下即郑,何元朗亟称第一。今《倩女离魂》四折,大概与关出入,岂元人以此当行耶?要之公论百年后定,若顾、陆之画耳。③

明代中叶有一种较为流行的说法,认为王实甫写了《西厢记》杂剧的前四本,第五本则是由关汉卿补续而成,所以第五本的水平相对于前四本要弱。这里,胡应麟说关汉卿的《城南柳》《绯衣梦》《窦娥冤》等杂剧,"声调绝与郑恒问答语类,邮亭梦后,或当是其所补"。在胡应麟眼中,《窦娥冤》与《西厢记》第五本中郑恒的对答部分风格相类似,所以认为第五本是关汉卿所补的说法有道理。这也即是说,《窦娥冤》的水平只是达到《西厢记》中

---

① (元)周德清:《中原音韵》,《中国古典戏曲论著集成》(一),中国戏剧出版社,1959年,第175页。后人沿此说而称四人为"四大家",以关汉卿居首。
② (明)何良俊:《四友斋丛说》,中华书局,1959年,第337页。
③ (明)胡应麟:《少室山房笔丛》,上海书店出版社,2001年,第429—430页。

最差的第五本的水平,并不能与王实甫《西厢记》前四本的杰出成就相媲美。

万历间王骥德在《新校注古本西厢记》中也说:

> 元人称关、郑、白、马,要非定论。四人汉卿稍杀一等。第之当曰:王、马、郑、白。有幸有不幸耳。①

王骥德同样认为"四大家"中关汉卿最弱,应把王实甫加入而剔除关汉卿。但人生有幸或不幸,关汉卿能卓以列前,是其幸运;而王实甫不能列入,则是其不够幸运。

《窦娥冤》杂剧在明代被改编为《金锁记》传奇,万历间叶宪祖(字美度)所撰(今存本一说系明袁于令撰)。《金锁记》中,故事发生的背景已经完全改换到明代,窦娥的丈夫并没有死,而是最后中了状元;窦娥本人也因为临刑时发生六月飞雪的奇事,让提刑官觉得其中存在冤枉,停止行刑而带回收监,后经重新审问,真相大白,结局夫妇团圆。也就是说,原本典型的悲剧结局,改成了始困终亨的大团圆。此剧敷演六月飞雪的场次,作为折子戏,在清代昆腔中广泛演出,在清代后期更被北京的皮黄戏(京剧)改编为《六月雪》,一直传演至今。《窦娥冤》成为传奇戏曲的取材对象,可以看到这部杂剧在后代的传播影响。但这部新改编的传奇,当时也没有受到多少肯定。如明吕天成《曲品》卷下在叶宪祖名下著录:"金锁:元有《窦娥冤》剧,最苦。美度故向凄楚中写出,便足断肠。然吾不乐观之矣。"②

此外,我们知道,元代后期《拜月亭记》南戏据关汉卿《拜月亭》杂剧改编;明代朱鼎参考关汉卿《玉镜台》杂剧,编撰了《玉镜台记》传奇。此外,明代南曲兴盛,其折子戏选用了关汉卿《单刀会》杂剧后两折,分别作《训子》《刀会》,广为演出,后来成为昆曲的经典出目,流传至今。

---

① (明)王骥德:《新校注古本西厢记》,《续修四库全书》第1766册,影印明万历四十二年(1614)香雪居刻本,第154页。
② (明)吕天成:《曲品》卷下,乾隆五十六年(1791)杨志鸿钞本。

要之,明代之后,自朱权以下,对关汉卿总体评价并不很高。前引贾仲明【凌波仙】曲,称赞关汉卿"风月情、忒惯熟",这也表明,对关汉卿的戏剧创作,人们主要是关注他在风情恋爱剧方面的成就,而《窦娥冤》并没有被视为关汉卿的代表作。这从明万历末年臧懋循编选的《元曲选》中也可以窥见一斑。《元曲选》共十集,每集十种杂剧,收录元代及明初作家所作杂剧一百种。其中收录关汉卿创作的杂剧八种,是收录剧本数量最多的剧作家:

甲集下:《温太真玉镜台》(晋代温峤恋爱故事)

《钱大尹智宠谢天香》(宋代文人韵事,女性主角)

乙集上:《赵盼儿救风尘》(才子与妓女故事,女性主角)

丁集下:《包待制三勘蝴蝶梦》(宋代公案剧)

戊集下:《包待制智斩鲁斋郎》(宋代公案剧)

辛集上:《杜蕊娘智赏金线池》(才子与妓女故事,女性主角)

壬集下:《感天动地窦娥冤》(公案剧,女性主角)

癸集上:《望江亭中秋切鲙旦》(才子佳人恋爱故事,女性主角)

这八种剧本可以分为两类,一是风情恋爱剧,共五种;二是公案剧,三种。贾仲明说他"风月情、忒惯熟",可以说名副其实。同时,《元曲选》所选的一百种剧作,虽然我们不能说臧懋循是完全根据作品的重要程度来排列的(因为也可能受到剧本搜集困难等因素的制约),但同一作家作品在这里的选录与排序,也多少可以看出编选者关注度的高低。《元曲选》第一批(甲集)十种剧本内,马致远的《汉宫秋》被列为第一种,无疑表明马致远是臧氏认为最重要的作家,而《汉宫秋》则是他眼中元杂剧的最具代表性的作品。这与明代人对马致远的一致推崇也是相吻合的。关汉卿有两种作品被第一辑收录,也表明了他在元代杂剧作家中的重要地位,而《玉镜台》《谢天香》这两种剧作,也可以视为臧氏心中关汉卿的代表作品。所以,从臧氏《元曲选》选录的作品来看,我们可以说,在明代人眼中,关汉卿是风情剧和公案剧的代表作家。《窦娥冤》有幸被收录,但排在倒数第二种。而且,在臧氏之前,徐龙峰编刊的《新续古名家杂剧》已经收录,是臧氏很容易看到的。显然,在臧氏眼中,《窦娥冤》在关汉卿存世作品中价值、地位相对靠后。

二

关汉卿及《窦娥冤》在戏曲史上的地位的改变,始自王国维于1912年底在京都写成的《宋元戏曲史》。

王国维(1877—1927),浙江海宁人。他于1898年到上海《时务报》社做编务工作,报名参加了罗振玉等刚创立的日本语学校"东文学社"。受到社中日籍教师、东京帝国大学毕业生藤田丰八、田冈佐代治的影响,他最初有志于成为一名哲学家,因此在1899—1904年间,大量阅读了西方哲学名家著作。他从叔本华入手再回溯到康德,自认为读通并理解了这些学者的哲学思想。在这前后的一段时间里,他作为罗振玉创办的《教育世界》的主要编辑者与撰稿人,还编译、撰写并组织刊发了一批介绍西欧教育、美学、哲学和文艺思想的文章,这意味着他对于西方文学观念、美学思想的受容,构成了其文艺思想的基础,使得他能够关注在中国学术界被视为不登大雅之堂的戏曲小说。

1904年6月,王国维的《红楼梦评论》发表于《教育世界》,此文主要用叔本华的悲剧观念来解读《红楼梦》,开中国现代学术意义上《红楼梦》研究的先河。此后从1907年到1912年底,前后约五年的时间内,王国维把主要精力用于中国戏曲研究。今天的研究者通常把王国维这个时期的所有戏曲著述作为一个整体,把他的多种著述中的观点都作为成熟的定说看待。其实,这是不太妥当的。因为,这五年中,他对于戏曲史、戏曲史上的重点作家及其作品的理解与评价是有着明显的变化的。前期的某些看法不能代表他的最终观点。①

他在1907年撰写的《三十自序》中说：

> 余所以有志于戏曲者，又自有故。吾中国文学之最不振者，莫戏曲若。元之杂剧、明之传奇，存于今日者，尚以百数。其中之文字虽有佳者，然其理想及结构，虽欲不谓至幼稚、至拙劣，不可得也。国朝之作者，虽略有进步，然比诸西洋之名剧，相去尚不能以道里计。此余所以自忘其不敏，而独有志乎是也。②

这段话里，他陈述了自己有志于戏曲研究的缘故，是针对戏曲这一体裁在中国文学中处于"最不振"的现状，希望通过自己的努力来改变戏曲的地位。但他又说元明的杂剧、传奇，"其中之文字虽有佳者，然其理想及结构，虽欲不谓至幼稚、至拙劣，不可得也"；至清代虽有进步，但与西洋名剧相比，"相去尚不能以道里计"。所以，也可以说，他是以西洋戏剧为比较对象而展开自己的工作的。换言之，他是以西洋文学史观念来看待中国文学和中国戏曲的。由于戏剧在西方文学史上拥有崇高的地位，与此相比，他痛感戏曲在中国文学中处于"最不振"的地位，因而想要改变这个局面。

王国维在1907年撰写的《文学小言》（第十四则）也说："叙事的文学（谓叙事传、史、诗、戏曲等，非谓散文也），则我国尚在幼稚之时代。元人杂剧，辞则美矣，然不知描写人格为何事。至国朝之《桃花扇》，则有人格矣，然他戏曲则殊不称是。要之，不过稍有系统之词，而并失词之性质者也。以东方古文学之国，而最高之文学无一足以与西欧匹者，此则后此文学家

---

① 例如王国维在《戏曲考原》（晨风阁刻本，1909年）中说："戏曲者，谓以歌舞演故事也。"今人习惯把此说视为王国维给戏曲下的定义，而不知这个角度的定义完全没有被《宋元戏曲史》采用。参见黄仕忠：《戏曲起源、形成的若干问题再探讨》，《艺术百家》1997年第2期。
② 谢维扬、房鑫亮主编：《王国维全集》（第十四卷），浙江教育出版社、广东教育出版社，2009年，第122页。

之责矣。"①

王氏名作《人间词话》（第二十八条，1908）则曰："元曲诚多天籁，然其思想之陋劣，布置之粗笨，千篇一律，令人喷饭。至本朝之《桃花扇》《长生殿》诸传奇，则进矣。"②此为王国维刚开始涉足戏曲研究时对中国戏曲史大致观感。他认为，即使是元人杂剧（元曲），其"理想及结构，虽欲不谓至幼稚、至拙劣，不可得也"，"其思想之陋劣，布置之粗笨，千篇一律，令人喷饭"。这是他比照西洋名剧而深感中国戏曲之不足。

迟至1910年，王国维撰成《录曲余谈》，其中说道：

> 余于元剧中得三大杰作焉。马致远之《汉宫秋》、白仁甫之《梧桐雨》、郑德辉之《倩女离魂》是也。③

如果我们对照前引明代人对元曲四大家的评价，王国维在这里的看法，其实是与胡应麟、王骥德等人相同的。元曲四家中，只有关汉卿没有举出"杰作"，事实上也意味着王国维认同了明清两代的主流看法：关汉卿的杂剧作品数量虽多，总体成就或不低，但若举"杰作"而论，均无法与另外三家相并提。

但是，在《宋元戏曲史》第十二章"元剧之文章"中，王国维用西方悲剧观念作观照，认为：

> 明以后传奇无非喜剧，而元则有悲剧在其中。……初无所谓先离后合、始困终亨之事也。其最有悲剧之性质者，则如关汉卿之《窦娥冤》，纪君祥之《赵氏孤儿》。剧中虽有恶人交构其间，而其蹈汤赴火者，仍出于其主人翁之意志，即列之于世界大悲剧中，亦无愧色也。④

又说：

---

① 谢维扬、房鑫亮主编：《王国维全集》（第十四卷），第96页。
② 王国维：《人间词话汇编汇校汇评》，上海三联书店，2013年，第262—263页。
③ 谢维扬、房鑫亮主编：《王国维全集》（第二卷），第289页。
④ 王国维著，黄仕忠导读：《宋元戏曲史》，凤凰出版社，2010年，第117页。

> 元代曲家,自明以来称关、马、郑、白。然以其年代及造诣论之,宁称关、白、马、郑为妥也。
>
> 明宁献王《曲品》,跻马致远于第一,而抑汉卿于第十。盖元中叶以后,曲家多祖马、郑而祧汉卿,故宁王之评如是。其实非笃论也。①

也就是说,在1910年王国维写《录曲余谈》时,他对元代杂剧代表性作家和作品的看法依然没有脱离明清以来的传统观念,对于《窦娥冤》《赵氏孤儿》等剧作完全没有关注,也没有把关汉卿当作元杂剧代表作家的想法。但在两年后的《宋元戏曲史》中,王国维的观点发生了巨大的变化,不仅直接批评朱权的观点,以为"非笃论",而且极为推崇关汉卿,认为:

> 关汉卿一空倚傍,自铸伟词,而其言曲尽人情、字字本色,故当为元人第一。②

这里,王国维可以说是用了颇为慷慨激昂的语句。而《窦娥冤》《赵氏孤儿》更被认为"即列之于世界大悲剧中,亦无愧色也",这是中国的戏曲研究者首次给予这两部作品以崇高的评价。

正是由于《宋元戏曲史》里的陈述与评价,关汉卿作为"元人第一"的身份得以确立。而《窦娥冤》《赵氏孤儿》作为元代悲剧的代表,亦即中国悲剧的代表,地位也由此而得以确立。此后《窦娥冤》作为"元人第一"的关汉卿的代表作,也即元杂剧的代表性作品,在文学史上的地位也得以确立。

三

那么,王国维为什么在短短两年内对元杂剧的看法发生了如此之大的变化呢?这与王国维东渡日本,在与日本学者的接触间接受到西方汉学的

---

① 王国维著,黄仕忠导读:《宋元戏曲史》,第123页。
② 王国维著,黄仕忠导读:《宋元戏曲史》,第123页。

影响有直接的关联。

1911年10月,清帝逊位。12月,王国维随罗振玉东渡日本,寓居京都。从抵京都到展开《宋元戏曲史》写作的这段时间里,王国维与京都大学狩野直喜、内藤湖南等学者频繁交往,阅读了一部分日本学者有关中国文学史和戏曲研究的论著。通过与狩野直喜等人的交往和阅读日本学者的著述,王国维有机会接触或了解西方汉学家有关中国戏曲的观点。正是在接受西方汉学影响和回应日本学者观点的过程中,①王国维的戏曲观念和对戏曲作家与作品的认识、评价也发生了微妙的变化。

可以说,王国维在《宋元戏曲史》里给予关汉卿极高评价,并对《窦娥冤》《赵氏孤儿》这两部杂剧从悲剧美学角度给予高度评价,是近代以来西学东渐背景下,中日学者在主动接纳与发展西方观念、展开相互交流的结果。

早在1732年,法国学者马若瑟(Joseph Mariade Prémare,1666—1735),翻译出版了元代杂剧《赵氏孤儿》。后来,伏尔泰据此改编成五幕剧,1755年在巴黎公开演出。此后《赵氏孤儿》被转译成多种西方语言,这一题材也被反复改编,对西方戏剧界与文学界产生了深远的影响。

1821年,G. T. 斯汤顿(Sir Geoge Thomas Staunton,1781—1859,也译作小斯当东)翻译的图理琛《异域录》在伦敦出版,其中收录了《窦娥冤》一剧的梗概译文,题为《士女雪冤录》。

1838年,法国汉学家、东方语言学校首任汉学教授巴赞(Antoine Pierre Louis Bazin,1799—1863),出版了《中国戏剧选》,收录翻译了《㑇梅香》《合

---

① 前引"元剧之文章"关于元代有悲剧在其中,《窦娥冤》等列于世界大悲剧中而无愧色的说法,其实正是回应笹川临风的观点的。参见黄仕忠《从森槐南、幸田露伴、笹川临风到王国维》一文,初载台湾大学《戏剧研究》2009第4辑;此文后由伴俊典译为日文,分三期连载于早稻田大学《影像学》杂志(2010—2013)。并见黄仕忠著《日本所藏中国戏曲文献研究》(高等教育出版社,2011年)第一章第三节"明治时期的中国戏曲研究对王国维的影响"。

汗衫》《货郎旦》《窦娥冤》四种元人杂剧。这是西方世界第一次翻译《窦娥冤》这部杂剧。巴赞为此书撰写了长篇序言,认为从这些剧作可以了解中国人的生活与思想。也就是说,巴赞之所以选译这四种杂剧,是因为它们反映了普通中国人生活的多个方面。

1887年,德国的戈特沙尔(Rudolf Von Gottschall,1823—1909)编著了《中国戏剧》(Das Theater und Drama der Chinesen)一书,其中有对《窦娥冤》的评介及片段译文。这些译文根据巴赞的法译本转译而来,由布雷斯劳(今波兰弗罗茨瓦夫)特雷文特出版社出版。

而在中国明清时代,戏曲并不为主流的文学观念所接受。清高宗组织编集《四库全书》时,于集部设"词曲类"收录了词和散曲,没有收录戏曲。因此,西方视野下对于中国戏曲的选择与受容,与中国传统士大夫的观念有明显的差异,代表了源于西方的现代学术观念。在西学东渐的背景下,这种观念又影响到主动学习西方的日本,随后通过日本学者的著述和中日学者的交流而对中国学术界产生了影响。

日本在明治维新之后以西方为师,在接受西方文学思想的同时,也用西方文学观念来重新整理研究"汉学"。1891年前后,在"复兴汉学"的背景下,人们开始用新的观念来重新梳理日本本土的文学和中国的文学。而在西方的文学史观念中,源自古希腊的戏剧以及莎士比亚的戏剧,与诗歌、散文、小说一样,无疑是文学史的主流,所以,汉学家的学科分类中有"戏曲小说门",作为与经学、诗歌等并列的学术门类,列入大专院校的教学课程以及刊物的栏目。也就是说,日本明治学者绕过了中国本土对小说戏曲的歧视看法,直接按照西方观念构建了全新的中国文学史框架。

1891年3月14日,日本汉学家森槐南(1867—1911)在东京文学会上作"中国戏曲一斑"的演讲。这是现代学术意义上的第一个中国戏曲的专题讲演。

同年8月,在《支那文学》创刊号上,开始连载森槐南的《〈西厢记〉读法》,这是明治时期第一篇关于中国戏曲的专题论文(有详细的解题、对中国戏曲脚色的说明以及译文)。森氏文章的标题下面注明是"支那文学讲议·戏曲小说门"。

1895年1月,幸田露伴(1867—1947)在《太阳》杂志创刊号上开始连载《元时代的杂剧》,介绍了十四种元杂剧,其中给了《窦娥冤》最大的篇幅。露伴的文章虽然没有提到巴赞等西方汉学家的观点,但他的选择,显然有着受西方汉学影响的痕迹。

1898年7月,三木竹二、森槐南、森鸥外在《目不醉草》二十七卷"标新领异录"专栏上,仿前一年关于《水浒传》之讨论,以很大的篇幅讨论《琵琶记》。先由三木竹二讲述《琵琶记》的梗概,并就四十二出出目作简述。次由森槐南作考述,末由森鸥外从孝与德的角度肯定《琵琶记》在思想内容方面的成就。这当中,尤以森槐南的考论最具深度。

森槐南还介绍了英人乔治·亚当斯(George Adams)1895年在《十九世纪(37)》(The Nineteenth Century XXXVII)上刊出的《中国戏剧》(The Chinese Drama)一文,内含《琵琶记》摘译,森槐南批评其译文多有未达之处。森鸥外则补充指出,《琵琶记》法文有巴赞(Bazin,1799—1863)的译本,中国戏曲自马若瑟神甫(Premare,1666—1736)以来很早就进入法国。

1911年6月,京都圣华房山田茂助用《元曲选》本排印了《元杂剧二种》,收录了《汉宫秋》《窦娥冤》二剧。京都大学教授狩野直喜曾用这个版本作为学生的教材,因而这个排印本可能是出自狩野等人的安排。值得注意的是,这两种杂剧都曾被西方汉学家翻译。马致远的《汉宫秋》作为元杂剧的代表作品入选,即使按照中国文人的传统看法也是没有疑问的,但选录《窦娥冤》,则显然表明京都学者受到了西方汉学家对此剧的评价的影响。

又,前举首先作元杂剧专题研究的小说家幸田露伴,在1906年7月京都大学成立文科大学(文学部)后与内藤湖南等一同被聘任执教;不过,任教一年后即辞职,所以其中是否有着幸田氏的影响在内,还需作进一步的了解。

1913年1月,天囚居士(西村时彦)在《大阪朝日新闻》连载所译《琵琶记》,6月,结集为《南曲琵琶记附支那戏曲论》(野田福藏印刷,共五十部,非卖品),由王国维作序。西村在翻译此书的过程中曾多次向王国维请教,铃木虎雄即称"亦时见天囚氏屡屡往来于君(按:王国维)门"。① 王国维则在序中说:

> 我国戏曲之作,于文学中为最晚,而其流传于他国也反是。佛人赫特之译《赵氏孤儿》,距今百五十年,英人大维斯之译《老生儿》,亦且近百年;嗣是欧利安、拔善诸氏,并事翻译,讫于今,元杂剧之有译本者,殆居三分之一。余虽未读其书,然观他书所引大维斯之言,谓元剧之曲,以音为主,而不以义为主,故其义颇晦,然则诸家所趋译者,但关目及科白而已……故欧人所译北剧,多至三十种,而南戏之有译本,则自此书始。

序中所说的拔善,即巴赞。王国维指出,西方汉学家的戏曲译本中,"元杂剧之有译本者,殆居三分之一";"欧人所译北剧,多至三十种",则巴赞的译本,显然已经进入他的视野。他本人未能读到诸人的译本,所得信息主要从"他书"而来。这"他书",应也包括了日本学者的著作。因为槐南、临风、露伴、鸥外等人均曾在文章中引述了法人、英人译著,王国维在京都时有机会阅读、接触这些文献,或间接通过其他日本学者的介绍。

王国维于1911年12月东渡日本后在京都前后居住了五年,就住在京都大学西侧的百万遍。所以,王国维在《宋元戏曲史》里突然高度评价《窦娥冤》,显然跟他在东渡之后与狩野直喜等人的交往有关。换言之,是通过狩野直喜等人而接受了西方汉学家的观点。正是通过与京都大学学者的

---

① [日]铃木虎雄:《王君静安を追忆す》,《艺文》1927年第8号。

交流，王国维开始用世界悲剧的眼光发掘《窦娥冤》《赵氏孤儿》这两部作品在悲剧美学方面的意义，并进而确立了关汉卿在元代杂剧家中的地位。

四

王国维的《宋元戏曲史》单行本，1915年由上海商务印书馆出版。此书被认为是中国戏曲史学科的奠基之作。王国维从悲剧的角度对元人杂剧的解读以及对《窦娥冤》《赵氏孤儿》的评价，影响了民国时期诸多文学史、戏曲史有关篇章的写作。如卢前《中国戏曲概论》（1933）第五章"元代的杂剧"对于关汉卿的评价，便是移录了王国维的观点；郑振铎《插图本中国文学史》（1932）第四十六章"杂剧的鼎盛"，在谈及关汉卿时也以"伟大的天才作家关汉卿"作为小节的标题。

中国的现代大学，都是按照西方的学科概念来设立的，接受的是西方的教育思想，所以在有关文学史与戏剧史的写作中接受王国维在西方思想影响下的这些观念，也是自然而然的事情。但对关汉卿有关研究进入高潮，关汉卿真正成为整个元代文学的代表作家，则必须追溯到1958年。

在这一年，世界和平理事会请中国方面推举"世界文化名人"，经中国文化界讨论，推举了关汉卿。关汉卿遂被列入"世界文化名人录"。与此同时，中国文化界展开规模宏大的"纪念关汉卿剧作七百年"的学术和演艺活动。在北京举行了"纪念关汉卿演出周"，十八个剧团用八种不同的戏曲形式同时上演《窦娥冤》《救风尘》《调风月》《望江亭》《拜月亭》等十部剧作。

在纪念周期间，在中国大陆范围内，一千五百个职业剧团至少用一百种不同的戏剧形式轮番上演关汉卿的剧本。其中新编京剧《望江亭》，随后由著名演员张君秋搬上银幕。

在此期间，一批著名学者和作家相继发表论文来纪念：田汉《伟大的元代的戏剧战士关汉卿》、郑振铎《中国人民的戏曲家关汉卿》、周贻白《关汉卿论》、吴晓铃《我国伟大的戏剧家关汉卿》、王季思《关汉卿战斗的一生》、夏衍《关汉卿不朽》、钱南扬《关汉卿和他的杂剧》、郭沫若《学习关汉卿,并超过关汉卿》……从标题可以看到,"战斗""战士""反抗"等核心词成为最突出的标志。

1950年代后,政府对文学艺术的管理与评价标准发生了变化,人民性、反抗黑暗成为首先被肯定的内容,戏曲、小说作为代表底层民众声音的文艺样式受到最为广泛的肯定。

《窦娥冤》毫无争议地成为关汉卿的代表作,同时也成为元人杂剧的代表作,这主要是从反抗性角度给予的解读。反抗黑暗统治,成为其最大的亮点。"天也,你错勘贤愚枉做天!"窦娥赴刑场时呼天抢地的喊声,被视作受被压迫者不屈的呼喊。

但这一时期对《窦娥冤》悲剧主题的解读,并没有沿用王国维以叔本华悲剧观所做的解说,而是注入了革命与反抗的内容。显然,这种解读也有着时代的烙印,却未必切合《窦娥冤》文本的内在结构。但《窦娥冤》是一部杰作,不会有任何疑问。只是其悲剧主题的重新阐释与解读,则仍有再进行的必要。这是我计划另外写作的内容,在此暂不作展开。

结　语

关汉卿的《窦娥冤》,因王国维《宋元戏曲史》而被视为中国悲剧的模板,从而改变了它从元明清以来不受重视的状况。这种变化,其实是运用西方悲剧观念评价中国戏剧的结果。西方世界汉学家对《窦娥冤》的注意,成为关汉卿地位评价变化的契机。其间,《窦娥冤》经由日本学者的传播而渐受关注,王国维的谕扬则在《窦娥冤》从被关注到"确立经典"地位的走向中起了关键的作用。1950年代之后,政治思想标准的变化则进一步确立了《窦娥冤》在文学史和戏曲史的地位,而其间蕴含的评价准则却与王国维所言之悲剧美学观有着相当的差异。所以,《窦娥冤》的经典化过程中有着西方汉学家的影响,也有以日本学者的评价为中介的因素;既是中国社会政治思想变化所致,也是中西文化交互影响的结果。这是我们从这部作品被确立为经典的过程中所看到的情况,也许还有进一步深入探讨的价值,所以借此抛砖引玉,敬请读者批评指正。

改"冤屈"为"怨恨"：
《窦娥冤》初译本考异

斯 维*

摘要：1838年，《窦娥冤》由启蒙思潮中重视女性平民主人公的法国汉学家巴赞首次翻译。比勘译本与所据藏本发现，他总体上强调"极致审慎忠实"，唯对窦娥唱词改持"翻译不是屈从"的理念。巴赞把窦娥的"冤"，译为由休谟列入悲剧情绪的"怨恨"，对应汉语同音字"怨"。不过，译本里主人公的"正义怨恨"，已迥异于休谟意义上属于观众且与社会整体"正义"对立的"怨恨"，法学出身的巴赞使用的是另一位苏格兰启蒙思想家斯密《道德情操论》《法理学讲义》改造后的概念。通过作为批评的翻译，巴赞把窦娥重塑为有别于古典标准的现代悲剧主人公。

关键词：《窦娥冤》；怨恨；正义；安东尼·巴赞；亚当·斯密

法国汉学家安东尼·巴赞是《窦娥冤》的首位译者，译作收录在其《中国戏剧》①(1838)中。从表面上看，巴赞译本的剧名"Teou-ngo-youen"是对

---

* 斯维，男，1991年生，重庆人。文学博士，现为重庆大学中文系副教授，治戏剧美学、元明清文学与文献、中外俗文学交流史，近作见《外国文学评论》《文艺理论研究》等刊。
① 有研究者把 Théâtre chinois 译为"中国戏曲"（宋丽娟：《巴赞〈元代〉及其文学史学史价值》，《文学评论》2020年第3期）。兹沿用该书在晚清的最初译名："晚近以来，欧人于我国之戏剧，颇为研究……此外尚有《中国戏剧》二册，一为法人巴散著……"（徐珂：《清稗类钞》，中华书局，1986年，第5012—5013页）

"窦娥冤"三字的音译,但其意译"或窦娥的怨恨"(ou le Ressentiment de Teou-ngo)则表明,音译"youen"所记汉字并非原剧名中的"冤"而是"怨"。① 相应的改动也体现在正名"感天动地窦娥冤"的翻译上:仅就音译"Kan-tien-tong-ti-teou-ngo-youen"而言,"youen"所记汉字似乎是"冤";但其意译"窦娥的怨恨感天动地"(le Ressentiment de Teou-ngo qui touche le ciel et émeut la terre)表明,"youen"对应的汉字意为"怨恨"而非"冤屈",那就显然不是"冤",而是同样可以记为"youen"的"怨"字。② 身为学院派汉学家,巴赞并非不知"冤""怨"有别:译本别处主要把"冤"字译为"不实指控"或者"无辜",用于表达主人公的被动遭遇。③ 只有在剧名以及戏剧冲突高潮处的主人公唱词里,他才一改此类对"冤"的惯常译法,反常且刻意地改译为"怨恨"(ressentiment)。

由此看来,巴赞改"冤"为"怨"实在费解。一方面,改"冤"为"怨"没有忠实原作表达,不符合巴赞所宣称的翻译理念:"我们把极致审慎忠实(fidélité)当作自己的强制性责任,并尽可能保留原作的特色表达。"④事实上,正是鉴于巴赞在该书序言里对极致审慎忠实的标榜,译本的忠实度向来不曾受到质疑,其中改动之处也就自然没有受到注意和指摘。

另一方面,就"ressentiment"的概念史而言,巴赞究竟是在何种意义上使用它也尚待辨析。它"是西方心理、文化、历史、政治、哲学等学科中的一

---

① Antoine Bazin, *Théâtre chinois, ou Choix de pièces de théâtre: composées sous les empereurs mongols*, Paris: Imprimerie Nationale, 1838, p.323.
② Antoine Bazin, *Théâtre chinois*, p.323.
③ 巴赞对"冤"的惯常翻译是"不实指控"(accusation fausse/fausse accusation/imputation calomnieuse/la fausseté de l'accusation)(Antoine Bazin, *Théâtre chinois, ou Choix de pièces de théâtre: composées sous les empereurs mongols*, pp.366, 375, 388, 396, 397, 398, 406),或"无辜"(innocente)(Antoine Bazin, *Théâtre chinois, ou Choix de pièces de théâtre: composées sous les empereurs mongols*, pp.376, 379, 395)。
④ Antoine Bazin, *Théâtre chinois*, p.LII.

个重要概念",①不能以寻常意义上的埋怨或仇恨视之。译本问世不久后,克尔凯郭尔《现在时代》(1846)反复使用该法语概念,尤其自尼采《论道德谱系》以来,舍勒、韦伯、德勒兹、努斯鲍姆等诸多学者都在论著中不断回溯。② 研究者通常认为:"《论道德谱系》(1887)首次给这个词打上哲学和心理学烙印,使之成为一个术语和概念。"③除受法语词汇影响的英语外,包括克尔凯郭尔、尼采所属日耳曼语族在内的其他语言并没有与之相应的概念,因此他们一般保留此概念的法语原型或其英语形式以示作为专门术语使用。

不过,"ressentiment"并非天生就是哲学和心理学层面的专门术语。在17世纪其词义甚至都没有稳定,可以指涉各种持续不断的(re-)情绪(sentiment),并广泛使用于法国戏剧创作和理论。所谓持续不断的情绪,重在强调某种情绪连续不绝的程度,并未区分情绪的种类,不论是负面消极情绪还是正面积极情绪都能表达。比如,悲剧作家高乃依在《西拿》(1640—1641)、《论悲剧》(1660)中用它表达强烈深切的痛苦情绪,喜剧作家莫里哀分别在《唐璜》(1665)、《无病呻吟》(1673)中用它表达受辱者的复仇情绪、受恩者的感激情绪。④

巴赞对"ressentiment"的使用,正处于17世纪高乃依、莫里哀与19世

---

① 方维规:《论"羡憎情结"》,《历史的概念向量》,生活·读书·新知三联书店,2021年,第428页。
② 如《道德建构中的怨恨》(1912—1915)、《怨恨之人》(1933)、《宗教社会学》(1920)、《尼采与哲学》(1962)、《浪漫谎言和浪漫真相》(1961)、《替罪羊》(1982)、《怨恨的意识形态》(1997)、《历史上的怨恨:理解我们的时代》(2007)、《羞耻、复仇、怨恨和宽恕》(2008)、《怨恨:对模拟欲望和社会的反思》(2015)、《愤怒与宽恕——怨恨、大度与正义》(2016)、《于兹为苦:治愈怨恨》(2020)等。
③ 方维规:《论"羡憎情结"》,《历史的概念向量》,第429页。
④ Peter Probst, "Ressentiment", in Joachim Ritter, Karlfried Gründer und Gottfried Gabriel (Hrsg.), *Historisches Wörterbuch der Philosophie*, Bd. 8, Basel: Schwabe, 1992, S. 920 - 924.

纪克尔凯郭尔、尼采之间。他的使用是近乎词义尚未稳定的状态，还是近乎哲学和心理学层面的专门术语，抑或是由前者向后者转变过程中某个不太引人注目的特殊阶段，这又与他改译《窦娥"怨"》的语境和意旨有何关联，值得展开细密考察。

一、"忠实""不是屈从"

巴赞所谓极致审慎忠实并非单纯标榜自己，更是旨在批评马若瑟、德庇时对元曲悲剧《赵氏孤儿》《汉宫秋》的翻译。马若瑟译本《赵氏孤儿》是元曲外译的源头，创始之功甚伟，但因"省略了原作所有韵文，忽视了翻译剧中最令人感动和怜悯的部分"，①尤为巴赞所不满。巴赞甚至把德庇时的不足之处也归咎于马若瑟的影响：

  德庇时在某种程度上效法马若瑟，让自己囿于对口语说白的简单复制，而非对抒情曲词的解释，后者需要体力、洞察力。②

  德庇时先生后来以"汉之哀伤"为名出版的小译作，应该更多地被视作对《汉宫秋》的摘录而非翻译。③

  我们愿意承认这位英国汉学家的优绩，他效法马若瑟剪除韵文曲词时大概过于自我怀疑，他本应可以完全忠实翻译它们。④

与德庇时效法马若瑟不同，巴赞主张效法自己的老师儒莲，上述对翻译的严格要求就直接承自后者《灰阑记》译本序言中的理念。儒莲的《赵氏孤儿》译本后出转精，一除马若瑟译本之弊，得到巴赞激赏："问世于1834年的对《中国孤儿》散文和韵文的完整翻译，还原了原作在情绪、激情和文笔

---

① Antoine Bazin, *Théâtre chinois*, p. XLVIII.
② Antoine Bazin, *Théâtre chinois*, p. XLVIII.
③ Antoine Bazin, *Théâtre chinois*, p. XLIX.
④ Antoine Bazin, *Théâtre chinois*, p. XLIX.

上的全部优绩。在我们看来,儒莲的译作相当值得效法。"①

回顾巴赞对此前元曲悲剧译本的褒贬可以发现,他所谓忠实的本质在于,除翻译口语说白外,是否还忠实翻译韵文曲词。如此强调对韵文曲词的完整翻译,则是因为他把饱含情绪、激情的韵文曲词视作剧中最令人感动和怜悯的部分。而他所谓令人感动和怜悯,实为悲剧效果层面的表述。要言之,重视韵文曲词乃是基于此种观念——韵文曲词比口语说白更能产生悲剧效果,然而此种观念并非自古而然。从马若瑟翻译《赵氏孤儿》、德庇时翻译《汉宫秋》到巴赞翻译《窦娥冤》,元曲悲剧翻译从重视与情节相关的口语说白,转为兼重与音乐相关的韵文曲词,反映了关于何种成分更能产生悲剧效果的观念变化。

在马若瑟时代的法国,兴起于 17 世纪的新古典主义正盛。亚里士多德悲剧理论作为古典悲剧的根基,被新古典主义奉为圭臬:情节是悲剧的基础、灵魂,是最重要且最能产生悲剧效果的成分,而与音乐相关的韵文曲词则处于次要地位。② 马若瑟、德庇时之所以删节一些与音乐相关的部分而主要致力于翻译与情节相关的部分,除巴赞暗指的畏难因素外,更与当时古典悲剧观念的主导有关。18 世纪以来,音乐之于悲剧的重要性实已悄然提升。这首先表现在剧场市场层面的事实变化:"相比对悲剧内容的戏剧性参与,休谟时代的观众更追求'音乐'快感。"③到 19 世纪初,上述事实变化在理论层面也取得相应推进,比如在具有代表性的谢林思想体系里,音乐取代情节成为基础、灵魂,④"那种集合了音乐和歌唱的""最复杂的剧

---

① Antoine Bazin, *Théâtre chinois*, p. L.
② 亚理士多德著,罗念生译:《诗学》,《罗念生全集》第 1 卷,上海人民出版社,2015 年,第 36—37 页。
③ Julian Young, *The Philosophy of Tragedy: From Plato to Žižek*, New York:Cambridge University Press, 2013, p. 66.
④ 谢林著,先刚译:《艺术哲学》,北京大学出版社,2021 年,第 174—175 页。

场现象"已然成为对悲剧的最高期待。① 这构成 19 世纪悲剧实践和理论的新方向,后来瓦格纳所谓音乐戏剧、尼采所谓悲剧诞生于音乐精神皆如是。因此,相比前人主要翻译元曲悲剧中的口语说白,巴赞强调忠实翻译韵文曲词,正呼应上述观念变化。

不过,巴赞翻译《窦娥冤》韵文曲词时,真是"极致审慎忠实"吗?如果完全相信他的话,译本里的隐秘改动就令人迷惑。事实上,他并非完全效法儒莲,而是在承自后者的忠实标准基础上,进一步提出独立主张:"翻译不是屈从(servile)。"②

巴赞同时主张"极致审慎忠实"和"翻译不是屈从",显然不认为两者存在难解的冲突。然而据本雅明《译者的任务》可知,在传统翻译理念里,两者分明是互相冲突的:"忠实(Treue)和自由——再现主旨的自由和在其屈从(Dienst)中忠实于文字——是任何有关翻译的讨论中的传统概念。……诚然,常规用法把这些概念置于难解的冲突中。"③在本雅明文集的英译本里,德语"Treue""Dienst"译为"fidelity""service",④分别对应巴赞使用的法语"忠实"(fidélité)、"屈从"(servile)。本雅明所批评的传统翻译理念,正是把对原作的忠实等同于对原作的屈从,那么"翻译不是屈从"自然也就与忠实互相冲突。

也就是说,巴赞较早挑战了传统翻译理念。他对《窦娥冤》的翻译,正

---

① 谢林:《艺术哲学》,第 423 页。
② Antoine Bazin, *Théâtre chinois*, p. LII.
③ Walter Benjamin, "Die Aufgabe des Übersetzers", in Tillman Rexroth (Hrsg.), *Gesammelte Schriften*, Bd. IV/1, Frankfurt am Main:Suhrkamp, 1972, S. 17.
④ Walter Benjamin, "The Task of the Translator", in *Selected Writings*, *Vol. 1: 1913—1926*, eds. Marcus Bullock & Michael W. Jennings, Cambridge:Belknap Press of Harvard University Press, 1996, p. 259. 在上段引文里,英译把"Begriffe"先后译作"概念"(concepts)、"术语"(terms),兹据原文统一译为"概念";英译还把"althergebrachten""herkömmliche"一同译为"传统"(traditional),兹据微妙差异把后者译为"常规"以示区别。

处于翻译理念新变关键时期,即致力于"欧洲翻译的考古学"的贝尔曼重点关注的"19世纪上半叶这一关键时期"。① 研究发现,上述互相冲突的"两难窘境并非自成事实:它建立在若干意识形态层面的前提之上"。② 为解决冲突,"须定义何为'忠实'",③一种不是屈从的忠实。在这个意义上,本雅明所谓翻译使"原作固有的特定意义外显"或"解放"才能实现:④

> 翻译可以"强化原文本"……原文本未能把原语言中显现出的某种东西显现出来。翻译让原文本转动,展现出它的另一个面向。……这是简单的阅读或批评所无法揭示的。⑤

> 翻译并非原作的"衍生物",它早已留存在原作之中:在不同的程度上,所有的作品都是由翻译串联起来的,或者是依托翻译活动所生成的创造物。……翻译的可能性和必要性却并不等同于它只是一部次生的作品:它将作品构建为作品,并且对作品的内生结构进行重新定义。⑥

所谓翻译作为"一种充满意义的活动",⑦是指作为一种特殊的批评活动,即"构建一个与文本批评相辅相成的翻译批评。不止如此:除对翻译行为的分析外,还应有在翻译视野内进行的文本分析。……在这个意义上,庞德可以将翻译视为一种特殊的批评,因为它揭示了文本中暗藏的结构"。⑧作为批评的翻译自然不是屈从,基于这样的理念,一向"极致审慎忠实"的巴赞才得以在翻译《窦娥冤》时对原作有所改动。既然有所改动,我们就需要在翻译视野内进行的文本分析,追问其改动"能够揭示原作所隐藏的哪

---

① 贝尔曼著,章文译:《异域的考验:德国浪漫主义时期的文化与翻译》,生活·读书·新知三联书店,2021年,第305页。
② 贝尔曼:《翻译宣言》,《异域的考验:德国浪漫主义时期的文化与翻译》,第5—6页。
③ 贝尔曼:《翻译宣言》,《异域的考验:德国浪漫主义时期的文化与翻译》,第7页。
④ Walter Benjamin, "Die Aufgabe des Übersetzers". S. 10, 19.
⑤ 贝尔曼:《翻译宣言》,《异域的考验:德国浪漫主义时期的文化与翻译》,第11页。
⑥ 贝尔曼:《异域的考验:德国浪漫主义时期的文化与翻译》,第319页。
⑦ 贝尔曼:《异域的考验:德国浪漫主义时期的文化与翻译》,第207页。
⑧ 贝尔曼:《翻译宣言》,《异域的考验:德国浪漫主义时期的文化与翻译》,第10页。

一个面向,能够展现其中何种不为人知的内容"。①

二、平添"悲苦"

下文将以译文校勘学为方法,把巴赞译本同他所据底本逐字逐句比勘,搜掘其中不易觉察的改动,以追问其作为批评而不是屈从的翻译,究竟揭示乃至重新定义了该剧何种内生或暗藏结构。

用来与巴赞译本比勘的底本,理应选择臧懋循《元曲选》(1616)所收版本(以下简称"臧本"),而非《古名家杂剧》(1588)所收版本(以下简称"古本")。古本相对接近元曲原貌,臧本则在文献学上颇受诟讪。《窦娥冤》的当代译者指出,臧本"对白做了重大修改"且有"臧懋循自己编写的"唱词,"选择一个版本就不能仅仅因为其流行","或是它已经为别人所认可"。②这种对版本性质的判断,直接影响到对悲剧性质的判断。③ 但就18—19世纪中外文学交流历史现场而言,正因为臧本"简直让其他所有版本都在某种程度上被忽视了",④ 所以18—19世纪欧洲汉学家所能接触到的《窦娥冤》只有臧本。⑤ 巴赞在《中国戏剧》序言中,明确表示所据底本为臧本:

---

① 贝尔曼:《异域的考验:德国浪漫主义时期的文化与翻译》,第309页。
② 奚如谷著,杜磊译:《版本与语言——中国古典戏曲翻译之思》,《文化遗产》2020年第1期。
③ 奚如谷的《窦娥冤》研究以郑骞为本,后者根据版本性质来判断悲剧性质,古本"乃成为标准悲剧。臧懋循不明此理,于关目曲白多所更动,遂将此悲剧改得面目全非"(郑骞:《关汉卿窦娥冤异本比较》,曾永义编:《从诗到曲》,商务印书馆,2017年,第375页)。相比之下,徐朔方对悲剧性质的判断,即臧本"比别的版本更有资格列之于世界大悲剧中而无愧色"(徐朔方:《臧懋循和他的〈元曲选〉》,廖可斌、徐永明编:《古代戏曲小说研究》,浙江大学出版社,2008年,第107页),则未受版本性质影响。
④ 奚如谷:《版本与语言——中国古典戏曲翻译之思》。
⑤ 18世纪,马若瑟为了让巴黎皇家图书馆副馆长福尔蒙认可自己的《汉语札记》而向后者奉上《赵氏孤儿》译本署名权,《元曲选》当时也一并寄给后者。后者编纂巴黎皇家图书馆馆藏书目录,《元曲选》便在其中。至19世纪,儒莲藏书中,收录《窦娥冤》的也只有《元曲选》。1938年,古本才随"脉望馆钞校本古今杂剧"在苏州发现。

"本卷所收四部戏,取自题为《元人百种》,即'元代创作的百种剧本'的中国戏剧选集。"①是故只有把译本与臧本进行比勘,才能让巴赞改动之处直接显形。

比勘所见改动之处,正集中于巴赞反复强调的韵文曲词部分。由于元曲一人主唱的体制,那自然就是主人公窦娥的唱词。除了从剧名就能明显看出的把窦娥之"冤"改为"怨"以外,对主人公唱词的改动还主要体现为平添其"悲苦"(tristesse)。巴赞译本通常是一句译文对应着一句原文的意思,意思是否有所调整姑且不论,平白增添原作本来没有的句子实属罕见:

【一半儿】为甚么泪漫漫不住点儿流,莫不是为索债与人家惹争斗?我这里连忙迎接慌问候,他那里要说缘由。②

Je vois que les larmes inondent votre visage. Auriez-vous eu quelques débats pénibles avec votre débiteur, au sujet de ce remboursement? — Malgré la tristesse qui m'accable, je vais au-devant de vous pour vous témoigner mon respect. Madame, je désire connaître tous les détails de cette affaire. ③

在"莫不是为索债与人家惹争斗"(Auriez-vous eu quelques débats pénibles avec votre débiteur, au sujet de ce remboursement)和"我这里连忙迎接慌问候"(je vais au-devant de vous pour vous témoigner mon respect)两句之间,巴赞平白增添一句原作本来没有的"尽管悲苦压倒了我"(Malgré la tristesse qui m'accable)。在这段唱词里,窦娥其实并没有明确表达悲苦愁绪,这种压倒她的巨大悲苦完全是巴赞创造性增添的。

---

① Antoine Bazin, *Théâtre chinois*, pp. XLV–XLVI.
② 关汉卿:《窦娥冤》,臧晋叔编:《元曲选》,中华书局,1958年,第1502页。
③ Antoine Bazin, *Théâtre chinois*, p. 339.

早在窦娥初登舞台的第一句唱词,"满心悲苦"(Mon cœur est rempli de tristesse)①的基调就奠定起来。此后,巴赞执着于让她不时表达悲苦的困扰。他的操作除了前述平添原作本来没有的句子之外,还有调整原作里并无此意的唱词。比如,把窦娥担心蔡婆的"我替你倒细细愁"②改译为"悲苦压倒了我"(je suis accablée de tristesse),③到底要把悲苦赋予窦娥。这句唱词之后,窦娥用排比形式连唱的三段"愁则愁",④唱词被改译为"悲苦"的同时,还被增字解剧式地扩展为"悲苦困扰着我的灵魂"(La tristesse trouble mon esprit)。⑤

巴赞语境下的"tristesse"有其特殊内涵,并非随意使用。上文所引"我替你倒细细愁"译文之所以使用该词,正是为了同前句"你道他匆匆喜"译文里的"joie"⑥两相呼应。⑦ 为什么要两相呼应呢?只因为"tristesse""joie"是巴赞专门用来对译杂剧十二科中"悲""欢"的一组概念。他不仅参照《太和正音谱》(1398)来记载元代剧作家名目,还完整翻译过书里杂剧十二科。⑧ 其中第十科"悲欢离合",曾在马礼逊《华英字典》第三部(1822)里译为"悲剧,喜剧,分离,会合"(Tragic, comic, parting, meeting),⑨而巴赞则译为"悲苦和欢喜,分离和复合"(La tristesse et la joie; la séparation et le

---

① Antoine Bazin, *Théâtre chinois*, p. 336.
② 关汉卿:《窦娥冤》,《元曲选》,第 1503 页。
③ Antoine Bazin, *Théâtre chinois*, p. 342.
④ 关汉卿:《窦娥冤》,《元曲选》,第 1503 页。
⑤ Antoine Bazin, *Théâtre chinois*, p. 343.
⑥ Antoine Bazin, *Théâtre chinois*, p. 342.
⑦ 剧中"一喜一悲:喜呵……悲呵……"(Mes jours sont mêlés de joie et de tristesse; de joie … de tristesse …)云云,也体现了两者的呼应关系(《窦娥冤》,《元曲选》,第 1511 页;Antoine Bazin, *Théâtre chinois, ou Choix de pièces de théâtre: composées sous les empereurs mongols*, pp. 380 – 382)。
⑧ Antoine Bazin, *Théâtre chinois*, pp. LVII – LVIII.
⑨ Robert Morrison, *A Dictionary of the Chinese Language, in Three Parts. Part. III. English and Chinese*, Macao: The Honorable East India Company's Press, 1822, p. 440.

retour）。① 可见巴赞所谓"tristesse"，同马礼逊所谓"Tragic"一样，在当时欧洲汉学界用来对译杂剧十二科中的"悲"。

"tristesse"虽与我们常用的经典悲剧概念没有直接关系，却与日耳曼语境下的特殊悲剧概念有关。其形容词形式"triste"，是诠释荷兰语悲剧概念"treurspel"的关键词。② 18 世纪下半叶新兴的"市民悲剧"（bürgerliches Trauerspiel）专门使用以该荷兰语为词源的德语"Trauerspiel"，从而区别于以古希腊语"τραγῳδία"为词源的德语"Tragödie"。③ 市民悲剧不再限制悲剧主人公的身份，主要表达"市民"或者说"我们周围的人的不幸"，而非古典悲剧要表达的"王公和英雄人物"的不幸。④

研究者指出，"法国汉学家对戏曲翻译发生兴趣，始于 19 世纪初。不过，孕育了 19 世纪戏曲翻译活动的社会大环境，却是 1789 年法国大革命的产物"。⑤ 巴赞对元曲的理解，深受启蒙思潮下市民悲剧观念的影响，重视元曲中以女性平民为主人公的作品。他充分讨论侍女、妓女等女性平民形象，在解释女性主人公"正旦"概念时也悉以窦娥等平民为例。⑥ 他特别称颂元曲角色在性别和阶层方面的特征："男女角色绘自中国社会的各阶层。舞台上出现了皇帝、文武百官、医生、劳工、船夫、匠人和妓女。"⑦在他看来，"中国文明特殊属性"——包括"科举制"的民主性、"居民来源的多样性"以及《论语》所谓"四海之内皆兄弟"的平等性，造就了元曲"戏剧性人物从

---

① Antoine Bazin, *Théâtre chinois*, p. LVIII.
② François Halma, *Woordenboek der Nederduische en Fransche taalen*, Amsterdam：Wetsteins en Smith, 1729, p. 793.
③ 参见斯维：《江户兰学以"哀"释"悲剧"考》，《外国文学评论》2022 年第 1 期。
④ 莱辛著，张黎译：《汉堡剧评》，华夏出版社，2017 年，第 74 页。
⑤ 李声凤：《中国戏曲在法国的翻译与接受（1789—1870）》，北京大学出版社，2015 年，第 8 页。
⑥ Antoine Bazin, *Théâtre chinois*, pp. XV‐XVII.
⑦ Antoine Bazin, *Théâtre chinois*, pp. XVII‐XVIII.

未被预先限制或固定"。① 巴赞十分强调元曲悲剧主人公在唱词和身份上的这种特征：

> 相反,歌唱的角色是剧中的主人公。每当事件发生,每当灾难降临,主人公便留在舞台上痛苦地把观众感动到流泪。需要注意的是,这个角色和其他角色一样,能够绘自社会任何阶层。②

所谓"每当灾难降临,主人公便留在舞台上痛苦地把观众感动到流泪",就是在描述主人公唱词的悲剧效果。所谓悲剧主人公"能够绘自社会任何阶层",则显然突破了古典悲剧对主人公的限制。

基于上述观念,巴赞才会重视窦娥这样一位完全不符合古典标准的悲剧主人公。除主人公的性别外,古典悲剧主要有两方面限制：一方面,主人公的"高贵地位和英雄境界是悲剧行动之普遍重要性的条件";③另一方面,"新古典主义的规则要求悲剧描写历史的主题,因为悲剧必须关注国家大事"。④ 在王国维《宋元戏曲考》中,与《窦娥冤》并称为"最有悲剧之性质者"的是《赵氏孤儿》。⑤ 他提到的几种《赵氏孤儿》译本乃至《汉宫秋》译本,其外译剧名都明确标示"中国悲剧"。⑥ 它们得以成为当时公认为的"中国悲剧",主要在于主人公都是具有高贵地位和英雄境界的男性,主人公的悲剧行动也都关乎国家大事,简言之即符合流行的古典标准。朱光潜敏锐地指出,《赵氏孤儿》"并不是中国戏剧里最好的作品",只是由于符合古典标准而"最为欧洲读者熟悉"。⑦

---

① Antoine Bazin, *Théâtre chinois*, p. XX.
② Antoine Bazin, *Théâtre chinois*, p. XXXI.
③ 雷蒙·威廉斯著,丁尔苏译：《现代悲剧》,译林出版社,2007年,第13页。
④ 雷蒙·威廉斯：《现代悲剧》,第16页。
⑤ 王国维：《宋元戏曲史》,胡逢祥编：《王国维全集》第3卷,浙江教育出版社,2009年,第113—114页。
⑥ 参见斯维：《从不幸结局到自觉意志：论王国维悲剧观念的转变》,《文艺理论研究》2022年第5期。
⑦ 朱光潜著,张隆溪译：《悲剧心理学》,《朱光潜全集》第4卷,中华书局,2012年,第215页。

《窦娥冤》的情况则与之完全不同。在法国大革命孕育的社会大环境下,巴赞深受启蒙思潮影响,选择欧洲读者并不熟悉的《窦娥冤》来翻译,并一意把窦娥重塑为有别于古典标准的悲剧主人公。为此,他对全剧最根本的改动,就是剧名所示改"冤"为"怨"。

三、改"冤"为"怨"

巴赞译本《窦娥冤》在剧名上有且只有一处改动,即从"冤"到"怨"的题眼更换。题眼更换反映的是主旨转变。如果说臧本对古本的更名,旨在消解古本题目"后嫁婆婆忒心偏,守志烈女意志坚"①里所强调的婆婆偏心、窦娥贞烈,那么译本对臧本的更名,则旨在消解臧本题眼——"冤",预示着主人公的表达重心从被动的冤屈遭遇转变为主动的怨恨情绪。这种重心移易不仅体现在剧名上,更充分体现在主人公窦娥的唱词里:

【黄钟尾】我做了个衔冤负屈没头鬼。②

Dans quelques heures, quand je ne serai plus qu'un démon sans tête, gardant au fond du cœur le ressentiment d'une injuste condamnation.③

【鲍老儿】……不明不暗,负屈衔冤。④

... La malheureuse Teou-ngo conservera le ressentiment éternel de son injuste trépas.⑤

---

① 关汉卿:《窦娥冤》,陈与郊编:《古名家杂剧》,郑振铎编:《古本戏曲丛刊四集》第3卷,影印脉望馆钞校本。
② 关汉卿:《窦娥冤》,《元曲选》,第1508页。
③ Antoine Bazin, *Théâtre chinois*, p. 367.
④ 关汉卿:《窦娥冤》,《元曲选》,第1510页。
⑤ Antoine Bazin, *Théâtre chinois*, p. 374.

【一煞】……也只为东海曾经孝妇冤。①

... C'est parce que le district de Tong-haï avait encouru le juste ressentiment d'une femme remplie de piété filiale. ②

这三句唱词正处于《窦娥冤》的戏剧冲突的高潮。主人公为免婆婆被打,情愿屈招自己药死公公,画伏状、判斩刑后,唱的第一句是"我做了个衔冤负屈没头鬼":针对该句,巴赞把其中"衔冤负屈"改译为"心底怀着对非正义(injuste)谴责的怨恨(ressentiment)"。主人公誓愿一腔热血飞白练、三尺瑞雪三伏天、不降甘霖旱三年之前,唱的最后一句是"不明不暗,负屈衔冤":针对该句,巴赞改译为"不幸的窦娥将永远对其非正义(injuste)死亡保持怨恨(ressentiment)"。主人公提遍上述三桩誓愿之后,唱到"也只为东海曾经孝妇冤":针对该句,巴赞把其中"曾经孝妇冤"改译为"曾招致孝妇的正义怨恨(juste ressentiment)"。可见,译本特地把戏剧冲突高潮处窦娥的"冤",乃至其故事来源——东海孝妇"冤",都改成了"怨恨";而且在以上所有改"冤"为"怨"处,主人公的"怨恨"还始终同译本平白增添的"正义"联结。

用来替换主人公被动冤屈的"ressentiment",直到18世纪苏格兰启蒙思潮的概念化、理论化,才通过其英语形式稳定为怨恨之意,并成为悲剧所引起的新情绪。巴赞对它的使用,正处于概念化、理论化并成为悲剧所引起的新情绪之后,克尔凯郭尔、尼采进一步发挥并成为哲学和心理学术语之前的特殊历史阶段。

怨恨概念与悲剧的学理关系,是巴赞以它替换主人公冤屈的基础:按照古典悲剧观念,悲剧所引起的情绪是怜悯、恐惧,而"在法国生活多年且亲近法国知识人生活"③的休谟则创造性地把怨恨同二者并列。《人性论》

---

① 关汉卿:《窦娥冤》,《元曲选》,第1511页。
② Antoine Bazin, *Théâtre chinois*, p. 377.
③ Julian Young, *The Philosophy of Tragedy: From Plato to Žižek*, p. 59.

(1739—1740)多次提到由法语借来的"怨恨"———一种个体"受到来自他人的任何伤害时"感觉到的强烈激情,与仁、对生命之爱、对儿童之慈一样皆为"最初植入我们本性的欲望";①《〈人性论〉摘要》(1740)也紧接着限定怨恨是"与生俱来的""从本性生发的"强烈激情。② 在此基础上,《道德原则研究》(1751)首次把怨恨视作悲剧所引起的情绪,一种继怜悯、恐惧之后的新情绪:"在技巧熟练的诗人所创作的戏剧中,每个动作如魔法般传向观众;他们哭泣、颤抖、怨恨(resent)、欢喜(rejoice),被推动剧中人物的各种激情所点燃。"③此处所列观众的哭泣、颤抖、怨恨、欢喜四种行为,分别对应戏剧所引起的四种情绪:哭泣行为对应怜悯之情,颤抖行为对应恐惧之情,怨恨行为对应"怨恨"(ressentiment)之情,欢喜行为对应"欢喜"(joie)之情。其中,怜悯与恐惧之情符合亚里士多德《诗学》中的悲剧定义,而欢喜之情则是由喜剧所引起的;唯怨恨之情显然既不属于喜剧,又不符合古典悲剧标准,而是休谟超越古典标准提出的悲剧所引起的新情绪。休谟熟悉当时在法国流行的古典悲剧标准,却不囿于《诗学》原著:④他认为悲剧引起哭泣(怜悯)、颤抖(恐惧),是在沿用古典标准;而认为悲剧引起他所谓源自本性的强烈激情——怨恨,则是不囿于《诗学》的新论。紧接上段引文,休谟对自己提出的这种新的悲剧情绪加以特别说明:"当任何事件背离我们的希望,以及中断最喜欢的角色的幸福,我们就感觉到合理的焦虑和关切。但当他们的遭遇是由敌人的背叛、残忍或暴政导致,我们就会对这些灾难制造者产生最强烈的怨恨。"⑤《论悲剧》(1757)则进一步明确指出:"诗人

---

① David Hume, *A Treatise of Human Nature*, ed. L. A. Selby-Bigge, London: Clarendon Press, 1960, pp. 417-418.
② David Hume, "Abstract of A Treatise of Human Nature", *An Enquiry concerning Human Understanding*, ed. Peter Millican, New York: Oxford University Press, 2007, p. 136.
③ David Hume, *An Enquiry concerning the Principles of Morals*, ed. Jerome B. Schneewind, Indianapolis: Hackett Publishing Company, 1983, p. 44.
④ Julian Young, *The Philosophy of Tragedy: From Plato to Žižek*, p. 58.
⑤ David Hume, *An Enquiry concerning the Principles of Morals*, p. 44.

的整个艺术,用于引起并支撑他的观众的同情与愤慨、焦虑与怨恨。"① 由是,悲剧合理地引起并支撑怨恨,更确切地说,是属于观众的,针对导致主人公之不幸的灾难制造者的怨恨。巴赞译本《窦娥冤》特地使用有别于怜悯、恐惧的怨恨来表达主人公的情绪,与他从《元曲选》里选择以平民女性为主人公的该剧来翻译,在突破古典悲剧标准的意旨上一致。

不过必须注意到,巴赞译本使用的怨恨,与休谟所谓怨恨存在相当大的差异:一则前者属于悲剧主人公的情绪,而后者属于悲剧所引起的观众的情绪;再则前者处处与正义联结,而后者却与正义相冲突。前文对译本及其所据藏本的比勘显示,巴赞所有改"冤"为"怨"处,都是主人公的情绪表达;然而不论是首次把怨恨列入悲剧所引起情绪的《道德原则研究》还是专门讨论悲剧的《论悲剧》,休谟始终把怨恨限于观众的情绪。更重要的差异在于,巴赞所有改"冤"为"怨"处,都创造性增添"正义"来同"怨恨"联结,构成所谓"正义怨恨"或者说对非正义的怨恨;然而在休谟的思想体系中,怨恨等源自本性的欲望或激情从一开始就与正义等"对善的普遍欲求和对恶的普遍排斥"构成对立的两面。② 正义要么"显然倾向于促进公共事业和支撑公民社会",要么如同怨恨等激情"源自本性……的简单原始直觉",休谟通过系列反问、反讽扬前抑后,得出结论:与怨恨出于本性直觉相反,正义出于对公共利益的关切。③ 因此,巴赞所谓正义怨恨在休谟意义上必然具有内在矛盾,即基于个体的怨恨与基于社会整体的正义之间的矛盾。

既然如此,巴赞译本里处处同正义联结的怨恨又如何得以成立呢?这实乃另一位苏格兰启蒙思想家斯密改造后的结果。仔细的研究者已觉察:

---

① David Hume, "Of Tragedy", *Selected Essays*. eds. Stephen Copley & Andrew Edgar, New York: Oxford University Press, 1998, p. 126.
② David Hume, *A Treatise of Human Nature*, p. 417.
③ David Hume, *An Enquiry concerning the Principles of Morals*, p. 32.

"仔细阅读斯密《道德情操论》对怨恨的讨论,会发现他与休谟之间的重要差异……怨恨是他讨论正义的关键。""斯密不厌其烦地指出,我们的正义(或不正义)感并不是来自对公共利益的直接关切。尽管没有提到休谟的名字,但斯密对正义的讨论与休谟拉开了距离。"①

可见,译本使用的怨恨与休谟所谓怨恨的两大差异——属于主人公还是观众以及是否与正义对立,正是斯密改造怨恨概念的主要方向。一方面,斯密把怨恨从悲剧所引起的观众的情绪,拓展至悲剧主人公即无辜者自身的情绪:"人类胸中所受最大的折磨是无法满足的暴力怨恨。一个无辜的人,遭诬陷为可恶或可憎之罪,被押赴法场,蒙受无辜者可能蒙受到的最残酷的不幸。"②此处所谓无辜者的不幸或者遭诬陷的不实指控就是冤屈,所谓怨恨则是对这种冤屈遭遇的反应。在斯密的思想体系中,这种反应不仅包括观众的反应,而且更是主人公自身的反应:《道德情操论》(1759)明确把怨恨分为两类——"怨恨,或引起观众的怜悯怨恨",③前一类属于悲剧主人公,后一类属于观众。另一方面,斯密还调整了怨恨概念的内涵和外延。仁慈的缺乏可能引起不喜欢或不赞同,对他人仁慈的忘恩负义可能引起"仇恨"(hatred),但都不能引起怨恨:怨恨是"对特定的人实施真正积极的伤害时才会适当引起的激情";仇恨——相对更接近休谟意义上的怨恨,则是"由不当情绪和行为而自然激发的激情"。④ 可见,斯密在休谟的基础上,把怨恨进一步限定在特定个体受到伤害的反应,这与他把怨恨从仅限于表达观众的情绪拓展至可以表达悲剧主人公即无辜者自身的情绪是统一的。然而,上述对怨恨概念的两方面改造,难

---

① Michael S. Pritchard, "Justice and Resentment in Hume, Reid and Smith", *Journal of Scottish Philosophy*, Vol. 6 (2008): pp. 59-60, 67.
② Adam Smith, *The Theory of Moral Sentiments*, eds. D. D. Raphael and A. L. Macfie, Indianapolis: Liberty Fund, 1984, p. 119.
③ Adam Smith, *The Theory of Moral Sentiments*, p. 78.
④ Adam Smith, *The Theory of Moral Sentiments*, p. 79.

道不会加深基于悲剧主人公个体的怨恨与基于社会整体的正义之间的冲突吗？

巴赞译本里主人公窦娥的怨恨，就存在类似的困境。窦娥临死之前，誓愿六月降雪、亢旱三年：正如臧本相对古本在这两桩誓愿之间新增的唱词"一腔怨气喷如火"①所示，上述惩罚（六月降雪、亢旱三年），是特定个体（窦娥）受到伤害时怨恨的结果；然而，不论是六月降雪还是亢旱三年，都是对社会整体利益的侵犯，大悖于基于社会整体的正义。既然如此，巴赞译本改被动冤屈为主动怨恨也就罢了，还要特地把这种基于主人公个体的怨恨称作正义怨恨，其合法性何在？事实上，斯密不仅改造了怨恨概念，还通过重置正义概念，彻底颠覆了休谟意义上的两者关系。斯密强调，"违反正义就是伤害——对某些特定的人实施真正积极的伤害"，结合此前的论述，即怨恨是对特定的人实施真正积极的伤害时引起的激情，便可推论出"违反它会招致怨恨"：因此怨恨不仅不再与正义冲突，反倒成了"正义和无辜的安全保障"。② 显然，斯密意义上作为"消极美德"③的正义已不同于休谟限于关切社会整体利益的正义。对怨恨的自然结果——惩罚的诉求，并非全然出于关切社会整体，甚至恰恰相反，出于关切具体的个体："当个人被伤害甚至毁灭，我们要求惩罚对他犯下的过错，与其说是关切社会整体利益，不如说是关切那个具体的受到伤害的个体。"④由是，出于关切那个具体的受到伤害的个体——窦娥，其侵犯社会整体利益的誓愿，才能被巴赞定性为正义怨恨。

其实在翻译《窦娥冤》时，巴赞尚未出任巴黎东方语言学院首任汉语教席；1839 年 7 月及以前的亚洲学会会员名单显示，他姓氏旁标注的正式职

---

① 关汉卿：《窦娥冤》，《元曲选》，第 1511 页。
② Adam Smith, *The Theory of Moral Sentiments*, p. 79.
③ Adam Smith, *The Theory of Moral Sentiments*, p. 82.
④ Adam Smith, *The Theory of Moral Sentiments*, p. 90.

业一直是律师。① 译本里主人公的正义怨恨,正是经过斯密上述改造并在法理学讲义重申的概念。怨恨在1762—1763年讲义里就已成为斯密法理学核心概念,"值得高度怨恨的伤害"相当于"提起诉讼的充分理由",②怨恨决定惩罚,③且"整个刑法是建立在我们对受害者的怨恨所产生的同情上的"。④ 1766年讲义则进一步强调,实施正义惩罚的基础"并不是建立在对公共利益的考虑上","真正的原则是我们对受难者的怨恨的同情"。⑤ 由是,在斯密法理学里,"怨恨是必要和正义的"。⑥ 法学专业出身且时为律师身份的巴赞,并非无缘无故使用怨恨概念乃至同正义概念联结,其作为批评的翻译不仅融汇时代思潮,也建立在其具体的知识结构之上。

结　　语

相比尼采之于怨恨概念的深远影响,苏格兰启蒙思潮对它的理论化,在其概念史上受到关注较少,而这正是它从早前词义尚未稳定向如今作专门术语过渡的阶段。继休谟把怨恨列入悲剧所引起的情绪后,斯密把它从观众的情绪拓展至主人公的情绪,并通过改造本来互相冲突的个体怨恨和社会整体正义,使得由主人公个体受到伤害而产生的

---

① "Société asiatique. I. Liste des membres souscripteurs, par ordre alphabétique", *Journal asiatique: ou recueil de mémoires*, troisième série, tome VIII, Paris: Imprimerie Royale, 1839, p. 28.
② Adam Smith, "Lectures on Jurisprudence (Report of 1762 - 3)", *Lectures on Jurisprudence*, eds. R. L. Meek, D. D. Raphael and P. G. Stein, Indianapolis: Liberty Fund, 1982, p. 92.
③ Adam Smith, "Lectures on Jurisprudence (Report of 1762 - 3)", p. 105.
④ Adam Smith, "Lectures on Jurisprudence (Report of 1762 - 3)", p. 277.
⑤ Adam Smith, "Lectures on Jurisprudence (Report dated 1766)", *Lectures on Jurisprudence*, eds. R. L. Meek, D. D. Raphael and P. G. Stein, Indianapolis: Liberty Fund, 1982, p. 475.
⑥ Adam Smith, "Lectures on Jurisprudence (Report dated 1766)", p. 546.

怨恨也具备正义性。巴赞在此背景下把"窦娥冤"转动为"窦娥怨",并把其个体怨恨定义为正义怨恨。他对怨恨概念的使用,既不是像法国古典作家那样用词义尚未稳定的它来表达各种持续不断的情绪,也不是像我们今天这样用作专门术语的它来表达羡憎情结——"包含'嫉妒'和'怀恨'两层意思",①而是作为悲剧情绪乃至法理基础的它来表达主人公的正义怨恨。

巴赞没有把元曲纳入古典文学领域,而是锐意开拓作为"中国现代文学领域"的元曲研究。② 改冤屈为怨恨,与他选择翻译在古典悲剧观念里不受重视的《窦娥冤》的初衷相契。此前欧洲汉学界的主要翻译对象是《赵氏孤儿》等元曲中符合古典标准的作品,其男性主人公往往具备高贵地位和英雄境界,悲剧行动也往往关乎国家大事。"人们通常认为启蒙运动是悲剧的敌人,实际上它却是悲剧的来源":③自启蒙运动以来,悲剧主人公才逐渐不受上述标准限制。在现代文学视域里关照元曲,不仅没有消解其中的悲剧性,反而让身处"悲剧的民主化"④转折期的巴赞得以悄然建构出基于怨恨的有别于古典标准的悲剧主人公。由此可见,"现代性不仅没有消解悲剧,反而很可能延展了悲剧的新生"。⑤ 后来在布莱希特早期悲剧里,研究者也看出类似的情感结构,即超越怜悯与恐惧之情的新悲剧:"相比怜悯,必须有直接的震撼。20 世纪 20 年代的布莱希特戏剧有一种原始而混乱的怨恨,即一种深到需要新伤害的伤害,一种要求人们被激怒的愤

---

① 方维规:《论"羡憎情结"》,《历史的概念向量》,第 428 页。
② 相比儒莲在当时法国汉学界对古典文学领域的把持,巴赞的元曲研究被他们共同的学生定位为"中国现代文学领域"(le domaine de la littérature chinoise moderne)[See Leon de Rosny, "Stanislas Julien", in Tome Premier (ed.), *Congrès international des orientalistes, compte-rendu de la première session, Paris—1873*, Paris: Maisonneuve, 1874, p.387]。
③ 特里·伊格尔顿著,方杰、方宸译:《甜蜜的暴力——悲剧的观念》,南京大学出版社,2007 年,第 103 页。
④ 特里·伊格尔顿:《甜蜜的暴力——悲剧的观念》,第 103 页。
⑤ Terry Eagleton, *Tragedy*, New Haven: Yale University Press, 2020, p.29.

怒感。"①

根据《宋元戏曲考》对"我国戏曲之译为外国文字"的考察可知,王国维不仅了解此前已被欧洲学界标示为悲剧的《赵氏孤儿》等译本,也了解未被欧洲学界标示为悲剧的这部"拔残(Bazin)氏所译……《窦娥冤》"。② 他把前者定为元曲中最有悲剧之性质者,是基于对既有结论的延续;把后者与之并列,则是其悲剧观念转变的结果。③ 其悲剧观念转变,正与接触巴赞译本同步。主人公的正义怨恨,或许是王国维推崇该剧时用来取代不幸结局标准的所谓"主人翁之意志"④的内核。晚明以来,《窦娥冤》故事的演出主要以明传奇改编版为本,被删减的表达主人公正义怨恨的唱词直到20世纪20年代才重新回归舞台。由此引申的斗争性、反抗性、革命性成为社会主义探索时期对该剧的根本判断,这种判断又在新时期受到质疑。激活《窦娥冤》悲剧之性质的正义怨恨,始终同现代中国的历史进程和社会现实深刻共振。

---

① 雷蒙·威廉斯:《现代悲剧》,第198页。中译本把"resentment"译为"悲愤情绪",兹统一译为"怨恨"并据原文重译(See Raymond Williams, *Modern Tragedy*, Redwood:Stanford University Press, 1966, p.192)。
② 王国维:《宋元戏曲史》,第149—150页。
③ 参见斯维:《从不幸结局到自觉意志:论王国维悲剧观念的转变》。
④ 王国维:《宋元戏曲史》,第114页。

从词汇之译到视角之异：论元杂剧《货郎旦》在法国的传播和接受

罗仕龙[*]

摘要：本文以无名氏撰《货郎旦》为例，分析元杂剧在法国的翻译、改编及其接受过程所衍生的意义流动。本文首先关注法国汉学家巴赞（Antoine-Pierre-Louis Bazin）收于《中国戏剧选》（*Théâtre chinois*，1838）里的《货郎旦》译本，根据译本对于"货郎"等关键词和概念的理解，以及译本文字增删、形式调整等面向，从而检视译本与原作之间的叙事视角差异与主题偏移。为了解时人对于《货郎旦》的接受，本文根据马南（Charles Magnin）的评论进行分析，指出法国读者如何看待《货郎旦》所揭示的中国社会与风俗。此外，本文也进一步以俞第德（Judith Gautier）根据《货郎旦》改编的《卖笑妇》（*La Marchande de sourires*）为例，说明中国戏曲的域外传播是如何通过翻译的再翻译进行跨文化的实践。

关键词：元杂剧；货郎旦；巴赞；俞第德；戏曲翻译

一、前　言

20世纪80年代以来，元杂剧在海外的传译与接受成为学者关注议题。

---

[*] 罗仕龙，台湾大学外文系毕业，法国巴黎新索邦大学戏剧博士，现为台湾清华大学中文系副教授。著有《志于道，游于译：宋春舫的世界纪行与中西文学旅途》等。

从早期综论性质的书目整理,①乃至近年以单一剧本为主题式研析,②甚至西方汉学家亦有从版本流传角度考察者。③ 综合前人研究成果,大致可知戏曲传译涉及问题主要有三:一是文本在翻译过程中所产生的意义传递与偏移,二是中西戏剧美学形式的概念理解与接受,三是西方读者藉由俗文学作品所窥见的民情风俗。这三项问题涵盖文学史、翻译理论、美学、社会学、人类学等不同学科面向,使得戏曲传译可说是相当值得深掘与关注的议题。因此,本文将以无名氏撰《货郎旦》为题,分析该剧在法国的译介及其在中西文学交流史上的意义。

此剧由法国汉学家巴赞(Antoine-Pierre-Louis Bazin,1799—1863)于1838年首度译为法语出版,题为《货郎旦,又名女歌者》(*Ho-lang-tan, ou La Chanteuse*),收入巴赞《中国戏剧选,或蒙古皇帝治理下所创作的戏剧作品选辑》(*Théâtre chinois, ou Choix de pièces de théâtre composées sous les empereurs mongols*)一书(以下简称《中国戏剧选》)。④ 除了译本之外,本文还将关注文学才女俞第德(Judith Gautier,1845—1917)根据《货郎旦》改编的剧本《卖笑妇》(*La Marchande de sourires*,1888年出版),⑤检视该剧在改编过程中所导致的主角异动与视角转换。从译者对原剧本词汇、概念的理解/误读,乃至叙事角度的转变,本文藉由《货郎旦》法译本与改编的个案分

---

① 例如王丽娜:《中国古典小说戏曲名著在国外》,学林出版社,1988年。
② 例如汪诗珮:《文本诠释与文化翻译:元杂剧〈老生儿〉及其域外传播》,《民俗曲艺》2015年第189期,第9—62页。罗仕龙:《中国守财奴的妙汗衫:从元杂剧〈合汗衫〉的法译到〈看钱奴〉的改编与演出》,《编译论丛》第10卷第1期,2017年,第1—36页。
③ 例如[荷]伊维德(Wilt L. Idema)著,凌筱峤译:《元杂剧——异本与译本》,《中国文哲研究通讯》第25卷第2期,2015年,第147—165页。
④ Antoine-Pierre-Louis Bazin, *Théâtre chinois, ou Choix de pièces de théâtre composées sous les empereurs mongols*, Paris: Imprimerie royale, 1838, pp. 257-320. 本书共收录巴赞翻译的四个杂剧剧本,分别是郑德辉《㑇梅香》、张国宾《合汗衫》、无名氏《货郎旦》、关汉卿《窦娥冤》。为行文简便,以下提及本书法语标题时简称为 *Théâtre chinois*。
⑤ Judith Gautier, *La Marchande de sourires*, Paris: G. Charpentier, 1888.

析，或可在戏曲传译的论题上，提供迄今较少被注意的史料与切入观点。

二、从《货郎旦》到《女歌者》：巴赞选译的目的及其对剧本的理解

元杂剧《货郎旦》全名《风雨像生货郎旦》，现有《元曲选》（明臧懋循编）本、脉望馆钞校本流传。两本情节大致无异，惟各折划分、脚色行当配置不同，且字句出入不少。① 如同另一位法国汉学家儒莲（Stanislas Julien，1797—1873）的元杂剧译作，②巴赞《中国戏剧选》译本所根据的版本也是法国皇家图书馆所藏臧懋循编《元曲选》。此事在《中国戏剧选》所附前言略有提及，③但译者未多加说明。这是因为当时法国汉学家可获得的戏曲书籍甚少，且以现代学术方法对中国戏曲所进行的研究亦在初始阶段，故实际上难以注意到戏曲版本差异。有关元刊本、明刊本之间的差异与流传，因不涉及巴赞译作，本文不多做阐述，下文仅集中讨论臧本《货郎旦》与巴赞译本之间的比较。

《货郎旦》故事情节如下：长安京兆府员外李彦和开一解典铺为生，家有妻室刘氏，育有一子春郎，年方七岁。李彦和欲娶歌妓张玉娥，然张玉娥已有情夫魏邦彦。张、魏二人图谋李彦和财产，遂使张虚与委蛇嫁入李家。张过门未几，刘氏气结身亡。张玉娥窃夺李彦和财产后，纵火烧毁李家房舍。李彦和仓皇逃出，于洛河畔巧遇艄公，以为幸运获救，孰料艄公竟是张

---

① （元）无名氏撰：《风雨像生货郎旦》，收于王学奇编：《元曲选校注》第4册下卷，石家庄：河北教育出版社，1994年，第4129页。
② 儒莲是巴赞的老师，出版译作甚多。就杂剧而言，1832年出版法译李行道杂剧《灰阑记》，1834年出版法译纪君祥杂剧《赵氏孤儿》，身后出版法译王实甫杂剧《西厢记》前四本。
③ Antoine-Pierre-Louis Bazin, *Théâtre chinois*, p. XLV. 儒莲、巴赞等汉学家一般习惯将臧懋循《元曲选》称为《元人百种》（*Youen-jin-pé-tchong*）。

玉娥唆使魏邦彦假扮，船行间趁机将李彦和推落水中。另一方面，春郎随乳母张三姑逃出火宅，流落街头。恰遇完颜女真人士拈各千户，乳母遂将春郎卖与拈各千户为子，由货郎张憋古立字据为见证。张三姑则被张憋古收为义女，随唱货郎为生。十三年后，拈各千户病故前将春郎身世说与他听，嘱其寻父。张憋古亦已亡故，生前将李彦和一家事编成二十四回说唱教予张三姑。张三姑念张憋古旧恩，背负其骨骸返洛阳河南府安葬。途遇放牛人，竟是李彦和，当年落水获救后于大户人家做工营生。两人相认，结伴同行。春郎继承拈各千户驿宰官衔，行经驿馆住宿，驿馆为其安排张三姑唱货郎以为消遣。春郎不识三姑，赏其烧肉，不料包烧肉纸张竟是拈各千户留存之当年张憋古所立字据。李彦和不敢认子，张三姑遂将张憋古所编唱词唱与春郎听。春郎恍然大悟，一家重圆，又唤官差擒拿张玉娥与魏邦彦，就地正法。

《货郎旦》一剧充满浓厚民间性格与强烈说唱艺术色彩。剧中涉及的女真风俗，亦使戏文增添丰富的民俗趣味。按货郎原指沿街游乡贩卖杂物的小贩，曲家按货郎叫卖旋律、音调、节拍等特点编为曲调，称【货郎儿】，后又演变为说唱曲艺；由张三姑于《货郎旦》第四折演唱的【九转货郎儿】可一窥该曲牌变化之丰富。① 除了元杂剧之外，后世明清杂剧与传奇亦多有使用【货郎儿】曲牌者，逐步发展为成熟的程序性音乐套式。② 令人好奇的是，在

---

① 参见王学奇编：《元曲选校注》第 4 册下卷，第 4145—4146 页，"说唱货郎儿"注释。按《货郎旦》第四折之【转调货郎儿】共九曲，故又称【九转货郎儿】；【九转货郎儿】即由一支【货郎儿】带八支【转调货郎儿】，此八支【转调货郎儿】之格式、用韵均不同，亦异于第一支【货郎儿】。见王学奇编：《元曲选校注》第 4 册下卷，第 4163—4164 页，"转调货郎儿"注释。

② 有关【货郎儿】曲牌之流变与辨析及其在戏曲作品中使用的实例，参见张骞：《北曲新谱》（艺文印书馆，1973 年），第 42—67 页；侯淑娟：《论九转【货郎儿】在传统戏曲中之演变》，《东吴中文学报》2008 年第 15 期，第 73—92 页。然巴赞一系列戏曲译文皆未译出曲牌名，有时在译文中甚至未特别区隔唱词与念白，似乎并没有特别清楚的曲牌概念，又或可能是为了避免增加读者负担，所以无意凸显曲牌之地位。无论原因为何，巴赞的《货郎旦》译文并未标明【货郎儿】曲牌，故笔者下文分析偏重故事情节以及翻译造成的意义差异，不深究巴赞对【货郎儿】曲牌以及戏曲音乐的认知与体会。

《元曲选》一百出剧本里,为何巴赞挑选此剧翻译?巴赞是否注意到【货郎儿】曲牌的特点?抑或是《货郎旦》剧情内容与主题意识有特别吸引法国汉学家之处?巴赞虽然是第一位出版《货郎旦》译本的译者,但不是第一位阅读过《货郎旦》的法国汉学家,其师儒莲在1832年出版的译作《灰栏记》前言里即曾言及该出杂剧。儒莲指出,《元曲选》所收的百出剧本他已经阅毕二十出,包括《陈州粜米》《杀狗劝夫》《合汗衫》《东堂老》《薛仁贵》《老生儿》《合同文字》《秋胡戏妻》《举案齐眉》《忍字记》《留鞋记》《隔江斗智》《刘行首》《盆儿鬼》《赵氏孤儿》《窦娥冤》《连环计》《看钱奴》《货郎旦》《冯玉兰》。在这二十出之中,除了他本人已经翻译的《灰栏记》以及前辈汉学家马若瑟(Joseph Henri Marie de Prémare,1666—1736)翻译的《赵氏孤儿》(1735年出版)、英人德庇时(Sir John Francis Davis,1795—1890)翻译的《老生儿》(1817年出版)与《汉宫秋》(1829年出版)等数出作品之外,儒莲推荐优先翻译的剧本有四出,亦即《看钱奴》《冯玉兰》《窦娥冤》与《合汗衫》。① 另外,根据李声凤博士的研究,法兰西研究院(Institut de France)图书馆藏有儒莲手稿一份,上面罗列有戏曲清单与"巴赞已译""待译剧目"之类的点评,可能是儒莲有意翻译或荐译的剧本,包括《金钱记》《鸳鸯被》《赚蒯通》《合汗衫》《谢天香》《东堂老》《梧桐雨》《老生儿》《黄粱梦》《青衫泪》《单鞭夺槊》《抱妆盒》十二出。②

尽管在各份不同的手稿里留有不同的线索,可供今人推想儒莲的翻译构想与计划,但实际上儒莲终其一生并未出版过上述提及的大部分剧本,仅《灰栏记》《赵氏孤儿》《西厢记》三剧得以流传迄今。据李声凤考察,法兰西研究院图书馆现存有若干儒莲的戏曲翻译手稿,包括《赵氏孤儿》《西

---

① Stanislas Julien, trans., *Hoeï-lan-ki, ou L'Histoire du cercle de craie*, London: John Murray, 1832, p. IX. 按马若瑟翻译之《赵氏孤儿》仅译宾白,曲词悉数删除。1834年,儒莲重译之《赵氏孤儿》出版,将曲词与宾白完整译出。
② 李声凤:《法国汉学家儒莲的早期戏曲翻译》,《上海交通大学学报(哲学社会科学版)》第23卷总第102期,2015年,第107页。

厢记》《看钱奴》以及《货郎旦》四出。《赵》《西》为残稿，《看》有剧文全译，而《货》的对白部分基本已译出，惟唱段大多空缺待译。① 从这条线索可以推测，巴赞或许是受到儒莲的启发，故在《中国戏剧选》里收有儒莲推荐优先翻译的《窦娥冤》与《合汗衫》两剧。至于《货郎旦》一剧虽非儒莲四出优先翻译剧本之一，但同样也列于儒莲阅毕的首批元杂剧，且儒莲已有部分译出的手稿，或因此引起巴赞注意。值得一提的是，巴赞译本《货郎旦》法语标题为 Ho-lang-tan, ou La Chanteuse（按本标题直译为中文《货郎旦，又名女歌者》），恰与儒莲《货郎旦》译稿手稿所采用的标题相同，②都以"女歌者"名之。此外，若从剧情角度推之，不管是儒莲已译的《灰栏记》，或是他推荐翻译的《窦娥冤》《合汗衫》等，都是涉及法律正义的公案剧，此点与《货郎旦》主题不谋而合，而巴赞的确也继承师志，出版有《窦娥冤》《合汗衫》译本。可见巴赞之所以选译《货郎旦》，除了可能受到儒莲的手稿影响之外，另有原因之一乃是有心于中国戏曲里所呈现的法理与社会制度。

巴赞在《中国戏剧选》前言述及他为何看重中国戏曲的译介，主要原因有二：一则戏剧可以描绘人情风俗，二则戏剧可如图像般呈现外国历史事件；一套《元曲选》浩浩荡荡，恰是巴赞心目中的中国民俗录。③ 巴赞认为，"看起来再怎么正经八百的研究，也比不上文学作品可以那么迅速地让人穿透社会机制的神秘面纱，而且有时文学作品还更确切。可以大胆肯定地说，世上存在的每一出戏剧作品，都或多或少揭露了某些完全没被注意到

---

① 李声凤：《法国汉学家儒莲的早期戏曲翻译》，《上海交通大学学报（哲学社会科学版）》第23卷总第102期，2015年，第108页。李声凤在同一篇文章里共指出九出儒莲曾翻译过的剧本手稿。除李声凤本人查阅过的手稿之外，还有前人研究所提及的手稿。这九出剧本翻译手稿包括《灰栏记》《赵氏孤儿》《西厢记》《看钱奴》《货郎旦》《合汗衫》《冯玉兰》《窦娥冤》《汉宫秋》，但部分手稿已经亡佚或下落不明。
② 有关儒莲《货郎旦》译稿手稿的法语标题，同上注，第105页。不过，李声凤在文中并没有特别指出该法语标题是儒莲本人所撰，抑或是图书馆目录所编列条目。
③ 罗仕龙：《中国"喜剧"〈㑇梅香〉在法国的传译与改编》，《民俗曲艺》2015年第189期，第77—79页。

的事实,让它们呈现在世人的眼前"。① 巴赞以《货郎旦》为例指出,剧中卖子立约的情节让读者见识到该种合同的格式,而更令人惊讶的是,随着剧情推展,居然发现其实卖子不过也就是一种收养的模式。巴赞因此评述道,凡此种种都足以令法国读者玩味中国人难以理解的性格与社会风俗。②从上述评价不难发现,《货郎旦》的翻译对巴赞来说,的确是有其考察民俗、理解世情的功能,而非纯粹出于个人对故事情节的兴趣。至于前述【货郎儿】曲牌的特点与渊源,则未见于儒莲或巴赞的研究与评述。

巴赞在《中国戏剧选》前言以洋洋洒洒六十余页篇幅详述中国戏曲的源流演变、杂剧体制、脚色行当、戏剧文化等,堪称当时法国最详尽的一份中国戏曲考察报告。尽管如此,由于巴赞译本的主要着眼点是剧中揭示的社会百态与人情风俗,所以巴赞译文并没有特别讲究原剧文的体制细节。例如元杂剧一人主唱,曲文宾白皆以行当标示(如"外旦云""副旦唱"等),但巴赞译文一律以剧中人物名称标示(如"张玉娥说""她说""张三姑唱""她唱"等),以便读者理解。此外,巴赞一律不译原作曲牌名,仅标示"她唱""她换一个曲调演唱"。就关目分场而言,巴赞参考法国戏剧分幕原则,将元杂剧的"折"译为"幕"(acte),每幕之中逢有人物上下场即换"场"(scène)。例如《货郎旦》原剧第一折在巴赞译文里译为"第一幕",且该幕根据人物上下场被划分为五场。也就是说,虽然巴赞在《中国戏剧选》前言详细说明了元杂剧的体制规范与形式特点,但读者实际读到的译本却有如披上了法国戏剧的外衣,只是故事内容与风土民情取自中国戏曲而已。既然巴赞译本着重剧情所揭示的人情风俗,那么译文与原作之间的差异(如增删、改写、误译等),以及为辅助说明而加入的注脚等便显得格外重要,因为这些细节所流露的信息足以说明巴赞对剧情的体会、诠释,乃至于他究

---

① Antoine-Pierre-Louis Bazin, *Théâtre chinois*, p. LI. 以下所引巴赞文字,如无特别注明,皆为笔者根据法文自行回译为中文。
② Antoine-Pierre-Louis Bazin, *Théâtre chinois*, p. LII.

竟想如何呈现《货郎旦》，借以使该剧译文符合他所想要让法国读者认识并接受的中国社会与人情百态。

首先便是破题。《货郎旦》译本一开始就注意到"货郎旦"此一行业，巴赞以注释详尽解释之。他指出：

> 本剧之中文标题不乏难解之处。"货郎"这个表达法在字典里找不到，一般来说有负面的意涵，所指的是女性音乐表演者，或是以卖唱维生的女子，其品德往往叫人必须打上问号。至于旦这个字，是中国作者用来指称女性人物角色的；像这样用来命名角色的字有很多，旦字只是其中一个。正因如此，所以张玉娥在剧情进行中以及每次她上场时，都以外旦称呼之。外旦的意思，就是指剧中扮演妓女的女演员。①

以上巴赞虽然分别阐明"货郎"与"旦"的字义，但显然并没有正确理解何为"货郎旦"，且对行当旦、外旦理解亦有误。按前文已述货郎乃沿街叫卖货物之人，唱货郎词原为吸引来往顾客之用。《货郎旦》剧中乳母张三姑遭逢李家变故，为营生计从张撇古习唱货郎，故该剧之货郎旦乃指张三姑，其所演唱之【九转货郎词】二十四回，最终助春郎知其身世。巴赞因为"在字典里找不到"货郎一词之义，只能强做解人，将货郎等同于卖唱卖笑的娼妓，进而将扮演张玉娥的行当外旦视为演出妓女专用。剧中张玉娥所操行业进一步坐实巴赞的误解。试见第一折首句：

> （外旦扮张玉娥上，云）妾身长安京兆府人氏，唤做张玉娥，是个上厅行首。②

按"上厅行首"原指应承官厅演出戏班行列之首，此指色艺俱佳的上等官妓。③ 巴赞将此句译为：

---

① Antoine-Pierre-Louis Bazin, *Théâtre chinois*, p. 259.
② 王学奇编：《元曲选校注》第 4 册下卷，第 4123 页。
③ 王学奇编：《元曲选校注》第 4 册下卷，第 4130 页。

张玉娥:"我原为京城人士。我的名字是张玉娥。我操持的行业是卖笑妓女。"①

按巴赞用的"卖笑妓女"一词法语原文为"courtisane",一般指较为高级的妓女,常以技艺色人。巴赞将"上厅行首"译为"卖笑妓女",并在这一句译文末尾加上注脚云,有关"上厅行首"一词,"在任何字典里都查不到。但儒莲先生已让吾人认识此一表达方式之意涵(参见其译中国剧本《灰栏记》注释页 101)"。② 那么,根据巴赞所提供的这条线索,究竟儒莲是如何解释这个遍寻字典都找不到的词汇呢?查阅《灰栏记》译本,可见儒莲以"迷人的美女"(une charmante beauté)翻译原剧文楔子"此处有个上厅行首张海棠"里的"上厅行首"一词。儒莲以注解说明《灰栏记》剧文"上厅行首"之意:

迷人的美女。原文字面意义是指欢场女子。这也就是"上厅行首"一词的意思(逐字译为:高的—厅堂—行列—头)。我在任何一本字典都查不到这个词。有时候人们只须简称其为"行首"。本选辑第七十六出作品题为《刘行首》,意思就是欢场女子。以下凡言"该字词于字典查无"者,指的是我现有的汉语字典,包括《康熙字典》《品字笺》《正字通》,以及叶宗贤(Basile)、马礼逊(Morrison)等人所编纂的字典。这些字典差不多就是我们现在在欧洲仅能找到的字典。③

按"欢场女子"一词,儒莲用的是"fille de joie",此语有指妓女之意;"本选辑"即指臧懋循《元曲选》,儒莲、巴赞的著作中习惯将《元曲选》所收剧本依序编号,以利索引。叶宗贤(Basile de Glemona,1648—1704)系西班牙方济各会士,编有以拉丁文释义之《汉字西译》(*Dictionarium Sinico-Latinum*,1701 年首次出版);马礼逊(Robert Morrison,1782—1834)系来自

---

① Antoine-Pierre-Louis Bazin, *Théâtre chinois*, pp. 259 - 260.
② Antoine-Pierre-Louis Bazin, *Théâtre chinois*, p. 260.
③ Stanislas Julien, trans., *Hoeï-lan-ki, ou L'Histoire du cercle de craie*, p. 101.

英国的基督新教传教士,编有《华英字典》(*A Dictionary of the Chinese Language*,1815—1823年出版)。儒莲旁征博引,言出有据,但他反复强调的事实却是欧洲现有字典不足,且字典中并无"上厅行首"一词,似乎暗示该词解释出自他本人的理解。儒莲将该词解为妓女虽稍有窄化之嫌,但基本不能算错。然而必须特别注意的是,《灰栏记》中的上厅行首张海棠历经诬陷,屈打成招,幸赖包拯明察秋毫,终能昭雪沉冤。就其际遇而言,实大不同于《货郎旦》中的上厅行首张玉娥。

儒莲无法于字典验证"上厅行首"词意,将其委婉解读为欢场女子;巴赞亦无法确定"上厅行首"词意,遂将其译为以色艺媚人的卖笑娼妓。又因"货郎旦"于字典难以查考,遂与"上厅行首"混淆,进一步使巴赞误以为卖唱的货郎旦就是卖笑的娼妓。从上文所引巴赞对"货郎旦"一词的注释,行文之间似乎已将原剧标题的"货郎旦"等同于张玉娥。以张三姑为主角的元杂剧《货郎旦》遂在巴赞译笔下演变为以张玉娥职业为题的《女歌者》。然而从情节铺陈来看,张玉娥的戏份事实上只有剧首以巧计嫁入李家谋财害命,以及剧末就地伏法两个部分,显然不是剧中最重要的人物。以其"女歌者"身分命名本剧是否恰当?巴赞心中或许不是没有存疑。这一点可以从巴赞译文里对张三姑一角的处理略见一二。

试以《货郎旦》第四折张三姑(副旦扮)与春郎(小末扮)重逢片段为例。前文述及《货郎旦》迄今流传之"九转"唱段即出于此。以下表1中笔者根据巴赞译文回译为中文,以利读者比对元杂剧曲文与巴赞译文的差异。

表1 《货郎旦》原文与译文之"九转"段落差异

元无名氏《货郎旦》曲文 (明臧懋循编《元曲选》版本)	巴赞《货郎旦》法译本 (即《女歌者》)回译为中文
(副旦做排场、敲醒睡科,诗云)烈火西烧魏帝时,周郎战斗苦相持。交兵不用挥长剑,一扫英雄百万师。这	张三姑:"我不是要向您叙述魏帝时期诸葛亮如何把雄立扬子江畔的八十三万装甲阵营灭为灰烬,我只是要为您演唱昔日发生于河南府的一桩奇闻。

续 表

元无名氏《货郎旦》曲文 （明臧懋循编《元曲选》版本）	巴赞《货郎旦》法译本 （即《女歌者》）回译为中文
话单题着诸葛亮长江举火,烧曹军八十三万,片甲不回。我如今的说唱,是单题着河南府一桩奇事。(唱) 【转调货郎儿】也不唱韩元帅偷营劫寨,也不唱汉司马陈言献策,也不唱巫娥云雨楚阳台。也不唱梁山伯,也不唱祝英台。(小末云)你可唱甚那?(副旦唱)只唱那娶小妇的长安李秀才。 (云)怎见的好长安?(诗云)水秀山明景色幽,地灵人杰出公侯。华夷图上分明看,绝胜寰中四百州。(小末云)这也好,你慢慢的唱来。(副旦唱) (按:下略【二转】至【八转】曲文与唱词) 【九转】便写与生时年纪,不曾道差了半米。未落笔花笺上泪珠垂,长吁气呵软了毛锥,恓惶泪滴满了端溪。(小末云)他去了多少时也?(副旦唱)十三年不知个信息。(小末云)那时这小的几岁了?(副旦唱)相别时恰才七岁,(小末云)如今该多少年纪也?(副旦唱)他如今刚二十。(小末云)你可晓的他在那里?(副旦唱)恰便似大海内沉石。(小末云)你记的在那里与他分别来?(副旦唱)俺那洛河岸上两分离,知他在江南也塞北。(小末云)你那小的有甚么记认处?(副旦唱)俺孩儿福相貌双耳过肩坠。(小末云)再有甚么记认?(副旦云)有、有、有。(唱)胸前一点朱砂记。(小末云)他祖居在何处?(副旦唱)他祖居在长安解库省衙西。(小末云)他小名唤做甚么?(副旦唱)那	(她唱)我不是要为您演唱韩元将军如何奇袭军营,豪取掠夺一切所见之物;我不是要为您演唱汉代的司马陈如何想出策略谋取和平;我不是要为您演唱女巫如何在楚阳塔上招来云雨;我不是要为您演唱梁山君王的探险;我不是要为您演唱那名为祝英的高塔。" 春郎:"那么,您要唱些什么呢?" 张三姑:"(她唱)我只唱长安李员外娶了二太太之事。(她说)您觉得长安如何?(她吟诗道)水光山青处处叫人着迷,这片富饶宝地孕育出无数君王与伟人。人们只要瞧瞧中国地图以及周遭邻近区域,就会立刻承认长安是世上至美之乡。" 春郎:"这些话让我真欢喜。来吧,轻轻慢慢地唱,我听着呢。" (张三姑演唱一曲哀歌,由二十四个唱段组成,以庄重、素朴的方式回溯李彦和一家的不幸。春郎听着,表现出显著的情感。) 春郎:"您是多少年以前卖掉这孩子的?" 张三姑:"(她唱)十三年。从此之后我一点儿他的消息也没有。" 春郎:"他那时几岁了?" 张三姑:"(她唱)那时节他已经有七岁了。" 春郎:"现在他依旧年幼吗?" 张三姑:"(她唱)是的,他应该很快就要二十岁了。" 春郎:"难道您没办法知道他在哪里吗?" 张三姑:"(她唱)他就像大海深处的一颗砾石。" 春郎:"告诉我,您是在什么地方离开他的?" 张三姑:"(她唱)我们是在洛河畔分离的。" 春郎:"您的孩子有没有什么明显的特征?" 张三姑:"(她唱)我的孩子相貌端正好看。" 春郎:"他有没有其他特征?" 张三姑:"有,有,有。(她唱)他在胸前有个红印记。" 春郎:"他的先祖住在何方?"

续　表

元无名氏《货郎旦》曲文 （明臧懋循编《元曲选》版本）	巴赞《货郎旦》法译本 （即《女歌者》）回译为中文
孩儿小名唤做春郎身姓李。①	张三姑："（她唱）他的先祖过去住在长安，他们在那儿开了一间典当铺，在省城的高等法院之西。" 春郎："他的小名叫什么？" 张三姑："（她唱）他的小名叫春郎，家里姓李。②"

　　比对原文与译文，可以明显看出巴赞有多处误译，尤其是张三姑引用典故之处。有关戏曲引用典故之难解与难译，儒莲已曾言及，巴赞译文则更是时有讹误。③ 不过，以上比对段落最值得注意的，倒还不只是【转调货郎儿】的严重误译而已，更重要的是巴赞删除了大量张三姑的唱词，除【二转】至【八转】悉遭删除之外，【九转】亦有些许误译与删除。此段九转唱词攸关张三姑、春郎相认，渲染剧情气氛至为重要。巴赞将其删除后，藉由舞台指示说明"张三姑演唱一曲哀歌，由二十四个唱段组成，以庄重、素朴的方式回溯李彦和一家的不幸"。④ 此处巴赞所言"二十四个唱段"的"唱段"一词乃法语"couplet"，原指歌唱或戏剧表演里依照同样曲调替换歌词、反复演唱的唱段，一般也可泛指表演中穿插的歌曲。"二十四"则是根据《货郎旦》原文的"二十四回说唱"而来。"二十四'回'说唱"与"二十四个'唱段'"两者意义不尽相同，但不管巴赞是否能清楚分辨"回"与"couplet"的差

---

① 王学奇编：《元曲选校注》第 4 册下卷，第 4155—4159 页。
② Antoine-Pierre-Louis Bazin, *Théâtre chinois*, pp. 313-316.
③ 罗仕龙：《中国"喜剧"〈㑇梅香〉在法国的传播与改编》，第 85 页。
④ 巴赞法语译文为："Tchang-san-kou chante une complainte en vingt-quatre couplets qui retrace avec noblesse et simplicité les malheurs de la famille de Li-yen-ho." 此处"complainte"一词意指曲调悲伤凄婉的通俗民歌。巴赞将张三姑演唱的内容视为一首作品，其中有二十四个反复唱段。此义并不完全等同于以【货郎儿】曲牌九次转调、结构上以二十四回故事组成的张三姑唱词。

异,此处他将【二转】至【八转】曲词删除,仅以舞台指示表示【二转】至【八转】是由"二十四个唱段"组成,显然作为译者的巴赞并无意体现九转【货郎儿】的音乐结构特点,而作为汉学家的巴赞是否有足够的材料以供理解该曲牌特点,恐怕也是问题。对于读者来说,此处只能通过巴赞所言"二十四个唱段"想象张三姑演唱的内容,实际上并无法从译文中进一步得到曲词信息,遑论辨析杂剧曲牌体裁与西方音乐范式差异。从这个小细节也可以看出,19世纪前半期的戏曲传译重点仍在文词与义理本身,对于戏曲本身的艺术特点尚无余力处理。

原"九转"唱词兼具抒情与叙事的功能,在巴赞译文里仅剩一笔带过。就叙事功能而言,或许是因为巴赞认为相关剧情前已有之,故此处不需要重复。这种删减的处理方法固然可能是因为巴赞不谙中国戏曲的表现手法与美感呈现,毕竟与巴赞同时期的法国汉学家几乎都未曾目睹过戏曲演出,[①]难以理解戏曲唱词看似重复、实则可渲染的气氛效果;又或是巴赞为使结构铺陈更符合西方戏剧编剧方法,欲以单一情节线累积戏剧冲突,避免重复讲述剧情造成拖沓之故。除此之外,笔者认为还有一项更关键的原因,乃是因为巴赞将剧名所指的"货郎旦"误以为是卖色卖艺的"女歌者"张玉娥,故没有意识到张三姑货郎唱词呼应题旨的重要性,甚至认为张三姑过多的唱词表现会减损主角女歌者张玉娥的分量。从巴赞《货郎旦》译本里有关上厅行首、货郎旦等词汇的混淆,乃至人物角色比重的配置、货郎唱词的删减等情形,可看出戏曲在西传之初,由于汉语语言信息缺乏(如儒莲、巴赞反复提起的字典不足),以及戏曲译者对于戏曲表演美学的陌生所遭遇到的接受困难。

巴赞译《货郎旦》第四折除了上述"九转"唱词删减之外,剧末张玉娥、

[①] 罗仕龙:《19世纪下半叶法国戏剧舞台上的中国艺人》,《戏剧研究》2012年第10期,第4页。

魏邦彦被缉拿到案后，张三姑于【煞尾】曲牌所唱"我只道他州他府潜逃匿，今世今生没见期，又谁知冤家偏撞着冤家对""你也再没的怨谁，我也断没的饶伊"两段唱词亦遭删除，①整支曲牌只保留"要与那亡过的娘亲现报在我眼儿里"一句。② 巴赞译文强调天理昭昭的报应，将该句译为"上天的正义在我眼前显露光辉；我的女主人仇恨已报"。③ 至于张三姑唱完后，李彦和接着念白"今日个天赐俺父子重完"，④在巴赞译文里则被稍微修改为"是啊！上天就是要在今天让复仇轮到它"。⑤ 张三姑、李彦和一前一后两句接续，在原剧本里着重的是"亡过的娘亲""父子重完"之人伦失散与团聚，然巴赞译文则强调正义重光，上天公理到来，终得将复仇进行到底。此虽为细节，但可让我们看出巴赞译作沿袭西方戏剧传统对"诗性正义"（poetic justice）的追求，同时亦可看出巴赞如何在反映社会人情的戏曲作品里调和东西文化差别，弥合中外思想异同。

前文提及巴赞特别关注戏曲所反映的中国社会风俗。这一点除了可从译文对原文的增删或微调看出之外，也可以从译文提供的注解窥知。例如第一折【赚煞】，正旦（扮刘氏）因李彦和娶二房故气愤难消，临死前唱"你没事把我救活，可也合自知其过。你守着业尸骸，学庄子鼓盆歌"。⑥按鼓盆歌典出庄周试妻故事，可见于抱瓮老人编《今古奇观》之《庄子休鼓盆成大道》。《今古奇观》乃甚早西传之中国文学作品之一，18世纪耶稣会士殷弘绪（François-Xavier d'Entrecolles，1664 - 1741）即已译有《今》书所收庄子故事，收录于杜赫德神父（Jean-Baptiste Du Halde，1674—1743）编《中华帝国全志》（*Description de l'Empire de la Chine*，1735年出版），日后并启发

---

① 王学奇编：《元曲选校注》第4册下卷，第4160、4161页。
② 王学奇编：《元曲选校注》第4册下卷，第4161页。
③ Antoine-Pierre-Louis Bazin, *Théâtre chinois*, p. 320.
④ 王学奇编：《元曲选校注》第4册下卷，第4161页。
⑤ Antoine-Pierre-Louis Bazin, *Théâtre chinois*, p. 320.
⑥ 王学奇编：《元曲选校注》第4册下卷，第4128页。

文豪伏尔泰创作小说《查第格》(Zadig)的灵感。巴赞显然熟读前辈汉学家翻译的俗文学作品,故于此处译文详加注解,并摘录一段他认为"荒谬的片段",尤其是庄周试探田氏之后"大笑一声,将瓦盆打碎。取火从草堂放起,屋宇俱焚",①巴赞特地以斜体字标注"取火放起",提醒读者注意,并分析道"以上诸如此类的荒谬之事为诗人所引用。读者稍后将会看到李彦和并未仿效哲学家之举,而是由娼妓她本人纵火焚屋,且相当知晓如何自烈焰中脱身"。② 按诗人一语所指即《货郎旦》剧作家,哲学家指庄周,娼妓则指张玉娥。巴赞将李彦和屋宇被焚一事比之于庄周焚屋,两者看似毫无交集,但巴赞很有可能是注意到两个故事都涉及的"一女事二夫"情节,并由此推想中国社会对于女性情感地位的规范:田氏夫丧之后是否可以应允年轻男子的追求?张玉娥是否有权利成全自己与魏邦彦的爱情?如果田氏的不忠遭到夫君纵火惩处,那么张玉娥纵火焚屋是否象征夺回情感自主?张玉娥不忠于李彦和,是否是为了忠于她与魏邦彦之情?以上种种,巴赞虽未明言,亦未进一步阐述,但根据巴赞在《中国戏剧选》前言有关《㑇梅香》的分析,或可窥知巴赞关注的重点何在。巴赞以《㑇梅香》三个片段为例,反驳前辈汉学家有关中国女性地位的观察,推论元代女性地位的自由与解放。③ 由此可见,巴赞之所以将庄周焚屋、张玉娥纵火两者相提并论,应是出于他对中国女性地位乃至情欲的反思。

正因如此,《货郎旦》在巴赞的译笔下(不管是有意或无意的误译),除了强调反正拨乱的天理之外,亦将视角转向男女爱情议题的探讨。试另举两个注释为例,说明巴赞译本对爱情主题的关注。第一个例子出自第二折结尾张三姑将与春郎分别之际,副旦扮张三姑唱【鸳鸯尾煞】曲牌,提醒春郎莫忘亲恩:

---

① Antoine-Pierre-Louis Bazin, *Théâtre chinois*, pp. 276–277.
② Antoine-Pierre-Louis Bazin, *Théâtre chinois*, p. 277.
③ 罗仕龙:《中国"喜剧"〈㑇梅香〉在法国的传译与改编》,第78—79页。

表 2 《货郎旦》第二折【鸳鸯尾煞】原文与译文差异

《货郎旦》第二折【鸳鸯尾煞】	巴赞译《货郎旦》第二幕第二场（笔者根据巴赞译文回译为中文）
副旦扮张三姑唱：乞与你不痛亲父母行施恩厚，我扶侍义养儿使长多生受。你途路上驱驰，我村疃里淹留。畅道你父亲此地身亡，你是必牢记着这日头。大斯八做个周年，分甚么前和后。那时节遥望着西楼，与你爷烧一陌儿纸，看一卷儿经，奠一杯儿酒。①	张三姑："（她唱）我问你，难道我对你没有表现出父母般的温柔吗？从你是孤儿以来，我始终支持你的生活，陪伴你身边，只为把你抚养长大迄今。与你路途奔波，我感到各种疲惫。如今我虽在这里将你抛弃，但要高声激动地向你说：你的父亲就是在这样的地方过世的，记得在你心深处保有这悲伤事件的回忆。唉！从今一年以后，当太阳又再次推演完新一轮途程，你还会记得发生过什么事吗？到那时，将你的双眼望向西楼，为你父亲烧金纸，吟唱一卷祈祷词，尤其别忘了给鬼神浇祭杯酒。②"

巴赞译本大致与原文相符。值得注意的是，巴赞将"西楼"一词译为"pavillon d'occident"。"pavillon"意指亭台、楼阁，"pavillon d'occident"一词恰与日后儒莲所译《西厢记》（*L'Histoire du pavillon d'occident*）法语标题中的"西厢"相同。前文述及儒莲曾有荐译剧目与翻译残稿，其中包括《西厢记》。虽然吾人难以断定巴赞是否读过儒莲的《西厢记》译稿，但可以肯定的是巴赞应该读过《西厢记》剧本，因为巴赞在上述曲文"西楼"一词旁加上详尽注释，详述西楼/西厢在普救寺的位置、功用、建筑特色、来往人潮于该处祭拜之事等，并在注释末尾标记出处为 Si-siang-ki（亦即《西厢记》标题音译）。③《货郎旦》此段原曲文只讲父子亲情，并无涉及《西厢记》的男女情爱，唯一共同点就是《货郎旦》曲文的"西楼"与《西厢记》的"西厢"都与祭拜有关。何以巴赞会在此处联想到《西厢记》？很有可能就是因为巴赞相当关注《货郎旦》中的男女爱情关系问题，兼且《西厢记》故事本近于巴赞另一译作《㑇梅香》，以至于巴赞游走于文本之间，让此段译文似将乳母对孤

---

① 王学奇编：《元曲选校注》第 4 册下卷，第 4141 页。
② Antoine-Pierre-Louis Bazin, *Théâtre chinois*, pp. 294–295.
③ Antoine-Pierre-Louis Bazin, *Théâtre chinois*, p. 295.

儿的情义衷肠添加几分草桥送别之意,反而在解读视角上显得强做解人,超出原文意旨了。

第二个例子出自第三折张三姑与李彦和重逢相认,李彦和辞放牛零工随张三姑同去。张三姑唱【随尾】曲牌叹人生因缘竟若此:

表3 《货郎旦》第三折【随尾】原文与译文差异

《货郎旦》第三折【随尾】	巴赞译《货郎旦》第三幕第二场（笔者根据巴赞译文回译为中文）
副旦扮张三姑唱:祆庙火宿世缘,牵牛织女长生愿。多管为残花几片,误刘晨迷入武陵源。①	张三姑:"(她唱)这团圆本是命中注定,就像那纵火烧天庙的乳母注定要与那君王团圆。就像牵牛与织女,我们实现了一生的愿望。我会回答您说,那被众人鄙夷的女子,终将带领刘晨到天神所居之岛。②"

按"天庙"应为"祆庙"之误,因"祆"字由礻、夭/天组成,故巴赞可能误以为是指天神;"被众人鄙夷的女子"则系巴赞对"残花几片"的理解,指以色艺事人、卖唱为生的张三姑。巴赞在本段短短译文中加入四个注释,分别是关于"天庙""牵牛""织女""天神所居之岛",然其翻译显然与原文意旨有所出入:《货郎旦》原文系感叹人生缘分不定,聚散离合终有时,但巴赞译文似乎将张三姑与李彦和描写成久别重逢的伴侣。何以至此? 试从注释一一解读。

"祆庙"指拜火教祆神之庙,"祆庙火"为元杂剧常见典故,泛指不完美之姻缘,典出《渊鉴类函》卷五八《公主三·玉环解》引《蜀志》:

> 昔蜀帝生公主,诏乳母陈氏乳养。陈氏携幼子与公主居禁中约十余年。后以宫禁出外,六载,其子以思公主疾亟。陈氏入宫有忧色,公主询其故,阴以实对。公主遂托幸祆庙为名,期与子会。公主入庙,子睡沉,公主遂解幼时所弄玉环附之子怀而去,子醒见之,怒气成火而庙

---

① 王学奇编:《元曲选校注》第4册下卷,第4150页。
② Antoine-Pierre-Louis Bazin, *Théâtre chinois*, pp. 306–307.

焚也。①

巴赞在"天庙"这条注释中要求读者参见氏著《中国戏剧选》收录之《㑇梅香》第三折【金蕉叶】唱词"这的是桃源洞花开艳阳,须不比祆庙火烟飞浩荡"所附注释。然而,巴赞《㑇梅香》所附的注释却迥异于《渊鉴类函》所载《蜀志》事。巴赞在该条注释指出,北齐君王命乳母陈氏抚养皇子。皇子长大后,北齐君王不准陈氏再进宫。陈氏朝思暮想她所抚养长大的皇子,郁郁寡欢。她与皇子相约大年初一于天庙相会。皇子抵庙后见陈氏熟睡,便将幼时乳母给他的玉制玩具置于其怀中后离去。陈氏惊醒,将庙内照明之火打翻,烧毁天庙。② 巴赞的注释将原典故的性别反转,使其成了乳母与其抚育之子之间的爱情故事,而恰好呼应了他笔下《货郎旦》里张三姑与春郎的关系。在这个理解框架之下,巴赞所给的"牛郎""织女"注释虽然与一般所知的七夕传说无甚差异,但显然是指涉春郎、张三姑了。然而张三姑与李家的关系又非如此简单,因为巴赞接下来又将张三姑与李彦和的关系套入"误刘晨迷入武陵源"的典故里。按刘晨误入桃源为戏曲常见题材,写东汉刘晨、阮肇避乱入山,采药遇仙女之事。巴赞将此段译为"那被众人鄙夷的女子,终将带领刘晨到天神所居之岛",似乎是暗指张三姑将与李彦和共赴桃源。

以上巴赞《货郎旦》译文注释多有与《㑇梅香》互文之处,而《㑇梅香》与《西厢记》之间的相似又使巴赞《货郎旦》译文多有借用其典故之处。巴赞或许是因为没有完全掌握戏曲文意,以致产生了许多似是而非的解读。然而,也正因为这些误译(而巴赞本人甚至没有意识到其误译)使得巴赞在翻译《货郎旦》时有不同于元杂剧的解读,让一出本以公案为经、命运际遇为纬的剧本,在法译本里旁生出男女爱情关系的复杂面貌,既关乎正常婚姻关系的伦

---

① 转引自(元)王子一撰:《刘晨阮肇误入桃源》,收于王学奇编:《元曲选校注》第4册上卷,第3459页,"没来由夜宿祆神庙"注释。

② Antoine-Pierre-Louis Bazin, *Théâtre chinois*, p. 94.

常，又涉及烟花女子的情欲自主，还隐约指涉乳母与乳儿的关系。凡此种种，皆使一出看似忠实翻译的剧本，实则改写了原剧的意旨，并影响后人的理解与衍生改编；而这也正是因为词汇的误译，进而导致了视角的变异。

巴赞《货郎旦》译本尚有其他改动、删除、误译之处，限于篇幅，笔者不一一指出，仅于文后列表以供读者参考。本文接下来将继续分析巴赞《货郎旦》译本在当时读者群中的接受。

三、《货郎旦》译本在19世纪法国的评价

巴赞《货郎旦》译本随《中国戏剧选》问世之后，并没有立即引起回响，原因无非是时人对中国戏曲感到陌生，对巴赞译作至多止于欣赏，难以深入评论。1841年，巴赞再接再厉，翻译高明《琵琶记》予以出版。① 至此使得杂剧、南戏在法国汉学界都有可参考的文本，或可引起更多评论者对中国戏曲译著的注意。不过，实际检索并查阅同时期报刊评论，可知中国戏曲剧本引发的关注仍然相当有限；尤其中国戏曲在当时还未曾在法国上演过，译者与读者是否能通过翻译剧本演绎的文字理解中国戏曲，恐怕还是个问号。在为数不多的评论之中，较重要者是马南（Charles Magnin，1793—1862）在1842年10月出版的《博学报》（*Journal des savants*）上所发表的评论。② 马南不谙汉语，故其对于中国戏曲的分析完全是奠基于巴赞与其他汉学家的研究基础之上。不过，由于马南相当了解西方戏剧，长期

---

① Antoine-Pierre-Louis Bazin, trans., *Le Pi-pa-ki, ou L'Histoire du luth*, Paris: Imprimerie royale, 1841.
② 马南是法国19世纪多份报刊的专栏作家，1832年起被任命为法国皇家图书馆馆员，1838年当选法兰西铭文与纯文学研究院（Académie des Inscriptions et Belles-lettres，法兰西学院下属的五个研究院之一）院士。《博学报》于1665年在巴黎创刊，是欧洲最早创立的文学与自然科学期刊。马南所撰的《货郎旦》评论，见 Charles Magnin, "Théâtre chinois. Deuxième article", *Journal des savants* 10(1842): pp. 577–591.

在报刊撰写戏剧评论，故常能博采周咨，藉由比较方法来理解中国戏曲异于西方之处。例如马南在《博学报》刊载的评论里提到《货郎旦》第四折张玉娥、魏邦彦见张三姑、李彦和时，以为是死人复活，魏惊恐大叫："有鬼，有鬼，太上老君，急急如律令，敕。"张亦失色言道："敢是拿我们到东岳庙里来，一划是鬼那？"①马南一则指出装神弄鬼乃中国观众喜爱的舞台效果，一则联想到莎剧《马克白》的台词。② 从《货郎旦》的杀人偿命联想到《马克白》的天网恢恢，足证马南对西方戏剧掌故的熟稔。

马南在《博学报》刊载的评论中分析巴赞《中国戏剧选》所收的四个剧本，其中不时穿插他个人对中国戏曲的体制认知、意境体会、风俗观察，以及中西戏剧的比较。例如就戏剧文类而言，马南指出《中国戏剧选》所收的四出剧本除了《㑳梅香》被巴赞归类为"喜剧"（comédie）之外，其他三出《合汗衫》《货郎旦》《窦娥冤》都被巴赞归类为"正剧"（drame），原因是"主导这三出作品的元素乃哀婉凄怆（pathétique）与认真严肃（sérieux）"。③ 不过，马南也针对巴赞的戏剧分类指出，其实所谓悲剧、喜剧、正剧都是欧洲译者类比中西戏剧时所强加的名称，中国根本没有同样的说法。马南进一步强调，中国戏剧并非像欧洲戏剧一样根据作品所引发的情感来分类，中国戏剧的分类是"根据作品在每一个新的朝代来临时所接受的形式与风格，而这些形式与风格一般来说随着新朝代来临都会有所改变"。④ 此外，马南也注意到《货郎旦》的作者问题，认为现存元杂剧之作者有许多是无名氏，乃是因为戏剧文学在中国相当被轻忽。⑤ 凡此种种关于中国戏曲

---

① 王学奇编：《元曲选校注》第4册下卷，第4160页。
② Charles Magnin, "Théâtre chinois. Deuxième article", p. 590–591.
③ Charles Magnin, "Théâtre chinois. Deuxième article", p. 578.
④ Charles Magnin, "Théâtre chinois. Deuxième article", p. 578.
⑤ Charles Magnin, "Théâtre chinois. Deuxième article", p. 588. 巴赞《中国戏剧选》前言里根据《元曲选》所附《曲论》，将元杂剧作者分为"士""无名氏""娼夫"三等，搭配每位作者的剧本著作数量制成表格，推原现存元杂剧共564种。巴赞并未分析作者佚名的问题，马南的观点为其个人所提出。

的体例、作者分析,都可看出马南作为一位戏剧评论者的敏锐度,即使他并非汉学家。

关于《货郎旦》一剧的主旨,马南提出了他的观点:

> 这出正剧主旨系于风俗的细腻之处,对于外国读者来说极度微妙且难以掌握。作者一方面想要呈现一个规矩清白的家庭是如何因为与娼妓有染,进而乱成一团,毁家灭亲,让人妻离子散。另一方面,作者又想让读者看到这万劫不复的一家之主,是如何被家中年轻的女仆细心照料,当成自家兄弟一般抚养长大,而这位女仆在主人家遭逢灾厄剧变时,毫不犹豫以卖唱为生。娼妓与歌女在中国庶几无异,而本剧的戏剧调性委实比此更加独特。①

马南根据巴赞的研究,将戏曲视为观风俗之用,而他关注的风俗,主要在于张三姑从事的卖唱行业。前文述及儒莲、巴赞对上厅行首、货郎等词汇的掌握与翻译,使得巴赞《货郎旦》译本多有混淆张三姑卖唱与张玉娥娼妓之行业。马南的评论显然是受到巴赞的影响,以至于特别强调《货郎旦》里的中国风俗细腻且微妙,因为同样是以色艺娱人的娼妓歌女,既可以是鸠占鹊巢的邪恶女子,亦可以是受命托孤的善良忠仆。一善一恶之间,马南似乎倍觉中国戏曲义理之难解。此外,马南将张三姑对春郎的照顾视为手足之情,应当亦是受到巴赞译文暗示两人之间情愫的影响。简言之,巴赞的译文虽然大体上与《元曲选》的《货郎旦》无甚差异,但由于巴赞对某些特定词语的解读乃至其译文的遣词用字,都使得译本旨趣异于原本,连带也影响了时人评论与解读的视角。

既然巴赞《货郎旦》译本在马南眼中是探讨娼优秉性之善恶,马南自然特别关注张玉娥、张三姑的人物性格描写。他以张玉娥伏法段落为例,将之与《灰栏记》的结尾相比较。马南引用张玉娥念白:"你这叫化头,讨饶怎

---

① Charles Magnin, "Théâtre chinois. Deuxième article", p. 588.

的?我和你开着眼做,合着眼受,不如早早死了,生则同衾,死则共穴,在黄泉底下,做一对永远夫妻,有甚么不快活?"①认为此处张玉娥相较于其同伙的懦弱,展现出一种"不可驯化的坚持"。② 马南认为,这是中国戏曲里一个常见的共通之处,就像《灰栏记》结尾时,张海棠大骂懦弱的同伙赵令史:"呸!你这活教化头,早招了也,教我说个甚的?都是我来,都是我来。除死无大灾,拼的杀了我两个,在黄泉下做永远夫妻,可不好那!"不过马南似乎并不特别欣赏这样的编剧手法类同。他甚至在文中感叹道,面对中国戏曲这样一种尚未被广泛翻译,也未被欧洲读者深入认识的文学类型,竟然就已经让法国读者发现剧本之间互相模仿与共同处,委实可惜。马南显然熟读当时已有的中国戏曲译本,方能做出此等类比的评论。但也因为中国戏曲研究在当时的法国汉学界并未蔚为主流,故即使是像儒莲、巴赞之类的汉学家,也还未能在研究中发现中国戏曲套路借用乃为常态,故导致马南失之偏颇的论断。

可惜的是,法国汉学界在儒莲、巴赞之后,一直到19世纪末20世纪初都没有更具深入且开创性的戏曲研究,自然也难以累积更丰富的评论成果。然而,如果说巴赞的误译与误读限制了马南之流的公允论述,那么这些误译或许反能激起不同的创作灵感,使得元杂剧《货郎旦》在法国戏剧舞台上有了崭新生命,成为戏曲西传史上别出心裁的篇章。文学才女俞第德的改编就是例证之一:巴赞失之有误的词汇之译,反而开启俞第德的视角之异。

---

① 王学奇编:《元曲选校注》第4册下卷,第4160—4161页。笔者根据巴赞译文回译为中文为:"你真是个乞丐!为何求饶?死吧,我们一起快快死吧,好让我们一起闭上眼。活着的时候我们共享一张床铺,一旦死了以后,我们的身体可以安息在同一个墓穴里。当我们在另一个世界的黄泉之底时,我们岂不是要像夫妻伴侣永远团聚而感到无比的幸福!"见 Antoine-Pierre-Louis Bazin, *Théâtre chinois*, pp. 319–320。

② Charles Magnin, "Théâtre chinois. Deuxième article," p. 591.

四、爱情与复仇的两难：俞第德根据《货郎旦》译本改编的《卖笑妇》

俞第德系法国文学评论家戈蒂耶(Théophile Gautier, 1811—1872)之女，少时从父亲安排的中国家教丁敦龄(Tin-Tun-Ling, 1829?—1886)学习汉语。俞第德虽未曾亲历中国，但著译有诸多与中国有关之作品，可说是19世纪后半期、20世纪初法国知名的"中国通"。仅以戏剧来说，俞第德除了本人创作的中国题材剧本之外，还曾将《㑇梅香》改编为《野白鸽》(Le Ramier blanc, 1880年演出，1904年出版)，①并且于1899年、1908年两度改编《看钱奴》。②俞第德是否曾如儒莲、巴赞研读过《元曲选》，今不可考。不过，根据俞第德的文学回忆录记述，她的父亲曾遍读巴赞翻译的中国戏剧。③ 由此推知，俞第德很有可能从父亲处获悉中国戏曲一二事，甚至也读过巴赞翻译的中国戏剧。无论如何，俞第德常取材或改编东亚文学，则是不争的事实。

1888年4月21日，巴黎奥德翁剧院(Théâtre de l'Odéon)首演俞第德编写的《卖笑妇》，剧本同年出版，副标为"上下两部五幕日本剧"，附有名诗人席维斯特(Armand Silvestre, 1837—1901)所作说书人序幕概述全剧意旨，并由俞第德长期合作音乐家班耐迪克(Édouard Bénédictus, 1878—1930)为全剧谱曲配乐，刊头且特别注明"敬以本剧献给日本天皇陛下尊荣特使暨全权代表西园寺公望大臣"。④《卖》剧故事发生在日本江户时代，人名、地

---

① 罗仕龙：《中国"喜剧"〈㑇梅香〉在法国的传译与改编》，第88—92页。
② 罗仕龙：《中国守财奴的妙汗衫：从元杂剧〈合汗衫〉的法译到〈看钱奴〉的改编与演出》，第18—31页。
③ Judith Gautier, *Le Collier des jours: le second rang du collier*, *souvenirs* (Paris: Félix Juven, ca. 1905), p. 161.
④ 本文有关俞第德《卖笑妇》之改编，部分内容初见于笔者博士论文之提要，见 Lo Shih-Lung, *La Chine dans le théâtre français du XIXe siècle*, Paris: Université Sorbonne-Nouvelle, 2012, pp. 293-297，惟本文之观点已有大幅修正。

名充斥东洋风情。考其剧情,实改编自元杂剧《货郎旦》。俞第德并未在出版剧本中说明其改编依据,但综合上述信息,可以推测俞第德很有可能参考了巴赞的译作。试以《货郎旦》第四折为例。春郎于馆驿暂歇,唤店家问:"你这里有甚么乐人耍笑的,唤几个来服侍我,我多有赏赐与他。"①按"耍笑的"意指表演滑稽节目的艺人,"耍笑"即滑稽节目。② 巴赞将其译为:"这里有没有几位女乐者,几位常带笑欢愉的女子,能让现场既高兴且快乐的?"③此处"带笑欢愉的女子",巴赞译文为"femmes riantes et enjouées",或许就是俞第德《卖笑妇》标题灵感由来。俞第德之参考巴赞译作,另有一项更直接的证据见于俞第德撰《奇特的人们》(Les Peuples étranges,1879年出版)。该书以游记形式介绍中国的风土人情与文化,实则是俞第德广泛搜罗前人研究材料后的再创作,文笔生动,叙事鲜明。俞第德在《奇》书中介绍中国戏曲表演时,提到一出题为 Ro-lan-tan 的戏。Ro-lan-tan 法语读音近巴赞使用的"货郎旦"音译 Ho-lang-tan,且俞第德表示此标题意即"沿街走唱的娼妓"(la courtisane qui chante dans les rues)。④ 此番理解明显是受到巴赞的译本影响。值得注意的是,俞第德在《奇》书中不时混淆《货郎旦》与《合汗衫》两剧,有时把《合汗衫》称为 Ro-lan-tsi,⑤音近"货郎词",可能是把走唱卖艺之事与歌女唱词联想在一起,故有"旦""词"之误。

俞第德《卖笑妇》剧中人物关系与《货郎旦》几乎如出一辙,大致保留《货郎旦》里主人被情妇所害,乳母将幼子卖与贵族,多年后乳母与主人重逢,情妇与其情夫密谋之事败露等主要情节梗概,只不过剧中人多换上

---

① 王学奇编:《元曲选校注》第4册下卷,第4153页。
② 王学奇编:《元曲选校注》第4册下卷,第4162页。
③ Antoine-Pierre-Louis Bazin, *Théâtre chinois*, p. 309.
④ Judith Gautier, *Les Peuples étranges*, Paris:G. Charpentier, 1879, p. 168.
⑤ Judith Gautier, *Les Peuples étranges*, p. 173.

日本名字：《货》剧里的李彦和成了《卖》剧里的批发富商大和(Yamato，借用日本民族之意)，其元配刘氏成了大山(Oyama，音同汉字"女形"，可指歌舞伎里的旦角)，其子春郎在《卖》剧中名为岩下(Ivvashita)，乳母张三姑成为蒂卡(Tika)，①收养春郎的捻各千户完颜成为前田亲王(Prince de Maëda)，介入他人家庭的歌妓张玉娥成为《卖》剧中的红宝石心(Cœur-de-Rubis，应是俞第德故意以艺名凸显其卖艺身份)，其情夫魏邦彦成为岛原(Shimabara)，在剧本人物列表中特别被标示为是私生子。

《货郎旦》里的货郎旦系指乳母张三姑，然而《卖笑妇》里的卖笑妇却不是指乳母蒂卡，而是指介入他人家庭的红宝石心(一如巴赞《女歌者》里介入他人家庭的张玉娥)。何以见得卖笑妇是指红宝石心？此点可验证于《卖》剧第二幕第二场：红宝石心委身嫁与大和之后与岛原相会，岛原见她已攀高枝，心生怨怼，故语带嘲讽说根本认不出红宝石心，怒叱她以前不过是个"走街过巷的女子，搽脂抹粉，见各个男子都嫣然媚笑，是个厚颜贪婪且凶险的婆娘"。② 正因《卖笑妇》所指乃红宝石心，所以全剧特别着重描写其作为娼妓的人格与心理，而不是像《货郎旦》侧重正义公理与人生因缘的铺陈。在《卖》剧第一幕第五场里，红宝石心独白自剖为何明知富商大和是以钱财买妾，却仍愿意委身于他，原因是红宝石心出身贫寒，自幼就被父母卖与青楼，长大后饱尝世态冷暖，尤其仇恨那些不知人间疾苦且态度傲慢的有钱人家，所以见大和有意染指她，便顺水推舟，伺机复仇。③ 在这样的框架下，俞第德加入红宝石心与岛原私会场景。岛原向红宝石心诉说心中苦，而红宝石心则向岛原娓娓道出心路历程与用心良苦，终使误会冰释，

---

① "Tika"一词音近"chika"，汉字可为"地下"。不过笔者认为以俞第德喜好的东方元素混用笔法，可能是取材自印度宗教用语，意指以朱砂粉、花瓣等素材调和而成之物，点于额头以示祝福平安之意，象征该乳母角色在剧中起到的庇佑作用。
② Judith Gautier, *La Marchande de sourires*, p. 31.
③ Judith Gautier, *La Marchande de sourires*, pp. 20 – 22.

齐心横夺大和家产,为争取两人爱情而努力(第二幕第一至二场)。① 在俞第德笔下,红宝石心比张玉娥更加有血有肉,不全然是反派角色,与私生子岛原之间的感情更多了点哀凄色彩。

此外,《卖笑妇》比《货郎旦》多了一个角色,即红宝石心与岛原所生的女儿芦花(Fleur-de-Roseau)。俞第德不但着重描写红宝石心的情感世界,也特别编排芦花与岩下的青春爱情,在第三幕第二场里让两位风华正盛的青年男女互诉衷情。② 此时的岩下尚不知芦花身世,但爱情悲剧的种子已然埋下。及至蒂卡与大和重逢,又巧遇继位亲王的岩下,蒂卡唱起的摇篮曲让岩下忆起襁褓时期乳母的呵护,终于亲人相认,真相大白。原本《货郎旦》里张三姑演唱的【九转货郎儿】已于巴赞《女歌者》译本中大量删除,而极有可能参照巴赞译本改编而来的《卖笑妇》显然更不可能予以保留;加之俞第德将叙事重点转移至红宝石心,更使得元杂剧剧名由来的货郎词成为一支摇篮曲,让我们清楚看到一出元杂剧剧本的翻译与改编轨迹。回到《卖笑妇》剧情。岩下与父亲、乳母相认后,芦花的身世与红宝石心的身份自然也被揭露。二十载恩怨历历细数,随之而来的却是岩下处境的两难:究竟该忠于爱情,与芦花共结连理?抑或是秉持大义,为生身父母报不共戴天之仇?在最关键的时刻,是红宝石心解决了芦花与岩下的难题。她抽出匕首刺向心窝自尽,③既成全大和一家的复仇之愿,又保全了芦花与岩下的爱情。红宝石心临死前坦坦荡荡,表明自己多年来亦备受折磨;她又痛

---

① Judith Gautier, *La Marchande de sourires*, pp. 29 – 38.
② Judith Gautier, *La Marchande de sourires*, pp. 56 – 65.
③ 此处红宝石心以匕首自尽的死法,或许是受到巴赞《女歌者》的启发。杂剧《货郎旦》第四折结尾真相大白后,春郎做"斩净、外旦"科。"斩"是中国古时惯用的刑罚,按戏曲演出惯例,场上应非春郎实际为之,而是交由左右"问斩"。从未见过戏曲演出的巴赞,或许无法理解春郎如何在台上连斩二人,故未将"斩"字按字面意思译出,而以"(刀、剑)刺杀"(poignarder)一词代之,译为"Tchun-lang poignarde Wei-pang-yen et Tchang-iu-ngo"(春郎刺向魏邦彦与张玉娥)。巴赞《女歌者》弃"斩"而就"刺",使得参酌其译本的俞第德也以"刺"来处理《卖笑妇》里的角色身亡。

陈男性之软弱,指出岛原在犯行之后不久便因畏罪心理而使健康状况江河日下,终致病故。红宝石直言,大和一家与她的冤仇可说早已休矣,惟愿女儿勇敢追求所爱,愿岩下的双手不要因为复仇的义务而沾染鲜血。① 罪愆化为泪水,全剧在众人惊呼下迅速落幕,而红宝石心一生悲剧性的爱情让整出故事的憾恨画下句点。

俞第德并不是第一次改编中国戏曲,不变的却是她一贯的女性视角,并且依此视角结合前人翻译的戏曲予以改编。早在1880年改编《㑳梅香》为《野白鸽》时,就将原剧依赖家长之命、男子功名而成就的婚姻大事,改写为年轻女子巧计连环,争取自主决定权的爱情喜剧。② 及至20世纪初,俞第德与友人洛蒂(Pierre Loti,1850—1923)合编《天女》(*La Fille du ciel*)一剧,③剧中主角太平天国女王既须肩挑家国责任,率领臣民对抗大清,却又私心渴慕光绪皇帝,最后选择为爱殉情。《卖笑妇》可说同样印证了俞第德对女性角色的关注。她藉由一个个看似柔弱,实则刚强或慧黠的东方女子,用烈性或才智争得个人生命理想的成全。俞第德笔下的中国戏曲不以忠实于原文情节见长,而以人物性格刻画为先。她所改编的元杂剧作品,堪称戏曲西传史上一段佳话;而她独具视角的改编,实则奠基于巴赞等汉学家的翻译甚至误译。

五、结　　语

在讨论戏曲西传议题时,巴赞的《中国戏剧选》往往是不可绕过的一部著作;巴赞虽非第一位研究、翻译中国戏曲的法国学者,但其《中国戏剧选》却是西方第一部纯以中国戏曲为主题的剧本文集。近年,学者对此书日益

---

① Judith Gautier, *La Marchande de sourires*, pp. 106-107.
② 罗仕龙:《中国"喜剧"〈㑳梅香〉在法国的传译与改编》,第91页。
③ Judith Gautier and Pierre Loti, *La Fille du ciel*, Paris: C. Lévy, 1912.

关注,但除了该选辑的导言已有翻译出版之外,①较少学者针对该选辑所收剧本进行个案研究以及细部阅读与研究。为进一步了解巴赞译作与原作之间的异同及其在翻译过程中可能产生的意义转变,本文以该选辑的《货郎旦》为例,首先藉由检视剧中的关键词与概念,进而分析巴赞对原作的理解与误读,并通过中法文对照,说明译作对原文的变造,甚至全剧视角的偏移。

然而,就文化交流的角度来说,翻译字句的忠实与否往往不见得是原文本成功传播的必要条件。正因为巴赞译本偏离原作所产生的歧义性,反而开创了《货郎旦》剧本不同的解读空间。马南刊载于《博学报》的剧评即为一例。及至俞第德自由联想改编的《卖笑妇》,让原本以货郎旦张三姑为主要视角的元杂剧旦本戏,脱胎而为以日本青楼女子视角开展的爱情复仇剧,并且搬上异国舞台演出,让一出中国戏曲跨海改编之后有了全新生命。它不但在历史上见证了法国戏剧在 19 世纪末期所展现的日本元素,对于今日的学者来说似乎更提醒了另外一件事实,那就是中国戏曲的翻译与研究在 19 世纪下半期的法国虽然看似陷入停顿,但前人所累积的成果正以不同的方式持续参与并影响法国戏剧的创作。中国戏曲在海外的成就不仅限于学院汉学家的接受,更重要的是,它以不同的变换样貌融入中西戏剧交流的洪流,终使《货郎旦》在法国留下不容磨灭的印记。

附表:巴赞法译《女歌者》(*La Chanteuse*) 主要删改、误译之段落

为精简篇幅,本表不列入巴赞译文中较小规模(如单词、单句等)或是意义偏差程度较小的改动、删除或误译。

---

① 例如[法]巴赞著,赵颂贤译,白丁校:《中国戏剧选·导言》,收于钱林森编:《法国汉学家论中国文学——古典戏曲和小说》,外语教学与研究出版社,2007 年,第 33—50 页。

	无名氏《货郎旦》曲文（《元曲选版本》）	巴赞翻译《女歌者》
第一折	（净扮魏邦彦上，诗云）四肢八节刚是俏，五脏六腑却无才。村在骨中挑不出，俏从胎里带将来。自家魏邦彦的便是。	删除。
	（冲末扮李彦和上，诗云）耕牛无宿草，仓鼠有余粮。万事分已定，浮生空自忙。	删除。
	【混江龙】你比着东晋谢安才艺浅，比着江州司马泪痕多，也只为婚姻事成抛躲。劝不醒痴迷楚子，直要娶薄幸巫娥。	Imitez donc Sié-ngan, qui vivait sous les Tsin orientaux, et qui, dans le calme de la retraite, cultiva la littérature; ou bien suivez l'exemple de cet intendant militaire de Kiang-tcheou, qui devint malade à force de pleurer. Eh quoi! pour de folles jouissances, vous manquez à vos devoirs. Votre fils n'a devant les yeux que le spectacle de la démence abrutie par l'ivresse, et vous songez encore à prendre pour concubine une magicienne, dont les charmes vous ont ensorcelé!
	【油葫芦】气的我粉脸儿三闾投汨罗，只他那情越多，把云期雨约枉争夺。	Mon indignation est si vive que je voudrais plonger son visage fardé dans les eaux de la rivière Mi-lo, où se noya Khio-youen … Sa passion pour vous s'accroît de plus en plus; elle ne cherche qu'à me frustrer de mes plaisirs légitimes.
	【寄生草】只怕你飞花儿支散养家钱，旋风儿推转团圆磨。	Mais je crains bien que toutes ces fleurs ne se dispersent, et qu'un tourbillon de vent ne les emporte.
	【后庭花】他那里闹镬铎。	Voyez-donc, quel orgueil! quelle ostentation! Pourquoi prend-elle des airs et un ton qui ne conviennent point à son rang?
	【柳叶儿】都是些胡姑姑假姨姨厅堂上坐，待着我供玉馔，饮金波，可不道谁扶侍你姐姐哥哥？	Ce sont ces belles-mères décrépites, ces belles-sœurs fausses et orgueilleuses; ce sont ces femmes qui dans leurs salons vous comblent de faveurs, vous offrent des mets exquis, des breuvages délicieux. Ne sait-on pas que vous vous traitez mutuellement de frères et de sœurs?

续 表

	无名氏《货郎旦》曲文 （《元曲选版本》）	巴赞翻译《女歌者》
第一折	【金盏儿】俺这厮偏意信调唆，这弟子业口没遭磨。有情人惹起无明火，他那里精神一掇显偻儸。他那里尖着舌语刺刺，我这里掩着面笑呵呵。（外旦云）你休嘲拨着俺这花奶奶。（正旦唱）你道我嘲拨着你个花奶奶。（外旦云）我就和你厮打来。（正旦唱）我也不是个善婆婆。（打科）	Tchang-Iu-Ngo, à Lieou-chi：“Gardez-vous de me tourner en ridicule！” Lieou-chi：“（Elle chante.）Qu'est-ce que vous dites, avec vos couleurs empruntées？” Tchang-Iu-Ngo：“Je vais vous donner des coups.” Lieou-chi：“（Elle chante.）Vous allez voir que je ne suis pas bonne.（Elle la frappe.）”
	【赚煞】（净上，云）自家魏邦彦的便是。前月打差便去，叵耐张玉娥无礼，投到我来家，早嫁了别人。如今又使人来寻我，不知有甚么事？我见他去，此间就是。家里有人么？	删除。
	（诗云）那怕他物盛财丰，顷刻间早已成空。这一把无情毒火，岂非是没毛大虫？	删除。
第二折	【双调新水令】我只见片云寒雨暂时休，（带云）苦也！苦也！（唱）却怎生直淋到上灯时候。这风一阵一短叹，这雨一点一声愁，都在我这心头。心上事自僝僽。	Je vois que les nuages s'entrouvrent et se dissipent；que cette pluie glaciale s'arrête un instant.（Elle parle.）Hélas！hélas！（Elle chante.）Je suis comme une lampe exposée au grand air et que le moindre souffle peut éteindre. — Le vent, avec ses tourbillons fougueux, m'empêche de reprendre haleine；chaque goutte de cette pluie qui tombe m'arrache un cri de douleur. Oh！toutes ces choses pèsent sur mon cœur et m'accablent de tristesse.
	【步步娇】（副旦云）你道你不曾黑地里行呵，（唱）咱如今顾不得你脸儿羞，（云）你也曾悬着名姓，靠着房门。	Vous dites que vous n'avez jamais marché dans les ténèbres；（Elle chante.）Heureusement que je ne puis pas voir, à cette heure de la nuit, la rougeur qui couvre votre front.（Elle parle.）Vous avez affiché publiquement vos noms sur un écriteau；vous avez fait un abominable trafic.

续　表

	无名氏《货郎旦》曲文 （《元曲选版本》）	巴赞翻译《女歌者》
第二折	【雁儿落】只管里絮叨叨没了收,气扑扑寻敌斗。有多少家乔断案,只是骂贼禽兽。	Vous ne songez qu'à débiter des extravagances, vous ne retenez pas votre colère; à tous moments vous cherchez l'ennemi pour le combattre. Qui est-ce qui ne vous condamnerait pas, en vous voyant joindre la menace aux injures?
	【得胜令】你还待要闹啾啾,越激我可也怒鮈鮈。我比你迟到蚰蜒地,你比我多登些花粉楼。冤仇,今日个落在他人毂;忧愁,只是我烧香不到头。	删除。
	【太平令】似这般左瞅、右瞅,只不如罢手,俺也须是那爷娘皮肉。	Elle me pousse à droite et à gauche. Il vaut mieux que j'abandonne cette querelle; car je souffre dans ma chair pour l'époux et l'épouse.
	【殿前欢】这一片水悠悠,急忙里觅不出钓鱼舟。虚飘飘恩爱难成就,怕不的锦鸳鸯立化做轻鸥。	L'eau est profonde; je n'aperçois pas une seule barque de pêcheur. Le vent souffle au milieu de cette plaine immense et déserte. Comment témoignerai-je à mon maître ma reconnaissance et ma fidélité? Je crains que le youen et le yang, à la robe dorée, ne puissent se changer en ngeou.
	【殿前欢】（副旦唱）现淹的眼黄眼黑,你尚兀自东见东流。	删除。
	【水仙子】春郎儿怎扯住咱襟袖？头发揪了三四绺。	Comment pourrais-je me séparer de Tchun-lang? Ce pauvre enfant ne viendra donc plus me tirer par ma robe et par mes manches; il ne saisira plus en jouant les tresses de mes cheveux.
	（冲末扮孤上,云）林下晒衣嫌日淡,池中濯足恨波浑。花根本艳公卿子,虎体鸳班将相孙。	删除。
	【鸳鸯尾煞】大厮八做个周年,分甚么前和后。那时节遥望着西楼。	Hélas! dans un an d'ici, lorsque le soleil aura, dans sa course, achevé une révolution nouvelle, te rappelleras-tu encore ce qui s'est passé? À cette époque, tourne les yeux vers le pavillon d'occident....

续 表

	无名氏《货郎旦》曲文（《元曲选版本》）	巴赞翻译《女歌者》
第二折		"Pavillon d'occident"一词： Pavillon situé dans le temple de Pou-khieou (ou le temple du Secours universel), construit par les soins et aux frais de Tsouï, ministre d'État, durant les années Tching-youen de l'empereur Ti-tsong, de la dynastie des Thang. C'est là, disent les historiens, qu'est la magnifique chapelle, où l'on brûle des parfums en l'honneur de la déesse Kouan-in. Sa construction n'a rien de vulgaire. Son dôme en cristal touche la voûte du ciel; la pagode, où sont renfermées les reliques de Bouddha, s'élève jusqu'à la voie lactée. Les hommes des trois religions qui vont du midi au nord, les voyageurs qui se répandent dans toutes les parties de l'empire, ne manquent jamais d'y admirer la façade du clocher, la cour de la pagode, la salle de la doctrine, et celle des dix-huit disciples, le réfectoire, les galeries couvertes et les statues des Phou-sa. (Si-siang-ki.)
第三折	（孤抱病同春郎上，云）……我若不与他说知呵，那生那世，又折罚的我无男无女也。……我死后你去催趱窝脱银，就跟寻你那父亲去咱。	Si je ne le fais pas aujourd'hui, dans quel siècle d'existence pourrai-je lui révéler ce secret si pénible: "Je n'ai pas de descendants!"... Mais après ma mort cours à la recherche de ton père, et poursuis les brigands qui lui ont enlevé tout ce qu'il possédait.
	（小末悲科，云）……催趱窝脱银，走一遭去。父亲也，只被你痛杀我也！	Je veux partir et poursuivre sans relâche les brigands qui ont dépouillé l'auteur de mes jours.
	（副旦背骨殖手拿幡儿上，云）好是烦恼人也！自从在洛河边，奸夫奸妇，把哥哥推在河里，把我险些勒死，把春郎孩儿与了那拈各千户，可早十三年光景了。不知孩儿生死如何？	Tchang-San-Kou, portant sur son dos un coffre rempli d'ossements: "Je suis bien malheureuse! Depuis le jour où j'ai vendu Tchun-lang à Youan-yen, commandant d'une cohorte de mille hommes, j'ignore ce qu'est devenu ce pauvre enfant."

71

续 表

	无名氏《货郎旦》曲文 (《元曲选版本》)	巴赞翻译《女歌者》
第三折	【正宫端正好】口角头饿成疮,脚心里踏成趼,行一步似火燎油煎。记的那洛河岸一似亡家犬,拿住俺将麻绳缠。	La faim a produit sur le bord de mes lèvres des tumeurs douloureuses; la fatigue enflamme la plante de mes pieds. Si je fais un pas, il me semble que je marche sur des charbons ardents, ou bien sur les bords du fleuve Lo-ho, semblable à un chien qui fuit ses maîtres, et qu'un homme me saisit et veut m'étrangler avec une corde de chanvre.
	【滚绣球】是神祇,是圣贤,你也好随时逞变,居庙堂索受香烟。可知道今世里令史每都挞钞,和这古庙里泥神也爱钱,怎能勾达道升仙?	Les génies et les esprits, les saints et les sages apparaissent devant moi. Hélas! qu'est devenu le temps où vous aimiez à séjourner dans votre pagode pour y recevoir la fumée des parfums? Mais l'impiété de notre siècle est à son comble; on sait que des magistrats avides ont enlevé et détruit les statues d'argile qui décoraient le vieux temple. Comment avec un tel amour de l'argent, les hommes pourraient-ils s'élever à la grande et sublime perfection du Tao et conquérir l'immortalité?
	【上小楼】唬的我身心恍然,负急处难生机变。我只索念会咒语,数会家亲,诵会真言。这几年,便着把哥哥追荐,作念的个死魂灵眼前活现。	删除。
	【幺篇】对着你咒愿,休将我顾恋。有一日拿住奸夫,摄到三姑,替你通传。非足我不意专,不意坚,搜寻不见,是早起店儿里吃羹汤不曾浇奠。(李彦和云)三姑,我不曾死,我是人。(副旦云)你是人呵,我叫你,你应的一声高似一声;是鬼呵,一声低似一声。(叫科)李彦和哥哥!(李彦和做应科)(三唤)(做低应科)(副旦云)有鬼也!(李彦和云)我斗你要来。	删除。

续　表

	无名氏《货郎旦》曲文 （《元曲选版本》）	巴赞翻译《女歌者》
第三折	【尧民歌】与人家耕种洛阳田，早难道笙歌引入画堂前。趁一村桑梓一村田，早难道玉楼人醉杏花天。牵，也波牵，牵牛执着鞭，杖敲落桃花片。	Vous labourez et vous ensemencez pour votre maître les champs de Lo-yang; mais, dites-moi, n'est-il pas plus agréable de chanter, en s'accompagnant de la guitare et d'introduire les hommes dans la salle peinte? Vous cultivez la terre dans un village obscur; mais n'est-il pas plus doux de s'enivrer délicieusement d'un vin aromatique dans le pavillon de jade? Croyez-moi, imitez le bouvier du ciel, et tout à l'heure avec votre fouet et votre aiguillon, vous ferez tomber des fleurs de pêcher.
	【随尾】多管为残花几片，误刘晨迷入武陵源。	Je vous réponds que cette femme méprisée va conduire Lieou-chin dans une île habitée par les dieux.
第四折	（净扮馆驿子上，诗云）驿宰官衔也自荣，单被承差打灭我威风。如今不贪这等衙门坐，不如依还着我做差公。	删除。
	（驿子云）理会的。我出的这门来，则这里便是。唱货郎儿的在家么？（副旦同李彦和上，云）哥哥，你叫我做甚么？（驿子云）有个大人在馆驿里，唤你去说唱，多有赏钱与你哩。（李彦和云）三姑，咱和你走一遭去来。	删除。
	【南吕一枝花】虽则是打牌儿出野村，不比那吊名儿临拘肆。与别人无伙伴，单看俺当家儿。哥哥你索寻思，锦片也排着节使，都只待奏新声舞柘枝。挥霍的是一锭锭响钞精银，摆列的是一行行朱唇皓齿。	删除。

续 表

	无名氏《货郎旦》曲文 （《元曲选版本》）	巴赞翻译《女歌者》
第四折	【梁州第七】正遇着美遨游融和的天气,更兼着没烦恼丰稔的年时。有谁人不想快平生志。都只待高张绣幕,都只待烂醉金卮。我本是穷乡寡妇,没甚的艳色矫姿。又不会卖风流弄粉调脂,又不会按宫商品竹弹丝。无过是赶几处沸腾腾热闹场儿,摇几下桑琅琅蛇皮鼓儿,唱几句韵悠悠信口腔儿。一诗,一词。都是些人间新近希奇事,扭捏来无诠次。倒也会动的人心谐的耳,都一般喜笑孜孜。	删除。
	（副旦做排场、敲醒睡科,诗云）烈火西烧魏帝时,周郎战斗苦相持。交兵不用挥长剑,一扫英雄百万师。	删除。
	【转调货郎儿】也不唱韩元帅偷营劫寨,也不唱汉司马陈言献策,也不唱巫娥云雨楚阳台。也不唱梁山伯,也不唱祝英台。	Je ne vous raconterai pas comment, du temps de l'empereur Weï-ti, Tchou-ko-liang réduisit en cendres un camp élevé sur les bords du fleuve Yang-tsé-kiang, et qui contenait huit cent trente mille cuirasses; je vous chanterai seulement une aventure extraordinaire arrivée jadis dans la ville de Ho-nan-fou.
	【二转】我只见密臻臻的朱楼高厦,碧耸耸青檐细瓦,四季里常开不断花。铜驼陌纷纷斗奢华,那王孙士女乘车马,一望绣帘高挂,都则是公侯宰相家。（云）话说长安有一秀才,姓李名英,字彦和。嫡亲的三口儿家属,浑家刘氏,孩儿春郎,奶母张三姑。那李彦和共一娼妓,叫做张玉娥,作伴情熟,次后娶结成亲。（叹科,云）嗨!他怎知才子有心联翡翠,佳人无意结婚姻。（小末云）是唱的好,你慢慢的唱咱。（副旦唱）	删除。

续 表

	无名氏《货郎旦》曲文（《元曲选版本》）	巴赞翻译《女歌者》
第四折	【三转】那李秀才不离了花街柳陌,占场儿贪杯好色,看上那柳眉星眼杏花腮。对面儿相挑泛,背地里暗差排。抛着他浑家不理睬,只教那媒人往来,闲家擘划,诸般绰开,花红布摆。早将一个泼贱的烟花娶过来。(云)那婆娘娶到家时,未经三五日,唱叫九千场。(小末云)他娶了这小妇,怎生和他唱叫?你慢慢的唱者,我试听咱。(副旦唱)	删除。
	【四转】那婆娘舌刺刺挑茶斡刺,百枝枝花儿叶子,望空里揣与他个罪名儿,寻这等闲公事。他正是节外生枝,调三斡四,只教你大浑家吐不的咽不的一个心头刺,减了神思,瘦了容姿,病恹恹睡损了裙儿裉。难扶策,怎动止,忽的呵冷了四肢。将一个贤会的浑家生气死。(云)三寸气在千般用,一旦无常万事休。当日无常埋葬了毕,果然道福无双至日,祸有并来时。只见这正堂上火起,刮刮匝匝,烧的好怕人也。怎见的好大火?(小末云)他将大浑家气死了,这正堂上的火从何而起?这火可也还救的么?兀那妇人,你慢慢的唱来,我试听咱。(副旦唱)	删除。
	【五转】火逼的好人家人离物散,更那堪更深夜阑,是谁将火焰山移向到长安?烧地户,燎天关,单则把凌烟阁留他世上看。恰便似九转飞芒,老君炼丹,恰便似介子推在绵山,恰便似子房烧了连	删除。

75

续 表

	无名氏《货郎旦》曲文 (《元曲选版本》)	巴赞翻译《女歌者》
第四折	云栈,恰便似赤壁下曹兵涂炭,恰便似布牛阵举火单,恰便似火龙鏖战锦斑斓。将那房檐扯,脊梁扳。急救呵可又早连累了官房五六间。(云)早是焚烧了家缘家计,都也罢了,怎当的连累官房,可不要去抵罪?正在怆惶之际,那妇人言道,咱与你他府他县,隐姓埋名,逃难去来。四口儿出的城门,望着东南上,慌忙而走。早是意急心慌情冗冗,又值天昏地暗雨涟涟。(小末云)火烧了房廊屋舍,家缘家计,都烧的无有了,这四口儿可往那里去?你再细细的说唱者,我多有赏钱与你。(副旦唱) 【六转】我只见黑黯黯天涯云布,更那堪湿淋淋倾盆骤雨,早是那窄窄狭狭沟沟堑堑路崎岖。知奔向何方所。犹喜的消消洒洒、断断续续、出出律律、忽忽噜噜阴云开处,我只见霍霍闪闪电光星炷。怎禁那萧萧瑟瑟风,点点滴滴雨,送的来高高下下、凹凹凸凸一搭模糊,早做了扑扑簌簌、湿湿渌渌疏林人物。倒与他妆就了一幅昏昏惨惨潇湘水墨图。(云)须臾之间,云开雨住。只见那晴光万里云西去,洛河一派水东流。行至洛河岸侧,又无摆渡船只。四口儿愁做一团,苦做一块。果然道天无绝人之路,只见那东北上摇下一只船来。岂知这船不是收命的船,倒是纳命的船。原来正是奸夫与他淫妇相约,一壁附耳低言:你若算了我的男儿,我便跟随你去。(小末云)那四口儿来到洛河岸边,既是有了渡船,这命就该活了,怎么又是淫妇奸夫,预先约下,要算计这个人来?(副旦唱)	删除。

续 表

	无名氏《货郎旦》曲文 （《元曲选版本》）	巴赞翻译《女歌者》
第四折	【七转】河岸上和谁讲话,向前去亲身问他,只说道奸夫是船家。猛将咱家长喉咙揞,磕搭地揪住头发,我是个婆娘怎生救拔！也是他合亡化,扑冬的命掩黄泉下。将李春郎的父亲,只向那翻滚滚波心水淹杀。(云)李彦和河内身亡,张三姑争忍不过。此时向前,将贼汉扯住丝绦,连叫道："地方,有杀人贼,杀人贼！"倒被那奸夫把咱勒死。不想岸上闪过一队人马来。为头的官人,怎么打扮?(小末云)那奸夫把李彦和推在河里,那三姑和那小的可怎么了也?(副旦唱)	删除。
	【八转】据一表仪容非俗,打扮的诸余里俏簇,绣云胸背雁衔芦。他系一条兔鹘、兔鹘,海斜皮偏宜衬连珠,都是那无瑕的荆山玉。整身躯也么哥,缯髭须也么哥,打着鬏胡。走犬飞鹰,驾着鸦鹘,恰围场过去、过去。折跑盘旋骤着龙驹,端的个疾似流星度。那行朝也么哥,恰浑如也么哥,恰浑如和番的昭君出塞图。(云)比时小孩儿高叫道:救人咱。那官人是个行军千户,他下马询问所以,我三姑诉说前事。那官人说,既然他父母亡化了,留下这小的,不如卖与我做个义子,恩养的长立成人,与他父母报恨雪冤。他随身有文房四宝,我便写与他年月日时。(小末云)那官人救活了你的性命,你怎么就将孩儿卖与那官人去了?你可慢慢的说者。(副旦唱)	删除。

续 表

	无名氏《货郎旦》曲文（《元曲选版本》）	巴赞翻译《女歌者》
第四折	【九转】便写与生时年纪,不曾道差了半米。未落笔花笺上泪珠垂,长吁气呵软了毛锥,恓惶泪滴满了端溪。	删除。
	【九转】(副旦唱)俺在那洛河岸上两分离,知他在江南也塞北?……俺孩儿福相貌双耳过肩坠……他祖居在长安解库省衙西。	Nous nous sommes séparés sur le rivage du fleuve Lo-ho. ... Mon enfant avait une physionomie heureuse. ... Ses ancêtres habitaient Tchang-ngan, où ils avaient ouvert un bureau de prêt sur gages, à l'ouest du tribunal supérieur du département.
	(李彦和做打悲认科,云)孩儿,则被你想杀我也!	Li-Yen-Ho, le reconnaissant et poussant des soupirs: "Ah! mon fils, j'ai cru que j'allais mourir de surprise."
	【煞尾】我只道他州他府潜逃匿,今世今生没见期。又谁知冤家偏撞着冤家对。	删除。
	【煞尾】你也再没的怨谁,我也断没的饶伊。	删除。
	(词云)这都是我少年间误作差为,娶匪妓当局者迷。一碗饭二匙难并,气死我儿女夫妻。泼烟花盗财放火,与奸夫背地偷期。扮船家阴图害命,整十载财散人离。又谁知苍天有眼,偏争他来早来迟。到今日冤冤相报,解愁眉顿作欢眉。喜骨肉团圆聚会,理当做庆贺筵席。	删除。

神鬼、灵魂与投胎：从《岳寿转世记》谈元杂剧《铁拐李岳》和《倩女离魂》在19世纪晚期法国的接受与改编*

罗仕龙

摘要：《岳寿转世记》系由法国剧作家夏朋堤（Léon Charpentier, 1862—1928）改编自元杂剧《铁拐李岳》与《倩女离魂》，初版问世于1901年，经修订后再版于1920年。《铁》《倩》两剧在此之前虽未曾完整译为欧洲语言，但法国汉学家巴赞（Bazin aîné, 1799—1863）曾为两剧撰有简介与片段翻译，收录于氏著《元朝一世纪》。晚清驻法外交官陈季同在其法语著作《中国人的戏剧》里亦曾向法国读者盛赞《铁》剧。本文首先将通过《铁》《倩》两剧在法国的译介，概述法国汉学家如何理解与解释元杂剧里的鬼魂观念，继而分析《岳》剧如何运用并重组《铁》《倩》两剧里的鬼怪、神仙道化等元素，探究元杂剧改编所采用的叙事策略。藉由《岳》剧与《铁》《倩》两剧的比较阅读，本文期望能进一步思考元杂剧在传译过程里的动能，以及

---

* 本文初稿宣读于2019年10月4—5日台湾师范大学国文学系、"中研院"中国文哲研究所主办之"第六届叙事文学与文化国际学术研讨会"，经修订后完成。会议期间承蒙诸位师长、学友不吝指点迷津，特别是关于戏曲里的佛、道主题与情节铺陈，谨此由衷致谢。同时感谢两位匿名审稿者的各项建议，特别是有关于翻译准确度、文学接受过程、汉学引用文献资料的细节等，让本文得以进一步开展与充实。本文引用之法语资料，多出自19世纪法国汉学家的研究。汉学家如在其法语著作中使用中文注记或解说，本文基本从之。此外，除非特别说明，否则本文所引法语资料皆为本人自行译出。

中国文学里的鬼魂文化如何经由法国剧作家的挪移与叙事模式转换,进而在法国读者群中产生跨文化的诠释。

关键词：铁拐李岳；倩女离魂；戏曲传译；中法比较文学

一、前　　言

以戏曲传译为主题的研究近年成果渐丰,论者援引比较文学、翻译研究等不同学科的方法与思维,提供中西跨文化议题更宽广的讨论空间。以戏曲西传欧洲为例,既有针对单一剧本之研究,有针对汉学家的译介脉络研析者,亦有着力于比较不同版本改编者,凡此皆开拓了域外汉学研究的视野。18世纪、19世纪的西方汉学家之所以阅读并译介小说、戏曲俗文学,很大一部分原因是出于他们对于中国民间生活与习俗的兴趣,不论是婚丧喜庆、衣食住行、情感或信仰等,这遥远帝国的一切皆如此新奇,既有可兹学习仿效的东方趣味,亦有可以大加挞伐的旧规陋习。

西方汉学家与作为"他者"的中国接触时,或许不免思忖：中国的寻常百姓是如何看待"他者"的世界呢？在中西文化交流的框架下,此"他者"固然是作为对立面的东/西方；但在个人生命经验的框架下,是不是有另一个非属常规生活的"他者"相对应存在呢？鬼神之事,于焉浮现于书写间。而事实上,西方文学里的鬼神本是常见之元素,从希腊神话、中世纪戏剧乃至莎剧等皆有其踪迹,这也让西方汉学家与译者在比较中西文化之际,不免注意到中国戏剧里的鬼神。杂剧、传奇等传统戏曲里不乏涉及鬼神的题材,王国维谓之"即列之于世界大悲剧中亦无愧色"的《窦娥冤》正是一例。[①] 本文尝试把研究视角从悲剧《窦娥冤》里的鬼神转向喜剧作品,以元

---

① 罗仕龙：《从律法的价值到文学位阶的再确立：〈窦娥冤〉在法国的传译与接受》,《戏剧研究》2019年第23期,第73—106页。

杂剧《铁拐李岳》与《倩女离魂》为例，探讨西方人士在阅读与译介的过程中，如何提取、运用并转化其中的鬼神元素，通过叙事改编等手段，将其呈现为一出带有新意却又保留中国文学色彩的作品。藉由此案例的分析，期望能以叙事方法为切入点，思考改编本的生成语境与内容异动，为戏曲西传之研究提供过去较少被注意到的资料。

二、《铁拐李岳》与《倩女离魂》在法国的译介渊源与经过

中国戏曲西传欧洲，始自18世纪耶稣会士马若瑟（Joseph Henri Marie de Prémare，1666—1736）法译之《赵氏孤儿》；继而于19世纪有德庇时（Sir John Francis Davis，1795—1890）、巴赞（Antoine-Pierre-Louis Bazin，又常称之为大巴赞 Bazin aîné，1799—1863）、儒莲（Stanislas Julien，1797—1873）等汉学家陆续译出其他剧本。儒莲与巴赞有师徒之谊，两人的戏曲翻译对欧洲汉学界贡献颇深。上述19世纪各译本之中，以1838年于巴黎出版的巴赞译注《中国戏剧选》（*Le Théâtre chinois*）知名度最高，流传也最广。且不论法语译本在多少程度上偏离了原文的细节甚或题旨，至19世纪末、20世纪初为止，法国读者可得的元杂剧全译本——含汉语直译为法文者，以及从英文转译为法文者——主要包括《赵氏孤儿》《老生儿》《汉宫秋》《灰栏记》《㑇梅香》《合汗衫》《货郎旦》《窦娥冤》《西厢记》《看钱奴》等。除此之外，南戏《琵琶记》法语全译本亦于19世纪前半期问世。①

19世纪法国汉学家翻译的元杂剧，主要根据版本系明代臧晋叔编《元曲选》（当时法国汉学界多以《元人百种》称之）。以少数汉学家之力，固然

---

① 以上《赵》剧为马若瑟译，《老》《汉》剧由德庇时英译后由法人译为法语，《灰》《西》《看》剧由儒莲翻译，惟《看》仅有手稿，未出版。《㑇》《合》《货》《窦》《琵》剧皆由巴赞翻译。

无法在有生之年悉数译出当中收录的百部元杂剧,所幸巴赞在1850年间陆续撰有《元朝一世纪》(*Le Siècle des Youên*)系列文章,后辑为单册出版。书中除介绍宋元文学之外,并且逐一说明《元人百种》所收剧目大意,同时择取部分剧文译为法语。① 如此,即便汉学家完整翻译的元杂剧数量有限,但不谙汉语的法国读者亦可藉由此书的介绍与选文段落窥见元杂剧概貌。反过来说,既然汉学家有意系统性地介绍元杂剧,却又碍于现实条件限制无法全部译出时,那么究竟哪些剧本要译出全文,哪些剧本只需要译出段落、要选择译出哪些段落,哪些剧本又只需要简述剧情即可,这便是个微妙的问题,不但涉及译者个人兴趣与偏好,也可能关乎汉学家对于各个剧本的评价,而其评价又涉及汉学家对中国文学与文化的认识与研究。

根据儒莲《灰栏记》译本前言以及未刊手稿等资料,②可知儒莲曾有意亲自翻译或期望其学生巴赞翻译的剧本,包括有《看钱奴》《合汗衫》《窦娥冤》《冯玉兰》《金钱记》《鸳鸯被》《赚蒯通》《谢天香》《东堂老》《梧桐雨》《黄粱梦》《青衫泪》《单鞭夺槊》《抱妆盒》等十余出。其中《合》《窦》后由巴赞完成,而《看钱奴》则有儒莲手稿及俞第德(Judith Gautier,1845—1917)译本。值得注意的是,从儒莲、巴赞为主的戏曲翻译谱系与规划看来,《铁拐李岳》与《倩女离魂》并未列于优先级,且从其他现有资料推敲,并无法得知儒莲或巴赞是否有意翻译或荐译这两出剧本。

尽管如此,巴赞在《元朝一世纪》里倒还是用了些篇幅介绍《铁》《倩》

---

① Bazin aîné, *Le siècle des Youên ou Tableau historique de la littérature chinoise, depuis l'avènement des empereurs mongols jusqu'à la restauration des Ming*, Paris, Imprimerie nationale, 1850, pp. 198-429. 本书标题全文意为《元朝一世纪,或名:自蒙古皇帝登基以迄明朝建立之间中国文学的历史图像》。巴赞以"restauration"(原意为"复辟""重建")一词表明明朝之建立,乃是指汉族重建政权之意。该书除介绍元杂剧之外,并附有杂剧作者介绍。为行文简便,本文正文或注脚引用时仅称《元朝一世纪》或 *Le siècle des Youên*。

② 罗仕龙:《从词汇之译到视角之异:论元杂剧〈货郎旦〉在法国的传播和接受》,《政大中文学报》2019年第31期,第256—257页。

神鬼、灵魂与投胎：从《岳寿转世记》谈元杂剧《铁拐李岳》和《倩女离魂》在19世纪晚期法国的接受与改编

两剧，并附有原文片段翻译。两剧的法文标题兼采音译与意译，亦即"《铁拐李，或作岳寿转世》，道士剧，岳伯川编"(*Tiĕ-khouaï-li, ou la Transmigration de Yŏ-cheou*, drame tao-sse, composé par Yŏ-pĕ-tchouen)，①以及"《倩女离魂，或作相思病》，喜剧，郑德辉编"(*Thisèn-niù-li-hoen, ou le Mal d'amour*, comédie, composée par Tching-tĕ-hoeï)。② "郑德辉"之名对法国读者来说或许并不陌生，因为巴赞早前出版的《中国戏剧选》即收有氏著《㑇梅香》一剧。③ 然而"道士剧"一词却颇耐人寻味。原来，巴赞在《元朝一世纪》里逐次介绍百出元杂剧前撰有介绍文一篇，将元杂剧根据剧本叙事主题进行分类，从优至劣依序列为七个等级(以下各等级之中文为笔者根据法语原文直译)：(1) 历史剧(drames historiques)；(2) 道士剧(drames Tao-sse)；(3) 类型性格喜剧(comédies de caractère)；(4) 情节喜剧(comédies d'intrigue)；(5) 家庭剧(drames domestiques)；(6) 神话剧(drames mythologiques)；(7) 公案剧(drames judiciaires ou fondés sur des causes célèbres)。事实上，巴赞《中国戏剧选》原已辑录《涵虚子论曲》的"杂剧十二科"，将百出元杂剧区分为神仙道化、林泉丘壑、烟花粉黛等十二个类别，但未多加阐述。《元朝一世纪》里的杂剧七等级，乃是巴赞个人泛读戏曲之后的心得，反映出法国汉学家对于中国戏曲的理解与偏好。巴赞分述七个等级的特点，品评其优劣原因，并详列归属于该类别的剧作。

从巴赞《铁》《倩》两剧标题译名的用字，对照上面七个等级的排序可知，《铁》剧隶属第二级，《倩》剧则为喜剧，可列位中上等级。两剧虽然都非最高等级的历史剧，但也不至于是后半段的中下之作。同时代读者或后人如依循巴赞的品评标准，或不难注意到《铁》《倩》两剧。

---

① Bazin aîné, *Le siècle des Youên*, pp. 276–298.
② Bazin aîné, *Le siècle des Youên*, pp. 315–320.
③ 罗仕龙：《中国"喜剧"〈㑇梅香〉在法国的传译与改编》，《民俗曲艺》2015年第189期，第63—117页。

不过，巴赞虽把百出元杂剧分门别类，但有时定义颇为松散，且未有详尽说明。例如"道士剧"与"神话剧"对巴赞而言究竟有何差异？是否"道士剧"乃指剧中主角为道士，而"神话剧"包括所有民间流传的志怪、传奇、仙游、道教神话？或许需根据巴赞书中收录的其他同类型剧作相互比较。对照巴赞在《元朝一世纪》里的说法，该书编号29号的剧本《铁拐李》，与编号18号的《来生债》、编号77号的《度柳翠》一样，同属以灵魂投胎转世（métempsycose）为题的喜闹剧（satire）。① 这是以故事内容做的分类。然而，若是继续翻阅对照《来生债》《度柳翠》两剧的介绍，可知巴赞把《来》《度》两出杂剧都归于"佛教剧"（"佛教剧"一词见于巴赞说明剧情的文字之中，未直接列为一戏剧类别），而非归于"道士剧"项下。从人物配置来看，《来》剧写庞居士修佛、合家证果朝元之事，《度》剧写月明和尚度化风尘匪妓之事，的确皆与道教无直接关联。但令人不禁要问的是，如果这几出道、佛剧都是在内容上开投胎转世的玩笑，是否有必要在百出元杂剧中，特别独立出"道士剧"？巴赞关心的究竟是道士（作为一个身份）还是道教（作为一种信仰）？是广泛关注灵魂投胎转世一说，还是特别着重在道教的投胎转世？

有意思的是，不论《元朝一世纪》里关注的是道士抑或仙佛，其实都跟巴赞《中国戏剧选》所引《涵虚子论曲》的"神仙道化"和"神头鬼面"有些关联。"神仙道化"和"神头鬼面"两者分属杂剧十二科排序第一和第十二，但《涵》文本身似无排列高下之意。巴赞所谓的"道士剧"之所以特别列为一类，并以音译"Tao-sse"名之，以便与佛教度脱区隔开来，或许更多是基于他对道教与道士的兴趣。上述巴赞论及《铁》《来》《度》三剧剧中的投胎转世一事时，特别指出，有元一代之道士完全不被尊重，而是被人们讪笑：在诸

---

① Bazin aîné, *Le siècle des Youên*, pp. 276–277.

神鬼、灵魂与投胎：从《岳寿转世记》谈元杂剧《铁拐李岳》和《倩女离魂》在19世纪晚期法国的接受与改编

多戏剧作品中出现的吕洞宾即为一例。① 巴赞的口气显然是对吕洞宾一类的道士与道教信仰抱屈。反过来说，正也因为《铁》剧里的道士角色鲜明，使得巴赞看重本剧，而试图厘清佛、道之别，却可能忽略中国民俗信仰对两者的混淆。

在介绍《铁拐李》之前，巴赞用了不少篇幅赞誉岳伯川与《铁》剧。例如，巴赞认为虽然岳伯川没写过什么戏，但是他"有想法，有文采，兴趣广博"；②《铁拐李》一剧"虽然有些想法有点小瑕疵，但作者刻意描绘的荒诞不经、恣意怪诞却能持续到最后，而且呼应时代。（……）岳伯川的这出滑稽剧不只为我们见证了中国人迷信的观念，更见证了时代的精神，以及作者的喜剧、戏谑天分"。③ 如果说巴赞对度脱题材有什么批评的话，主要还是针对涉及佛教人物的"神话剧"。巴赞认为，虽然剧中不乏夸夸其谈的妙语、诡谲怪异的想象，但总的来说，它就只是种诉诸空想的胡搞瞎闹，其他什么也没有，而不像情节喜剧（comédie d'intrigue）那样，可以在嬉笑怒骂间混入一些道德教化的痕迹。相较之下，就更显出道士剧《铁拐李》的优长，因为在这出戏里，灵魂投胎转世的喜剧元素，完全不会牵扯到那些荒谬抽象的空想，也没有什么琐碎钻牛角尖的地方。此外，某些桥段的安排手法精湛，戏剧编排巧思甚于其他同类型作品。巴赞在《铁拐李》的简介里总结道士剧与世俗人情的密切关系，指出虽然有许多剧作家、小说家的谐拟讽喻与揶揄嘲笑，但灵魂转世的观念仍然根深柢固存在于民间信仰，即便是当时"最有革命性格的白莲教"也承认灵魂投胎转世，并且是教徒们最看重的教义之一。巴赞此言似乎是为投胎转世赋予进步色彩，或至少使其不至于流于他所认为的佛教度脱剧蒙昧之流。无论如何，《铁拐李》一剧虽未全文译出，但巴赞对于该剧乃至剧中吕洞宾所代表的道教仍是相当肯定。对

---

① Bazin aîné, *Le siècle des Youën*, pp. 276–277.
② Bazin aîné, *Le siècle des Youën*, p. 277.
③ Bazin aîné, *Le siècle des Youën*, p. 277.

于后人来说,吕洞宾正是将《铁拐李》《倩女离魂》联结在一起的灵魂人物。在续论《铁》《倩》两剧的结合之前,下文先分析《铁拐李》的译介片段。

三、《铁拐李岳》在巴赞译介里的叙事与内容改动

巴赞译介的《铁拐李》系根据臧懋循《元曲选》收录之《吕洞宾度铁拐李岳》,在《元朝一世纪》的介绍中则附有汉字"铁拐李"三字。为便于区分,本文述及巴赞译本时,以《铁拐李》称之;述及《元曲选》本时,以《铁拐李岳》称之。此外,《元曲选》本与元刊本《岳孔目借铁拐李还魂》虽颇有差异,①但因巴赞当时在法国皇家图书馆可用的版本仅有《元曲选》本,故本文论及中文本时,仅以《元曲选》本为准,不特别讨论元刊本、明版本之间的差异与改动。

《铁拐李岳》第一折写吕洞宾有意度化岳寿,前来人间。因叱骂岳子、岳妻无父无夫,被岳寿差唤张千将吕绑缚于墙上以示惩戒。另一方面,韩琦衔命前来督察贪官污吏,郑州官吏争相走避,惟岳寿素来廉洁勤政,并无躲逃之意。韩琦乔装庄稼老汉来到,因放走吕洞宾,故而被押问审。岳寿见其无甚犯意,兼且迎接韩琦在即,故而让张千放走庄稼老汉。张千不察,向老汉索讨金钱以为答谢,孰料假扮庄稼老汉的韩琦示出真实身份。张千告知岳寿大事不妙,岳寿顿而一病不起。本折情节主要为铺陈天有不测风云,人有旦夕祸福,平日正直者亦有可能因为不慎而招致祸害。巴赞未将其译为第一幕,而译为"序幕",作为交代故事背景之用。巴赞以第三人称方式描述故事经过,仅在叙述中穿插五句岳寿与张千的对白,②使其整段读

---

① 孔杰斌、陈建森:《从〈吕洞宾度铁拐李岳〉看明人对元刊本杂剧的改写》,《戏剧艺术》2012年第1期,第40—48页。
② Bazin aîné, *Le siècle des Youên*, pp. 279-280.

起来更像是带有对话的小说。在这五句对白之后,巴赞继续以第三人称散文体叙述岳寿如何遇到吕洞宾,以及吕洞宾如何对岳家出言不逊,又如何告诉岳寿一个时辰之后即将死去云云。最后巴赞总结道:

> 一场你来我往解释道理的戏就在岳寿与吕洞宾之间进行。这位执事官吏对这位宗教人士颠三倒四的回答显得不耐烦,于是便根据当时的习惯,叫人把他给捆绑在宅邸的墙上。这场戏有点过长,没提供读者什么有意思的东西,就这样结束了序幕。①

巴赞看似对这场他所谓的"序幕"(即原剧第一折的第一部分)轻描淡写,但是有相当明显的改动,以致全剧的基调在一开始就不同于原剧文。特别需要指出的是,巴赞在剧情介绍中所提供的这短短五句岳寿与张千台词并不完全等同于原剧,尤其是最后一句。原剧文是岳寿自诩为从不受贿,只因人命关天,应当勿枉勿纵。但巴赞的译文显然有误,反而是岳寿受了礼而沾沾自喜,并且认为生死有命、富贵在天,毋须忧虑。为便于说明,下表并列原文以及笔者根据巴赞译文直接回译的中文:

杂 剧 原 文	笔者根据巴赞译文回译为中文
(正末扮岳孔目,领张千上,云:)(……)圣人差的个带牌走马廉访相公,有势剑铜铡,先斩后奏。郑州官吏听的这消息,说这大人是韩魏公,就来权郑州。唬的走的走了,逃的逃了。兄弟,为甚我不走不逃? (张千云:)哥哥为何不逃? (正末云:)兄弟,您哥哥平日不曾扭曲作直,所以不走不逃。迎接大人不着,咱回家吃了饭再去迎接。(做行科) (张千云:)哥哥,咱闲口论闲话,想前日中牟县解来那一火囚人,不知哥哥怎生不断,哥哥试说与你兄弟咱。	岳寿(对张千说):大人行程不延误,就快到了。大家都说他性格严厉,毫不妥协,所有执事官员都逃跑了。 张千:那您呢? 岳寿:我?我为什么要逃!我的良心正直。我从来没用谎言代替真相。我有什么好怕的?我回家去,待我吃完粥饭,会亲自来到皇家督察官面前。

---

① Bazin aîné, *Le siècle des Youên*, p. 281.

续　表

杂　剧　原　文	笔者根据巴赞译文回译为中文
（正末云：）前日中牟县解来的囚人，想该县官吏受了钱物，将那为从的写作为首的，为首的改做为从的，来到咱这衙门中，若不与他处决，可不道人之性命，关天关地。兄弟你那里知道俺这为吏的，若不贪赃，能有几人也呵？①	张千：哎，好呀！……只不过最近从中牟押来的那位，您是从哪儿把他弄来的呀？这儿审理的案子似乎从没断过呢。 岳寿（微笑道）：是呀，不过我倒是收到一份礼呢。喔，我的朋友啊，你心思真是太简单了！难道命运不该圆满成就吗！命不该绝自然死不了。从来有哪个执事官员能让谁在这世界上多留一分钟呢？否则的话，人们就不会再相信什么好运或者厄运啦，也不再有人会说天地是判生判死的仲裁者。②

　　就原剧文的叙事结构来说，岳寿与吕洞宾的相遇只占第一折的一部分，其后续情节则是韩琦微服密访，误以为岳寿贪财等。巴赞将岳寿与吕洞宾相遇解释为"序幕"，似乎是对原剧的神仙开示、投胎转世等意旨有基本了解，故而能注意到这场戏在整出作品的叙事里所发挥的框架功能。然而，巴赞对于原剧台词则有显而易见的错误理解：《铁拐李》原剧的确有天道不可违逆之意，但巴赞的理解却让岳寿多了几分天奈我何的痞气。或许正因为如此，才让巴赞笔下的岳寿显得滑稽，也让不识汉语的读者对本剧有了不同的想象。尤其巴赞以对话体的叙事结构翻译岳寿与张千的宾白，更容易让读者误认为这些字句取自原文，错以为巴赞译文忠实反映原作者的意念。巴赞译文里的岳寿一角，其喜剧特质盖过了原剧更重要的精神所在，也使得这个应作为框架的开场戏偏离了原剧文的神仙开示要义，而更是为了框出角色的性格线条。

　　值得注意的是，晚清驻法外交官陈季同于 1886 年出版的法语著作《中国人的戏剧》（*Le Théâtre des Chinois*）一书也谈到了《铁拐李岳》这出作品，

---

① 岳伯川著，张永钦校注：《吕洞宾度铁拐李岳杂剧》，收入王学奇主编：《元曲选校注》第 2 册上卷，河北教育出版社，1994 年，第 1345 页。
② Bazin aîné, *Le siècle des Youên*, pp. 279–280.

神鬼、灵魂与投胎：从《岳寿转世记》谈元杂剧《铁拐李岳》和《倩女离魂》在19世纪晚期法国的接受与改编

其陈述方式与巴赞相同，都是夹杂第三人称的散文体叙述以及角色对话，只是选译的对话片段不尽相同。陈季同自然通晓汉语，但他对于《铁拐李岳》的部分解读与巴赞接近。即以上述所引段落为例，陈季同《中国人的戏剧》与巴赞《元朝一世纪》的介绍至少有两处相同：其一是吕洞宾出场时，《中》《元》两书都说他身边满是群众，见他胡言乱语；其二则是《中》《元》两书都把吕洞宾被捕当做是"序幕"的结尾。① 然而，就《元曲选》所收《铁拐李岳》文字而言，并无法看出吕洞宾被群众包围。更何况，元杂剧原文里吕洞宾被捕仅是第一折的情节之一，在杂剧原文里并没有把它列为单独的楔子。由此或可推知，即便是华人作者如陈季同，亦在引介《铁拐李》时受到巴赞《元朝一世纪》的影响，遑论当时不谙汉语的读者。比巴赞更进一步的是，陈季同注意到《铁》剧的演出效果，认为"剧中的场景很有喜剧色彩，编排恰当。这出戏可以作为轻喜剧在皇宫上演，也可以作为梦幻剧在夏特莱上演"。② 文中"皇宫""夏特莱"皆为戏院名。虽然《铁》剧并未真地在上述两个剧院演出，但其喜剧效果的确也让它在20世纪初重新被发现并予以改编，此又为后话。

巴赞《元朝一世纪·铁拐李》紧接在"序幕"后介绍的"第一幕"，实则始自元杂剧原作第二折。该折写韩琦至衙门刷卷，方知岳寿原是能吏，但岳寿此前已被韩琦斩首之言惊吓成病，故韩琦派遣仆人送俸钞十锭以为药资。巴赞的译介着重描写岳寿临终前场景，其穿插之原文对话与唱词则从

---

① Tcheng Ki-tong, *Le Théâtre des Chinois*, Paris, Calmann Lévy, 1886, p. 143. 原文为："La foule se rassemble autour de ce visionnaire, qu'elle prend pour un insensé. Le magistrat ordonne qu'on l'arrête. Ici se termine le prologue." 目前市面上较流通的译本，该段译为"人们围住了这个通灵者，以为他是个疯子。法官下令逮捕他"。见李华川、凌敏译，《中国人的戏剧》(广西师范大学出版社，2006年)，第87页。此译本未译出陈季同原著"Ici se termine le prologue"(意为"此处序幕告终")。此虽为细节，实则涉及巴赞、陈季同对杂剧原剧文的理解和认知。

② 《中国人的戏剧》，第86页。文中"皇宫"系Palais-Royal，"夏特莱"系Châtelet。见Tcheng Ki-tong, *Le Théâtre des Chinois*, p. 141.

正末云"大嫂,你熬些粥汤来我吃"起,至正末对福童孩儿云"你若长大,休做吏典,只务农是本等"云云。杂剧原文里本段落乃写岳寿临终前安排后事、一家人悲戚之景;巴赞或许为了表示本段引文确乎译自原作,特意引用三句正末唱词,分别出自:

【倘秀才】的"或是祭先祖逢冬遇年";①

【滚绣球】的"你必索迎门儿接纸钱""又索随灵车哭少年"。②

元杂剧原文里这三句唱词是岳寿担心妻子虽有心守贞,但丧葬或送往迎来之际难免受到诱惑。原文有其上下连贯语境,巴赞摘录三句唱词,分别稍加改写为:

"例如冬季来临之际,有时人们不免要祭拜祖先";

"他们敲门时,你或许把门打开,说不定还给他们备妥金银纸钱";"你们最好还是随着灵车前行"。

原文唱词颇多,实有渲染心境之用途;巴赞的译介因篇幅简短,原作抒情功能已大为减少,而以交代剧情为主,而唱词充其量只能说是对话的附属品,实际效用不明显。然就形式而言,这却符合巴赞自 1838 年出版《中国戏剧选》以来的翻译策略,亦即保留唱词,提醒读者注意中国戏曲结合唱与说白的叙事形式。

《铁拐李岳》杂剧原作的二、三折之间穿插有楔子,篇幅甚短,仅【仙吕赏花时】【幺篇】两只曲牌,余为宾白。楔子讲岳寿在阎王殿前受审,原本应受重罚,但吕洞宾及时出现,只要岳寿愿跟随他出家,便向阎王要求让岳寿还阳。只是岳寿尸首已焚,只好投胎至奉宁郡东关里的青眼老李屠家,借小李屠尸身还魂。楔子在叙事结构上的功能来说实为过场,仅为铺叙岳寿回到阳间后目睹人世荒谬。然而,就情节元素来说,这些阴曹地府、地狱刑

---

① 岳伯川著,王学奇编:《吕洞宾度铁拐李岳》,第 1368 页。
② 岳伯川著,王学奇编:《吕洞宾度铁拐李岳》,第 1369 页。

罚、投胎还阳之事,正是"道士剧"最令巴赞感到兴味之处。因此巴赞花费篇幅详细说明阎王殿、牛头马面、九鼎油镬之罪的细节,并讲解道士神仙幻化形体、飞檐走壁的特殊能力,提醒读者亦可参考他所翻译的《水浒传》选段等。巴赞选译的宾白起自【幺篇】里吕洞宾抵达阎王殿,阎王言其有失远迎云云,直至楔子末尾。如同先前的选译片段,巴赞只取其要义,实则多有浓缩改写。例如元杂剧原作《铁拐李岳》之所以让岳寿在地狱受到惩处,乃因"瞒心昧己,扭曲作直,造业极多,亵渎大罗神仙"。此处"造业极多""亵渎大罗神仙"在杂剧原文的阎王宾白里重复两次,显然是为强调岳寿受罚系因冒犯神威;但在巴赞的介绍里,却解读为这是因为中国人认为一毛不拔者,将在地狱里被迫于油镬里取铜钱。小气的"吝啬鬼"形象乃是儒莲、巴赞皆有关注的中国题材,其翻译散稿《看钱奴》甚至启发俞第德重译并改编演出。① 杂剧原文篇幅甚短的楔子,却同时呈现出地狱鬼神景象以及人间吝啬鬼丑态,都是巴赞饶感兴致的元素。这使得巴赞对此细节着力甚多,也让原本提供叙事过场功能的段落,在巴赞译介里成为叙事的重要部分。

第三折写岳寿还阳,却惊觉身已是小李屠,既悔恨昔日为吏扭曲作直,今有报应,又急忙出外找回灵魂。巴赞选译段落集中在灵魂的讨论,从以下巴赞选译的两曲牌可见端倪。

杂 剧 原 文	笔者根据巴赞译文回译为中文
【太平令】(……)(做沉吟科,背云:)我是岳寿,骂了韩魏公,得了这一惊唬死了。我死至阴府,阎君将我叉入九鼎油镬,是吕先生救了,着我还魂。谁想岳大嫂烧了我的尸骸,着我借尸还魂,尸骸是李屠的,魂	岳寿:(……)啊!我现在想起来我离开地狱时,救我的恩公对我说的话了。我的灵魂投胎到屠夫的身体里啦。我现在所在的屋子大概就是他住的吧。怎么样才能出去呢?(大声道)听好,很可能我刚才死了,更有可能的是我

---

① 罗仕龙:《中国守财奴的妙汗衫:从元杂剧〈合汗衫〉的法译到〈看钱奴〉的改编与演出》,《编译论丛》第 10 卷第 1 期,2017 年,第 1—36 页。

续 表

杂 剧 原 文	笔者根据巴赞译文回译为中文
灵是岳寿的。这里敢是李屠家里？我待看岳大嫂和福童孩儿，怎生得去？只除是这般。（向众云：）我虽是还魂回来，我这三魂不全，一魂还在城隍庙里，我自家取去。 （孛老云：）媳妇儿快收拾香纸，咱替孩儿取魂去。 （旦儿云：）爷，休教他去。 （正末云：）我自家取去。你是生人，惊散了我的魂灵，我又是死的了。你休来，我自己取去。①	只有还魂一半。我的灵魂（âme）在我身体里，但我的魂魄（esprit）不在这儿，它还留在城隍爷的宝塔里。我得去找我的魂魄。 屠夫的爸爸：媳妇啊，再给你先生多准备些香纸。 屠夫的太太（激动）：行是行，但看他现在这状态，我可不希望他一个人自己去找魂魄。 岳寿（愤怒）：我自己一个人去，我一个人去。难道你们不知道吗？鬼魂一瞥见活人就要逃。它们极度胆小。你们吓坏了我的魂。②
【川拨棹】（……）（云）你每休跟的我来，惊了我魂灵。③	岳寿：不，不，你们退下。（他离开屋里）别到处跟着我；你们吓坏了我的魂。④

以上【太平令】有关灵魂、魂魄可异地而处，乃至灵肉可分离之事，恰与《倩女离魂》有相符之处，也是让《铁》《倩》两剧可串联之处，下文另详述之。

巴赞译介之第四折起自岳寿返家，见门面豪华，路人告知乃因岳寿死后，韩魏公感佩岳寿为官美德，故而整修宅邸以光耀之。岳寿听后不以为然，自道："被我的美德感动！我看多半是被吾妻的姿色所感动吧。"⑤对照原文："韩魏公大人见他是个能吏，与他修理门楼房屋，但凡闲杂人等不许上门哩。（正末云：）量岳寿有何德能，着大人这般用心也。"⑥巴赞版本关于岳寿妻之评价，实为自行添加，或为呼应前文岳寿忧心死后妻子不能守

① 岳伯川著，王学奇编：《吕洞宾度铁拐李岳》，第1384页。
② Bazin aîné, *Le siècle des Youên*, pp. 293 – 294.
③ 岳伯川著，王学奇编：《吕洞宾度铁拐李岳》，第1387页。
④ Bazin aîné, *Le siècle des Youên*, p. 295.
⑤ Bazin aîné, *Le siècle des Youên*, p. 296.
⑥ 岳伯川著，王学奇编：《吕洞宾度铁拐李岳》，第1392页。

贞之情节。接着,在巴赞的版本里,李屠户夫妻偕同小李屠之妻一起来到岳寿家。岳妻、李妻僵持不下,李氏大喊:"公理啊,公理!上法庭去,上法庭去吧!"①此句原文亦无可对应杂剧原文处。根据巴赞的译介,韩琦不得已开庭,观众"可以想象的是,当韩魏公认知到眼前这男子身是李屠户,灵魂是岳寿,他必定落入两难的尴尬(embarras)"。② 所幸吕洞宾从阴间返回阳世。岳寿见之,猛然想起对师父的承诺,"便告诉众人他不应为难(embarrasser)宗教生活,随后向两个妻子交代几句有智慧的建言之后,便随这伟大的隐士离开法庭。韩魏公从尴尬(embarras)中脱困,结束审判,众人归去"。③

以上巴赞译介的第四幕(对应杂剧原文第四折),括号内的法语词汇为巴赞使用原文,笔者特别附上。可以看出,巴赞着重之处在于法官如何从两难的情况中解套。这与其师儒莲1832年翻译出版的《灰栏记》、1834年重译的《赵氏孤儿》有相似之处,都是在两难情境中寻求解答。相对于这种"两者取一"以解决戏剧冲突的叙事结构,则恰好呼应剧中灵魂、肉体可分离的情节,成为巴赞关心的重点与剧本趣味所在。日后陈季同撰写的《中国人的戏剧》也指出这一点,在论及《铁》剧时结论:"站在法官面前的是一个需要一分为二的男人。要把丈夫还给谁?就连所罗门王的判决都行不通","不幸的法官被两个女子骚扰,各自说他归属于她,最后只好当了隐士,就像妖魔老了以后也是得这样的呀"。④ 从上下文脉络可知,此处"法官"(juge)一词指的是岳寿原本担任的工作,⑤"隐士"(hermite)指的自然

---

① Bazin aîné, *Le siècle des Youēn*, p. 297.
② Bazin aîné, *Le siècle des Youēn*, p. 298.
③ 出处同上。
④ Tcheng Ki-Tong, *Le Théâtre des Chinois*, pp. 152 – 153. 亦可参见李华川、凌敏译:《中国人的戏剧》,第91页。本段所引用的法语原文,在李华川、凌敏的中译本内有部分文句删除。
⑤ Tcheng Ki-Tong, *Le Théâtre des Chinois*, p. 142, 153. 陈季同先是以"assesseur près le tribunal d'un district important"(重要地区法院的助审员)描述岳寿生前的工作,同书于岳寿死后说他是"l'ancien juge se désiste de ses prétentions"(放弃其抱负的前法官)。

是岳寿追随吕洞宾修道。陈季同将此处的判决比喻为所罗门王的判决，实出自《圣经·列王记上》典故，所罗门王以劈子对分之计判定生母为谁。这个案例曾被儒莲翻译《灰栏记》时引用，以比拟李行道笔下包拯以灰栏夺子之计判定生母为谁。从《圣经》《灰栏记》里的劈子，到《铁拐李》的灵肉两分，不但可以看出儒莲、巴赞乃至陈季同等人对于中西典故叙事原型的娴熟掌握，亦可看出此"一分为二"的故事类型在戏曲译介史脉络里的流变。

相较于《铁拐李》译文里强调的两难局面，杂剧原作所强调的神仙开示点化、道教生命观等，反而在巴赞译介中未获得详尽阐释，原作第四折末尾的吕洞宾言皆未译出，让全剧最重要的框架全然无存。从这样的角度切入，《铁拐李岳》对《元朝一世纪》的法语读者来说，想必是一出奇幻的"道士剧"，而不完全是中国读者所理解的"道化剧"了。除此之外，巴赞译介版本还有一些与原文出入甚大的细节，例如将韩琦解读为愚昧不明的官员，故而误会岳寿；又如岳寿生前小气，故在地狱被罚至油镬取钱币等，或多或少涉及中国风俗。至于让巴赞感到有兴趣的灵魂、身体二分，在他本人译介的《倩女离魂》中则有学理方面的补充说明。

四、《倩女离魂》在巴赞译介里的
叙事与内容改动

《元朝一世纪》同样通过第三人称叙述故事、穿插对话翻译的方式来介绍《倩女离魂》。巴赞开宗明义便指出《倩》剧与前述《铁》剧有相近之处："这出喜剧是全书收录剧目最天马行空的作品之一，然而其意旨倒是不特别难掌握。我不确定我是否弄错，但经过一番细读之后，似乎看到一出以中国心理为主题的喜闹剧（satire），就好像《铁拐李岳》让我们看到一出转

神鬼、灵魂与投胎：从《岳寿转世记》谈元杂剧《铁拐李岳》和《倩女离魂》在19世纪晚期法国的接受与改编

世喜闹剧似的。"①巴赞虽然没有继续阐述为何这两出作品有可比较之处，不过他接下来花了不少篇幅解释"中国人关于灵魂本质的哲学观"。② 根据巴赞的说法，中国思想里认为灵魂有两种主要成分，较高层次的称之为"魂"（hoen），可视之为"精神层面的灵魂"（âme spirituelle）；较低层次的称之为"魄"（p'ě），可视之为"感知层面的灵魂"（âme sensitive）；魂属阳，魄属阴，魄在魂之前成形，构成人类灵魂的十分之七，而魂只占十分之三。此处"三魂七魄"的分法，为中文习用语汇；巴赞虽未直接使用"三魂七魄"一语，但前引《铁》剧第三折【太平令】有"三魂不全"之说，可见巴赞并非不曾听闻这种说法。只不过，巴赞所译【太平令】曲文并没有明白指出"三魂"的说法，而是要到《倩》剧才有较明确阐述。巴赞言之凿凿，表示中国道士有套奇怪的解释，是认为魂、魄分离不会导致人死，因为当两者分离时，魄可续留于肉身之上，而魂变成"鬼"（kouèi），可保留人的外观。巴赞小结道，虽然《倩》剧并没有一丝一毫指涉古人思想之处，但整出作品是通过极度戏谑的方式，以抨击这类所谓的"魂魄"思想。此外，巴赞也将《倩》剧的楔子与《㑳梅香》相比，认为两者之间有高度的相似性。③

杂剧原题《倩女离魂》，巴赞以拼音标记之，随附自行翻译的副标题"Le Mal d'amour"，并于介绍中以汉字说明此名为"相思病"。一如巴赞在前文所说的，本剧故事并不复杂，因此巴赞解释情节的篇幅不多。至于穿插于其中的两段原剧台词，一是出自第三折，送信人将王生家书带到倩女府中，欲向丈母娘禀告科举夺魁捷报，不日可与倩女返家；谁知府中倩女不知魂

---

① Bazin aîné, *Le siècle des Youên*, p. 315.
② Bazin aîné, *Le siècle des Youên*, p. 315.
③ Bazin aîné, *Le siècle des Youên*, p. 316. 比较《倩》《㑳》两剧楔子，可知两剧男主角皆有意于女主角，但因出身白衣，故被女主角之母要求进京赴考，求取功名，导致两人不得不分开。不同的是，《㑳》剧第一折乃男主角白敏中与女主角小蛮花园幽会，但《倩》剧第一折已见女主角深受相思之苦。或许因为两剧的婢女都唤作梅香，故而让巴赞将两剧联想在一起。

魄早已赴京师随侍王生左右,误以为王生要将其抛弃,故而一病倒下。① 此处杂剧原文有倩女唱【哨遍】【要孩儿】【四煞】【三煞】【二煞】五支曲牌,悉遭巴赞删除,仅留下送信小厮与梅香的对白。另一段由巴赞直接译出的对白取自原剧文第四折,王生向夫人赔罪,悔不该私带倩女进京;夫人不解,见魂旦上场方知是鬼魅。② 此处巴赞特意以拼音辅助解释其译文使用的"esprit"一词即中文的"鬼"(koùeï),但拼法与前文使用者略有不同。③

虽然巴赞对于《倩》剧着墨不多,但因为他将《铁拐李》《倩女离魂》两剧相比,而这两出作品的确也都有类似的灵肉观,以至于在19世纪、20世纪之交给予法国作家改编灵感,将这两出原本在谈"分离"(魂魄与肉体的分离,乃至个人与家庭的分离)的作品,"合并"而为一出充满趣味且有道教色彩的戏。

五、《岳寿转世记》:结合《铁拐李岳》与《倩女离魂》两剧魂魄、灵肉分离之说的改编

(一)《岳寿转世记》之叙事内容对《铁》《倩》两剧的继承

上述有关《铁》《倩》两剧在法国翻译与接受的论述,正足以看出巴赞在

---

① (回云:)我是京师王相公差我寄书来与夫人。(正旦云:)梅香,将书来我看。(梅香云:)兀那汉子,将书来。(净递书科。)(正旦念书科,云:)"寓都下小婿王文举,拜上岳母座前:自到阙下,一举状元及第,待授官之后,文举同小姐一时回家。万望尊慈垂照,不宣。"他原来有了夫人也,兀的不气杀我也!(气倒科。)(梅香救科,云:)姐姐,苏醒者!(正旦醒科。)(梅香云:)都是这寄书的!(做打净科。)(正旦云:)王生,则被你痛杀我也!(……)(净云:)都是俺爷不是了,你娶了老婆便罢,又着我寄纸书来做什么? 我则道是平安家信,原来是一封休书。把那小姐气死了。梅香又打了我一顿。想将起来,都是俺爷不是了。

以上见郑德辉著,吴振清校注:《迷青琐倩女离魂杂剧》,收入王学奇主编:《元曲选校注》第2册下卷,河北教育出版社,1994年,第1878—1880页。
② (夫人云:)你有何罪?(正末云:)小生不合私带小姐上京,不曾告知。(夫人云:)小姐现今染病在床,何曾出门? 你说小姐在那里?(魂旦见科。)(夫人云:)这必是鬼魅!

以上见郑德辉著,王学奇编:《迷青琐倩女离魂》,第1888页。
③ Bazin aîné, *Le siècle des Youên*, p. 320.

神鬼、灵魂与投胎：从《岳寿转世记》谈元杂剧《铁拐李岳》和《倩女离魂》在19世纪晚期法国的接受与改编

选译片段时，已经先行做了一定程度的筛选。不论是《铁》剧原作所强调的道教神仙点化，抑或是《倩》剧侧重的爱情超脱凡俗限制（物理空间的限制、身份地位的限制、人类身体的限制等），都在巴赞有限篇幅的介绍里难见踪影。而这两出作品在巴赞笔下呈现出两条叙事主干：一是人鬼之间尚有魂魄可自由游离，选择不同的肉体栖居；二是活人的魂魄与肉体亦可有限度分离，魂魄脱离肉体不一定会致人于死，而是两具半活人、半鬼魂的存在。不管这两个概念是否与中国人的宗教观、身体观相吻合，至少对于法国读者来说应当是很新奇的。或许这正是后人将两出作品合而新编的原因。

将《铁》《倩》两剧合编的作者是夏朋堤（Léon Charpentier, 1862—1928），有时他亦以"杜尼耶"（Robert Dunier）为笔名。就笔者现能掌握的资料来看，无法确知其是否通晓汉语，且其人其事可考者有限。根据法国国家图书馆（BnF）的编目可知，夏朋堤乃《星期周刊》（*La Revue hebdomadaire*）的负责人，出版有小说、戏剧创作，亦有不少杂文撰述，其中不少与亚洲、非洲有关。以中国相关的文章为例，包括《中国思想的演进》（*L'Évolution de la pensée chinoise*）、《远东文学：剧场以及中国人的戏剧》（*Littérature de l'Extrême-Orient. Théâtre. Le Théâtre chez les Chinois*）、《戏剧以及中国人的戏剧文学》（*Le Théâtre et la littérature dramatique chez les Chinois*）、《中国歌谣》（*Chansons chinoises*）、《〈琵琶记〉：中国戏剧大师名作》（*Le Pi-pa-ki ou l'Histoire du luth, chef-d'œuvre du théâtre chinois*）、《关于博弈游戏"花会"，或云三十六人戏》（*Sur la loterie "Hua-Hoey" ou Jeu des trente-six bêtes*）、《义和团秘密集社之仪式与深奥密码》（*Rituel et code ésotériques de la Société secrète des Boxers*）。① 此外，夏朋堤还曾改编元杂剧

---

① 《中国思想的演进》原刊于 1901 年 9 月 1 日、9 月 15 日的《评论期刊》（*La Revue*）；《远东文学：戏剧文类以及中国人的戏剧》原刊于 1901 年第二卷的《不列颠评论期刊》（*La Revue britannique*）；《戏剧以及中国人的戏剧文学》原刊于 1900 年 10 月 1 日的《新评论期刊》（*La Nouvelle revue*）；《中国歌谣》原刊于 1900 年 10 月 1 日的《白色期刊》　（转下页）

《金钱记》(*Le Gage d'amour*),法语标题意为"爱情的担保",原刊于《新期刊》(*La Nouvelle revue*)。①

正因为无法确知夏朋堤是否通晓汉语,却又出版诸多与中国有关之文章,故其介绍极有可能取自他人研究,加以润饰而成。即以戏剧类文章为例。夏朋堤发表于1900年10月的《戏剧以及中国人的戏剧文学》一文分为五个段落,第一、二段分别讲述中国戏剧的历史演进、实际演出概况等,第三到五段分别赏析历史剧、道士剧、类型性格喜剧三种类型的剧本。细读夏朋堤《戏》文,可知其内容几乎都取自巴赞《元朝一世纪》,例如上述历史剧、道士剧、类型性格喜剧三种类型剧本正好就是巴赞论中国戏剧七等级的前三等级。夏氏《戏》文第三段讲述道士剧所引用的剧本为《铁拐李岳》和《倩女离魂》。在《倩女离魂》的部分,夏朋堤依样画葫芦说明了"魂""魄"如何一分为二,又如何幻化成"鬼"等,内容与巴赞《元朝一世纪》里关于《倩女离魂》的介绍可说几乎相同,只不过用字遣词不同罢了,偶尔还会在巴赞的基础之上稍微多加解释,②但大抵来说非常谨慎,不致(或不敢)过度解读或超译巴赞的话语。《戏》文中除以散文体陈述剧情之外,穿插有两段《倩女离魂》台词,而这两段台词事实上跟巴赞《元朝一世纪》的《倩女离魂》所选相同。凡此种种,皆足以说明夏朋堤对《倩女离魂》的认识,恐怕都是来自巴赞。

(接上页) (*La Revue blanche*);《〈琵琶记〉:中国戏剧大师名作》原刊于1901年4月15日的《评论期刊》(*La Revue*);《关于博弈游戏"花会",或云三十六人戏》原刊于1901年1月15日的《白色期刊》(*La Revue blanche*),后于1920年由无名出版社(Société anonyme d'édition)出版单行本(第55页,附图);《义和团秘密集社之仪式与深奥密码》原刊于1902年4月号《法兰西信使》(*Mercure de France*, série moderne),并于同年由法兰西信使出版单行本(第43页)。

① *Le Gage d'amour*, *La Nouvelle revue*, vol. XII, no. 47, 1901, pp. 273 – 285.

② 例如提到魂魄可二分时,夏朋堤总结道,"以'魂'为底的幻影外形,以及'魄'所借居的肉身,其实是一体两面,互为表里"。见 Léon Charpentier, "Le Théâtre chez les Chinois," *La Nouvelle revue*, Oct. 1st, 1900, p. 349.

神鬼、灵魂与投胎：从《岳寿转世记》谈元杂剧《铁拐李岳》和《倩女离魂》在19世纪晚期法国的接受与改编

1901年,夏朋堤所编撰的《岳寿转世记》分次在报刊登载,兹以下表说明其出版概况。其法语标题"Les Transmigrations de Yo-Tchéou"明显取自巴赞所翻译的《铁拐李》标题"La Transmigration de Yŏ-cheou",只不过夏朋堤让岳寿从单次的转世(la transmigration)变成多次的转世(les transmigrations),以夸大渲染魂魄在不同场域之流徙。值得注意的是,《岳》剧在报刊首刊时被夏朋堤归于"道士剧",但在出版合订本时却被改为"神话喜剧",并沿用至1920年的再版,而"神话剧"其实正是前文述及巴赞所认为低于道士剧的佛教度脱剧。

夏朋堤编《岳寿转世记》刊登出处

法语原标题	中文翻译	原刊出处
Les Transmigrations de Yo-Tchéou: comédie mythologique chinoise	岳寿转世记：中国神话喜剧	原刊于《法兰西信使》(Mercure de France),1901年7—8月号,同年由法兰西信使出版社出版单行本,第129页,附图。
Les Transmigrations de Yo-Tchéou, comédie chinoise tao-osse (adaptée du chinois par Léon Charpentier)	岳寿转世记：中国道士喜剧(由夏朋堤改编自中文)	原刊于《法兰西信使》,1901年7—8月号,第25—68与350—395页。
Les Transmigrations de Yo-Tchéou, comédie chinoise tao-osse (adaptée du chinois par Léon Charpentier) [Actes I et II seulement]	岳寿转世记：中国道士喜剧(由夏朋堤改编自中文)〔仅第一、二幕〕	原刊于《法兰西信使》,1901年7月号,第25—68页。
Les Transmigrations de Yo-Tchéou, comédie mythologique chinoise	岳寿转世记：中国神话喜剧	Paris: Société anonyme d'édition et de librairie, 1920,共130页,附图。【法国国家图书馆表演艺术部门馆藏8-RE-2020】

刊载于《法兰西信使》的《岳寿转世记》不但径取"中国道士喜剧"为副

标,于注脚说明今人大部分的戏曲知识来自《元人百种曲》,且将杂剧分为七大类,并且注脚指出"道士喜剧让道教的仪式与迷信显得荒诞不经,特别是有关于转世投胎(métempsychose)的教义"。① 在这条注脚里,译者还清楚指出本剧改编自岳伯川的《铁拐李》以及郑德辉《倩女离魂》,且"没有任何一出道士剧已被译为欧洲语言"。② 以上罗列之注脚信息虽未明言巴赞之名,实际上都是来自巴赞的介绍。

夏朋堤改编的版本围绕着法语"灵魂"(âme)与"驴"(âne)的文字游戏而起。两字发音接近,但意思天差地别。名为岳寿的法官偷了村里邻人的驴,引起乡民前来抱怨。岳寿不但不理,还大肆羞辱其中一位乡民。殊不知该乡民已经过世,其灵魂借用仍活着的兄弟的躯壳,前来岳寿处表达不满。道教神仙吕洞宾揭发岳寿欺瞒乡民的谎言,并罚他变成一头驴。然而有个灵媒却告诉岳寿他才是真的吕洞宾,而早前那位自称吕洞宾者,其实只是个偷人灵魂的家伙。岳寿听闻此事,过度激动意外而亡。在阴曹地府里,岳寿的罪名一一宣布,被判投胎为小牛,不日将被屠夫宰杀。屠夫之子亚佛李(Ya-Fo-Li,可能是故意取 Y'a la folie 亦即"疯狂之事多得很"之谐音)恰好刚过世,于是岳寿的灵魂便乘机抢夺了亚佛李的躯体以还阳,回到岳寿生前的住家。岳寿的妻子不认得他,而亚佛李的爱人则前来争取她对亚佛李的所有权。另一方面,亚佛李的妹妹倩女不愿与进京赴考的爱人王生分离,因而害上了相思病,身心皆受折磨。吕洞宾遂将倩女的灵魂一分为二,其中之一留在身体里,另一半则随着王生进京。由于吕洞宾种种作为,使得天下大乱:贫穷诗人的灵魂借用放高利贷富商的身体,淫书作者成为圣书作者,小偷的灵魂寄寓在皇帝的躯壳内……最后,吕洞宾让岳寿的灵魂回到自己原本的身体里,同时也让倩女的灵魂在高中科举的王生陪同

---

① Léon Charpentier, *Les Transmigrations de Yo-Tchéou*, Mercure de France VII, 1901, p. 25.
② Léon Charpentier, *Les Transmigrations de Yo-Tchéou*, Mercure de France VII, 1901, p. 25.

神鬼、灵魂与投胎：从《岳寿转世记》谈元杂剧《铁拐李岳》和《倩女离魂》在19世纪晚期法国的接受与改编

下，一起回到原本的居所。

《岳寿转世记》虽然是以《铁》《倩》两出杂剧作为改编创作的基础，但就情节关目安排而言，《铁》剧才是主线，《倩》剧仅为辅助。以刊登在同一期《法兰西信使》的《岳》剧第一至二幕为例，事实上只有第一幕的第三、四两场是关于倩女与王生，其他各场戏皆以岳寿与吕洞宾为轴。倩女与王生的篇幅虽不长，却提示了全剧的中心思想，亦即魂、魄可以二分的概念。在第一幕第三场里，倩女在混乱人群中前来求见吕洞宾，恳请吕洞宾协助她与进京赶考的王生不致须臾分离；吕洞宾欣然同意护持这一朵"晨曦之花"，倩女于是让躲在一旁的王生出来共同俯首称谢。吕洞宾向两人解释他如何让倩女既可身留父母家中，又可随同王生前往京城赴考，其成段台词正是直接取自巴赞《元朝一世纪》里"三魂七魄"的说法。①《岳寿转世记》里另一段与《倩》剧较有直接关联处为第四幕第六、七场。其中，第六场戏是王生中举返乡，信手拈来便是诗句；倩女的父母李福、李梅极尽赞叹之能事，而倩女的两个分身同时现于舞台。王生向诧异的父母解释吕洞宾让魂、魄分离之术，倩女两分身合体后敦促父母允其完婚。第七场戏则是李梅、李福、倩女一家燃烛捻香，将王生当做神祇崇拜。李梅道："这绝不是王生，这是文曲星藏身在王生形体里，他将要迎娶我们的女儿。把他周围的蜡烛点亮吧！我要向他跪地膜拜。"②在李梅连着磕了五个响头之后，岳寿还阳，喃喃自语。原来他原本投胎至驴子体内，被李屠户所宰，此刻再次投胎，进入李屠户之子、倩女兄长亚佛李的体内。至此，《岳寿转世记》又重新联结上《铁拐李岳》的原作剧情。

夏朋堤以道教题材创作，与法国汉学界的道教研究背景不无关联。早在1842年，巴赞的老师儒莲便将《道德经》从汉语译为法语，题为《道与德

---

① Léon Charpentier, *Les Transmigrations de Yo-Tchéou*, Mercure de France Ⅶ, 1901, pp. 44 – 45.

② Léon Charpentier, *Les Transmigrations de Yo-Tchéou*, Mercure de France Ⅷ, 1901, p. 378.

之书》(Le Livre de la voie et de la vertu)。19世纪末,多本与道教有关的重要书籍陆续出版。例如法兰西公学院(Collège de France)教授、神学家雷伟尔(Albert Réville,1826—1906)出版三大卷《宗教史》,其中第三卷含两大册《中国宗教》(La Religion chinoise,1889)。日本、中国专家罗斯尼(Léon de Rosny,1837—1914)不久后出版《道教》(Le Taoïsme,1892)。民族志学会(Société d'Ethnographie)甚至可以委请马尔塞隆(Désiré Jean-Baptiste Marceron)编出二百余页的《道教书目》(Bibliographie du Taoïsme,1898)。可见经过半个世纪的积累,道教与道家学说在法国已经有一定的成果与知名度。晚清一连串牵动中西关系的外交与政治事件,或也引发同时期戏剧舞台上有关中国题材的创作。例如俞第德改编自《看钱奴》的《妙汗衫》(La Tunique merveilleuse)于1899年在奥德翁剧院(Odéon)上演;改编自巴赞译本《㑇梅香》的《樊素》(Fan-sou)于1900年在巴黎世界博览会演出。更不用说19世纪末期还有多出以中国为题的大型演出,例如马赛歌剧院于1894年演出《太宗》(Taï-Tsoung),由吉美博物馆创办人吉美(Émile Guimet,1836—1918)先生谱曲;外交官、戏剧家克洛岱尔(Paul Claudel,1868—1955)也是在这段时间融合道教、天主教的哲思灵感写出剧本《第七天的休息》(Le Repos du septième jour,1897年撰写,1901年、1912年出版)。

正是在这样的时代背景下,让中国戏曲有了新的演绎版本。过去的研究已经注意到中国戏曲在法国的译介虽然由来已久,但并未让观众得见其舞台搬演;博览会期间仅有少数中国艺人——主要是杂技或马戏艺人——在法国群众前亮相,直至清末民初,法国观众见到中国戏曲演出的机会甚微。究其原因,或许还是因为语言隔阂以及物质条件限制(例如外语演出常需仰赖的字幕),使得中国戏曲在法国剧场舞台上的演出与传播,在晚清民国期间常有赖于翻译改编的版本,而无法纯然依恃汉学家的译作直接搬用。前述俞第德的《妙汗衫》、世博版《樊素》皆是在法语翻译的基础上予以改编成适合舞台的版本。也就是说,就舞台上的中国戏剧作品演出而言,

神鬼、灵魂与投胎：从《岳寿转世记》谈元杂剧《铁拐李岳》和《倩女离魂》在19世纪晚期法国的接受与改编

当时法国观众的认识既鲜少直接来自中国艺人的登台献艺，亦非将汉学家强调考据注解的翻译版本搬上舞台，而更多是来自同时期法国剧作家的改编。其叙事的内容与模式，在一定程度上影响了法国观众对于中国戏剧文本的认识，即便部分观众仍可能意识到那样的呈现方式并不一定完全吻合中国戏曲表演的原貌。夏朋堤的《岳寿转世记》正是一例：它取自巴赞的译介，在类似的"灵魂与肉身分离"的叙事架构下，媒合《铁拐李岳》与《倩女离魂》两剧，而成为较可供演出的版本。笔者目前尚未确知舞台演出版本。不过，1950年10月22日，法国知名舞台剧导演朱维（Louis Jouvet，1887—1951）在广播电台的节目曾读演过本剧片段。① 从表演实务的层面考量，《岳》剧的转世概念乃对演技的挑战，因为剧中角色的灵魂附寄于不同躯体之中，亦即舞台上的不同演员必须琢磨同一内在角色的性格、情绪与举手投足等细节。

夏朋堤写于20世纪初的《岳寿转世记》，在1920年重新出版。夏朋堤在新版前言里将本剧与政治讽刺荒谬剧《乌布王》(*Ubu Roi*)相提并论，大赞中国早在五个世纪以前就已经有了"乌布王"的原型。② 至此，一出源自道士与投胎转世观念的中国戏剧，原本劝人世间一切尽是空的意旨，在夏朋堤的笔下徒留荒诞不经的混乱人间。《乌布王》作者为法国剧作家雅里（Alfred Jarry，1873—1907），1896年首演于巴黎。《乌》剧剧名灵感或来自希腊悲剧《伊底帕斯王》(*Œdipe Roi*，"Ubu"音近"Œdipe"），其台词混合了耸动、粗鄙、猥亵等元素，一般被视为开启西方戏剧"超现实主义"潮流的先河。夏朋堤为何要把《铁拐李岳》与《倩女离魂》合编为《岳寿转世记》，并强化其中荒诞的场景与元素，或许原因正是他有意借用中国戏剧的荒诞，

---

① Ève Mascarau, *Les Cours de Louis Jouvet au Conservatoire et le Personnage de théâtre*, Paris, Deuxième époque, 2019, p. 10.
② Léon Charpentier, *Les Transmigrations de Yo-Tchéou*, Paris, La Société anonyme d'édition et de librairie, 1920), p. vii.

呼应雅里等剧作家的诉求,以《岳寿转世记》作为其超现实戏剧的实践。如果说《乌布王》故意以脱逸于常理的超现实剧情安排,讽刺欧洲中产阶级耽于庸俗无趣的僵化教条,那么夏朋堤借用中国鬼魂世界作为"他者",是否也意在针砭历经世界大战浩劫的西方国家,虽号称理性却仍难免于兵燹人祸的境况呢?如果雅里以《乌布王》打破线性的戏剧叙事模式,那么夏朋堤是否也有意取法中国戏剧的叙事,用它来颠覆西方戏剧的僵滞呢?① 若从更宏大的架构来观察,西方剧坛在20世纪初期历经诸多重大变革。《岳寿转世记》的编撰与再版,究竟是夏朋堤巧妙挪用汉学知识博君一粲,抑或是西方当时诸多戏剧观念、做法彼此冲撞激荡的其中一个案例呢?

另外,夏朋堤在1920年版的第三幕末新添一场发生在阴曹地府里的戏,其中吕洞宾与另一位名为"常"(Tchang)的神祇讨论诗歌与哲学的位阶问题,进而争论在中国戏曲里由谁演唱,实与剧情主线无直接关联。在这段新添加的桥段之中,同样也有转世者,例如常、吕洞宾见到一只兔子,两眼迷离,原来其灵魂乃是前世诗人。1920年版本之出版信息不明,虽收于法国国家图书馆,但书页署"不具名之出版与图书社"。剧本之外附有夏朋堤写于1919年《前言》一篇,大抵为说明中国戏曲有七种类型,其中"道士剧""神话剧"性质相近。《前言》还定义何为"道士剧",并且说明该剧本类型多用来讽刺元代道士之荒谬等,主要不脱夏朋堤或巴赞早前的见解。文末,夏朋堤不忘幽自己一默,表示《岳》剧初次出版于十余年前,抄袭仿作者众,不一一点名,但他希望那些恶意的抄袭者来世变为鹦鹉或猴子,生养在有钱贵妇家中。值得注意的是,原本在巴赞《中国戏剧选》与《元朝一世纪》相当重视的道士度脱剧,在1930年代的《黄粱梦》译介持续得到体现,其书

---

① 笔者诚挚感谢匿名审稿者特别指出《岳》《乌》两剧可比较之处,以及此一比较研究可以开展的方向。然限于本文篇幅,且因目前笔者可掌握的《岳》剧1920年之再版资料较少,暂未有能力充分讨论,仅能于此稍加点染,或待日后他文另行补充之。

名副标即为"十三世纪的道教戏剧"(drame taoïste du XIIIe siècle)。①

(二)《岳寿转世记》之叙事形式对中国戏曲的仿效

不管是夏朋堤的哪一个版本,故事内容大致相同。就形式而言,《岳寿转世记》的叙事手法有刻意模仿中国戏曲之处,主角一上场便自报家门,以第一人称陈述其来历与行事作风。另一方面,《岳》剧到底不是直接译自中文,而是借题发挥,戏拟其时对于中国的诸多想象,因此在舞台指示与陈述中融入欧洲想象的中国元素,例如四人抬的大轿、竹椅、紫袍及其胸前纹饰,②吕洞宾下凡时由四尊人形兽首抬着仙舟护其出场,③或是岳寿临终前有七名妻妾轮番上前哀悼等。④ 试以岳寿上场第一段台词为例说明:

> 岳寿:(从椅子上起身,转向群众)我的孩子们,听我宣告!你们知道,在我们生活的这个"天下帝国"里,首长是人民的父母。我乃首长岳寿是也,你们是人民。你们是我的孩子,我是孩子们的爹娘。要是我的孩子之中有谁顶嘴反对,我当场就叫人砍下他脑袋。——(对轿夫说)你们停下来,连着椅子把我给弄下来,但是不准让我摇摇晃晃,不然的话,我就让人把你们的脑袋给砍下。⑤

上述台词说完后,轿夫把岳寿放下。岳寿接着引经据典,继续滔滔不绝他的宣告。其内容不外乎是冗长的官衔与敬称、礼法的繁复、权威的不可侵犯,以及毫无道理可言的严刑峻法等,皆是长期以来欧洲文学作品里常见的中国想象,并且通过这一段自报家门在叙事形式方面模仿中国戏曲。

---

① Louis Laloy, *Le Rêve du millet jaune*, Paris, Desclée de Brouwer, 1935.
② 这一类的中国元素早在19世纪初期即已惯用。罗仕龙:《两个中国怪老叟:19世纪初期法国通俗剧场里的喜剧中国》,《中外文学》第37卷第2期,2008年,第103—138页。
③ Léon Charpentier, *Les Transmigrations de Yo-Tchéou*, *Mercure de France* VII, 1901, pp. 36–37.
④ 《铁》剧原剧里的岳寿仅有一妻李氏,岳寿忧其死后李氏禁不起诱惑而无法守贞。《岳》剧里的岳寿则妻妾成群。两个版本虽然妻室数量不同,但都反映中国古代社会女性的家庭与社会地位。
⑤ Léon Charpentier, *Les Transmigrations de Yo-Tchéou*, *Mercure de France* VII, 1901, p. 27.

夏朋堤在接下来的剧情里安排四位民众喊冤,借以展示岳寿乃至中国官吏办案时的毫无章法。就其喊冤的案件内容而言,前三位都是因为家中驴子被偷。第四位则与本剧的灵魂与肉体分离、转世还阳主题有关。他在庭上见到岳寿时,与岳寿就此辩解一番。

第四位喊冤者:我是死后复生的人;我今天早上才被刽子手给杀了。但是永生的文人神明吕洞宾,他随即让我的魂魄进入我兄弟的身体里,于是现在是我在对你说话,但你看到的是我兄弟。

岳寿:这没什么了不起的。这就是魂魄转世的法则。因此我呢,我身体里头是某个伟大的诗人,例如李太白或是(杜)子美,又或是某个像司马迁一样伟大的历史学家,甚至是某条祥龙,就像是远古时代黄帝手下五条金龙大臣之一。更说不定的是,或许我身体里是神的魂魄!——死后复生的人,你要喊什么冤哪?①

两人你来我往,以致岳寿渐感不耐,认为这位喊冤者出言不逊,威吓要砍下他的脑袋。只见这位喊冤者忙不迭提醒岳寿,他的脑袋早就落了地,现在眼前要砍的这脑袋是他兄弟的;而就算岳寿把这脑袋给砍了,吕洞宾将会把他们两兄弟的魂魄放到他们另一个兄弟的躯体里。岳寿气急败坏,无论如何要砍这颗脑袋,而这位喊冤者再次提醒岳寿:"别忘了我受到永生文神吕洞宾的庇佑,如果需要的话,我会重新回到另外一个、另外二十个躯体,只为了揪出偷驴贼!"②

前文述及《岳》剧里王生解释魂魄分离的概念。王生本人被视为文曲星附身,岳寿在世时则自诩文曲星投胎,第一次死后还阳附于驴身,第二次还阳则附于屠户之子。配合上引台词,可见《岳》剧自始至终的剧情桥段安排,实为表现身体、灵魂可以分离的原则,也因此剧情最终才出现天下大

---

① Léon Charpentier, *Les Transmigrations de Yo-Tchéou*, Mercure de France VII, 1901, p. 32.
② Léon Charpentier, *Les Transmigrations de Yo-Tchéou*, Mercure de France VII, 1901, p. 34.

神鬼、灵魂与投胎：从《岳寿转世记》谈元杂剧《铁拐李岳》和《倩女离魂》在19世纪晚期法国的接受与改编

乱、灵肉任意配的现象。

除了游荡于阳世的各种魂魄之外，《岳》剧直接与鬼魂相关的情节段落，乃是岳寿死后下地狱见阎王时，为第三幕第一至第三场戏。不同于元杂剧原作的森罗阎王，夏朋堤版本的阎王（称之为"珠帝"，Empereur-aux-Perles）颇有人性。阎罗珠帝身旁伺候的鹅头鬼、牛头鬼、猴头鬼、鼠头鬼因为相貌丑陋，不得欢心，老是被阎罗珠帝斥为"废物""牛屎""笨手笨脚""无赖"等。事实上，本幕剧情开始时，阎罗珠帝刚从人间回到阴曹地府；他在人间度过五天愉快的春日时光，并降给农作物珍珠般的露水，让新的一年谷雨丰收。当他在人间降雨时，也让所有阴间鬼魂回到阳世，享受五天假期。这一段描述不见于元杂剧原作，亦不见于巴赞《元朝一世纪》译介，但颇有现今农历七月鬼门开，或是希腊神话冥王之妻回到阳间的类似之处。夏朋堤的改写灵感来源为何，待考，此处不多加阐释。

值得注意的是，元杂剧《铁拐李岳》的阴间戏为全剧楔子，在叙事结构上联结岳寿转世前、转世后两段剧情。夏朋堤《岳寿转世记》的阴间戏，则在情节安排上联结"倩女—王生"以及"岳寿—吕洞宾"两组人物。阎罗珠帝到阳间降雨时巧遇一位"值得所有露珠"的倩丽女子，名为倩女；因其与王生有婚约，而阎罗"素来对穷书生心怀怜悯……且文昌君保佑他们"，故而"一点儿也不愿从他身边把她带走"。① 至于阎罗与吕洞宾方面的联结则较为逗趣。原来两者之间本有交情，然吕洞宾前来拜访阎王时，适逢阎王赴阳间降雨。吕洞宾的坐轿太大，无法通过阎罗殿的门廊，只能徒步入内；②离

---

① Léon Charpentier, *Les Transmigrations de Yo-Tchéou*, Mercure de France VIII, 1901, p. 351.
② 这类因轿子太大而难以过门的中国想象，早在1813年法国剧作家谢悟涵（Charles Augustin Sewrin，1771—1853）的独幕剧《两个中国怪老叟》（*Les deux Magots de la Chine*）里即可见到。《岳》剧的笔法甚至可说是跟《两》剧的第七、八场戏如出一辙。由此可见，夏朋堤旁征博引，不但熟读汉学家的中国戏剧译介，对于法国前辈剧作家笔下的中国形象与想象亦多有仿效之处。笔者谨此感谢匿名审稿者细心比对《岳》《两》剧细节后所提出的建议。有关《两》剧及法国19世纪前半期戏剧演出里的中国形象与想象，参见罗仕龙：《两个中国怪老叟：19世纪初期法国通俗剧场里的喜剧中国》，第117页。

开时无坐轿可用,便差随从把阎王宝座拆了带走。阎王回到地府后无椅可坐,便让鹅头鬼四肢跪地权充座椅。待岳寿被押解至地府时,因早前地府柴火用罄,阎王至阳间时忘了订购,以致无柴火可烧油镬,甚至也没座椅可权充柴火。阎王遂下令猴头鬼到其他层地狱商借柴火,并要他顺便带回十个八个小鬼帮手,好顺利进行岳寿的刑罚。在等候的同时,阎王要左右助手把岳寿先丢进油镬浸泡,适巧吕洞宾出现,又是一场抢人戏码。这场地狱戏充满嬉闹气息,与杂剧原作的阴森惩戒不尽相同。夏朋堤通过阎王毫无章法的统治,对应岳寿在阳间乱七八糟的为官判案,使得《岳》剧题为"转世",实际上亦可说是以阴间写人世、以人世观阴间,天下本大乱。剧中角色的台词或许也有意反讽同时代的法国社会。例如鹅头鬼在向阎罗汇报吕洞宾来访经过时,转述吕洞宾的评论道:"近日听闻人世太多荒谬可笑的诗人,以致暂避地府,求得耳根清净。"[1]而当岳寿押解到阎王面前时,阎王得知岳寿竟敢出言不逊,污蔑文昌星神,随即下令"点燃炭火吧!让热油沸腾吧!……我多想要把和谐的诗人岳寿给炸熟!一个我还负担得起,不算太多!煮吧,煮吧,好判官岳寿!……来吧来啊!炽焰!……热油沸腾的歌在唱!……啊!这和谐悦耳的好歌!噢,诗人岳寿啊!…… 木柴快来!……拿木柴来!"[2]诸如此类的评论,或许正是日后新版《岳寿转世记》里对于诗人的评论之由来。

六、小　　结

前人有关戏曲传译的论述,多以单一剧本的翻译及其衍生的不同版本为例,借以说明同一出戏曲作品在不同语境、不同语言的阅读过程中所产

---

[1] Léon Charpentier, *Les Transmigrations de Yo-Tchéou*, Mercure de France VIII, 1901, p. 352.
[2] Léon Charpentier, *Les Transmigrations de Yo-Tchéou*, Mercure de France VIII, 1901, p. 354.

生的理解差异。本文则尝试从两出并未完全被翻译的元杂剧《铁拐李岳》《倩女离魂》出发,分析汉学家选译片段之中的叙事元素及要旨。通过本文的原文、译文比较阅读,可以看出汉学家对道教的兴趣。然此兴趣并非全然奠基于其对于教义的追求与理解,而更多是出自对于魂魄二分、灵肉分离的兴趣,在生死之间看到一个属于半人半鬼的世界。19、20世纪之交的法国剧作家基于19世纪汉学家的译介,将《铁》《倩》选段缝缀而为完整的剧本《岳寿转世记》。虽然在形式上偶有仿效中国戏曲结合唱词与念白,但事实上只是为了使这出作品带点中国特色,其叙事的手法与内容可说是完全西方化的。也正因为在改编成西方戏剧形式的基础上,才让一出源自中国戏曲的作品有了演出的可能。限于文章篇幅与目前可得资料,本文仅能大致勾勒论题的方向,并引用较为重要的译文片段初步分析。期望藉由学界先进的提点与交流,能让本文进一步完善充实,进而更为深广地拓展戏曲西传论题之研究。

法图藏费丹旭《西厢》画册考述

陈旭耀*

摘要：法国国家图书馆收藏的《秋月风声》画册，或为清代嘉道间画家费丹旭的作品，这十二幅画页描绘的是《西厢记》的情景，它直接借鉴了清康熙五十九年怀永堂刊《绣像第六才子书》的相关插图，并经画家艺术再创造，成为优雅细腻、生动传神的艺术精品。怀永堂刊本插图则受到明刊《西厢记》插图，尤其是晚明启祯间的凌濛初校刻本、李廷谟刊本等插图的影响。此画册以其独特的艺术美在《西厢记》传播接受史上留下了光彩的一笔。

关键词：西厢记；永怀堂刊本；秋月风声；费丹旭；法图

法国国家图书馆收藏的《秋月风声》画册，或为清代画家费丹旭所绘，取材于元代王实甫的《西厢记》杂剧。此画册由十二幅画页组成，画页为绢本设色，画幅高宽26 cm×21 cm，底材为带暗花纹的灰白绸绢，精心装裱在棕褐色的厚纸板上。画册装帧讲究，封套是两块深褐色的木板，题签《秋月风声》贴在首封木板上。打开封套，先是一块前后均以浅蓝色纸裱好的棕褐色厚纸板，作为画册的保护内封；底封也做了同样对称的安排。再翻开，

---

* 陈旭耀，男，1968年生，江西乐安人。现为井冈山大学人文学院副教授。著有《现存明刊〈西厢记〉综录》等。

方为画页。画页只占右半页,左半页则为留白。

本文拟对此《秋月风声》画册进行深入探讨,从画家选取场景的视角、画作对人物及故事情节的表现,到画作对前人的借鉴或对后人的影响,藉此探寻一段《西厢记》图像传播接受的历史,并以管窥之见就教于方家。

一、费丹旭与《秋月风声》画册

费丹旭(1801—1850),清代嘉道间画家。字子苕,号晓楼,别号环溪生、环渚生、三碑乡人、长房后裔,晚年因感人生如寄,自号偶翁,[①]浙江乌程(今浙江湖州)人。其父费珏是著名画家沈宗骞的学生,擅画山水,此等家学渊源,奠定了费丹旭成长为一知名画家的基础。[②] 更由于费丹旭不间断地向前辈及同好学习,成为"一位能诗词、工书法、精绘画,尤以擅长画仕女享誉艺坛,兼能山水、花卉,而在肖像画方面更有着独到成就的艺术家"。[③] 有《十二金钗图》《纨扇倚秋图》《东轩吟社图》《果园感旧图》等传世。

这本《西厢》画册(题名《秋月风声》可能是某一藏者所为)共有十二幅画,画页钤"丹旭"或"晓楼"白文方印,最后一幅款署"丙午秋日,晓楼旭",并钤"丹旭"白文方印。"丙午"即道光二十六年(1846),此画册完成时,费丹旭四十六岁,距他最后病逝仅剩四年。下面依照画册顺序一一介绍这十二幅画。

第一幅画描绘的是张生在寺僧法聪陪伴下随喜佛殿时,与前来佛殿闲散心的莺莺、红娘邂逅。这是明清《西厢记》刊本插图中最常见的取材视角之一,明刊本一般将这折称作《佛殿奇逢》或《遇艳》,清初金圣叹批点《第六才子书》时称作《惊艳》。

---

① 黄涌泉:《费丹旭》,上海人民美术出版社,1962年,第1—2页。
② 黄涌泉:《费丹旭》,第4—5页。
③ 黄涌泉:《费丹旭》,第12页。

第二幅画描绘的是张生乘着夜色正要跳过花园围墙，前来赴莺莺小姐之约。这也是明清刊本插图中较常见的一个取材视角，这一折明刊本一般称作《乘夜逾墙》或《逾垣》等，金圣叹取名《闹简》。

画册第一幅(《佛殿奇逢》)　　　　　画册第二幅(《乘夜逾墙》)

第三幅画描绘的是张生正在抚琴，莺莺小姐在红娘的陪同下正隔墙倾听。这也是明清刊本最常见的取材视角之一，这一折明刊本一般称作《莺莺听琴》或《琴心挑引》或《琴心写恨》或《写怨》等，金圣叹则称作《琴心》。

第四幅画描绘的是张生卧病在床，红娘在莺莺小姐恳求下前来探望张生。这一折明刊本一般称作《倩红问病》或《订约》等，金圣叹《第六才子书》则称作《后候》。

第五幅画描绘的是在京城驿馆中相思莺莺小姐的张生，终于等来了前往报捷的琴童，琴童递上莺莺小姐的回书。这一折明刊本一般称作《尺素缄愁》或《酬缄》等，金圣叹因主张《西厢》在第十六折《惊梦》结束，而这折在《惊梦》之后，故《第六才子书》仅附录最后四折，这一折称作《锦字缄愁》。

画册第三幅(《莺莺听琴》) 　　　　　　画册第四幅(《倩红问病》)

　　第六幅画描绘的是琴童受张生派遣前来河中府送信报捷,琴童将书信递给红娘,莺莺小姐于屏风后探出半个身子。这一折明刊本一般称作《泥金报捷》或《报第》等,《第六才子书》作附录,标目依明刊本作《泥金报捷》。

画册第五幅(《尺素缄愁》) 　　　　　　画册第六幅(《泥金报捷》)

113

第七幅画描绘的是张生央求前来书房探视的红娘,传递简帖给莺莺小姐。这一折明刊本一般称作《锦字传情》或《传书》等,《第六才子书》则称作《前候》。

第八幅画描绘的是红娘侧身站立在书房外,书房内帐帘已放下,张生与小姐已然就寝。这一折明刊本一般称作《月下佳期》或《就欢》等,《第六才子书》作《酬简》。

画册第七幅(《锦字传情》)　　　　画册第八幅(《月下佳期》)

第九幅画描绘的是红娘到书房请张生前去赴宴,临走前叮嘱张生不要推托,以免她再来请。这一折明刊本一般称作《红娘请宴》或《东阁邀宾》或《邀谢》,《第六才子书》作《请宴》。

第十幅画描绘的是老夫人端坐堂前,红娘引着莺莺从后堂过来,莺莺却畏惧不敢面见老夫人。这一折明刊本一般称作《堂前巧辩》或《说合》等,《第六才子书》作《拷艳》。

第十一幅画描绘的是莺莺长亭送别张生的情景。这一折明刊本一般称作《长亭送别》或《秋暮离怀》或《伤离》等,《第六才子书》则作《哭宴》。

画册第九幅(《红娘请宴》) 　　　　画册第十幅(《堂前巧辩》)

第十二幅画描绘的是张生在草桥店伏几而眠,店外莺莺小姐正踏着草桥准备过河,这是"草桥店梦莺莺"的场景。明刊本一般将这折称作《草桥惊梦》或《入梦》等,金圣叹作《惊梦》。

画册第十一幅(《长亭送别》) 　　　　画册第十二幅(《草桥惊梦》)

从上面的介绍看,此画册并未按《西厢记》的情节顺序来画。若根据《西厢记》的剧情先后次序,此画册的排列顺序应该是:第一幅(《佛殿奇逢》)、第九幅(《红娘请宴》)、第三幅(《莺莺听琴》)、第七幅(《锦字传情》)、第二幅(《乘夜逾墙》)、第四幅(《倩红问病》)、第八幅(《月下佳期》)、第十幅(《堂前巧辩》)、第十一幅(《长亭送别》)、第十二幅(《草桥惊梦》)、第六幅(《泥金报捷》)、第五幅(《尺素缄愁》)。从其第一幅选景《惊艳》、最后一幅取材《惊梦》来看,画家对西厢故事的起始与终结的认知正符合当时风行的金圣叹《第六才子书》。但从其错乱的次序安排来看,画家对西厢故事的脉络似不甚了解。

那么,此画册是否费丹旭真迹?笔者并非行家,做不到从专业的角度去鉴别其真伪。只是行文至此,似当考虑这一问题,并顺便提供一点相关材料。

首先,作为知名画家,费丹旭的画作当时就有人伪造。传说有一名叫蒋升旭的人,"是费丹旭学生,专门伪造老师作品,据说别的都能貌似,就是柳条和书带草不能画好,所以容易被人鉴别出来"。①

其次,费丹旭离世后,他的好友汪剑秋(鉽)搜集其生前所写诗作成《依旧草堂遗稿》一卷。② 费氏所遗留的近二百首诗词作品多为题画诗,以及少量朋友间雅集、宴游的赠答之作。这些诗作以及汪鉽的《二如居赠答诗词》③(其中有不少与费丹旭的赠答诗作)都未透露过费丹旭画过《西厢》画册。

还有一点,就是"中国历代鉴藏家印鉴数据库"④共收入费丹旭印鉴图

① 黄涌泉:《费丹旭》,第 14 页。

② 见《依旧草堂遗稿》卷首汪曾唯所作费丹旭小传。(清)费丹旭:《费丹旭集》,浙江人民美术出版社,2016 年,第 4 页。

③ 《二如居赠答诗词》也收入《费丹旭集》,见该书第 46—99 页。

④ http://diglweb. zjlib. cn:8081/zjtsg/zgjcj/index1. htm。

像43幅之多，却不见此画册中所钤"丹旭""晓楼"二枚白方印，仅见一枚"丹旭"白方与画册的近似。而且，目前互联网上能看到的费丹旭画作，也没见有钤画册这二枚白方的。也就是说，除此画册外，目前还未见他处有这二枚白方印鉴。

当然，这些并不能说明此画册不是费丹旭手笔。而且，考虑到费氏曾经画过《红楼梦人物图册》，①因而，他关注同是通俗读物的《西厢记》，并进而创作《西厢》画册，也是完全可能的。只是当时《西厢》屡遭统治者禁毁，而作为正统读书人出身的费丹旭不愿声张此事，也是有可能的。

《西厢》画册之"丹旭"印　　中国历代鉴藏家印鉴数据库之"丹旭"印

二、《秋月风声》画册的源流

上文已对画册中十二幅画页作了简要介绍，下面我们将从画家选取场景的视角来考察，并与之前《西厢记》明清刊本插图中同类场景进行比对，以见出此画册之传承。

（一）佛殿奇逢（画册第一幅）

"佛殿奇逢"是明清刊本最常见的插图之一，几乎有插图的刊本都会出现这一场景。按照剧情，张生是在法聪的陪同下随喜游览佛殿时，听到殿

---

① 黄涌泉：《费丹旭》，第5页。

外莺莺的说话声,才看到了正欲进入佛殿的莺莺小姐。从红娘的说白"姐姐,那壁有人,咱家去来"看,他们应该相隔了一段距离。因此,弘治岳刻本用了四个页面(构成两幅图)来表现这一场景:①前一幅图,莺莺手拈花枝和红娘站在院墙外,红娘正往回走,并回头招呼小姐,似发现张生等人后,要求小姐返回。画中人物位于图的左半幅偏右,右半幅为西厢庭院,有角门与寺院相通;后一幅图,张生在寺僧法聪陪同下,正来到佛殿门前,张生正扭头朝莺莺、红娘的方向张望,法聪则一脸庄重像,画面人物位于图的最右端。这样,两幅图的左右半幅似乎构成了双面连式的情形,但实际上两幅图并非一个完整的画面。这也许是构图者有意为之,为的就是表示崔张相遇时是隔了一段距离的。张生遇莺莺是隔着一段距离的事实,剧中还通过法聪的说白予以证明:"偌远地,他在那壁,你在这壁,系着长裙儿,你便怎知他脚儿小?"由于这一因素,万历四十二年(1614)刊行的王骥德校注本卷首的插图②中,首幅题为"遇艳"的插图张生与莺莺之间干脆用寺门隔开。

只是万历以来的大多数刊本的插图已把张生与莺莺相遇时的距离大大缩短了,它们既没有像弘治岳刻本那样通过不相连的图画来表达距离,也没有像王骥德校注本那样通过全景式的画面来凸显距离,只是像戏剧舞台表演一样写意性地呈现崔张的相遇。将崔张相遇时距离拉得最近的较早刊本是万历二十年(1592)闽建书商熊龙峰刊行的《重刻元本题评音释西厢记》,③该书采用半页的篇幅来镌刻书中的插图,体现了闽建书商节约版

---

① 弘治岳刻本刊于弘治十一年(1498)冬,是现存最早的完整刻本。该书采用每半页上图下文的刊行方式,图中所绘场景均对应正文内容,且每个场景均有标题。这四个页面构成的两幅图为一个标题统摄,标题为"张生同法聪游普救寺遇莺莺",题写在前一幅图的最右端。
② 图中标明这些插图是画家钱谷(1508—1578?)原创,吴江女画家汝文淑所摹。
③ 万历七年(1579)的金陵少山堂刊本也有插图,由于此本现藏日本茶水图书馆成箦堂文库,笔者未能获见,故不知其详情。

弘治岳刻本"张生同法聪游普救寺遇莺莺"图

面、减少成本的一贯风格。由于只有半页的版面，图中人物被限制在一个逼仄的空间里，崔张之间已经是面对面的近在咫尺了。接踵而来的继志斋刊本（万历二十六年，1598）、屠隆校正本（也称周居易刻本，万历二十八年，1600）、李梗校正本（万历三十年，1602）、怡庆堂刊本（万历三十一年，1603）、起凤馆刊本（万历三十八年，1610）、何璧校刻本（万历四十四年，1616）等，虽然多采用双面连式的插图形式，但从画面上看不出崔张之间是隔着一段距离相望的。

费氏画册承继了这种写意性的构图策略，在"佛殿奇逢"这一场景中运用简洁的画面呈现崔张的相遇。图中崔张就在佛殿

熊龙峰刊本《佛殿奇逢》插图

继志斋刊本《佛殿奇逢》插图

前近距离相遇,张生痴痴地看着莺莺,甚至身后的法聪也笑嘻嘻地看着(这是画家的创造性表现,之前明刊本插图中法聪有作背向莺莺并手指佛殿的,张生也是扭头观望,如继志斋刊本等),而莺莺则微带羞涩地和红娘面对面站在一起,看不出她们即将离开。与画册构图最接近的明刊本是崇祯四年(1631)李廷谟刊行的《北西厢》之首幅插图,①或者说画家在构图时受到了李廷谟刊本插图的影响。

(二) 红娘请宴(画册第九幅)

"红娘请宴"发生在张生修书请白马将军杜确解普救寺之围后,老夫人为感谢张生,遣红娘前往书院请张生赴宴。弘治岳刻本的插图连用"张生因红扣门出应拜接""红承夫人命请生饮酒""生送红拽门就夫人宴"三个标题,共九个页面,大致构成四幅图。② 后出刊本凡有此场景插图的多不出这三个标题之范围。

---

① 李廷谟刊本中的剧情插图也出现在另一崇祯间刊本《三先生合评元本北西厢》中。
② 第三幅图系景观,属第二幅"红承夫人命请生饮酒"图的延伸。

费氏画册第一幅(《佛殿奇逢》) 　　李廷谟刊本《遇艳》插图

画册中"红娘请宴"图属于"生送红拽门就夫人宴"这个标题范围,这也是明刊本插图中表现这一场景最常见的取景角度。① 不过,尽管多数刊本的插图都选取了张生送别红娘准备赴宴这个视角,却少有画面雷同者(明

费氏画册第九幅(《红娘请宴》) 　　李廷谟刊本《邀谢》插图

① 熊龙峰刊本、继志斋刊本、屠隆校正本、起凤馆刊本、王骥德校注本、李廷谟刊本等都属于这个角度范围。

显有继承关系的除外)。同上一幅画页一样,此"红娘请宴"图也与李廷谟刊本构图相似。图中红娘离开前,还不忘转身嘱咐张生早些赴宴,张生正拱手相送,与李廷谟刊本的张生站立相送稍有不同,张生身后书桌上摆满书籍,彰显地点是在书房,也与李廷谟刊本的桌上放满器物有别。但画面整体的布局则极其接近。

(三)莺莺听琴(画册第三幅)

老夫人宴请张生,并在宴席上背弃前盟,让莺莺拜张生做哥哥。崔张黯然伤怀,张生退席前,在夫人跟前申诉己意,后在红娘的搀扶下返回书房。在书房中,张生请求红娘将自己的心意转告小姐,红娘同情张生与小姐的遭遇,加上不满老夫人背约变卦,当即献策张生,约定当晚小姐花园内烧香时,将以咳嗽为令,张生则操琴向莺莺倾诉情衷。于是就有了"莺莺听琴"的场景,这也是明清刊本最常见的插图之一。

"莺莺听琴"这个场景在明清各刊本的插图中,画面大同小异,一般都作张生在书房中临窗抚琴,花园里,莺莺与红娘则在墙边聆听琴声。只有李廷谟刊本有些特别,它的特别之处在于张生没有坐在窗前抚琴,而是离开琴座,来到墙的另一边,看似在与一墙之隔的莺莺相互倾诉;红娘也不是陪同小姐听琴,而是正从莺莺身后走来,要招呼莺莺回家。显然,画面呈现的是听琴途中,红娘借故看夫人走开,崔张二人得以隔墙相处,二人互诉衷情正投入之时,红娘走将来招呼小姐回房。① 也就是说,李廷谟刊本是以"听琴"的下半场入图的。

此画册中"莺莺听琴"画页的构图布局与李廷谟刊本接近,但它并未接受李廷谟刊本的画面内容,而是回归到明清刊本这个场景插图的常见画面中来。

---

① 对红娘此刻的举动,剧本中有旦唱【拙鲁速】一曲描述,即"则见他走将来气冲冲,怎不教人恨匆匆,吓得人来怕恐"云云。

费氏画册第三幅（《莺莺听琴》）　　　　李廷谟刊本《写怨》插图

（四）锦字传情（画册第七幅）

听琴被红娘打断后，莺莺小姐想知道张生的情况，于是央求红娘代为探视。红娘来到书院，张生则请求红娘传递简帖给小姐，以便达知肺腑，是为"锦字传情"。

明刊本中的插图对这一场景多是这样表现的：张生坐于书案前写简帖，红娘在旁或坐或站观看。又是李廷谟刊本的插图画面较特别，它作张生在书房中单脚跪于红娘跟前，并对红娘拱手行礼，看似在央求红娘传递简帖。其实，张生拱手行礼的画面最早出现在弘治岳刻本中，该书共有8幅图画来表现"锦字传情"这一场景，[①]在最后一幅题"张生送红叮嘱递简"的双面连式插图中，张生在书房外拱手相送红娘，意甚殷切；红娘回顾手指张生，似言放心。看来是李廷谟刊本将书房外拱手相送的场景移至书房

---

① 这8幅插图依次为："莺唤红拜央去望张生""张生想莺染病书斋闷睡""红娘承莺命去望张生""红娘湿破纸窗窥视张生""红娘用金钗敲门视张生""张生央红娘递缄与莺莺""红娘持张生缄送与莺莺"（案，画面为张生坐书案前写简帖，红娘坐在一旁观看。后出不少刊本关于这一场景的插图当即源于此）"张生送红叮嘱递简"。

123

弘治岳刻本"张生送红叮嘱递简"图

中,且变为下跪拱手行礼相求。

画册这一场景明显受到了李廷谟刊本的影响,二者画面格局接近,最大的差别是,张生没有跪地央求,而是站立弯腰拱手施礼(意在央求),红娘则侧身谦让。

费氏画册第七幅(《锦字传情》) 　　　　李廷谟刊本《传书》插图

（五）乘夜逾墙（画册第二幅）

张生的简帖经红娘带至莺莺闺房,莺莺看后却翻脸,并声称要将红娘告过夫人处,在红娘针锋相对说自己去夫人行出首后方抛开假意。不过还

是当红娘面义正词严地警告张生不可再造次,并回书(掷地上)让红娘带给张生。谁知张生读了莺莺书简竟喜出望外地告诉红娘,小姐骂他是假,其实是约他到花园相会,于是就有了"乘夜逾墙"的插曲。

"乘夜逾墙"也就是我们通常所说的"张生跳墙",明刊本插图表现这一场景有两种情形:一作张生攀上墙头作欲跳状,红娘立于墙根之下似在引导,莺莺则在稍远些的假山石下或立或坐,继志斋刊本、屠隆校正本、何璧校刻本、王骥德校注本等属之;一作张生已跳过围墙来到莺莺面前,莺莺似在斥责张生,红娘则站立一旁观看,弘治岳刻本、①熊龙峰刊本(画面已改变:莺莺一脸怒气站立着,张生在红娘的搀扶下准备离开,似乎斥责已结束)、李廷谟刊本等属之。也就是说,明刊本"乘夜逾墙"插图大致可分两类:一类是张生攀上墙头,正在跳墙;一类则是张生已跳过围墙。前一类在数量上稍占优。

继志斋刊本《乘夜逾墙》插图

---

① 弘治岳刻本表现这一场景共有六幅图,其中第四幅图题作"莺见生跳墙怒诘张生",六幅图中并无张生攀上墙头的画面。

画册中"乘夜逾墙"画页,在画面布局上还是与李廷谟刊本接近,只是画中人物较李廷谟刊本做了改变:张生正攀上墙头,莺莺站立在假山旁,红娘则被移出画面。红娘在画面中缺失,这在明刊本插图中还未曾见过。

费氏画册第二幅(《乘夜逾墙》)　　　李廷谟刊本《逾垣》插图

(六)倩红问病(画册第四幅)

张生跳墙遭到斥责后,郁闷地回到书斋,本来就相思难遣,再加上无端受责,病情更加重了。于是,红娘再次被派往书院探视张生的病情。

明刊本插图对这一场景的描述差别不大:张生或坐或卧于床上,红娘则或站或坐于床边,他们似在商量什么。所以,王骥德校注本的标目就作"订约"。

画册中"倩红问病"画页构图仍然最接近李廷谟刊本,尤其是张生床头横放一张古琴,明刊诸本也只有李廷谟刊本这样安排的。①

---

① 明刊本"倩红问病"插图中,画面有古琴的不多,除李廷谟刊本外,还有熊龙峰刊本(刘龙田刊本同)作张生半躺于床上,怀中斜置古琴并倚靠着;怡庆堂刊本、三槐堂刊本则是古琴置于床边几案上,张生又半倚古琴上。

费氏画册第四幅(《倩红问病》)　　　　　李廷谟刊本《订约》插图

(七) 月下佳期(画册第八幅)

在红娘的促使下,莺莺终于迈出了勇敢的一步,来到张生的书斋,与张生共度月下佳期。明刊本插图表现这一场景多作崔张在书斋内亲昵,红娘则立于书斋门外守候;另有批点画意本(万历三十九年,1611)作红娘侍立书斋门外,未见张生与莺莺,书斋内床幔已降下,床前摆放鞋履,床前几案上还放着一顶乌纱帽。惟王骥德校注本另辟蹊径,画面作红娘抱枕衾引莺莺前往书斋,张生则站在书房门前引颈张望。

画册中"月下佳期"画页构图采纳了批点画意本的含蓄立意,也是书斋内床幔已降下,床前摆放鞋履,红娘侧身立于书斋外,似在倾听书斋内动静。

费氏画册第八幅(《月下佳期》)

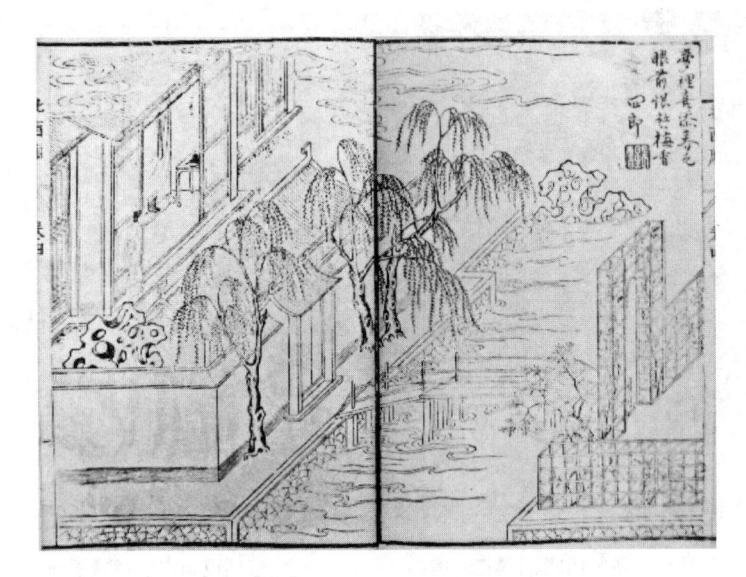

批点画意本《月下佳期》插图

（八）堂前巧辩（画册第十幅）

崔张的私下结合，最终还是让老夫人看出了端倪，于是，红娘被唤上厅堂面对老夫人的拷问。红娘通过摆事实，讲道理，指出老夫人背信失义，有过在先，进而以老夫人最看重的相国家谱为武器，要求老夫人息事宁人，成就崔张婚事，是为"堂前巧辩"。

"堂前巧辩"就是人们所熟知的"拷红"，明刊本插图表现这一场景多作：老夫人端坐堂上，手指着跪在她跟前的红娘，正在厉声责问，欢郎站在一旁手执"家法"（一根长棍），红娘跪着并摊开双手，似在辩诉，有少数还添上莺莺躲在后堂偷看，正关注事态的发展。[①]

还有三种明刊本的插图，展示的场景与上面所述不同。

一为屠隆校正本，画面呈现的是张生、莺莺并排站在一小块地毯上，他们面前摆放一张小几案，上面放着灯台、香炉之类，红娘站在一旁，老夫人

[①] 弘治岳刻本照例使用多幅插图（7幅）来描述这一场景，其中第三幅"夫人唤红跪问怒诘"就是"拷红"的经典场面。

与欢郎则站在他们身后,看样子是在举行简单的仪式,应该是红娘说服了夫人,夫人许可崔张二人正式结合。

一为李榥校正本,画面呈现的是老夫人端坐厅堂,欢郎正拉着红娘从后堂走来,莺莺则挑起后堂门帘张望,这应该是拷红还未开始。

一为李廷谟刊本,画面呈现的是老夫人独坐堂前,红娘正引着莺莺从后堂走来,欢郎在一旁观看,这应该也是红娘说服了夫人,夫人让红娘把莺莺唤来。这三种插图在明刊本中较特别,也较少见。

费氏画册第十幅(《堂前巧辩》)　　　　　李廷谟刊本《说合》插图

很明显,费氏画册中"红娘巧辩"画页采用了李廷谟刊本插图的构图视角,只删去了可有可无的欢郎。

(九)长亭送别(画册第十一幅)

老夫人虽然承认了莺莺与张生的结合,但又以自家三辈儿不招白衣女婿为由,要求张生上朝取应,并声明若不得官就不要再相见了,这样,崔张就面临着长亭分别了。

"长亭送别"也是明清刊本插图中最常见的场景之一,并且插图画面呈现的也都是围绕"送别"这一主题:萧索的树木,凄清的环境,衬托出送别时的悲情;张生拱手施礼将行,莺莺掩泣而别,或崔张执手话别,其他诸如琴童、红娘、车夫、马匹等,渲染的都是离情。

继志斋刊本《长亭送别》插图

陈眉公批评本《长亭送别》插图

画册中"长亭送别"画页承续了明清刊本奠定的离情别绪，只见崔张执手难分难舍，红娘端着别酒侍立一旁，琴童肩挑行李，马夫牵马伺候，车夫推车欲行，一切都在催促着崔张赶紧道别。这一画面的布局设定，就是紧扣"送别"主题，并综合了之前各本。

（十）草桥惊梦（画册第十二幅）

张生告别莺莺登程，来到草桥店投店住宿，很快张生就进入梦乡，睡梦中他听到敲门声，开门一看，竟是莺莺小姐一身风尘出现在面前，惊讶之余，还未及嘘寒问暖，门外来了一队兵卒将莺莺掳了去，张生遂惊醒。

费氏画册第十一幅（《长亭送别》）

明清刊本插图中，"草桥惊梦"这一场景多这样描述：张生伏案而眠，在他头顶升起一缕轻烟（意为梦境），烟雾中或作莺莺正在呵责兵卒，张生执其手立其身后（如继志斋刊本等），或作兵卒强拉莺莺欲走，张生想去拉住小姐未得（如起凤馆刊本）。

还有三种刊本的插图，呈现的画面与上面所述不同：一是李梗校正本，画面表现的是张生梦醒后开门朝外观望；一是王骥德校注本，画面呈现张生骑马向前，前面有几间草屋，正是要去草桥店投宿，尽管其标题是"入梦"，可张生还没睡呢；一是凌濛初校刻本，图中莺莺正独自走过一座小桥，前面店房中张生正伏案而眠，此图把梦境与现实同置一幅画中，没有像前面所述用轻烟或别的什么将二者区分开，这样构图体现了一定的新颖性。

画册中"草桥惊梦"画页正是继承了凌濛初校刻本新颖别致的构图，但作了一定的改变，就是使用一条带状白雾将张生住宿的店房与莺莺所处的老树、草桥、流水区分开来,也就是说,梦境与现实得以区分。当然,相对凌濛初校刻本,画页从整体上重新规划布局了画面内容,给人以更多的美的享受。

费氏画册第十二幅(《草桥惊梦》)　　凌濛初校刻本《草桥店梦莺莺》插图

(十一)泥金报捷(画册第六幅)

张生上朝取应,果然才高八斗,一举夺魁,在等候除授过程中,为免小姐挂念,特修书一封,派琴童捎回报捷。

明清刊本插图中,"泥金报捷"这一场景大致可分两类:一类是琴童送书至,在门外等候,红娘陪着莺莺正在房中读信或写回书,如继志斋刊本、起凤馆刊本等;一类是送书的琴童已来到院墙外,或正在赶路途中,红娘正卷起窗帘,莺莺则临窗眺望(正盼着张生归来),如王骥德校注本、何璧校刻本等。凌蒙初校刻本的插图因为用《西厢记》文本中的"题目""正名"为标题,故这一场景有"小琴童传捷报""崔莺莺寄汗衫"两幅插图,前者画面呈现的是张生正写书,后者展示的是莺莺在嘱咐琴童沿途要小心。还有一个罗懋登注释本,其插图呈现的是琴童刚至,正递书与红娘,莺莺则站在红娘身后的屏风内。弘治岳刻本则用了十幅图来描述这一折的情节,也几乎全部涵括了上述插图的构图视角。

画册中"泥金报捷"画页的构图视角与罗懋登注释本同,不过二者的画面布局、人物造型等则毫无相似处,也许借鉴的仅仅是构图视角,画面则作了全新的创造。

罗懋登注释本《泥金报捷》插图

费氏画册第六幅(《泥金报捷》)

(十二) 尺素缄愁(画册第五幅)

琴童捎回莺莺的回书时,张生正抱病驿亭中,读过莺莺的回书,并一一检视莺莺捎来的物品后,张生深深感受到了莺莺的愁情。

明清刊本中"尺素缄愁"的插图画面,或呈现琴童正递给张生莺莺的回书(如李廷谟刊本);或表现张生正展开莺莺的回书在阅读,琴童站在一旁(如王骥德校注本);或表现张生一手执莺莺回书(或许已读完),一手拿着一支发簪(当是莺莺捎来),正对琴童说着什么(可能在告诉琴童如何放置莺莺捎来的物品),这一类插图最多,以继志斋刊本为代表,起凤馆刊本亦可看作这类插图的衍变。弘治岳刻本使用七幅图来表现"尺素缄愁"的场景,①上述插图的构图视角均涵括在内。

费氏画册中"尺素缄愁"画页借鉴了李廷谟刊本插图的视角,不过画面作了重新布局安排,人物造型、神态也作了优化改进,因而相对李廷谟刊本可谓焕然一新。

费氏画册第五幅(《尺素缄愁》)   李廷谟刊本《酬缄》插图

① 其中第七幅"莺喜生及第命童持香纸拜谢神祠"表现的情节在后出刊本中已删除。

三、《秋月风声》画册的近源

上文对费氏画册中十二幅画页的构图视角逐一进行了分析，并结合明清刊本相关插图的介绍，探寻了画册的源头。我们发现，明清刊本插图虽有一定的前后继承性，但画册与晚明启祯间的刊本，如凌濛初校刻本、李廷谟刊本等亲缘性最大；而且在传承过程中，画面的整体布局自然而然地出现了创新。

当我们进一步考察，发现画册其实还有一个更近的源头。清康熙庚子（五十九年，1720）仲冬丰溪吕世镛怀永堂刊行巾箱本《绣像第六才子书》，该书卷首弁程志远所绘插图二十一幅，除第一幅为"双文小像"外，其余二十幅则分别为《西厢记》二十折的插图。怀永堂刊本问世后，又经味兰轩、琴香堂、芥子园，甚至无名氏多次重刊，直到光绪九年（1883）映红仙馆还在重刊这一巾箱本。期间嘉庆八年（1803）刊行的一种《西厢诗》卷首有图像十幅，其中有七幅就源自怀永堂刊本。这说明怀永堂刊本在清代流行甚广、影响较大，这本问世于道光二十六年的画册，其十二幅画页均能从怀永堂刊本中找到极其相似的插图，毫无疑问，怀永堂刊本就是它的近源。

画册第一幅"佛殿奇逢"画页来自怀永堂刊本的第二幅插图"惊艳"，当然还是作了一些修改的，最明显的是弃除了"惊艳"插图中莺莺与红娘身边的门墙，使得插图中莺莺在红娘督促下离开前的"秋波一转"的写意性表现在"佛殿奇逢"画页中消失了（有门墙，表明莺红即将自门离开，门边的莺莺就成了离开前的转身回眸），剩下的就成了莺莺害羞地站着；还有就是张生与法聪的位置作了调整，他们的神态也有改变，这样插图中张生的转身惊望，成了画页中的直面相望。也许画家聚焦的是莺莺的美，所以即使法聪都无需任何掩饰地笑嘻嘻地观赏，以致未能表现莺莺"秋波一转"的神态。

费氏画册第一幅(《佛殿奇逢》)　　　　怀永堂刊本《惊艳》插图①

画册第二幅"乘夜逾墙"画页几乎是照搬怀永堂刊本的第十二幅插图"赖简",只是画面比例稍稍放大了点,以致像插图中莺莺身边的假山、地上的两个石凳在画页中只能部分出现。

费氏画册第二幅(《乘夜逾墙》)　　　　怀永堂刊本《赖简》插图

---

① 由于只找到四幅怀永堂原刊本插图,以下凡版心未镌"怀永堂"堂号者,均为无名氏重刊本插图,不再一一说明。

画册第三幅"莺莺听琴"画页也对怀永堂刊本的第九幅插图"琴心"作了一些修改,最突出的是增加一条小河将花园与书院隔开(画页中的书院更像是一座凉亭),花园围墙外的芭蕉换成了花树,还增加了山石,最有趣的是画家不忘在河水中添上一轮月影以表明听琴时间是在夜晚(插图中,天空本挂着一轮圆月,画页由于改变了比例,就没有空间画月亮了。也许就为了这轮月影,才在围墙外加上一条小河)。

费氏画册第三幅(《莺莺听琴》)　　　　怀永堂刊本《琴心》插图

画册第四幅"倩红问病"画页也几乎是照搬了怀永堂刊本的第十三幅插图"后候",只作了些细微的调整:睡在床上的张生用手肘支持着,比插图中的抬高了些身子,床前的几案离床头更近些,人物身后的墙上有圆形门洞装饰等。

画册第五幅"尺素缄愁"画页比照怀永堂刊本的第十九幅插图"锦字缄愁"也只是有些细微改变:桌案旁多了一个矮木凳及一张茶几,栏杆拐角处添了一长方立体的物件,也许是放置地上的气死风灯;还有房檐边多了一丛蓊郁的枝叶,栏杆前的花树枝丫更多。

费氏画册第四幅(《倩红问病》) 　　　　怀永堂刊本《后候》插图

费氏画册第五幅(《尺素缄愁》) 　　　　怀永堂刊本《锦字缄愁》插图

　　画册第六幅"泥金报捷"画页较之怀永堂刊本第十八幅插图"泥金报捷"的不同是：莺莺身前的屏风上画着波涛中一轮红日，插图中的小庭院成了画页中的小池塘加小花圃，还有就是插图中伸上房顶的树木与院墙外的一丛翠竹在画页中也有变化。

费氏画册第六幅(《泥金报捷》) 怀永堂刊本《泥金报捷》插图

画册第七幅"锦字传情"画页对怀永堂刊本的第十幅插图"前候"的改变真的只能见之于细微处：左上角湖岸边明显勾勒出廊道（插图是一块小空白），书院的门扉以花草绘画装饰（插图中是木格饰门扉），床后的屏风也画上草木装饰（插图中是空白的条状屏），还有窗户格、地面等也有改变。

费氏画册第七幅(《锦字传情》) 怀永堂刊本《前候》插图

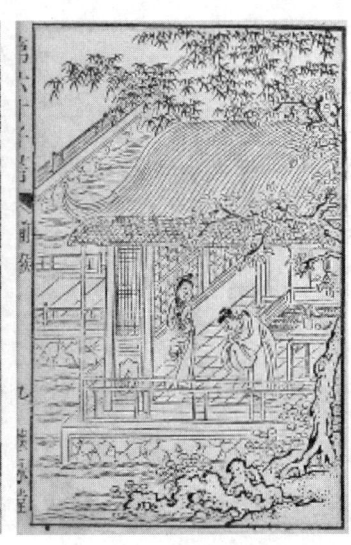

画册第八幅"月下佳期"画页对怀永堂刊本第十四幅插图"酬简"作了一定的修改,先是来了个乾坤大挪移,把红娘与书院的位置进行互换;还把书院圆形门洞前的栅栏围障换成两支翠竹,还添上一块假山石,书院栅栏围障外的翠竹则换成一棵花树。

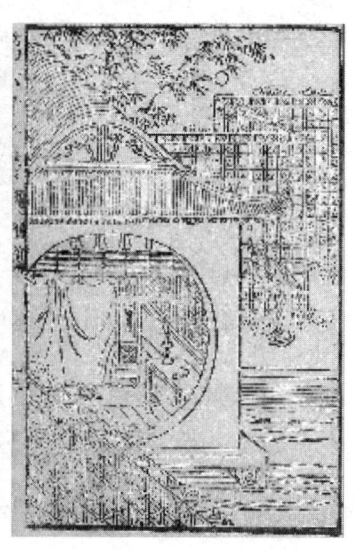

费氏画册第八幅(《月下佳期》)　　怀永堂刊本《酬简》插图

画册第九幅"红娘请宴"画页对怀永堂刊本第七幅插图"请宴"做的最大修改是,移除了书院外的栅栏围障,使得书院前的小水池得以向外延伸,变成一片宁静的湖泊,结合远处的树林,很有点湖光山色的味道。

画册第十幅"堂前巧辩"画页对怀永堂刊本第十五幅插图"拷艳"的改变:老夫人改侧身坐为正坐,座榻左边多了一扇木格门扉,榻上多了一个枕垫,座榻旁的屏风上改画花枝(插图原画一枝翠竹),门前右边添了假山石、小灌木、花等。

画册第十一幅"长亭送别"画页对怀永堂刊本第十六幅插图"哭宴"的改变:去除了插图背景上的雁阵与夕阳,以天际边一抹红霞替代;以低缓绵延的山丘取代插图中陡峻的山体；移除了插图中亭柱旁的一棵树，又在车轿前添加一棵树，且树冠延伸至亭顶；车夫两手抬起车把（插图车夫站在车旁，双手扶着车椅）。

费氏画册第九幅（《红娘请宴》）　　　怀永堂刊本《请宴》插图

费氏画册第十幅（《堂前巧辩》）　　　怀永堂刊本《拷艳》插图

费氏画册第十一幅(《长亭送别》) 　　　　　怀永堂刊本《哭宴》插图

　　画册第十二幅"草桥惊梦"画页对怀永堂刊本第十七幅插图"惊梦"的改变甚少，除了在张生投宿的店房右侧添了棵花树，还有就是在张生所伏桌案上放了一函书。

费氏画册第十二幅(《草桥惊梦》) 　　　　　怀永堂刊本《惊梦》插图

以上对照怀永堂刊本中相关插图一一分述了画册中十二幅画页的主要修改情况，显然，画家作出这些修改是以一个艺术家的眼光对画面进行整体审视的结果。而且，经过画家的妙笔，相较怀永堂刊本的插图，画页的画面更加精致，人物更加传神。但是，需要强调的是，尽管画家作了修改，我们还是能一眼看出怀永堂刊本的插图就是画册的最直接源头。

至于画家为何没有按照《西厢记》情节顺序来完成画册，除了前面猜测的原因外，还可能画家参照的是某种已改变了怀永堂刊本插图顺序的媒介（因为，前述嘉庆八年刊行的《西厢诗》就把"莺莺听琴"的图像放到"隔墙联吟"图像前面）；还有就是因为画家不是画全部，而是选择画，这样就有可能一开始并未全部选定，而是想到一幅画一幅，就成了现在这个样子。

四、《秋月风声》画册与《西厢记》的图像传播

《西厢记》问世后在明代得到广泛流传，几乎在一开始具有直观性的图像就受到书商的重视，现存最早的《新编校正西厢记》残页就采用了插图，弘治岳刻本更进一步采用了上图下文的方式刊行出版，之后有书商干脆在书名中冠上"全像/相""出像/相"等名目。可见，借助图像传播增加卖点的方式获得书商的青睐。同时，直观的图像也能帮助读者加深对作品的理解，而受到读者的欢迎。

起初这些插图或许出自民间艺人之手，渐渐的，名家、大家署名作品进入了人们的视线。据现有文献，明刊《西厢记》的插图版画涉及的知名画家有唐寅（1470—1524）、钱谷（1508—1578?）、殳君素（生卒年不详）、汪耕（生卒年不详）、蔡冲寰（生卒年不详）、王廷策（生卒年不详）、钱贡（生卒年不详）、董其昌（1555—1636）、魏之璜（1568—1646?）、魏之克（生卒年不详，魏之璜弟）、王文衡（生卒年不详）、蓝瑛（1585—1666?）、陈洪绶（1598—1652）等，当然，这些插图版画不一定真出自所署名家之手，但在书商那里，

名家手绘已成了他们登垄竞胜的手段之一。同时也说明了图像传播接受已从初期聚焦其直观演述与通俗易懂，逐渐转向倾注于其艺术水平与鉴赏价值。

以绘画艺术来传播《西厢记》最早或可追溯到明代嘉靖年间，嘉靖二十三年（1544），《仇实父文衡山西厢记传奇书画合册》①问世，这本《书画合册》由仇英（1498？—1552？）绘图（24幅），文徵明（1470—1559）小楷写曲（《西厢记》全部曲文），应当是个艺术精品，惜今已失传。万历四十二年（1614）王骥德香雪居刊《新校注古本西厢记》卷首所弁二十一幅精美插图，注明"长洲钱谷叔宝写，吴江汝氏文淑摹"。且该书卷首所列《例》第三十六则云："适友人吴郡毛生，出其内汝媛所临钱叔宝《会真卷》索诗……叔宝今代名笔，汝媛摹手精绝，楚楚出蓝，足称闺阃佳事。漫重摹入梓，所谓未能免俗，聊复尔尔。"也就是说，王骥德校注本的插图是摹汝文淑所临钱谷所绘《会真卷》上板镌刻的，如今不论是钱谷的原图，还是汝文淑的摹稿，均已经失传，但从王骥德校注本精美的插图，我们可以推想，钱氏的《会真卷》若仍存世，应该也是绘画珍品。

诚然，画家以其独特的艺术审美视角介入《西厢记》的传播，使《西厢记》的图像从明刊本插图版画的粗疏写意，走向了画册类绘画的细腻传神。

据传，美国弗利尔美术馆收藏了一种《西厢记》绘画，共有"佛殿奇逢""隔墙联吟""莺莺听琴""锦字传情""妆台窥简""乘夜逾墙""堂前巧辩""长亭送别"八幅画页（互联网上所见为这八幅，不知是否全璧），其中前七幅画页上有一葫芦状印签（剩下一幅当是残缺导致印签佚失），篆体书"十洲"二字，据此，此《西厢》绘画似出明代画家仇英（号十洲）之手，但藏馆记作清代。其中的"隔墙联吟"画页画着张生攀上花园墙外一棵树，正引颈张

---

① 此《书画合册》现已失传，清光绪元年（1875）刊方濬颐辑《梦园书画录》卷十著录了此书。今传两种"仇文书画合璧西厢记"影印本，经张人和先生考证均系伪作。参见张人和：《今传"仇文书画合璧西厢记"辨伪》，《文献》1997年第4期。

望在园内烧香的莺莺、红娘,这体现了画家独特的思考:按剧情张生是看到了花园内的莺莺(【调笑令】曲有"我这里甫能见娉婷"可证),可高墙隔阻(【圣药王】曲有"隔墙儿酬和到天明",故明人将此折称作"隔墙联吟"),墙外的张生怎样才能见到莺莺呢?明刊本插图多矮化围墙,这样张生只要踮起脚尖仰着头就能看到花园内的莺莺。画家显然不认可这种矮化围墙的设计,才会想到画一棵歪脖树,并让张生站在树上观看莺莺(这或许源于起凤馆刊本,其插图是张生抱住墙外一棵树并引颈张望花园内的莺莺)。尽管这种思考并不符合剧情,①但它却表明《西厢记》图像传播接受过程中艺术表现更重视画面的细腻传神。

美国弗利尔美术馆藏《西厢记》之"隔墙联吟"图

费丹旭这本《西厢》画册虽然是借鉴怀永堂刊本的插图创作出来,但无论是整体的画面布局设计,还是单个的人物造型、人物神态,甚至小到一片树叶、一朵花,都倾注了艺术家的心血。我们看到这十二幅画每一幅都是人物生动传神、景物摇曳生辉,画面充满着灵气。由于多层次色彩的应用,

---

① 以继志斋刊本为代表的矮化围墙的设计也不符合剧情,"隔墙"其实就是明人的误解,王骥德校注本、李廷谟刊本等的插图把张生安排在围墙边假山石后才符合剧情。

绘画往往能将如生活般真实的画面呈现出来,这是主要依靠线条来构图的插图版画难以企及的艺术境界。因而,上述弗利尔美术馆藏的《西厢》图与费丹旭的《西厢》画册这一类作品在《西厢记》的图像传播中,必然会以其独特的优势为人们所瞩目。20世纪50年代王叔晖先生创作的十六幅《西厢记》工笔画就是最好的注脚。

五、结　　语

费丹旭的《秋月风声》画册直接采用了康熙五十九年怀永堂刊本的相关插图(也可能是与怀永堂刊本关系密切的他本)的构图视角,但在画面布局、人物造型、背景搭配等方面画家都作了重新的考虑与安排,是全新的艺术再创造。怀永堂刊本的插图则明显受到明刊《西厢记》插图,尤其是晚明启祯间刊本插图的影响,有的甚至直接予以继承。尽管不知出于什么原因,画册未按《西厢记》的情节顺序来描绘,但其精美细腻的构图、生动传神的人物、优雅生辉的景致,足以令画册成为一艺术精品,自然也会影响《西厢记》的传播与接受。

法国 BULAC 藏朝鲜刻本《五伦全备记》考述

李 健*

摘要：法国 BULAC 藏有朝鲜刻本《五伦全备记》，当为朝鲜王宫刻本，四卷俱全，据中国刻本翻刻，其底本比奎章阁本底本的年代要早，内容更全，更多地保留了青钱父改编本的原貌，但传入朝鲜时间较晚，是继启明大学本、奎章阁本底本之后，第三次传入朝鲜。启本是青钱父改编本系统中时代最早的本子，应最接近青钱父改编本的原貌，但由于后半部脱字较多，反而不及 BULAC 本。故在启本、奎本、BULAC 本、世德堂本中，最适合作为点校《五伦全备记》的底本的，当为 BULAC 本。丘濬原作应是风格偏向典雅的南戏《五伦全备纲常记》，青钱父改换曲牌、重填曲辞，使之更加通俗、更易传播。"玉山高并"并不是昆山人张情；青钱父跋并非写于 1510 年（庚午），而是 1450—1510 年之间；玉山高并序当作于 1510 年腊月。赤玉峰道人当为青钱父别号，玉峰先生非丘濬别号。改编本《五伦全备记》早在 16 世纪初即已成为南戏的常演剧目。

关键词：五伦全备记；朝鲜；丘濬；赤玉峰道人；青钱父

---

* 李健，1990 年生，河南驻马店人。文学博士，现为河北大学文学院讲师。主要研究方向为戏曲文献与戏曲声腔。曾赴法国巴黎高等研究实践学院（École Pratique des Hautes Études）进行访学交流一年。发表有《〈太和正音谱〉现存版本叙录》《〈曲谱大成〉编纂新考》等论文。

《五伦全备记》是明丘濬在景泰年间撰写的一部传奇,在南戏发展史上有着重要的地位。目前仅有一种明世德堂刊本存世,但没有任何序跋。令人意外的是,此剧在问世不久,就传入朝鲜,其后有多种朝鲜刻本,但并不是作为戏曲作品,而是作为汉语教材而被翻刻接受的。据韩国汉阳大学吴秀卿教授的考察,此剧至少存有三种朝鲜刻本,即奎章阁图书馆藏本、启明大学图书馆藏本、法国巴黎东洋语学院图书馆藏本[①]。

奎章阁本(以下简称"奎本")前有"玉山高并"序,启明大学本(以下简称"启本")前有"再世迂愚叟"序。据徐朔方、吴秀卿等先生考察,玉山高并为明代昆山人张情,再世迂愚叟即丘濬,奎本、启本的底本均为中国刊本,即中国本土在明代曾存在《五伦全备记》的另外两个版本,惟今已失传。又,法国巴黎东洋语学院图书馆藏本比奎本、启本多出一篇青钱父跋,这意味着相应的中国本土曾有另一种刊本,这样一来,此剧在明代至少有四种中国刊本,但现今仅有一种世德堂刊本存世。

吴秀卿教授所见法国巴黎东洋语学院图书馆藏本,只是韩国中央图书馆收藏的缩微胶卷。笔者在法国高等研究实践学院(École Pratique des Hautes Études,简称 EPHE)交流访学期间,受导师黄仕忠教授的委托,调查法藏本《五伦全备记》的情况,获见韩国所藏微卷的底本。兹就调查所得,作一介绍。

一、访 书 经 过

根据吴秀卿介绍,她在韩国中央图书馆古典运营室的"海外所在韩国

[①] 吴秀卿:《〈五伦全备记〉朝鲜文献资料辑考》,《戏曲与俗文学研究》第四辑,社会科学文献出版社,2017 年,第 1—28 页。按:本文将吴文中的"法国东洋语学院图书馆藏本"改称为 BULAC 本,原因详后。

古文献"中看到缩微胶卷,"原件收藏在法国巴黎东洋语学院图书馆",①但没有注明该馆的法文名称。吴文所说"法国巴黎东洋语学院",即法国国立东方语言文化学院(Institut national des langues et civilisations orientales,简称Inalco)。又,法国文化部门于2011年合并包括Inalco图书馆在内的20余家图书馆,成立Bibliothèque universitaire des langues et civilisations(语言与文明大学图书馆,简称BULAC),原Inalco图书馆的藏书已全部转入BULAC。故,吴文所述"法国巴黎东洋语学院藏本"即现如今的"语言与文明大学图书馆(BULAC)藏本"②(以下简称"BULAC本")。

吴文说原书收藏单位的索书号为:M古4-1-286,但查BULAC在线目录,并无此书。且该馆在线目录的汉籍索书号通常为"BULAC CHI.

BULAC 网站页面

---

① 吴秀卿:《再谈〈五伦全备记〉——从创作、改编到传播接受》,《文学遗产》2017年第3期,第144页脚注3。
② 中国台湾地区将BULAC译为"法国语言与文明大学联合图书馆",亦可从。

XXXX X"（见图2），吴文所记索书号与其不相符合。笔者就此请教了曾在EPHE做博士后研究的刘蕊女士（现任教于上海大学）。她说这个索书号可能不属于BULAC,数年前她也曾在巴黎访查此书，未果。那么，吴文中所说"法国巴黎东洋语学院"或许并不是Inalco,而是另一所学校？

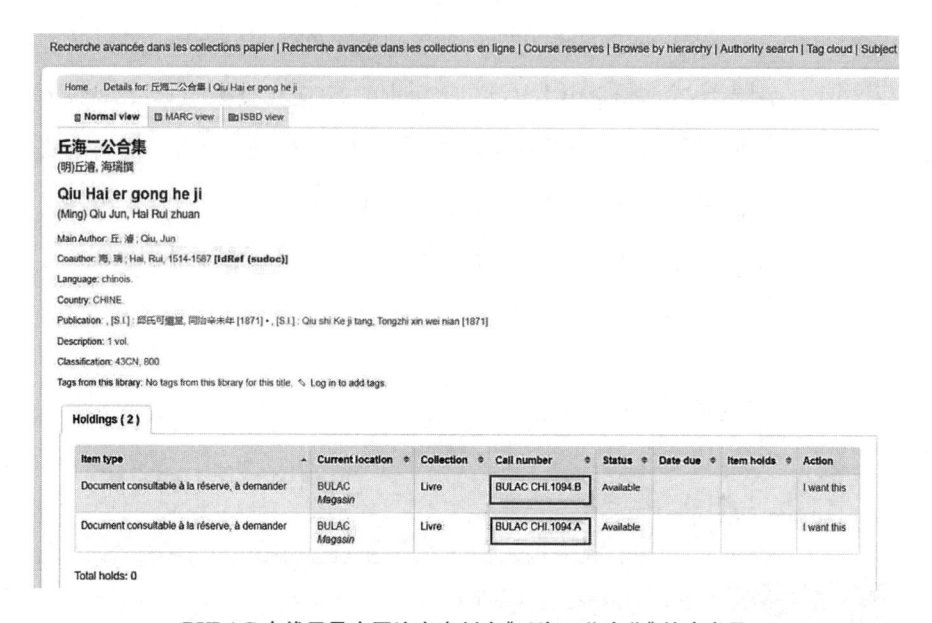

BULAC在线目录中同治辛未刻本《丘海二公合集》的索书号

带此疑问，笔者决定前往BULAC作现场访察。适逢华人馆员余敏先生当值，沟通甚便。余先生说BULAC所藏汉籍绝大部分都可在网上搜索到，但有一小部分因尚未编目，或许此书在未编目书中，并表示可以代为查看。

一周之后，当笔者再度来到BULAC时，余先生遗憾地告知，查未编目书籍的原始记录，其中并无此书。笔者心生疑惑，再度询问"法国巴黎东洋语学院"是否为Inalco,余先生明确回答"是"。看来，Inalco图书馆以及现在的BULAC馆藏中似乎并无此书。于是，笔者转而讨论未编目汉籍的原始目录，忽然想到吴文提到的"M古4-1-286"属于"海外所在韩国古文献"，此书原是古朝鲜刻本，那么，会不会收藏在韩国书库中呢？余先生认为很有可能，并答应往韩国书库代查。

Inalco BULAC 外景

五天后,收到余先生的邮件:"特大喜讯,我和我们图书馆的领导今天花了整整一下午,终于在韩国古籍书中找到了《五伦全备记》,我馆保存了四册。……从明天起,你就可以来图书馆查阅和拍照了。"看到此消息,笔者自是激动万分,并立即写信给导师,分享这一喜讯。

第 2 天,即 10 月 21 日,笔者如约到 BULAC。承蒙余敏先生和他的两位同事帮忙,在填写多份表格之后,终于见到这尚未编目的四册足本《五伦全备记》。之前余先生担心是未编目图书,可能只允许拍摄几张书影。在找到此书时,他的上司曾就其文献价值相询,余先生遂将笔者之前所言作为答复。原来书库中竟有这等宝贝!这让他的上司十分高兴,遂破例允许拍摄全书。令人喜不自胜!笔者分两次将四册全部拍下。一周后,10 月 29 日,法国政府发布第二次禁足令,BULAC 闭馆。直到 2020 年 12 月底笔者访学到期归国,该馆仍未开放。

BULAC 是法国政府在新世纪重点建设的学术图书馆,其主体建筑自 2008 年开工,2011 年正式对公众开放。BULAC 在法律上是由以下机构组成的国际团体:法国高等教育与研究中心(Remincheèrede l'Enseignementsupérieuret de la Recherche)、法国国立东方语言文化学院(INALCO)、巴黎高等研究实践学院(EPHE)、社会科学高等研究学院(EHESS)、法国远东学院(École française d'Extrême-Orient)、索邦神学院(Pantheon-Sorbonne University)、巴黎第三大学(University of Paris Ⅲ: Sorbonne Nouvelle)、巴黎索邦大学(Paris-Sorbonne University)、巴黎狄德罗大学(Paris Diderot University)、国家科研中心(CNRS)。这些单位原有 20 多个图书馆的收藏,也一并归于 BULAC,以便集中使用。BULAC 的藏书涵盖了非西方世界的所有语言和文明,可提供超过一百万种文档。① "其印刷和电子收藏涵盖巴尔干、中欧、东欧、中东、北非、中亚、撒哈拉以南非洲、亚洲、大洋洲、美洲和格陵兰(土著文明)的 180 多个国家/地区,350 种语言和 80 种文字。这些地区的人类语言和社会科学学科的文档以西方语言(法语、英语、德语……)和当地语言表示,特别是文学、历史、地理、语言学习和语言学、哲学、宗教、社会科学……"②

BULAC 与 Inalco 共享同一栋大楼,但它并不是 Inalco 的附属图书馆,而是一个具有独立运营资格的公共图书馆,其购书经费由法国政府直接拨付。因此,除了东方语言古籍,所藏现当代东方语言文化书籍也十分丰富。其中的汉籍(汉语古籍),以清代中后期刻本为主,其中戏曲小说类数量很多,且同一种书版本多样,如《好逑传》《红楼梦》《今古奇观》《平山冷燕》等均有三四个不同版本。另有 17 世纪以降来华传教士的诸多著作,具有很高的学术价值。

而这部朝鲜刊《五伦全备记》传世甚稀,据笔者所查,除 BULAC 本外,仅日本东京大学小仓书库藏有残本,足见 BULAC 所藏是四册足本完整之珍贵。

---

① 选译自 https://en.wikipedia.org/wiki/Biblioth%C3%A8que_universitaire_des_langues_et_civilisations.

② 译自 https://www.bulac.fr/la-bulac-en-bref/lessentiel/.

二、收藏源流

BULAC 本《五伦全备记》,共四卷,分作"元、亨、利、贞"四册装订。

查"韩国古籍综合目录系统"网上目录,著录此书作:"木板本,4 册,有界,9 行 17 字,注双行,上下内向 3 叶花纹鱼尾。有迂愚叟序。"①

此网上目录还著录了日本东京大学小仓书库藏本:"2 卷 2 册(缺帙):四周单边,半郭 20.2 cm×14.9 cm,有界,9 行 17 字,上下黑鱼尾不定;32.0 cm×22.3 cm。卷 1 第 42 张缺。(赤玉峰道人撰)。"②

经笔者目验,BULAC 所藏朝鲜刻本,黄色书衣。双黑花鱼尾,四周单边,版心上题"五伦全备",中题卷次,下题叶码。与明代戏曲通常作曲文大字、宾白小字的版式不同,它的宾白为大字,曲辞、科介则为小字。

每卷第一叶右上方都被剜去一块,其下以白纸衬垫,边缘尚留有红色印记,可知此处原钤有朱印;同叶天头有用铅笔书写的文字"COR. 1－286, Vol 1/2/3/4",旁边钤蓝色圆印"ÉCOLE DES L. L. O. O. VIVANTES",地脚则钤

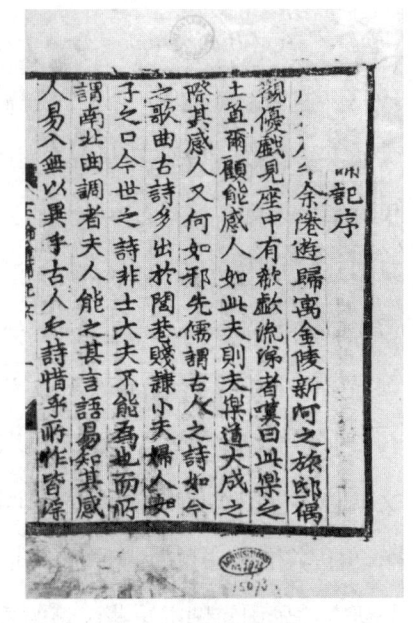

BULAC 本书影

椭圆形蓝印"ACQUISITIONS NO.",印中"NO."后的空白部分用红墨水笔填写"15073"。每卷封面的内衬上贴有法文书签一个,封面封底的内衬均

---

① https://www.nl.go.kr/korcis/.
② https://www.nl.go.kr/korcis/.

以《海州吴氏世谱》反面贴成。经检核,此本卷二第十六叶,卷三第二十七叶,卷四第二十九、三十二、三十六、四十二、五十五、六十四叶为抄补。

据 BULAC 韩国书库的原始记录,此本是由法国东方学家古恒在 1894—1895 年间于朝鲜购得,之后入藏法国东方语言文化学院图书馆的。

古恒(Maurice Courant,1865—1935),又译古朗、库朗、库朗特等,法国外交家、东方学家。出生于法国巴黎,毕业于巴黎大学法学院及国立东方语言文化学院,主修中文、日文。1889 年前往中国任法国驻华使馆见习生,1890 年任使馆翻译。1894—1896 年间,被派往朝鲜和日本任外交官,后返回北京担任法国使馆翻译。1900 年任法国里昂大学教授。1896 年凭借《朝鲜书志》(*Bibliographie coréenne*,1894—1901 年)获得儒莲奖。此后又于 1903 年、1913 年、1915 年三次获儒莲奖。1913 年获博士学位后,成为里昂大学汉学教授。1921 年里昂中法大学成立后,出任协会秘书。1935 年在里昂逝世。古恒著有多本东亚研究的书籍,除前述《朝鲜书志》外,还有《北京朝廷》(*La cour de Pékin*,1891 年)、《在中国:风俗习惯与制度,人和事》(*En Chine: mœurs et institutions, hommes et faits*,1901 年)等。[①] 古恒曾为法国国家图书馆编纂 *Catalogue des livres chinois, coréens, japonais, etc. 1900—1912*(《中文、朝鲜文、日文等书籍目录(1900—1912)》)。此书虽名为《中文、朝鲜文、日文等书籍目录》,但实际上只收录中文书籍,收录题名 9 080 个,但因将合集中的每一种都单列出来,故实际收书未达 9 000 种。此目录是研究法国国家图书馆藏汉籍的重要工具书,其分类与中国旧有的四库分类法不同,更加注重西方图书分类法的运用。

综合以上信息可以推知,此本是古恒在朝鲜任外交官期间购得。

其次,此本与另两种朝鲜刻本——奎本、启本一样,都是作为朝鲜官方

[①] 古恒生平及著作参见王域铖:《法国国家图书馆古恒〈中文、朝鲜文、日文等书籍目录〉及著录汉籍研究》,山东大学 2020 年博士学位论文,第 9 页。

的汉语学习教材而被刊刻的。据吴文，当时学习汉语的人，并不是朝鲜普通百姓，而是其朝中官员。以大字刻宾白，以双行小字刻曲辞、科介，正是为了充分利用贴近当时生活的口头语言——宾白作为学习汉语的语料素材。但考虑到汉语的不易学以及年龄稍大的人的接受能力，朝鲜官方还组

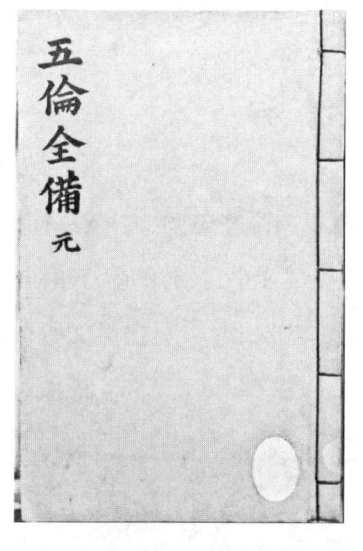

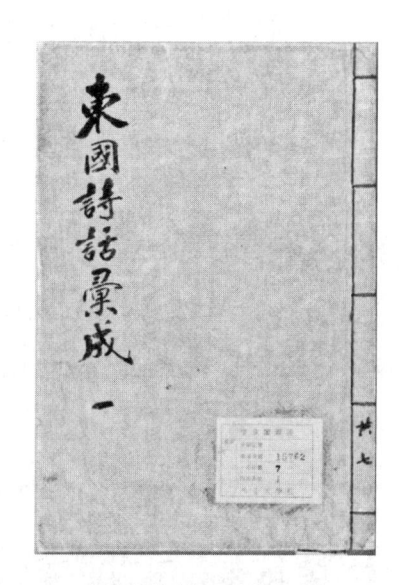

BULAC 本书衣   **奎章阁藏《东国诗话汇成》**

奎章阁藏《日省录》书影

织人力为此书编写了一本配套"教辅资料"——《五伦全备谚解》(以下简称《谚解》)。在中国古籍的装帧中,书衣一般用蓝、灰色较多,用黄色则带有明显的皇室、王室意味。中国、古朝鲜同属儒家文化圈,奎章阁藏书中,书衣为黄色者多为朝鲜王宫刻本,如《日省录》《东国诗话汇成》。而BULAC本的书衣正是黄色,由此,笔者推测,BULAC本极有可能为原藏于奎章阁的朝鲜王宫刻本。

三、版本考异

BULAC本卷一卷首有再世迂愚叟序、玉山高并序,但均只存一叶,有头无尾,卷四卷首有青钱父跋。此二序跋完整的文字,吴秀卿《〈五伦全备记〉朝鲜文献资料辑考》一文已经收录,此不重复收录。① 对比吴文所录,可知

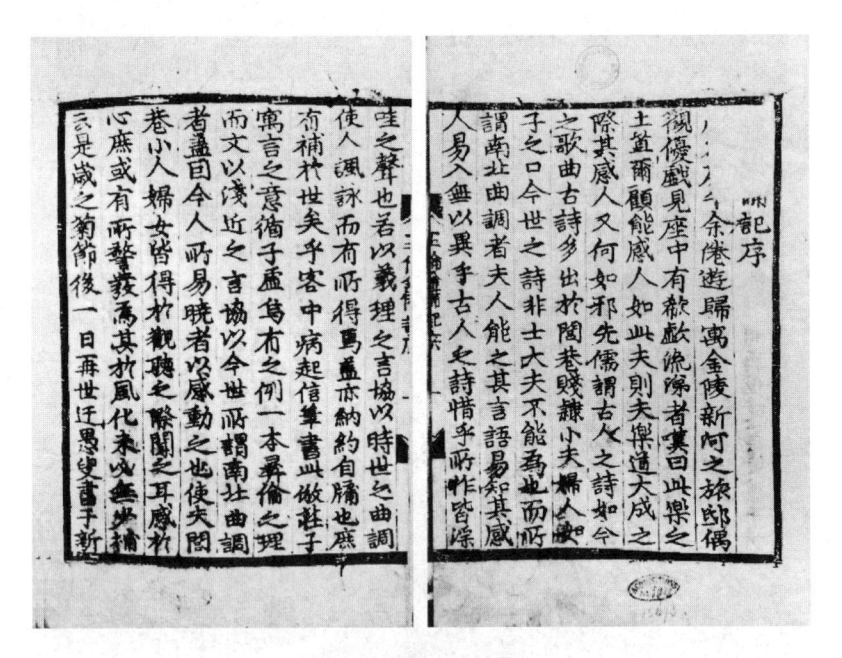

BULAC本再世迂愚叟序

---

① 吴秀卿:《〈五伦全备记〉朝鲜文献资料辑考》,第6—13页。按:吴文所录青钱父跋,其中"亦犹欲行礼者×棉苞(参下句,此处疑脱一字)以习仪"一句,经笔者核对原件,其"×"应作"假",整句应为"亦犹欲行礼者假棉苞以习仪"。原书此处刻字清晰,并无脱漏。

这两篇序残叶上的文字，分别与奎本的玉山高并序、启本的再世迂愚叟序对应部分相同。BULAC本有跋，无凡例，奎本、启本则存有凡例，无跋。

BULAC本玉山高并序

BULAC本青钱父跋

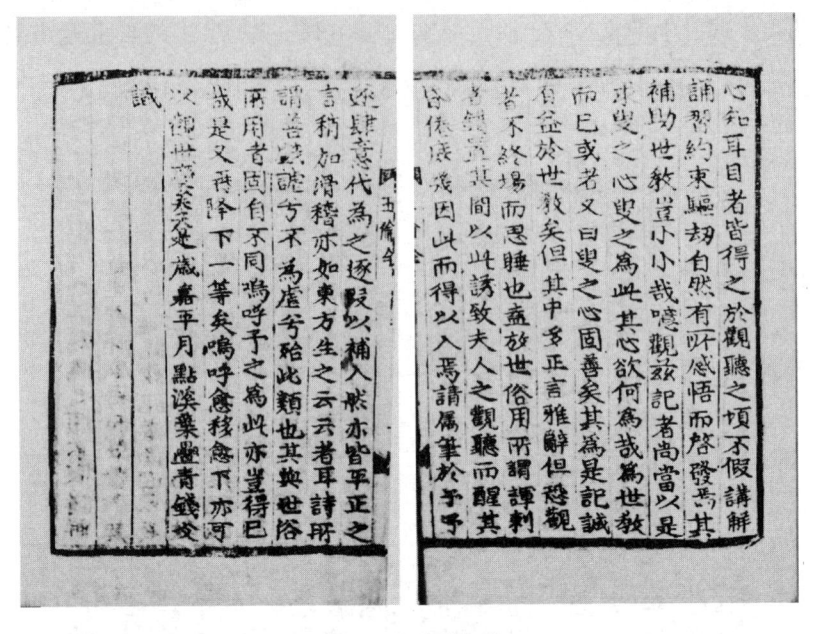

BULAC 本青钱父跋

这二序一跋,为我们考察《五伦全备记》的作者、改编者提供了重要的参考。

再世迂愚叟《序》,已明言此剧是自己寓居金陵时所作:"客中病起,信笔书此。"青钱父《跋》开篇即声明:"《五伦全备记》四卷,迂愚叟少年所述也。"吴文结合丘濬生平轨迹进行考证,证实此再世迂愚叟即丘濬本人。① 可见,青钱父所见之本,正是丘濬原作,而青钱父也清楚"再世迂愚叟"就是丘濬。

(一)丘濬原作当为《五伦全备纲常记》

丘濬原作有很多曲文与现存的四个本子不同,吴文提道:"明代戏曲选本《吴歈萃雅》《词林逸响》《增订珊珊集》《月露音》等均收入《五伦记》'祖饯'中的【倾杯御芙蓉】—【前腔】—【普天乐犯】—【朱锦缠】—【尾声】一套曲子。这一套五支曲子,似乎是兄弟离母赴任的一段,很典雅。""这些选段

---

① 参见吴秀卿:《再谈〈五伦全备记〉——从创作、改编到传播接受》,第145—147页。

都不见于现存世本和奎本中,也许被删掉了。"①按:此套曲牌描述的是伍氏兄弟赴任前,众人送别的情景,与BULAC本第十四段内容相近,但BULAC本此处重点在于临别之际,伍氏兄弟与母亲、妻子的话别,以及对妻子的嘱托,念白为主,并无"祖饯"中伍氏兄弟抒情的内容。

且BULAC此段曲牌为:【鹧鸪天】【五供养】【园林好】【嘉庆子】【尹令】【品令】【豆叶黄】【三月海棠】【五韵美】【孝顺歌】【前腔】【前腔】【前腔】【前腔】【前腔】【前腔】【前腔】【前腔】【玉交枝】【前腔】【二犯公令】【川拨棹】【前腔】。与上述曲选中的【倾杯御芙蓉】【前腔】【普天乐犯】【朱锦缠】【尾声】相较,显然BULAC本是重写了全部的曲牌,并不是"删掉了"【倾杯御芙蓉】等曲牌。且《词林逸响》《吴歈萃雅》《珊珊集》《月露音》此套曲题作"祖饯",《乐府遏云编》题作"送别",曲牌相同,曲辞几乎全同,可推知此出正名"祖饯",俗称"送别",但这种小题是丘濬原作所有,还是后人所加,还需考量。

又,《九宫正始》收此套中的【倾杯玉芙蓉】【普天乐】,及南吕【临江仙】"间别经年不会",南吕【香云转月】"痛思父母",均题《纲常记》(明传奇)"。《南北词广韵选》收中吕【渔家傲】"起微末忝官侍从",题作《五伦记》,明丘文庄作";收仙吕【傍妆台犯】【前腔】【前腔】【前腔】,仙吕【望吾乡】【傍妆台犯】【解三酲犯】【掉角儿犯】,均题作"五伦全备"。可知丘濬原作既称《五伦全备》《五伦记》,又称《纲常记》,而其全名有可能是《五伦全备纲常记》。

之所以后世曲集中对其称谓不一,显然是受到南戏和传奇不同称谓习惯的影响。南戏习惯用剧中主人公名字代替剧名,如《五伦全备》,实际就是剧中"伍伦全""伍伦备"二人名字的合称,《五伦记》也可以看作此种情况。而后来逐渐定型的明传奇,则习惯以三字作为剧名,且这三个字往往是剧中重要的事、物,如《纲常记》即属于此种情形。联系与丘濬同时代的

---

① 吴秀卿:《再谈〈五伦全备记〉——从创作、改编到传播接受》,第149—150页。

邵灿所作的《香囊记》（有继志斋本）体制，可知丘濬原作的体制，当与前代南戏相同，不分出，亦无出目标题。上引曲集、曲谱中所称"祖饯""送别"当为流传过程中文人所加。

（二）丘濬原作风格与青钱父的改动

朝鲜三种刻本均将全文分为二十八段，世德堂本则分为"出"，并有出目名称。朝鲜刻本以"段"节文，与宋元时期杂剧的节文方式相同。① 单从这一点来看，朝鲜翻刻本的底本，应早于世德堂本。但《永乐大典》所收戏文三种，均无分段、分出的现象。青钱父跋中又明言他是"肆意代为之，逐段以补入"，可知丘濬原稿本已分"段"。以"段"节文，可看作丘濬模仿杂剧体制，对南戏文体结构划分所做的改良。BULAC本、奎本、启本的分段且无小标题，正是对丘濬原作体制的继承。

综合（一）（二）的内容，可知，丘濬原作是风格偏向典雅的南戏作品。而青钱父的改编，可能不仅仅是"逐段以补入。然亦皆平正之言，稍加滑稽"（青钱父跋语）这么简单，很可能是根据南戏的语言习惯和舞台要求，更换曲牌，重填曲词，以求通俗易懂、便于传播。

（三）"玉山高并"不是昆山人张情

奎本序言落款为"玉山高并书于两峰寒翠楼"，徐朔方先生经过考证，认为"玉山高并"为昆山人张情。② 但笔者经仔细查考，发现此说难以成立。故下文行文，仍称"玉山高并"而不称"张情"。

明高儒的《百川书志》载：

五伦全备记三卷

　　国朝赤玉峰道人琼台丘濬撰。凡二十八段。所述皆名言，借为世

---

① 吴秀卿点校：《五伦全备记》，廖可斌主编：《稀见明代戏曲丛刊》第2册，东方出版中心，2018年，第106页校记[一]。
② 参见徐朔方：《奎章阁藏本〈五伦全备记〉对中国戏曲史研究的启发》，《韩国研究》1994年第1期，第5页。

劝。天下大伦大理尽寓于是，言带诙谐不失其正。盖假此以诱人之观听，苟存人心，必入其善化矣。①

再看玉山高并序：

> 昔者圣人既作经书以教人，又布之象魏以示教，尤恐其不师教也。又岁时属民读法以开导之，谆谆详悉，**唯恐斯人不入于善也**。……予偶于士大夫家，得**赤玉峰道人所作《五伦全备记》**。读之，惟恐其尽，然不尽亦不肯止也。书凡二十有八段，**其中所述者，无非五经、十九史、诸子百家中，嘉言善行之可以为世劝戒者**。……**凡天下之大彝伦、大道理，忠君孝亲之理，处常应变之事，一举而尽在是焉。其间虽不能无诙谐之谈，然皆不失其正。盖假此以诱人之观听**，不然，则不终卷而思睡矣。后又于一士大夫家见有以人搬演者，座中观者不下数百人，往往有感动者、有奋发者、有追悔者、有恻然叹息者、有汍然流涕者。……假录以归，藏诸箧笥，观者其无例以小说家视之哉。

> 岁在上章敦牂（按：庚午）嘉平月（按：腊月），玉山高并书于两峰寒翠楼。

两相比较，即可知志中言语，正是化自玉山高并序。② 如志中"国朝赤玉峰道人……撰"来自序中"得赤玉峰道人所作《五伦全备记》"；"凡二十八段，所述皆名言，借为世劝"来自序中"书凡二十有八段，其中所述者，无非五经、十九史、诸子百家中，嘉言善行之可以为世劝戒者"；"天下大伦大理尽寓于是，言带诙谐不失其正"来自序中"凡天下之大彝伦、大道理，忠君孝亲之理，处常应变之事，一举而尽在是焉。其间虽不能无诙谐之谈，然皆不失其正"；"盖假此以诱人之观听，苟存人心，必入其善化矣"来自序中"盖假此以诱人之观听""惟恐斯人不入于善也"。由此亦可知，高儒所见《五伦

---

① （明）高儒：《百川书志》，清光绪至民国间观古堂书目丛刊本，卷六第7叶。
② 玉山高并不太可能从《百川书志》中抄录数语，敷演成文。因为玉山高并的序文前后照应，语句连贯，并无琐屑、生硬的感觉。

全备记》,正是带有玉山高并序的青钱父改编本。

《百川书志》始纂于嘉靖十四年(1535),其成书下限为嘉靖三十二年(1553)。① 吴氏根据徐朔方先生"玉山高并为昆山张情"的结论,结合张情的生平,推测玉山高并序的落款时间"上章敦牂"为1570年;据青钱父跋中"迂愚叟少年所述也",推测青钱父跋与再世迂愚叟序的写作时间相差较远;并推测青钱父跋尾的"是岁","可能根据丘氏自序'岁在庚午'和'是岁之菊节后一日'而来,指同样的庚午。"青钱父跋、再世迂愚叟序中的"庚午"显然不可能是同一年,故吴氏认为青钱父跋中的"庚午"当为1450年的下一个"庚午",即1510年。② 综上,吴氏认为,再世迂愚叟序作于1450年,青钱父跋作于1510年,玉山高并序作于1570年。

若吴氏所说为实,则约成书于1553年的《百川书志》竟将1570年才写成的玉山高并序"提早"化用在了书中,这岂不是咄咄怪事?

因此,玉山高并序应当写成于1510年,而不是1570年。又,张情于嘉靖十七年(1538)中进士,十九年(1540)授江西处州府推官,治绩卓著。二十三年(1544)奉召入京,授职刑部主事,不久改南京兵部职方司主事,升车驾司员外郎,出任九江知府。五年后(约1553),晋福州兵备副使。后因病免职归里。王世贞《中宪大夫福建提刑副使少峰张公墓表》称:"不佞贞少于公(按:张情)近三十年。"③王世贞生于嘉靖五年(1526),则张情大概出生于1496—1501年之间。1510年,张情至多14岁,不可能写"玉山高并序"。更何况张情隐居昆山,在玉山南峰筑"玉山别业"(又称"不负碧山楼""玉山楼居"),④更是在其致仕之后。故徐朔方先生推测"玉山高并"为

---

① 罗旭舟:《高儒生平家世与〈百川书志〉》,《中国典籍与文化》2014年第3期,第103页。
② 参见吴秀卿《再谈〈五伦全备记〉——从创作、改编到传播接受》,第145、150页。
③ (明)王世贞:《弇州山人四部续稿》,《影印文渊阁四库全书》第1283册,台湾商务印书馆,第743页。
④ (清)张丑:《清河书画舫》,上海古籍出版社,2011年,第591—592页。

昆山人张情的说法，应当是错误的。玉山高并当另有其人。

吴文认为青钱父跋中的"是岁"是指庚午，又据跋文开头所言"《五伦全备记》四卷，迂愚叟少年所述也"，推知青钱父跋当作于丘濬老年时期甚至身后，故此庚午当为1510年。青钱父跋末尾署"是岁嘉平月（按：腊月），点溪叶叠青钱父识"，则据吴氏的推断，此跋当作于1510年腊月。这样一来，青钱父跋和玉山高并序均写于1510年腊月。但据玉山高并序的描述，他先是"偶于士大夫家，得赤玉峰道人所作《五伦全备记》。读之，惟恐其尽，然不尽亦不肯止也"。后来，"又于一士大夫家见有以人搬演者"，深受感动，于是"假录以归，藏诸箧笥"。可知，玉山高并第一次见到《五伦全备记》与第二次看到搬演《五伦全备记》并将底本录归，这之间是有一定的时间间隔的。要在1510年腊月这短短一个月的时间里，完成青钱父改编、玉山高并初见、玉山高并抄录并作序这三件事，实在是有些不现实。故青钱父跋中的"是岁"不可能是"庚午"年，也不可能是1510年（庚午）。青钱父跋当是作于1450—1510年之间的某一年腊月，玉山高并序则应作于1510年腊月。

（四）赤玉峰道人当为青钱父别号

《百川书志》明载"五伦全备记三卷，国朝赤玉峰道人琼台丘濬撰"，似乎明确了丘濬就是赤玉峰道人。但《百川书志》开始编纂时（1535），距丘濬原作写成（1450）已有85年之久，距青钱父改编本完成（1450—1510之间）至少已有25年。前文已述，《百川书志》中关于《五伦全备记》的记述，正是化用自玉山高并序；高儒所见，正是带有玉山高并序的青钱父改编本，但此本上是否有青钱父跋，则尚需讨论。

因为玉山高并明言自己偶然看到的这个本子为"赤玉峰道人所作"：

> 予偶于士大夫家，得赤玉峰道人所作《五伦全备记》。读之，惟恐其尽，然不尽亦不肯止也。

言"作"而不言"改"，说明玉山高并认为"赤玉峰道人"即这个本子的原作者。但当时他并未过录此本。之后因见有人搬演，深受感动，才"假录以归"。据此序的表述，玉山高并第一次所见与第二次所录之本，当是同一种本子。玉山高并序中说"言虽俚近，而至理存乎其中"，"其间虽不能无诙谐之谈，然皆不失其正"。青钱父跋文称"盖放世俗用所谓诨刺者，错置其间……逐段以补入。然亦皆平正之言，稍加滑稽"。可知，青钱父补入的内容，正是玉山高并看到的"俚近""诙谐"但"不失其正"的言语。据吴文，启本、奎本、BULAC本同属青钱父改编本系统。经核查，BULAC本中凡是标明"续添"的位置，奎本也基本都有"续添"字样，且"续添"的内容相同，可知这些"续添"正是青钱父的手笔。因此，玉山高并过录的底本，正是青钱父改编本。但玉山高并序中并未提及青钱父改编的事情，不仅如此，序中更未提及再世迂愚叟。这提示我们，玉山高并所过录的这个本子可能既无青钱父跋，也无再世迂愚叟序，而是直接署名"赤玉峰道人"。但比对青钱父跋与玉山高并序，会发现二者仍然有某种联系。试看青钱父跋之"但其中多正言雅辞，但恐观者不终场而思睡也。盖放世俗用所谓诨刺者，错置其间，以此诱致夫人之观听，而醒其昏倦，庶几因此而得以入焉"与玉山高并序之"其间虽不能无诙谐之谈，然皆不失其正。盖假此以诱人之观听，不然，则不终卷而思睡矣"，可知，玉山高并序某种程度上化用了青钱父跋的语句。则玉山高并所过录之本，应该是有青钱父跋，无再世迂愚叟序的。

但玉山高并序中并未提及青钱父改编之事，亦未提及"迂愚叟"（青钱父跋首句"《五伦全备记》四卷，迂愚叟少年所述也"），更未提及青钱父改编之事（青钱父跋自称："予遂肆意代为之，逐段以补入。然亦皆平正之言，稍加滑稽，亦如东方生之云云者耳。"），只是说"其间虽不能无诙谐之谈，然皆不失其正"。其中的"诙谐之谈"，正是青钱父"续添"的内容。可见，玉山高并已将青钱父的"续添"与丘濬原文视为一体，故其所认为的作者"赤玉峰道人"，当是指改编本的作者青钱父。之所以未提"迂愚叟"，可能是因为玉山高并也不清楚"迂愚叟"是何人。而径将《五伦全备记》作者称为

"赤玉峰道人",当是其过录之本上有此署名。

前文已述,青钱父改本与丘濬原作相差很大,青钱父很可能是按照南戏的语言习惯和舞台要求,将丘濬原作更换曲牌、重填曲词。经过这样的改动,这个本子可能会径书改编者的名字。因此,玉山高并所过录的底本很可能径书作者为"赤玉峰道人",且无再世迂愚叟序。由此,笔者推测赤玉峰道人当为青钱父的别号,而与丘濬无关。

(五) 玉峰先生的由来

将丘濬与赤玉峰道人视为同一人,始于高儒的《百川书志》。如前所述,高儒所见之本,正是带有玉山高并序的青钱父改编本。这种本子极有可能直接署名"赤玉峰道人",且无再世迂愚叟序。试看玉山高并对青钱父改编本演出状况的记录:

> 后又于一士大夫家见有以人搬演者,座中观者不下数百人,往往有感动者、有奋发者、有追悔者、有恻然叹息者、有泫然流涕者。

不难看出,青钱父改编本的舞台感染力很强,玉山高并对此相当赞许。这也提示我们,丘濬去世(1495)后十五年,即16世纪初,《五伦全备记》已被改编并搬上舞台,成为南戏舞台上的十分叫座的剧目。①

丘濬作《五伦全备记》早已朝野尽知,但其原作后来流传不广,改编本却大盛。改编本的盛行,带来的直接影响是"赤玉峰道人"声名大播,加上再世迂愚叟序、青钱父跋的缺失(如奎本的底本),渐渐地,人们以为改编本即原作,"赤玉峰道人"即丘濬。高儒《百川书志》大概就是因此致误的。

再者,据笔者所见,有明一朝,称丘濬为"玉峰先生"的,仅见于陶辅《桑榆漫志》:

---

① 吴秀卿《〈五伦全备记〉新探》因采用徐朔方先生的推断,认为玉山高并即昆山张情,故称"《五伦全备记》在16世纪中叶是常演的剧目了",实际此时间要提前60年才对。

玉峰丘先生者，盛代之名儒也。博学多知，赋性高杰，独步时辈。尝述《世史正纲》，义严理到，括尽幽隐，深得鳞经之旨。及他注述，精详伟奥，不减先儒。又恶市井时俗污下，多作淫放郑声，为民深害；先生自创新意，撰传奇一本，题曰《五伦全备记》，欲使闾阎演唱，化回故习，振启淳风。其于先生心迹之正，辅世之功，又何如哉！①

据《百川书志》："桑榆漫志一卷，皇明夕川老人陶辅八十时所著，凡五十二则。"②可知，《桑榆漫志》成书于陶辅（1441—1523）八十岁时（1520），此时距青钱父改编本的写成（1510年）有10年之久。丘濬为明代重臣，关于其字号，考《明史》仅载"字仲深"，《正德琼台志》载"字仲深""别号深庵，又号海山道人"，其他明代史籍亦均未见"玉峰"这一别号。据吴文，"尹直（1431—1511）……与丘濬同年进士，同朝翰林学士，同修《英宗实录》，一定相当熟悉"。③ 尹直在《謇斋琐缀录》卷六中对丘濬深表佩服："然丘仲深乃能撰《五伦全备》，则其学识博涉，非予可及，于是益可知矣。"④但即便与丘濬相当熟悉的尹直，在提到《五伦全备》时，也并未涉及"玉峰先生"这样的信息。那么"玉峰先生"的叫法，有可能是从陶辅《桑榆漫志》开始的，而《桑榆漫志》所依据的，有可能是青钱父改编本上的署名"赤玉峰道人"。显然，玉峰并非丘濬别号，"玉峰先生"之称应系误传。

（五）青钱父的身份问题

吴文根据"点溪叶叠青钱父"和"玉山高并两峰寒"同出杜甫诗，推断张情是在看到青钱父跋的署名后，根据同样的方式取巧署名。前文已证，玉山高并并非昆山张情，但玉山高并过录之本应该有青钱父跋，故玉山高并模仿青钱父取巧署名是有可能的。

---

① 转引自吴秀卿：《再谈〈五伦全备记〉——从创作、改编到传播接受》，第148页。
② （明）高儒：《百川书志》，清光绪至民国间观古堂书目丛刊本，卷八第7叶。
③ 吴秀卿：《再谈〈五伦全备记〉——从创作、改编到传播接受》，第149页。
④ 吴秀卿：《再谈〈五伦全备记〉——从创作、改编到传播接受》，第149页。

关于青钱父的身份问题,可以从落款本身进行考察。"点溪叶叠青钱父",语出杜诗《绝句漫兴九首》之七,第二句"点溪荷叶叠青钱"。此诗是杜甫于唐肃宗上元二年(761)春夏之交卜居成都草堂时所作。成都草堂建于浣花溪畔,有诗为证:"浣花流水水西头,主人为卜林塘幽。"(杜甫《卜居》)浣花溪相传为冀国夫人任氏少年时为僧人浣衣之处。浣花溪实质上也是浣纱溪。"青钱",语出《新唐书》卷一六一《张荐传》:"员外郎员半千数为公卿称'鷟文辞犹青铜钱,万选万中',时号鷟'青钱学士'。"张鷟为张荐的祖父,字文成。"登进士第,授岐王府参军。凡应八举,皆登甲科;凡四参选,判策为铨府之最。"①可知,青钱父当为有科甲功名在身的读书人。

(六) BULAC本晚出却最优

奎本、启本均有凡例,且内容相同,但前者只残存三条半。BULAC本则无凡例。奎本为残本,仅存前两卷"元""亨",而BULAC本则"元""亨""利""贞"四卷俱全。据吴文,BULAC本在内容上和奎本同属一个系统,故BULAC本可作为更好的底本来使用。经笔者核对比较,发现奎本与BULAC本内容基本相同,但仍存在明显差异。兹举数例。

1. BULAC本将念白所用的词牌,当做曲牌来表示。如第一段中,大生所念的三首《西江月》词,BULAC本均视作曲,同曲牌一样,以小字双行表示。同样的还有第五段中,夫人所念的三首《鹧鸪天》词。

2. BULAC本中的一些讹误,奎本均不误。如:第一段【菊花新前腔】"春燕衔泥入画堂"之"入",BULAC本作"人"。"春院佳人按玉章"之"章",BULAC本作"草"。同段,《西江月》"岂至颠迷昏困"之"困",BULAC本作"国"。这些都属形近讹误。

3. 奎本有误之处,BULAC本不误。如,第三段,【二犯桂枝香】中科介"(众齐向众拜介)",BULAC本作"(众齐向案拜介)",是。第四段,【山坡

---

① 朱大银:《时号本事考》,黄山书社,2019年,第324页。

羊前腔】"儿也功书堪应诏"之"功",BULAC本作"攻",是;"应认,征书下九霄"之"认",BULAC本作"诏",是。

4. BULAC本比奎本多出一些内容。如：奎本第三段："（女净）姐姐每有四德,媚春没有四德,只有四不得。"BULAC本则作："[续添]（女净白）姐姐每有四德,媚春没有四德,只有四不得。"世德堂本作："（女净）姐姐每有四德,媚春有四不得。"奎本第四段："（夫）请相公坐,受老身与孩儿拜谢。（外）请问夫人多少年纪守寡？"BULAC本则作："（夫）请相公坐,受老身与孩儿拜谢。（众拜）【山坡羊】感尊官德同穹昊。谢尊官恩同再造。赖尊官子母重欢乐。幸相遭。罪名方得饶。粉身碎骨恩难报。仰祝千秋寿算高。（和）（众拱手向天介）天道从来福善昭。神道从来报善遥。（外）请问夫人多少年纪守寡？"世德堂本作："（夫）请相公坐,老身与孩儿拜谢。（夫、众拜）【前腔】感尊官德同上苍。谢尊官恩同再造。赖尊官子母重欢乐。幸相遭。罪名方得饶。粉身碎骨恩难报。仰祝千秋寿算高。（合）天道从来福善昭。神道从来报善遥。（外）请问夫人多少年纪守寡？"

5. BULAC本与奎本的曲辞、念白有不同。如第一段,【皂罗袍】"遥望见黉宫宽敞"之"宽",BULAC本作"宏"。同段,《西江月》"将来祭祀迎宾"之"迎",BULAC本作"延";"还本难若升天"之"还",世德堂本同,奎本作"尽",BULAC本作"盘"。

关于上面第4点,首先,BULAC本比奎本多"[续添]"二字,二本此处内容相同,可知女净这段念白的确不是丘濬原作,而是青钱父所添。则BULAC本所据底本必定早于奎本的底本,因为如果奎本的底本在前,后人是无法得知女净这段念白是青钱父"续添",更不可能在BULAC本上注明"续添"。至于世德堂本不仅无"[续添]",且语句更简练,当是后世流传过程中发生了变化。其次,【山坡羊】一曲,BULAC本、世德堂本均有,奎本独无,已证BULAC本的底本早于奎本的底本,则奎本此处少一只【山坡羊】,当是其所据底本脱漏所致,而不是丘濬原作无此曲。且根据奎本全书体例，有拜谢的动作时，往往会加科介表示，但此处"（夫）请相公坐，受老身与孩儿拜谢"后，并无科介，直接接上了"（外）请问夫人多少年纪守寡"，与全书体例不合，可见，奎本的底本此处缺失或被改。世德堂本此【山坡羊】首句出韵，当为流传过程中被人误改所致。综合以上五点，可知 BULAC 本与奎本虽然同属青钱父改编本系统，但 BULAC 本所据底本要早于奎本的底本。此外，BULAC 本载有二序一跋，奎本目前仅见一张情序，可知奎本所据底本缺失较多，故 BULAC 本的底本整体上要优于奎本的底本。

又，奎本是朝鲜教诲厅刻印的朝鲜官方汉语课本，启本、BULAC 本同奎本一样，均具有宾白大字、曲文小字的版式特点，且行款相同。前文已述，BULAC 本书衣为黄色，可能是朝鲜王宫所刻。因此，启本、BULAC 本同奎本一样，应该都是朝鲜官方所刻的汉语课本。吴文披露："启本后半部脱字较多，中图本（按：即 BULAC 本）似乎重新刻印，故较完善。"[1]可知，BULAC 本在内容上比启本更全。前文已述，BULAC 本优于奎本。因此，BULAC 本是三个本子中的最优本。照常理推断，朝鲜官方三次刻印《五伦全备记》的顺序应当为：启本、奎本、BULAC 本。

启本与奎本、BULAC 本同属青钱父改编本系统。据吴文，启本的底本在 1510—1531 年之间传入朝鲜，是为《五伦全备记》第一次传入朝鲜，为"古本"；奎本、BULAC 本的底本则于 1570 年之后传入朝鲜，是为第二次传入朝鲜，为"今本"。[2] 但前文已证，青钱父跋当写于 1510 年之前，玉山高并序当作于 1510 年，故启本的底本是在 1450—1531 年之间传入朝鲜；奎本、BULAC 本的底本则于 1510 年之后传入朝鲜。又，依上文所说，BULAC 本的底本传入朝鲜的时间最晚，是为第三次传入朝鲜。第三次传入朝鲜且被

---

[1] 吴秀卿：《再谈〈五伦全备记〉——从创作、改编到传播接受》，第 144 页。
[2] 吴秀卿：《再谈〈五伦全备记〉——从创作、改编到传播接受》，第 152—153 页。

重刻为汉语课本的原因,正是由于前两个本子的脱漏与不足。

　　吴文认为朝鲜"首先用古本为课本,后来接受今本为课本,并以今本为底本进行了谚解工作"。①"启本就是谚解时参照的古本系统"。② 对于其中的"今本",吴氏认为是奎本。但BULAC本和奎本同属"今本"系统,那么《谚解》除了以奎本为底本,参考启本以外,有没有参考BULAC本呢?经笔者核对,发现《谚解》中的"孃"字,奎本均作"娘",而BULAC本则同《谚解》,均作"孃";《谚解》卷二"如夫人者真世上罕有",BULAC本同,奎本作"如夫人者世上罕有",世德堂本作"为夫人者真世上少有"。因目前看不到启本的情况,故上述两例还不能够作为《谚解》参考了BULAC本的有力证据。《五伦全备记》作为汉语课本由朝鲜教诲厅刊印,应在1550—1620年之间。③ 若《谚解》参考了BULAC本,则BULAC本的刊刻时间当在1550—1696年之间。若《谚解》并未参考BULAC本,则BULAC本的刊刻时间当在1696年之后。

四、结　　语

　　综上,BULAC本当为朝鲜王宫刻本,四卷俱全,其底本比奎本底本年代要早,内容更全,更多地保留了青钱父改编本的原貌,但传入朝鲜时间最晚,是为第三次传入朝鲜。启本是青钱父改编本系统中时代最早的本子,应最接近青钱父改编本的原貌,但由于后半部脱字较多,反而不及BULAC本。故在四个本子中,最适合作为点校《五伦全备记》底本的,当为BULAC本。丘濬原作,应是风格偏向典雅的南戏《五伦全备纲常记》,青钱父改换曲牌、重填曲词,使之更加通俗、更易传播。"玉山高并"并不是昆山人张

---

① 吴秀卿:《〈五伦全备记〉朝鲜文献资料辑考》,第26页。
② 参见吴秀卿:《再谈〈五伦全备记〉——从创作、改编到传播接受》,第145页。
③ 吴秀卿:《再谈〈五伦全备记〉——从创作、改编到传播接受》,第153页。

情;青钱父跋并非写于1510年(庚午),而是1450—1510年之间的某一年;玉山高并序当作于1510年腊月。赤玉峰道人当为青钱父别号,玉峰先生非丘濬别号。改编本《五伦全备记》早在16世纪初即已成为南戏的常演剧目。

《五伦全备记》版本流变探考

李 健

摘要：丘濬作《五伦全备记》世所周知，但 BULAC 本的发现明确了现行的世德堂本并非丘濬原作，而是青钱父改编本。分析明代曲选中的《五伦全备记》佚曲可知，丘濬原作全称应为《五伦全备纲常记》。与明初其他南戏不同，丘濬原作风格偏雅，但流传不广，今尚存佚曲 15 支。为适应明初南戏舞台的要求，青钱父变雅为俗，其改编本取得了很好的演出效果，因而大为流行。从明初的以俗为主、从雅入俗，到明中后期的从俗入雅，雅俗之间的嬗变与交替，反映的是声腔艺术逐渐成熟且独立与文人参与戏曲创作程度渐深的演化趋势。BULAC 本中的【滚调驻云飞】提示我们，滚调至迟在正德五年(1510)就已经出现了。

关键词：五伦全备纲常记；五伦全备；丘濬；青钱父；朝鲜

《五伦全备记》，现存四个版本，均为青钱父改编本：启明大学本，奎章阁本，BULAC 本，世德堂本。① 启明大学本、奎章阁本、BULAC 本依次为青钱父改编本《五伦全备记》第一、二、三次传入朝鲜时的刻本。中国本土的

---

① 《五伦全备记》的四个版本中，启明大学本、奎章阁本、BULAC 本均为朝鲜刻本。此三本的具体情况，参见吴秀卿：《〈五伦全备记〉朝鲜文献资料辑考》，《戏曲与俗文学研究》第四辑，社会科学文献出版社，2017 年，第 1—28 页；及拙作《法国 BULAC 藏朝鲜刻本〈五伦全备记〉考述》。

世德堂本最晚出,经文人加工,增添出目名称,内容略有改动。① 而丘濬原作面貌如何,则不得而知。笔者从明清两代曲选、曲谱中辑录丘濬原作佚曲,将之于青钱父改编本进行对比分析,以推知丘濬原作的全称、体制,考查丘濬原作到青钱父改编本的流变过程。

一、丘濬原作应为《五伦全备纲常记》

明清诸多曲选、曲谱都收录有《五伦全备记》的曲子,除《风月锦囊》所收与现存青钱父改编本相同外,《吴歈萃雅》《词林逸响》《月露音》《珊珊集》《乐府遏云编》《南曲全谱》《南词新谱》《九宫正始》《南北词广韵选》《京腔谱》《南词定律》《九宫大成》②所收诸曲,与青钱父改编本均不同。吴秀卿女士认为这些不见于青钱父改编本的曲子,应该是丘濬原作《纲常记》的佚曲。此说甚是。笔者将散见诸曲选、曲谱的佚曲搜集起来,共得15支曲。具体情况如下表所示:

书　名	刊刻年代	题　名	收录曲牌名
吴歈萃雅	万历四十四年(1616)刻本	祖饯	【倾杯御芙蓉】【前腔】【普天乐犯】【朱锦缠】【尾声】
词林逸响	天启三年（1623）刻本	五伦记,祖饯	【倾杯赏芙蓉】【前腔】【普天乐犯】【朱锦缠】【尾声】
月露音	明万历间刻本	祖饯	【倾杯玉芙蓉】【前腔】【普天乐】【朱奴儿】【尾声】
珊珊集	明末刻本	祖饯	【倾杯御芙蓉】【前腔】【普天乐犯】【朱锦缠】【尾声】

---

① 参见拙作《法国BULAC藏朝鲜刻本〈五伦全备记〉考述》。
② 为行文简便,各曲选、曲谱均用通用名或简名称之。

续　表

书　名	刊刻年代	题　名	收录曲牌名
乐府遏云编	明末刻本	五伦,送别	【倾杯玉芙蓉】【前腔】【普天乐】【朱奴儿】【尾】
南曲全谱	明末刻本	五伦全备	【倾杯赏芙蓉】(新增)
南词新谱	清顺治乙未(1655)刻本	五伦全备	【普天乐犯】(△新查注,犯中吕,亦名乐颜回。)【倾杯赏芙蓉】
九宫正始	清顺治辛卯(1651)抄本	纲常记(明传奇)	正宫【倾杯赏芙蓉】【秦娥乐】,南吕【临江仙】,【香云转月】
南北词广韵选	清抄本	五伦记,明丘文庄作	中吕【渔家傲】
		五伦全备	仙吕【傍妆台犯】【前腔】【前腔】【前腔】
		五伦全备	仙吕【望吾乡】(【排歌】,下同),【傍妆台犯】(【望吾乡】,下同),【解三酲犯】【掉角儿犯】
		五伦全备	正宫【倾杯玉芙蓉】【前腔】【普天乐】【朱奴儿犯】【尾】
京腔谱	清康熙刻本	散曲	【倾杯玉芙蓉】(亦可点昆板)
南词定律	清康熙刻本	纲常	正宫犯调【倾杯赏芙蓉】
九宫大成	清乾隆刻本	纲常记	仙吕正曲【傍妆台】,正宫集曲【乐近秦娥】,正宫集曲【倾杯赏芙蓉】

从上表可以看出,关于这些曲子的出处,各书标注并不相同。

《南北词广韵选》收【倾杯玉芙蓉】一套,题"五伦全备"。这套曲后有注解:"第二阕(按:指【前腔】)首句,坊本作'抚字勤',非韵,意必'劳'字之误,辄改之。"查此套曲第二阕为【前腔】,其首句为"如今临郡城抚字劳"。[①]　可

[①] 此曲首句末字"劳"因是草书,易被认成"动"字。黄仕忠《徐复祚〈南北词广韵选〉批语汇辑》即误认作"动",《历代曲话汇编》《南戏大典》因之。

知,徐复祚正是因为坊本此句末字作"勤",不押韵,而【倾杯玉芙蓉】第一句押韵,其【前腔】首句也应押韵,才将"勤"改为"劳"。改后,全曲变为:"如今临郡城抚字劳,四远敷名教。痛忆慈帏,对景伤心,万种离情,郁萦怀抱。车轮五马添荣耀,千里桑麻雨露饶。(合前)"符合格律。显然,"劳"字是徐复祚运用理校法进行的改动,而不是有其他版本依据。除《南北词广韵选》之外,上表中的其他曲选,此句都作"如今临郡城抚字勤",均不押韵,与徐复祚所说坊本情况相同。可见其他曲选所据底本与徐氏所说坊本当为同一系统。

此谱所收中吕【渔家傲】,题"五伦记",其后亦有注解:"此阕坊本题作【渔家傲】,按谱甚不合,不知何故,姑存之以俟再考。此阕后尚有一阕,与此阕亦复不合,故剪去之。"可知,此【渔家傲】虽然不合格律,但苦于无他本可参考,只能照抄坊本,存疑待考。"此阕后尚有一阕,与此阕亦复不合,故剪去之",据此,则坊本中【渔家傲】之后尚有【前腔】一支,但因为与【渔家傲】格律不合,故徐复祚径剪去之。

综上,【倾杯玉芙蓉】套与【渔家傲】下所题"五伦全备""五伦记",均为同一版本的不同称谓。此版本即徐复祚注解中所说的"坊本",也是徐氏当时能够看到的唯一本子。

大概因为这两条注解中都提到了"坊本",吴秀卿推测"徐氏当时已发现两种以上的版本存在,以《五伦记》为坊本,与《五伦全备》区别"。[①] 显然,吴氏未及辨明此"坊本"的真正含义:此"坊本"正是徐氏所据的唯一底本。

吕天成《曲品》记载称:

具品六

《投笔》。词平常,多不叶,俱以事佳而传耳。何不只用曹大家?

[①] 吴秀卿:《再谈〈五伦全备记〉——从创作、改编到传播接受》,《文学遗产》2017年第3期,第152页。

与任尚书事,犹无谓。

具品七

《五伦》。大老巨笔,稍近腐,内《送行》"步蹑云霄"曲,歌者习之。或谓此记以盖《钟情丽集》之愆耳。

以上二本,丘琼山所作。①

"步蹑云霄"曲即上文提到的【倾杯玉芙蓉】。由"歌者习之"可知,此曲在当时传唱很广,十分流行。吕氏此书成于万历三十八年(1610)之后,距丘濬原作写成时间(景泰元年,1450)②相差至少160年之久。其中"大老巨笔"之说,并不符合实际情况。因为据启明大学本所载再世迂愚叟序,可清楚地知道《五伦全备记》是丘濬少年时所作。其时他刚刚落第,寓居南京,实在难称"大老"。出现这种误会的,还有王世贞的《曲藻》。显然他们均未曾见过再世迂愚叟序。丘濬一生历四朝,声名显赫,又曾因《五伦全备记》和王恕产生若干龃龉,最终导致王恕去官,朝议沸腾,故其原作在传播过程中当不会发生冒名顶替的现象。吕氏此处关于《五伦》作者的记载,应是可靠的。③ 此【倾杯玉芙蓉】套的文本来源——《五伦全备》应该正是丘濬原作。

又,沈德符《万历野获编》:

邱文庄淹博,本朝鲜俪。而行文拖沓,不为后学所式。至填词,尤非当行。今《五伦全备》是其手笔,亦俚浅甚矣。

又端毅所刻疏稿,凡成化间留中之疏,俱书不报。邱又谓:王故彰先帝拒谏之失。御医刘文泰得邱语,因挟仇特疏,而王遂去位。所以

---

① 《中国古典戏曲论著集成》第6册,中国戏剧出版社,1959年,第228页。
② 丘濬原作的写成时间,依据的是启明大学本再世迂愚叟(丘濬)自序。此序参见吴秀卿:《〈五伦全备记〉朝鲜文献资料辑考》,《戏曲与俗文学研究》第四辑,社会科学文献出版社,2017年,第9—10页。再世迂愚叟序不仅提供了丘濬写成《五伦全备记》的确切时间,还解决了学界以往关于《五伦全备记》是丘濬原作还是丘濬改编的论争。
③ 但《投笔记》的作者是否是丘濬,仍是未知。

报《五伦》之怨也。《五伦记》至今行人间,真所谓不幸而传矣。①

此书对《五伦全备记》的称呼有三种:《五伦全备》《五伦》《五伦记》。可知,将《五伦全备记》简称为《五伦全备》《五伦记》《五伦》,是当时的一种习惯。

《九宫正始》收正宫【倾杯赏芙蓉】【秦娥乐】、南吕【临江仙】【香云转月】,均题"纲常记"。同书【倾杯序】注称:"致明初景泰朝,琼山丘先生所撰之《纲常记》有【倾杯赏芙蓉】,首二句曰:'步蹑云霄,际圣朝叨沐恩波浩。'此正元词体。"据此,则《纲常记》为丘濬所作。而此谱所收【倾杯赏芙蓉】【秦娥乐】,②正是《南北词广韵选》《词林逸响》《吴歈萃雅》《珊珊集》《月露音》《乐府遏云编》中的【倾杯玉芙蓉】【普天乐犯】。这两个曲牌下,除《九宫正始》题"纲常记"外,《词林逸响》题"五伦记",《南北词广韵选》题"五伦全备",《乐府遏云编》题"五伦",其他诸书只题出目名"祖饯"或"送别"。③

综上可知,《纲常记》与《五伦记》《五伦全备》当为同一种书。

世德堂本全称《新刊重订附释标注出相伍伦全备忠孝记》,可简称《五伦全备忠孝记》,由此可推知丘濬原作全称当为《五伦全备纲常记》。也就是说,《南北词广韵选》《九宫正始》及明代诸曲选编纂时所用的,正是丘濬原作《五伦全备纲常记》的坊本。此本又称《五伦全备》《五伦记》《纲常记》《五伦》。

---

① 《顾曲杂言》多出数句:"又闻丘少年作《钟情丽集》,以寄身之桑濮奇遇为时所薄,故又作《五伦》以掩之,未知果否。但《丽集》亦学究腐谭,无一俊语,即不掩亦可。"
② 《九宫大成》收录《纲常记》三曲:仙吕正曲【傍妆台】,正宫集曲【乐近秦娥】,正宫集曲【倾杯赏芙蓉】。其中【乐近秦娥】正是《九宫正始》所收的这支【秦娥乐】,亦即中《吴歈萃雅》等曲选中所收的这支【普天乐犯】。三曲曲文一致,只是构成集曲的曲牌划分不同。而《月露音》《乐府遏云编》《南北词广韵选》中径将此曲标为【普天乐】,显然是没有注意到此曲与【普天乐】正格有不同。
③ "祖饯""送别"可能是后人所加,丘濬原作应是只分段,不称"出",也无小题目。

因此,表中所列 15 支曲均当属于丘濬原作《五伦全备纲常记》。

二、从雅到俗:文人南戏与民间南戏的互动

以往学界对南戏的印象,大都停留在语言的通俗易懂上,特别是与明中后期定型的传奇相较,南戏的语言更显得口语化与俚俗。但根据丘濬原作的 15 支佚曲,我们会发现情况并不是这么简单。虽然丘濬在再世迂愚叟序中说"一本彝伦之理,而文以浅近之言,协以今世所谓南北曲调",但这种"浅近之言"可能只是相对于诗文而言,与民间南戏相比,《五伦全备纲常记》还是呈现出雅的风貌。

试看《南北词广韵选》所收中吕【渔家傲】:

【中吕渔家傲】起微末忝官侍从,荷圣宠五年间日近重瞳。今遭罢重,远谪岂敢辞劳冗。心无怨萌,望帝乡何处云封。看远山烟岚几重,只听得何处哀猿野寺钟。①

据其曲辞,描写的是居官被贬后的心情,与世德堂本第十八出《荐师遭贬》相对应。此出中的【红绣鞋】【幺】内容为:

【红绣鞋】念卑人起微末,叨官侍从。见知时荷恩隆,近清光首尾,五年中。天恩当殛死,圣德向宽容,犹传臣边塞重。【幺】自反自省心自讼,加勉励,尽职输忠。不辞难千里塞垣空,学狄山,乘障去;笑阮籍,哭途穷。回头处,春一梦。②

上文中,【渔家傲】首句与【红绣鞋】第一、二句,有"起微末""官侍从"六字相同;【渔家傲】第二句与【红绣鞋】第三、四、五句,有"荷""近""五年"四字相同。【渔家傲】有注云:"此阕坊本题作【渔家傲】,按谱甚不合,

---

① 《南北词广韵选》,《续修四库全书》第 1742 册,第 44 页。
② 世德堂本第十八出,《古本戏曲丛刊》初集,商务印书馆,1954 年。

不知何故,姑存之以俟再考。此阕后尚有一阕,与此阕亦复不合,故剪去之。"可知,【渔家傲】后原尚有一阕。将之与世德堂本的【红绣鞋】【幺】相校,可推知第二阕【渔家傲】的内容应与【幺】的内容相同,即表明虽遭罢官,但仍尽职输忠的心情。除了相同之处,两者的不同也是很明显的,即用词的雅俗。如【渔家傲】之"近重瞳"与【红绣鞋】之"近清光"相较,即可知前者用典,后者近乎白话。

再看同书所收仙吕【望吾乡】套曲:

【仙吕望吾乡】万卉争妍,时光直禁烟。繁华满目宜消遣,可怜出为莺梭,小陌辇香尘软。(【排歌】,下同)移莲步,整翠钿,只恐傍人见。

【傍妆台犯】过花前谁家庭院,笑声喧。格仕女,邀同伴,登画板,戏鞦千。谁能似你我芳心静①,携素手,闲行遍。(【望吾乡】,下同)花敷锦,柳鞞烟,但觉双眸炫。

【解三酲犯】出香闺暂时游演,见花间浪蝶翩跹。青春去也嗟难转,休辜负艳阳天。折取花枝来笑捻,端的是花羞玉貌妍。芹泥暖,飞燕剪,来往真堪羡。

【掉角儿犯】睹游丝飞缠翠钿,困人天暖风轻扇。蹔停针慵刺诵鸳,听黄鹂巧声频啭。并香肩,摇纨扇,鬓云偏,津津汗湿露生面。花茵细,柳带烟,撑断春情倦。②

此套曲与世德堂本第四出《施门训女》内容高度相似:

【七娘子】奴家生在深闺里,正青春失却母仪。遵守家规,留心女事,片时不敢闲游戏。

【锦缠道】(旦)花满枝,柳满枝,花比娇容柳似眉,天气困人时。见莺儿双双,睨睆娇啼,引动我那春心儿感思。挥毫,写一篇儿潇洒情

---

① "静"字为草书,不易辨认,疑应为"转"字。
② 《南北词广韵选》,《续修四库全书》第1742册,第734—735页。

词,表出我心中事。词新意美,一句句可人意,清清粹粹。(合)不由人不趁时,对景游戏。

【前腔】(占)莺儿飞,燕儿飞,莺度垂杨燕掠泥,春色恼人时。见园林千红万紫芳菲,引动我那春心儿感思。攀树,采一朵儿艳冶花枝,插在堆云髻,千娇百媚。花枝好,人貌美,标标致致。(合前)

【前腔】(净)若不痴呆肯这的。(净)我要你趁芳时。(净)对青春,休教辜负佳期也。把我小丫鬟儿抬举起。(净)抬举我向华筵递酒传杯,共乐在兰房里,锦温香媚,看对对花醉,欢欢喜喜。(合前)

如上文所示,两套曲均描述大旦、二旦花园闲游、见景思春的情景。所不同的是,前者语气较为宛转,如各曲末三句"移莲步,整翠钿,只恐傍人见""花簌锦,柳弹烟,但觉双眸炫""芹泥暖,飞燕剪,来往真堪羡""花茵细,柳带烟,撺断春情倦",在每曲之末,层层深入,将一腔幽怨曲折显露。后者则直白得多,曲中明言"见莺儿双双,睍睆娇啼,引动我那春心儿感思",并有挥毫、采花的洒脱举动。前后对此,明显表露出文人风格与民间风格的不同。

再从丘濬原作的其他佚曲来看,这些佚曲的风格较为一致,并没有十分直白浅俗的语句。如同书所收仙吕【傍妆台犯】套曲:

【仙吕傍妆台犯】暮秋光,东篱采采正含芳。玉露降满佳艳,金风过散空香。谁能似陶元亮,英蕊千枝趣自长。鹅翎白,莺羽黄,开怀相对泛霞觞。

【前腔】步晨光,寒英霜下露函芳。何处里金钱小,化蝴蝶满篱香。喜气味多甘美,水引矶川饮寿长。金间玉,白间黄,共前歌舞漫行觞。

【前腔】惜年光,乘闲今得撷秋芳。起泽里,花盈地,甘为下水流香。餐落英思屈子,赋就离骚意思长。名传古,色占黄,白衣送酒醉琼觞。

【前腔】笑春光,羞随桃李竞芬芳。觑柔梗,敷玉润,嗅鳃蕊,碎金香。看往古名英辈,品藻词章文焰长。红间白,紫对黄,绕篱游赏进琼觞。①

这套曲子的语言,充满着诗意的美。整套曲子模仿"采菊东篱下,悠然见南山"的意境,抒发的是一种闲逸的情致和高洁的情思。第三支曲中有"餐落英思屈子,赋就离骚意思长"之句,与世德堂本相对照,可知此套曲描述的应是伍伦全在贬官后仍旧保持着的忠贞不渝的报国之情。而在青钱父改编本系统中,并无这一情节的出现。上述曲例均来自《南北词广韵选》。除此之外,曲选中选入次数最多的【倾杯玉芙蓉】套,也在语言上保持了和上述曲例一致的特点,如首曲【倾杯玉芙蓉】云:

【倾杯玉芙蓉】【倾杯序】步蹑云霄,际圣朝叨沐恩波浩。不负十载寒窗,映雪囊萤,刺股悬头,继晷焚膏。【玉芙蓉】一官幸喜居清要,敢直谏尽忠佐舜尧。分别去,为功名攘扰。望白云缥缈,亲舍恨迢遥。②

从丘濬原作的雅到青钱父改本的俗,这一变化提示我们:明代中前期南戏与传奇之间的嬗变,可能并不是通常意义上单纯的由俗变雅的过程,而是雅俗相互转化、交织的复杂过程。

明中期邵灿所作《香囊记》是模仿《五伦全备记》的宗旨、体制而写成的,应属南戏,而不是传奇。细观《香囊记》之曲文,可以发现,其中大部分也是文人气息明显的风雅之词,与南戏通常意义上的村野俗语大不相同。

明徐渭《南词叙录》称:

以时文为南曲,元末国初未有也,其弊起于《香囊记》。《香囊》乃宜兴老生员邵文明作……三吴俗子,以为文雅,翕然以教其婢,遂至盛行。③

---

① 《南北词广韵选》,第145—146页。
② (清)徐于室、钮少雅编:《九宫正始》,《善本戏曲丛刊》第三辑第四册,第159页。
③ 《中国古典论著戏曲集成》第3册,中国戏剧出版社,1959年,第243页。

181

"以时文为南曲",其实并不是起于《香囊记》。因为《香囊记》的样板《五伦全备纲常记》,其中的五经之句就已不少。吴秀卿认为《南词叙录》"并没有提到比《香囊记》还早的《五伦全备记》,可见《香囊记》与《五伦全备记》其实在徐渭的眼里已经不是同一类型了"。① 此说不确。《南词叙录》成书于嘉靖己未(三十八年,1559),距丘濬原作写成(1450)已有101年之久,距青钱父改编本的成书至少有49年。约成书于1553年的《百川书志》,与《南词叙录》同处一个时期,但《百川书志》所录仅有青钱父改编本,②而不及丘濬原作。因此,《南词叙录》未提及《五伦全备记》,很有可能是因为徐渭当时已难以见到丘濬原作。万历末,徐复祚编《南北词广韵选》时,仅见丘濬原作的一种坊本,且存在曲律不通的问题,可见丘濬原作传本之荒芜。若徐渭得见丘濬原作,则可能会对"以时文为南曲"做另一番表述。

　　总之,《五伦全备纲常记》和《香囊记》的存在,提示我们明中期传奇兴起以前的南戏创作,分为文人南戏和民间南戏两个领域。文人南戏的创作风格总体偏雅,民间南戏的风格则总体偏俗。《五伦全备纲常记》被青钱父改编并被搬上南戏的舞台,正是文人南戏向民间南戏转化的典型案例。经由青钱父的改编,《五伦全备记》取得了很好的演出效果。试看玉山高并序:

> 予偶于士大夫家,得赤玉峰道人所作《五伦全备记》。读之,惟恐其尽,然不尽亦不肯止也。……后又于一士大夫家见有以人搬演者,座中观者不下数百人,往往有感动者、有奋发者、有追悔者、有恻然叹息者、有泫然流涕者。

《五伦全备记》之所以能焕发出如此巨大的戏剧魅力和感染力,与其本

---

① 吴秀卿:《海内外中国戏剧史家自选集 吴秀卿卷》,大象出版社,2018年,第184页。吴氏此处所说《五伦全备记》系奎章阁本。
② 参见拙文《法国BULAC藏朝鲜刻本〈五伦全备记〉考述》。

身所具有的思想内涵及通俗易懂的表现手法关系密切。青钱父改编本写成的年代，昆山腔尚未兴起，南戏的演出尚以各地的语音和曲调为主，因此唱词通俗易懂的青钱父改编本在南戏的舞台上如鱼得水。而到了明代中期，魏良辅改革后的新昆山腔一跃而居众腔之首，文人创作传奇的热潮开始了，此时将旧有的南戏改编为传奇，用昆山腔演唱，便成了大势所趋。

明初南戏，除了《琵琶记》与"荆、刘、拜、杀"这些通俗易懂的作品之外，尚有《五伦全备纲常记》这样的风雅之作，但为了适应南戏舞台的要求，便难免被书会才人由雅变俗。明代中期，邵灿所作南戏《香囊记》开骈俪之风，后起的传奇创作，或改编旧本南戏，或自创新篇，然而大都以典雅为尚，可以说是从俗入雅。从明初的以俗为主、从雅入俗，到明中后期的从俗入雅，雅俗之间的嬗变与交替，反映的是声腔艺术逐渐成熟且独立与文人参与戏曲创作程度渐深的演化趋势。

三、滚调至迟在正德五年出现

BULAC 本《五伦全备记》中，第二十段有【滚调驻云飞】五支，如下文：

【滚调驻云飞】伍伦全我儿，痛肠的娇儿，我那娇养娇生孝顺儿。想着你亲亲密密真情意，想着你勤勤恳恳多仁义，儿你于今在那里，是生还是死。儿你若死时，将老孃来撇下。正是我寸寸肝肠碎裂时时。

【前腔】伍伦全我那孝顺的亲儿，我那俏俏乖乖晓事儿。儿你那言语儿句句堪怀记，儿你那心肠儿寸寸皆思义，儿未是你死的时，何不待孃先死，送你老孃埋在土堆里，你那时节名遂功成死未迟。

【前腔】伍伦全疼杀我也么儿，儿教我举眼于今看着谁。儿亏杀你舍得娇娇嫩嫩的贤妻子，儿亏你舍得清清俊俊的孤兄弟，伍伦全儿你年过三十尚无儿，都是你老孃耽阁着你。儿想着你起来我寸寸肝肠碎，天把我这孩儿这等亏，这孩儿这等亏。

【前腔】伍伦全儿苦杀我也么儿,儿不见你生身与死尸。伍伦全,你做男儿为国交,落得一个名传世。我做你孃,教你成名,落得两个眼垂泪。伍伦全儿,我想你那言语与容仪,姑现现在我眼睛里。你且先行,老孃不久随后至。我儿,你去地下若见你爹爹,报道你孃亲会有期有期。

【前腔】媳妇你莫错疑,我这贤儿立志为人我所知。我的儿志气轩天地,我那儿才调真经济。儿他一定无疑,决无降理,满腹经纶,丢了真堪惜。只落得一个好名世上知。

上曲不标正衬。世德堂本此曲标为【驻云飞序】,亦不标正衬。又,查诸曲谱,并无【驻云飞序】这一曲牌。将之与【驻云飞】相较,可知,若除去衬字及疑似"夹白"的文字,则其格律正与【驻云飞】同。故笔者据《宋元戏文订律》中所载【驻云飞】正格:"4,7△。5△,5△。嗦,5△,4△。4,5△。7△,7△。"①为此【滚调驻云飞】标出正衬及疑似"夹白"文字:

【滚调驻云飞】(伍伦全我儿),痛肠的娇儿,(我那)娇养娇生孝顺儿。(想着你)亲亲密密真情意,(想着你)勤勤恳恳多仁义。儿,你于今在那里,是生还是死。(儿),你若死时,将老孃来撇下②。(正是我)寸寸肝肠碎裂时时③。

【前腔】(伍伦全),我那孝顺的亲儿,我那俏俏乖乖晓事儿。(儿,你那言语儿)句句堪怀记,(儿,你那心肠儿)寸寸皆思义。儿,未是你死的时,(何不)待孃先死。送你老孃,埋在土堆里。(你那时节)名遂功成死未迟。

【前腔】(伍伦全),疼杀我也么儿,(儿教我)举眼于今看着谁。(儿,亏杀你

---

① 许建中:《宋元戏文订律》,凤凰出版社,2020年,第577页。
② 世德堂本此句作"将老娘来撇下谁依倚",末字"倚"押韵,合律。BULAC 本此处失律。
③ BULAC 本此处五支【滚调驻云飞】,除第三支曲末用叠句,其他四支都不用。依《宋元戏文订律》的考证,《错立身》中【驻云飞】四曲末句均用叠句,应为正格,但也有不用叠句者,如元传奇《吕蒙正》【驻云飞】"漫忆侯园",BULAC 本此处亦是。世德堂本四支【驻云飞序】曲末均用叠句,用正格之律。但需要注意的是,BULAC 本此处的首曲、第四曲曲末均有叠字的现象。

舍得)娇娇嫩嫩的贤妻子,(儿,亏你舍得)清清俊俊的孤兄弟。(伍伦全)儿,(你年过)三十尚无儿,(都是你老)孃耽阁着你。(儿),想着你起来,我寸寸肝肠碎。天把我这孩儿这等亏,这孩儿这等亏。

【前腔】(伍伦全儿),苦杀我也么儿,(儿)不见你生身与死尸。(伍伦全,你做男儿为国交,落得)一个名传世。(我做你孃,教你成名,落得)两个眼垂泪。(伍伦全)儿,(我想你那)言语与容仪,(姑现现)在我眼睛里。你且先行,老孃不久随后至。(我儿,你去地下若见你爹爹),报道你孃亲会有期有期。

【前腔】(媳妇)你莫错疑,(我这贤儿)立志为人我所知。(我的儿)志气轩天地,(我那儿)才调真经济。儿,他一定无疑,决无降理,满腹经纶,丢了真堪惜。(只落得)一个好名世上知。

上文中,每句中的衬字,以小号字表示;疑似"夹白",则用"( )"括住。"( )"内的这些文字,有的可以视作衬字,如:(我那),(想着你),(正是我),(何不),(你那时节),(儿教我),(我的儿),(我那儿),(只落得),(媳妇)。但有的字数过多,或/且中间有语气停顿,大都自成一句,超出格律句数之外,故难以用衬字视之,如:(伍伦全我儿),(儿),(伍伦全),(儿,你那言语儿),(儿,你那心肠儿),(儿,亏杀你舍得),(儿,亏你舍得),(你年过),(都是你老),(伍伦全儿),(伍伦全,你做男儿为国交,落得),(我做你孃,教你成名,落得),(我儿,你去地下若见你爹爹),(我这贤儿)。南曲中鲜有多出一整句(如"伍伦全我儿")甚至两整句(如"伍伦全,你做男儿为国交")作为衬字的,这样的句子放在曲文中,看上去很像是夹白。

但这些疑似"夹白"的文字,在 BULAC 本中,和曲文一样,都是双行小字刻印,①世德堂本的对应文字与此几乎全同,也和其曲文一样大字刻印。

---

① BULAC 本同启明大学本、奎章阁本一样,其曲文双行小字、念白、科介单行大字,是因为这三种朝鲜刻本当时是作为汉语教材被官方刻印的,因而更注重其念白,以便学习。

可见，BULAC 本、世德堂本均将这些文字视作唱词，而不是念白。溢出曲牌格律外的文字，有可能是"摊破""增字"，亦有可能是"滚调"。上述这些文字并无明显的格律，随意性很大，口语特征很明显，因此很难算作"摊破""增字"，而应视作"滚调"。但与常见滚调的齐言韵文不同，此处是以"口语入滚调"，即所谓"散滚"。①

又，世德堂本（万历刊本）与 BULAC 本此处曲文几乎全同，则青钱父改编本中此曲的曲文原貌被保留了下来。只是在曲牌命名上，BULAC 本称【滚调驻云飞】，这应该是保留了青钱父改编本的原貌；世德堂本称【驻云飞序】，或是后人误改所致。

故青钱父改编本中此曲即名【滚调驻云飞】，只不过并不是齐言韵文之滚，而是以口语入滚调的"散滚"。

玉山高并序作于正德五年（1510），青钱父跋则作于 1450—1510 年之间。② 故青钱父改编本的写成早于 1510 年。以往学者对滚调的研究认为，"滚调产生于嘉隆之际、特别是万历初年的可能性最大"。③ 如今看来，滚调最迟在正德五年（1510）就已经出现了。

四、结　　语

综上所述：丘濬原作全称应为《五伦全备纲常记》。与明初其他南戏不同，丘濬原作风格偏雅，但流传不广，今尚存佚曲 15 支。为适应明初南戏舞台的要求，青钱父变雅为俗，其改编本取得了很好的演出效果，因而大为流行。从明初的以俗为主、从雅入俗，到明中后期的从俗入雅，雅俗之间的嬗变与交替，反映的是声腔艺术逐渐成熟且独立与文人参与戏曲创作程

---

① 纪永贵：《青阳腔研究》，安徽文艺出版社，2018 年，第 145 页。
② 参见拙文：《法国 BULAC 藏朝鲜刻本〈五伦全备记〉考述》。
③ 纪永贵：《青阳腔研究》，第 117 页。

度渐深的演化趋势。BULAC本中的【滚调驻云飞】属于"散滚",这提示我们,滚调至迟在正德五年(1510)就已经出现了。

本文的文献访查获法国国立东方语言文化学院(Inalco)余敏先生帮助,谨表感谢。

昆曲在法国的传播、发展与研究概述

罗仕龙

摘要：早在19世纪，昆曲形式演出的宫廷戏曲就随着游记的出版而被欧洲与法国读者所知。1932年，法国首度出版以"昆曲"为主题的研究专书。20世纪80年代以后，昆曲才在法国本土演出，逐渐为观众所认识与喜爱。到了新世纪，昆曲获得了学界与艺术界更为广泛的关注与肯定。从文字记录、学术研究，乃至规模不一的商业或私人集会演出，昆曲在法国的发展一如其低调的本质般悠扬绵远。近年来，跨国、跨文化的制作让昆曲在法国剧场上展现既古且今的风貌。另一方面，随着中、法戏曲研究者与爱好者的交流日增，各文化相关单位与学校主办的推广课程持续累积，昆曲正在法国得到进一步的深化研究。

关键词：昆曲；法国；文化交流；翻译；演出

中法戏剧交流由来已久。早在18世纪，明刊本元杂剧《赵氏孤儿》就已经翻译成法语。法国文豪伏尔泰受其启发，将之改编后风行全欧，又引发更多不同版本的戏剧改编，是当时欧洲"中国热"风潮的一桩美谈。然而同时代在中国流行的昆曲，是否也同样受到欧洲与法国的注意呢？昆曲这一结合知识分子的文学成就，加之以历代艺人反复提炼的戏剧成就，是如何被法国人认识、理解进而欣赏呢？以下将通过中西交流背景与历史脉络的梳理、文献与档案的整理分析，以及笔者实际参与的经验，概述昆曲在法国的传播与发展,期能为海内外的昆曲研究提供过去较少被注意的材料与面向。

一、从旅游见闻到戏文翻译：18 世纪以前法国对南戏传奇的粗浅认识

早在中国移民随着迁徙脚步把故乡文化带到法国之前,法国就已经对中国的文化有了兴趣。不过对于 18 世纪的法国民众来说,要认识中国只能依赖远渡重洋宣教的传教士传回的信息。有关戏曲最早且最重要的信息来源之一,是耶稣会传教士撰写的书籍、书信等记录。例如 1735 年(清雍正十三年),杜赫德(Jean-Baptiste Du Halde, 1674—1743)神父编纂的《中华帝国全志》在法国巴黎出版,书中转载白晋(Joachim Bouvet, 1656—1730)神父参加中国宴客时所目睹的堂会演出情况,包括剧目挑选、厅堂布置、文武场编制等。① 虽然相关记录不足以让吾人确定白晋神父究竟看到什么剧种,但从其所处时代推断,可能就是当时盛行的昆曲。1792—1794 年(清乾隆五十七年至五十九年)间,英使马戛尔尼(George Macartney, 1737—1806)率团访华。据使团成员日记记载,在华期间曾受邀观赏一出名为《大地与海洋联姻》的宫廷剧。据华裔学者叶晓青考证确认,此剧即是朝贡戏《四海升平》,以昆曲形式演出。② 19 世纪法国出版的戏剧书籍,不时转引马戛尔尼使团成员的描述,将该出《大地与海洋联姻》视为中国戏剧

---

① Père Jean-Baptiste Du Halde, *Description géographique, historique, chronologique, politique, et physique de l'empire de la Chine et de la Tartarie chinoise*, P.‑G. Le Mercier, Paris, 1735, vol. II, pp. 96–97, 112–116.

② 叶晓青:《〈四海升平〉：乾隆为英使马戛尔尼来访而编的朝贡戏》,收入夏晓虹编,《西学输入与近代城市》,北京大学出版社,2012 年,第 168—181 页。

的代表,着重其剧场技术与戏剧景观呈现。①虽然初次接触中国戏曲演出的马戛尔尼使团成员,或者19世纪未曾目睹中国戏曲演出却转引《大》剧演出的书籍作者,都未能清楚在著作里点出"昆曲"两字,但这些零星的历史记录,却不妨视为是昆曲给法国读者的最初印象。

至于一般民间公开演出的传奇戏码,最早为法国读者所知悉者或为白蛇故事。在1808年(清嘉庆十三年)出版的游记《1784到1801年间的北京、马尼拉与法兰西岛之旅》中,作者小德经(Chrétien-Louis-Joseph De Guignes,1759—1845)叙述了一出他在中国听闻的戏曲。其情节始于西湖畔,两名蛇精幻化成女子,且其中一名与书生相恋。②此一故事无疑就是白蛇、青蛇与许仙之事。白蛇戏曲民间流传甚多,小德经所听闻者可能是乾隆年间流行的方成培《雷峰塔》传奇。小德经与当时的汉学家们还没有建立起明确的中国戏曲观念,所以他也无法清楚理解传奇与昆曲究竟为何物,只能从故事面着手,提供读者一个人蛇之间的奇幻爱情故事。

1830年代起,汉学家儒莲(Stanislas Julien,1797—1873)、巴赞(Antoine Bazin,一般称大巴赞Bazin aîné,1799—1863)根据臧懋循《元曲选》陆续翻译多出元杂剧。巴赞于1838年(清道光十八年)出版《中国戏剧选》(Le Théâtre chinois),书中序言有条不紊地陈述中国戏剧史发展。至此,法国汉学界与一般读者才对中国戏剧的演出形制与历史演变有了较为清楚的概念。然而,受限于当时法国可取得的剧本,汉学家即便有满腹才华,实际上只能着力于杂剧研究,而无法开展对于传奇的认识。1841年(清道光二十一年),巴赞根据毛晋《六十种曲》所译出的南戏《琵琶记》出版,在杂剧以外提供当时读者见识到另一种中国戏剧形式。晚清驻法外交官陈季同在

---

① 罗仕龙:《从〈补缸〉到〈拔兰花〉:19世纪两出中国小戏在法国的传播与接受》,《戏剧艺术(上海戏剧学院学报)》2015年第3期(总184期),第107页。
② Chrétien-Louis-Joseph De Guignes, *Voyages à Peking, Manille et l'île de France, faits dans l'intervalle des années 1784 à 1801*, Imprimerie impériale, Paris, 1808, vol. 2, pp. 321–325.

其法语著作《中国人的戏剧：比较风俗研究》(*Le Théâtre des Chinois: étude de mœurs comparées*, 1886)书中提及《琵琶记》曾于1884年(清光绪十年)前后在巴黎演出，但演出相关细节交代不清，故近年学界对此记载时有存疑。① 若陈季同记述无误，那么《琵琶记》很有可能是最早在法国演出的南戏传奇。但其演出形式是否即为昆曲？抑或是将戏文改编后以法语演出的戏剧？凡此疑点都有待进一步考证。

整体而言，19世纪法国汉学家对于明清传奇的研究屈指可数，唯独李渔受到稍多注意。1879年(清光绪五年)，晁德莅(Angelo Zottoli, 1826—1902)神父将《慎鸾交》《风筝误》《奈何天》三出李渔所作的传奇选段译为拉丁文，以"文学课程讲义"名义在上海出版，供传教士学习汉语使用。1891年(清光绪十七年)，耶稣会神父彪西(Charles de Bussy, 1875—1938)将这三出选段的拉丁译文转译为法语。在此前一年，亦即1890年，于雅尔(Camille Imbault-Huart, 1857—1897)才将另一出李渔剧作《比目鱼》的故事情节以散文体译成法语，发表在《亚细亚学报》(*Journal asiatique*)上。于雅尔以极其简短的篇幅介绍李渔及《笠翁十种曲》，盛赞之余并未详析其作品风格、剧作意义，更无暇论及昆曲演出。即便如此，李渔仍是19世纪少数以剧作家身份被法国读者认识的中国作家。李渔与元杂剧对法国汉学家的吸引力，主要都是来自生动的情节及充满特色的中国社会风俗。这或许也说明为何其他多数节奏较为沉缓的明清传奇较不易为当时汉学家所欣赏。

二、"昆曲"概念的出现：20世纪上半叶中国留学生的学术贡献

中国移民在20世纪初期开始较大规模进入法国，尤其因为一战期

---

① 罗仕龙：《19世纪下半叶法国戏剧舞台上的中国艺人》，《戏剧研究》2012年第10期，第17页。

间引进大量华工。① 当时在中国正值衰颓的昆曲,并没有什么机会随着华工移入法国。昆曲为法国所知,首先有赖中国学者与留学生的著作。

20世纪初期由中国人自己撰写的中国戏曲专书,为法国学者与民众开启了不一样的戏曲视野。例如东方语文学院任教的朱家健于1922年(民国十一年)出版《中国戏谈》(Le Théâtre chinois),②以通俗易懂的笔法、装帧精美的图画,向法国读者展示中国戏曲的服饰、造型、舞台之美。书中介绍了中国戏剧源流(杂剧、传奇、昆曲、京剧乃至文明戏)以及戏曲故事的来源,尤其特别注重介绍演员的行当、训练、表演程序,乃至梨园规矩与迷信等。关于昆曲,朱家健虽然只是轻描淡写带过,但相较于19世纪法国汉学家的中国戏剧研究又跨出了一大步。

将"昆曲"视为一种专门的戏剧形式,此一观念有赖民国时期的中国留法学生建立之。1929年(民国十八年),陈绵以题为《中国现代戏剧》(Le Théâtre chinois moderne)的论文获巴黎大学授予国家文学博士学位。③ 他将中国"现代戏剧"上溯至1853年,亦即清咸丰三年以降的戏剧。这一年,太平天国定都南京,家国动荡不安,原本流行于全国(特别是南方)的昆曲艺人顿失舞台,走向衰落。陈绵指出,"中国现代戏剧的主体是京剧。秦腔占有次要位置。至于弋阳腔与昆曲,只不过是一去不回的荣光的残存物罢了"。④ 陈绵的论文因此是架构在对京剧的研究之上,从昆曲的衰落写起,以现代戏剧的各种尝试作结。其目的并不只在于历史性的回顾,而更试图

---

① Ma Li, ed., *Les Travailleurs chinois en France pendant la Première Guerre mondiale*, CNRS, Paris, 2012.

② Tchou Kia-Kien, *Le Théâtre chinois*, M. de Brunoff, Paris, 1922.

③ Tcheng Mien, *Le Théâtre chinois moderne*, Les Presses modernes, Paris, 1929. 以下所引陈绵论文内容系由笔者译为中文。

④ Tcheng Mien, *Le Théâtre chinois moderne*, pp.13-14. 陈绵在论文里以汉字"京调"标注。笔者采用今人较为通用的"京剧"。

通过中国戏剧勾勒出中国文明寻找现代性的进程。

陈绵笔下昆曲衰、皮黄兴的"现代戏剧"历史架构,为另一位留学生蒋恩铠沿用。1932年,蒋恩铠的博士论文在巴黎大学中国学院的资助下出版,题为《昆曲:中国古代戏剧》(*K'ouen K'iu, le théâtre chinois ancien*)。① 该书封面除了法文标题之外,还以书法题写"昆曲"二字。书名取"曲"字而不取"剧"字,或可一窥作者论述意向所在。对于昆曲的演唱技巧、历代曲谱、音乐特色等,蒋恩铠多有详尽说明,但剧本情节的陈述常仅止于蜻蜓点水。

蒋恩铠在前言里开宗明义指出,京剧继昆曲之后跃居剧坛主流,并于注释列出陈绵的《中国现代戏剧》一书以为佐证;一古代一现代,颇有不容青史尽成灰之慨。在对昆曲的体制、剧本等面向进行分析之前,蒋恩铠把当时中国学术界对戏曲的研究做了概括性的评述,列出12本代表性著作。借此一方面证明中国戏曲为学界之看重,一方面则显示中国学者也有能力整理国故,如今只是借蒋之笔传达中国学者的研究成果。蒋所列出的著作中,列于首位的是王国维《宋元戏曲史》。蒋明确指出,《宋》书是首部研究中国戏剧的专著,资料翔实。② 其后列出的著作还包括陈乃乾《重订曲苑》、吴梅《中国戏曲概论》、谢无量《中国大文学史》、童斐《中乐寻源》、陈钟凡《中国韵文通论》、董康《曲海总目提要》、③王季烈《螾庐曲谈》、刘振修《昆曲新导》、吴梅《元曲研究》、吴梅《顾曲麈谈》、王季烈与刘富梁《集成曲谱》等,洋洋洒洒,不但有专论戏曲或昆曲音乐之书,亦有从文学史研究角

---

① Tsiang Un-Kaï, *K'ouen K'iu, le théâtre chinois ancien*, Librairie Ernest Leroux, Paris, 1932. 以下所引蒋恩铠论文内容系由笔者译为中文。关于巴黎大学中国学院的设置与运作,可参考陈三井:《旅欧教育运动:民初融合世界学术的理想》,秀威信息出版社,2013年,第96—106页。
② Tsiang Un-Kaï, *K'ouen K'iu, le théâtre chinois ancien*, p.5.
③ 蒋恩铠与当时不少学者常把此书归于黄文旸名下。实际上,清人黄文旸《曲海》与董康《曲海总目提要》无关。

度之剖析。蒋恩铠的著作以昆曲艺术为着眼点,意图展现的视野却同时兼具历史、文学、音乐。

蒋恩铠在其著作里就昆曲的渊源流变、体制结构有相当详尽的分析。在文学成就方面,蒋恩铠指出昆曲文本展现"中国文学里最精致细腻的笔法,既可抒情亦可写事"。① 根据文字呈现形式不同,昆曲文本分为曲词、宾白、诗三个部分,其中最重要的自然是演唱用的曲词。蒋恩铠强调曲词部分的文字与曲牌调性紧密结合,故摘译《琵琶记·南浦嘱别》《狮吼记·跪池》《长生殿·絮阁》《长生殿·惊变》《还魂记·写真》《浣纱记·寄子》《浣纱记·别施》《水浒记·后诱》《桃花扇·寄扇》等折子的曲文为例说明之。宾白部分以《南柯记》为例,说明宾白是以散体写成,综合运用书面语、口头语两种风格。至于剧中人物所吟咏的诗词,则以《金雀记》简略说明。文本体制说明完后,蒋恩铠介绍较为重要的作家与作品。蒋指出,就取材而言,昆曲并不像京剧有许多改编自通俗小说、历史小说之作,大多故事的渊源较不可考;有些昆曲剧本带有神话色彩,"不但不减损其文学价值","作者的想象力时常增添剧情美感,而习惯于这些〔神话〕观念的观众自然也喜爱这种带有浪漫色彩的种类"。② 蒋恩铠认为,真正可称得上历史剧的昆曲,只有孔尚任《桃花扇》一剧。至于与历史无涉的剧本,蒋恩铠首先提出李渔,评价"其作品知名度甚高,但从文学风格与音乐方面来说无甚价值;其成功归因于出人意表且饶富趣味的情节"。③ 另外也提出《牡丹亭》,称其"剧情趣味,然纯属虚构"。④ 就思想境界与道德意义而言,蒋恩铠以"忠孝节义"四字总结昆曲剧本文学的精神,并依此分析个中最具代表性的高明《琵琶记》。为了让读者能更进一步了解昆曲(传奇)剧本的编写方式

---

① Tsiang Un-Kaï, *K'ouen K'iu, le théâtre chinois ancien*, p. 62.
② Tsiang Un-Kaï, *K'ouen K'iu, le théâtre chinois ancien*, pp. 72–73.
③ Tsiang Un-Kaï, *K'ouen K'iu, le théâtre chinois ancien*, p. 74.
④ Tsiang Un-Kaï, *K'ouen K'iu, le théâtre chinois ancien*, p. 74.

与关目结构安排,蒋恩铠以《长生殿》为例,①逐一说明各出的情节进展。值得一提的是,《昆》书全书不管是音乐方面的曲式、唱腔等分析,抑或传奇剧本方面的故事思想、语言、结构等,都极少论及今日被视为昆曲代表作的《牡丹亭》及其作者汤显祖;即便偶然提及,也仅是寥寥数语带过,未有较深入的分析。例如他虽然指出《春香闹学》是中国观众最喜爱的折子戏之一,但全书通篇未提供《牡丹亭》的情节梗概。明传奇经典《牡丹亭》,在很长一段时间里成为法国汉学史上的遗珠。一直要到 1998 年,汉学家雷威安(André Lévy, 1925—)的《牡丹亭》全译本问世,才让不谙汉语的法国读者首次完整见识到昆曲剧本的样貌。

《牡丹亭》的片段译文,可见于 1933 年出版、徐仲年编撰的《中国诗文选:从起源到今日》(Anthologie de la littérature chinoise, des origines à nos jours)。该书选文内容自先秦民国初年,夹叙夹议,每个时期区分为诗歌、戏剧、小说、哲学、历史五类分项论之。明清传奇方面,收录《琵琶记·糟糠自餍》《牡丹亭·惊梦》《长生殿·闻铃》《桃花扇·守楼》等片段。② 译文前附有传奇本事,惟全书以剧本为重点,并不涉及昆曲场上演出之事。

1937 年,另一位中国留学生焦菊隐以《今日之中国戏剧》(Le Théâtre chinois d'aujourd'hui)获巴黎大学国家文学博士学位。③ 论文内容着重中国戏剧行业的实务介绍,兼顾传统戏曲与现代戏剧的视野。焦菊隐指出,中国戏曲向有南、北流派之分,风格各异,而源自南方的昆曲在乾隆年间流行全国,进入庙堂之高,可说是古典戏剧文学的巅峰。此后,民间戏曲流行,

---

① Tsiang Un-Kaï, *K'ouen K'iu, le théâtre chinois ancien*, pp. 78 – 88.
② Hsu Sung-Nien, *Anthologie de la littérature chinoise, des origines à nos jours*, Delagrave, Paris, 1933, pp. 368 – 385.
③ 论文通过答辩同年由法国 E. Droz 出版社出版,1977 年瑞士日内瓦 Slatkine 出版社重印。本论文全文中译收录于北京人民艺术剧院戏剧博物馆编:《焦菊隐文集(一):理论》,文化艺术出版社,2005 年,第 116—231 页。

戏剧的文学成分趋向没落,而民间戏曲艺人虽然技艺精湛,但知识水平不高、社会地位低下,导致戏剧表演在中国百般锤炼、精益求精的进程中,戏剧文学的发展却停滞不前;艺人为求演出效果,不断传抄、改写过去的文学剧本,固然使剧文越来越符合场上之用,却也越来越无法显出剧作家的原创语言与风格。这是焦菊隐对戏剧文学演进最直接的陈述,让一向只注重元杂剧的法国汉学界注意到戏曲文学于近世之衰。焦菊隐在有限的篇幅内,尽可能将晚清民国以来的戏剧文学作者系统化整理,罗列《缀白裘》、《戏学汇考》、《戏考》(王大错编)、中华戏曲专科学校所编教材等京、昆剧本集,分析其优劣得失,让法国汉学界得以认识法国国家图书馆藏《元曲选》以外的剧本集。

三、1980年代至新世纪以来法国对于传奇与昆曲的研究

(一)以汉学家为主体的研究奠定基础

此后,昆曲在法国的学术与文化界沉寂了半个世纪。直到1980年代,情况才逐渐转变,几位年轻的法国研究生重新注意到昆曲,并以此作为学术研究的根基。

1984年,时为巴黎第三大学研究生的戴鹤白(Roger Darrobers),完成由汉学家于儒伯(Robert Ruhlmann,1920—1984)指导的学位论文,题为《17世纪以降的南戏及其在当今福建戏剧里的残留遗迹》(Le théâtre du sud [Nanxi] à partir du XIIe siècle et ses survivances dans l'actuel théâtre du Fujian),迄今仍为法国少见的以南戏为主题的学术研究。1995年,戴鹤白为法国大学出版社(PUF)的"我知道什么?"百科书系撰写《中国戏剧》(Le Théâtre chinois),书中有专门以"昆曲"为题的章节,并且介绍多出明清传奇

的主题内容。① 戴鹤白介绍昆曲的渊源流变、"本色"等美学观念,并以昆曲史上知名作品如《浣纱记》《牡丹亭》等说明传奇文体的特殊之处。戴鹤白尤其青睐的乃是能反映社会现实面的昆曲作品与剧作家,诸如《鸣凤记》《千金记》《香囊记》《五伦全备记》《占花魁》《怜香伴》《桃花扇》《十五贯》等,都在《中国戏剧》书中的昆曲章节里有相当突出的介绍。除此之外,戴鹤白还注意到清代的女性剧作家,特别介绍了张蘩的《双叩阍》,以及王筠的《繁华梦》《全福记》等传奇作品。不过戴鹤白后来的研究兴趣转向京剧,1998年出版专书《京剧:满汉帝国晚期的剧场与社会》,②未继续对昆曲有更进一步的著作发表。

1980年代另有一本以昆曲为主题的学位论文。1986年,费智(Jean-Marie Fegly, 1943—)在汉学家班文干(Jacques Pimpaneau, 1934—)指导下,以《中国戏曲:20世纪昆剧的存续、发展与活动》(*Théâtre chinois: survivance, développement et activité du Kunju au XXᵉ siècle*)为论文主题,获得巴黎第七大学汉学博士学位。论文开宗明义指出,以"剧"而非"曲"为切入点,是将昆曲视为综合性的舞台实践,而非纯粹的清唱或古典文学作品。作者引用大量中文史料与曲谱,详尽整理昆曲的历史渊源与演进、音乐唱腔特色、重要剧作家与作品、20世纪中叶以前的南北昆剧发展与衰落等。本论文最特别之处,是作者通过社会学、人类学精神的田野调查,亲赴中国各地,访察南、北方昆剧团现况,包括北方昆剧剧院、江苏省昆剧院、浙江昆剧团、上海昆剧团、湖南昆剧团等,直接向诸多前辈艺人、曲家如俞振飞、郑传鉴、马祥麟、赵景深、周传瑛等请益,深入探讨昆剧艺人的演出、

---

① 在此之前,"我知道什么?"书系曾出版过两本中国文学简介,分别是 Odile Kaltenmark, *La Littérature chinoise*, Paris, PUF, 1948, 以及 André Lévy, *La littérature chinoise ancienne et classique*, Paris, PUF, 1991. 这两本书对昆曲无甚着墨,主要是从明清传奇文学的角度来说明,集中在《牡丹亭》《桃花扇》等剧故事梗概。

② Roger Darrobers, *Opéra de Pékin. Théâtre et société à la fin de l'empire sino-mandchou*, Paris, Bleu de Chine, 1998. 本书的彩色插图为下文述及的费智提供。

戏班编制与运作、保留剧目等。论文中并且有专章讨论北方昆剧院演员张毓文的表演艺术、上海昆剧团的演出乃至曲友聚会等。论文中附有许多作者亲自拍摄的照片,包括前辈艺人教学、台前幕后、曲友聚会、剧院内外等,弥足珍贵。

费智的昆曲研究之所以不同于前辈或同时期的汉学家,更是因为他注意到演唱与折子的问题。以汤显祖与《牡丹亭》为例,费智的评论显然受到"不惜拗折天下人嗓子"的批评传统影响,指出汤显祖剧作侧重文采与想象力,演唱不易。① 有意思的是,当作者说明昆剧的曲牌与演唱时,所引用的例证却是《游园》与《惊梦》两折,在论文里附上叶堂《纳书楹曲谱》、张怡庵《昆曲大全》(上海世界书局,1908年)、《粟庐曲谱》《振飞曲谱》(上海文艺出版社,1982年)四本曲谱的《游园》与《惊梦》,辅以文字说明昆曲如何借由工尺谱与简谱方式记谱,以利后人学习演唱。② 费智还特别指出清中叶以后折子戏盛行的现象。他在上述曲谱之间穿插《惊梦》一折版画,取材自玩花主人编、钱德苍续的折子戏选辑《绘图缀白裘》(系作者于北京旧书摊购得的1924年重印本),借此说明昆曲最为后人所熟知且喜爱的就是折子戏,而折子往往也是后人唯一能见到的昆曲演出。费智鉴古知今,在论文里论及《游园》与《惊梦》在戏曲舞台之外的文化影响力,其例证是著名作家白先勇于1982年出版的短篇小说《游园惊梦》。由于费智长期接触昆曲并与艺人熟识,故常注意到一般法国学者未见的细节。例如2015年东方语文学院戴文琛(Vincent Durand-Dastès)、华蕾立(Valérie Lavoix)两位教授合编《薛涛纸袍》文集,当中除了集有才女薛涛的诗文之外,还收录了费智整理翻译的《昆曲演员张继青的见证及其

---

① Jean-Marie Fégly, *Théâtre chinois: survivance, développement et activité du Kunju au XXe siècle*, Ph. D. dissertation, Université de Paris VII, Paris, 1986, p. 18.

② Jean-Marie Fegly, *Théâtre chinois: survivance, développement et activité du Kunju au XXe siècle*, pp. 26 – 40.

艺术历程》一文。① 张继青以"三梦"闻名,杜丽娘一角更是经典。《牡丹亭·闺塾》有杜丽娘用"薛涛笺"宾白。费智以此联系到薛涛文集所选录的张继青一文,其昆曲研究功底可见一斑。

费智的老师班文干虽然没有以昆曲为主题出版专书,但迄今被认为是法国当代研究中国戏曲着力最深者,尤其关注戏曲的民俗面向。其《梨园闲步:中国古典戏曲》一书成于1983年,收录许多版画、照片等珍贵材料,图文并茂,详述中国戏曲的表演特点、源流、历史演进、剧场形制、演员与戏班等,多年来被视为法国读者认识中国戏曲最重要的书籍。② 在剧种方面,京剧列有专章介绍,昆曲则仅分别出现在两个部分:一是关于明清传奇的章节,一是"地方戏"章节里的"古老剧种"段落。③ 在明清传奇章节部分,班文干简要说明昆曲声腔的来源,概略介绍李渔《比目鱼》《玉搔头》《怜香伴》,以及《长生殿》《桃花扇》等剧的情结梗概与特点,最后论及昆曲的衰落与京剧的兴起,将原因归咎于昆曲曲词的文士化与贵族化,使其成为脱离群众的艺术表现形式,失去艺术创新最重要的民间生命力。在地方戏的章节部分,班文干简略重申昆曲的衰落,但不忘提醒部分昆曲已为京剧吸收,特别是武戏部分,而许多兼演京剧的昆曲演员如俞振飞等,亦以学习昆曲作为提升自我艺术修养的手段。1990年,台北文建会资助班文干翻译台湾大学曾永义教授、新竹清华大学王安祈教授编写的戏曲介绍书籍,然而

---

① Jean-Marie Fégly, trans., "Témoignage d'une actrice d'opéra *kunqu*. Zhang Jiqing et son parcours artistique," Vincent Durand-Dastès and Valérie Lavoix, ed., *Une robe de papier pour Xue Tao. Choix de textes inédits de littérature chinoise*, Espaces et Signes, Paris, 2015.

② Jacques Pimpaneau, *Promenade au jardin des poiriers: l'opéra chinois classique*, Kwok-On, Paris, 1983. 本书当时由班文干先生一手成立的巴黎"郭刚亚洲博物馆"出版,后因博物馆经营问题,本书长期以来无法再版。2014年,以中国古典文学为出版要项的巴黎美文出版社(Les Belles Lettres)将本书改版后重新出版,仅保留部分图片,书名易为《中国:古典戏曲,梨园闲步》,文字内容实无更动。

③ Jacques Pimpaneau, *Promenade au jardin des poiriers: l'opéra chinois classique*, pp. 55 - 58, 106 - 100.

这两本著作系对中国戏曲做一全面性的历史、美学形式介绍,对于昆曲并没有特别着墨,仅有简略带过。①

班文干教授另有两本重要著作《中国文学史》《中国古典文学选辑》,新世纪以来为法国大学中文系普遍使用。在这两本以文学为主线的著作里,昆曲是随着传奇文体而被读者认识的。在《中国文学史》里,②班文干指出,昆曲直至18世纪末流行于城市与上层阶级,后以地方戏的形式残存于今。他以汤显祖、梁辰鱼为两种不同创作观点的代表,指出汤显祖重视剧本文字与思想,演员不得不屈就于其文采,即便汤显祖的《牡丹亭》可能创作之初并不是打算以昆曲演唱。相反,梁辰鱼则认为剧本文字当配合音乐与演唱,便于场上之用。然而班文干也提醒,由于梁辰鱼的文采不及汤显祖,故其创作在昆曲演出史上只是过渡,未能长久传世。此外,班文干也简略介绍了《风筝误》《长生殿》《桃花扇》的剧情梗概。至于明清传奇剧本选段翻译,则需见于他所编撰的《中国古典文学选辑》。班文干亲自翻译《牡丹亭·惊梦》以及《桃花扇·却奁》两折片段(附汤显祖、孔尚任作者及作品简介),③并摘录他人已译的《比目鱼》片段。④ 班文干译文的特点是语意清晰,节奏明快。例如《惊梦》曲词"原来姹紫嫣红开遍,似这般都付与断井颓垣。良辰美景奈何天,赏心乐事谁家院",班文干译为:"红紫相争,颜色四处铺展,但不过是为了妆点被弃置的水井与毁损的墙垣啊。这令人赞叹的

---

① 关于昆曲的部分,见 Tseng Yong-yi, *Chine. Le théâtre*, Jacques Pimpaneau, trans., Philippe Picquier, Paris, 1990, pp. 18 – 19。曾永义在本书中特别强调,昆曲与其他剧种最大的差异,正在于剧种名称里的"曲"字。
② 以下关于班文干《中国文学史》对于昆曲的介绍,见 Jacques Pimpaneau, *Chine: histoire de la littérature*, Philippe Picquier, Arles, 2004, pp. 338 – 339。
③ Jacques Pimpaneau, *Anthologie de la littérature chinoise classique*, Arles, Philippe Picquier, 2004, pp. 867 – 876, 911 – 918.
④ Jacques Pimpaneau, *Anthologie de la littérature chinoise classique*, pp. 901 – 905. 班文干选录的《比目鱼》片段,是其女弟子柏茹爱(Marie-Thérèse Brouillet)所译,收录于柏氏所著、未出版之巴黎第三大学博士论文《李渔:戏剧与后设戏剧》(*Li Yu, théâtre et métathéâtre*), 1985 年。

时刻,它的美能持续多少日子呢? 又是要什么样家庭的人才知道把握呢!"译文不拘泥于诗行,读之近似白话却忠实传达原作要旨。

除了上述两本班文干的著作之外,其他学者的中国文学史著作也对明清传奇有所介绍,例如张寅德教授《中国文学史》,①但同样限于篇幅,仅能简述昆山腔的源流与现况,并提点重要作者与剧本如《琵琶记》《牡丹亭》《长生殿》《桃花扇》等剧风格与思想,并无法收录译文。至于文学词典,倒也没有疏漏昆曲。雷威安(André Lévy,1925—)教授编纂的《中国文学词典》,即邀请费智撰写"昆曲"词条,②要言不烦地将昆曲的来龙去脉呈现给读者。词条末并列出多本关于昆曲的中法文书目供读者参考,如陆萼庭《昆剧演出史稿》、钱一羽《昆曲入门》、蒋恩铠《昆曲》、王守泰《昆曲格律》,以及赵景深为《中国大百科全书》撰述的"戏曲曲艺"条目等。

至于雷威安本人最重要的著作,当推《牡丹亭》全译本。③ 此译本之所以推出,原是为配合1999年巴黎上演陈士争导演全本《牡丹亭》(钱熠、温宇航主演)。虽数量有限,坊间流通不广,但学术声誉卓著。雷氏译文的特点是语言典雅华丽有古风,意境缭绕,初读略显艰深,有赖读者细细推敲玩味。以"原来姹紫嫣红开遍,似这般都付与断井颓垣。良辰美景奈何天,赏心乐事谁家院"为例,雷威安以散文体译为"处处绽放着迷人之紫与炫目之红,恰似美全然只属于断井,只属于坍塌矮墙。美好的清晨,灿烂的景致:绝望啊! 何处庭院可寻得令人欢心的喜乐?"全书412页,附彩图16页,共收录20张照片,包括《纳书楹曲谱》书影、《牡丹亭》巴黎演出舞台模型、排练剧照、演出剧照等。雷威安并作有序言一篇,详析传奇体制与发展脉络、汤翁生平与风骨,以及《牡丹亭》的主旨与思想高度、写作手法、流传版本差

---

① Zhang Yinde, *Histoire de la littérature chinoise*, Ellipses, Paris, 2003, pp. 48 – 50, 62 – 63.
② Jean-Marie Fégly, "Kunqu," André Lévy, ed., *Dictionnaire de littérature chinoise*, PUF Quadrige, Paris, 2000, pp. 152 – 154.
③ André Lévy, *Le Pavillon aux pivoines*, MF and Festival d'automne de Paris, Paris, 1999.

异、社会接受,乃至雷氏本人的翻译策略等。有别于许多学者喜以汤显祖比作莎士比亚,雷威安则特别强调汤显祖的独一无二;不管是作者风格抑或作品思想,雷威安都反对轻率的中西比较。例如:"某种程度上来说,汤显祖让自己表现得像个浪荡子,不过却是个中国式的浪荡子,也就是说是反义的浪荡子,就跟中国其他许多态度一样,不能用我们西方惯用的方式来理解。此处容笔者进一步解释。所谓'子不语怪、力、乱、神',汤显祖在《牡丹亭》最后一出里恰如其分地引用了这句孔夫子的警句。中国人每每以这段话的前三个字'子不语'自我提醒,也就是说,一个端正的士子文人不该卷入超乎自然之事;一切只需坚守'理'的分际,抛却'情'(其中首要者就是爱情)字不论。最糟的情况,就是任凭自己为情所困。简言之,必须由一种极度僵化的理性主义来管控自己的所作所为。中国式的浪荡子则是要弃'理'求'心',而'心'最主要的组成就是'情'。如果中国式的浪荡子对佛教的兴趣甚于道教,这是因为他们认为外来的佛教教义建构在唯心之上,能提供更加细致的思辨。"① 雷威安对汤显祖思想及其作品的体悟,或许就是建立在全本精读的基础上。2007 年,雷威安执笔的《邯郸记》全译本于问世。② 汤显祖的《临川四梦》,已有两梦为法国读者所知。

(二) 以戏剧学者为主体的研究

相较于汉学家多半从明清传奇着手认识昆曲,戏剧学者主要是先认识昆曲的音乐和表演形式。固然 1980 年代起已陆续有昆剧团在法国演出(详见下文),但由于戏剧学者不一定熟稔汉语,也不一定像汉学家们一样有机会在中国看过戏曲表演,所以即便戏剧学者的研究多侧重昆曲的演出意义,但还是有赖 20 世纪末雷威安《牡丹亭》全译本问世暨陈士争全本《牡丹亭》在巴黎上演,昆曲才逐渐在戏剧学界中引起较多关注。尤其 2001 年

---

① André Lévy, *Le Pavillon aux pivoines*, p. 18.
② André Lévy, *L'Oreiller magique*, MF Frictions, Paris, 2007.

昆曲被联合国教科文组织登录为人类非物质文化遗产，2004年青春版《牡丹亭》在两岸三地掀起风潮，使得昆曲被更多法国戏剧学者所注意。

2006年11月6—7日，巴黎"世界文化会馆"（Maison des cultures du monde）举行一场名为"戏话粉台：2006戏曲艺术国际研讨会——京昆对唱在巴黎"的学术研讨会。① 主其事者为台北有关部门与文建会，由文化总会（半官方组织）、巴黎第八大学、台湾戏曲学院等单位协力合办，邀请法国、中国台湾地区多位戏剧学者发表学术论文。"世界文化会馆"成立于1982年，多年来致力发扬不同地区与族群的传统表演艺术；1997年起每年于此举办的"想象艺术节"尤为法国艺文人士熟知。京昆学术研讨会在此举办自然再适合不过；而巴黎第八大学戏剧系当时与台湾戏曲学院签有学术交流协议，每年互派学生学习，关系也非常友好。尤其当时的巴黎第八大学戏剧系主任普拉迪耶（Jean-Marie Pradier，1939—　）是法国"民族戏剧学"（ethnoscénologie）的学科奠基人，鼓励第八大学的学生以人类学的田野精神与方法，赴世界各地学习、研究当地传统戏剧。此外，也全力支持该系的外国留学生研究母国的传统戏剧以发扬光大之。正是在这样的天时、地利、人和之下，法国得以首次举办以京、昆为主题的学术研讨会。

根据主办单位印发的论文集，此次活动目的是"以京剧及昆曲在台湾地区的传承与发展为主轴，辅以西方学者对中国传统戏曲艺术的研究与透析，相互演绎与传译传统戏曲深奥神髓，共享京昆瑰丽风采"。研讨会上与昆曲相关的论文包括有：法国贝桑松大学（Université Franche-Comté de Besançon）戏剧系主任齐烨（Françoise Quillet）教授分析美国导演塞勒斯（Peter Sellars）导演的现代版《牡丹亭》与陈士争导演的全本《牡

---

① 以下关于本研讨会的讯息，系根据研讨会现场流通的节目册与论文集为准，略不同于网页上可公开查询的信息（见 http://edutaiwan-france.org/ch/index.php?id=39&PHPSESSID=06810883e2b34b2fcc3ce55e9c130e2e）。

丹亭》；①台湾地区洪惟助教授的论文题为《昆曲从吴中流传异地，在文学、音乐、表演所产生的变异——以金华昆曲为主要探讨对象》；巴黎索邦大学民族音乐学教授毕卡德（François Picard）关注昆曲的音乐性，发表论文题为《昆剧外的昆曲》；台湾大学中文系张淑香教授从单一剧作切入，论文题为《抒情的极致——〈牡丹亭〉的文学地位与其昆曲青春版制作的文化意义》；知名作家白先勇原应邀以《牡丹亭》为主题，畅谈《从经典的传统中回顾〈牡丹亭〉的制作》，后因健康因素无法长途旅行而取消。整体来说，尽管研讨会成果丰硕，但论文集并未出版，仅有少数影印本提供与会学者及来宾交流与收藏，甚为可惜。

所幸贝桑松大学在齐烨教授担任系主任期间，尽全力推动亚、非戏剧研究。2006 年底，该校举办"亚洲戏剧文本书写：印度、中国、日本"（Les écritures textuelles des théâtres d'Asie: Inde, Chine, Japon）学术研讨会，会中发表论文后集结成册，2010 年由贝桑松大学出版社出版。其中与昆曲有关的论文包括洪惟助《昆曲简史》、②费智《1921 年苏州昆剧传习所》、③毕卡德《昆曲的音乐性》④以及齐烨《印度卡答卡利〈祥瑞之花〉与昆曲〈牡丹亭〉里的调情与情话》⑤四篇，分别从历史、乐理、表演、文学等面向解读昆曲。

---

① 本论文由笔者重译后已于中文期刊发表。齐烨（Françoise Quillet）著，罗仕龙译：《〈牡丹亭〉在法国的接受：以 1998、1999 年的两出制作为例》，《汤显祖研究》2015 年第 2 期（总 22 期），第 38—44 页。

② Hung Wei-Chu, "Brève histoire du Kunqu," Françoise Quillet, ed., *Les écritures textuelles des théâtres d'Asie: Inde, Chine, Japon*, Presses universitaires de Franche-Comté, Besançon, 2010, pp. 187 – 197.

③ Jean-Marie Fégly, "Le Centre d'étude du kunqu à Suzhou en 1921," Françoise Quillet, ed., *Les écritures textuelles des théâtres d'Asie: Inde, Chine, Japon*, pp. 179 – 186.

④ François Picard, «La musicalité du kunju», Françoise Quillet, ed., *Les écritures textuelles des théâtres d'Asie: Inde, Chine, Japon*, pp. 199 – 218.

⑤ Françoise Quillet, 2010, "Scène de séduction et discours amoureux dans *La Fleur bénéfique*, pièce de *Kathakali*, et *Le Pavillon aux pivoines*, pièce de *Kunqu*," Françoise Quillet, ed., *Les écritures textuelles des théâtres d'Asie: Inde, Chine, Japon*, pp. 219 – 236.

齐烨在翌年（2011）出版的个人专著《戏剧也在亚洲书写》（*Le Théâtre s'écrit aussi en Asie*）里，指出亚洲传统戏剧不只可供观赏，其剧本的文学价值亦值得重视。她对上述《祥》《牡》两戏剧本有更细腻的比较阅读，同时整理了可供参考的法语《牡丹亭》译本，可说概括回顾了《牡丹亭》剧本在法国的接受情形。① 2013 年，齐烨创立"国际表演艺术研究中心"（CIRRAS），持续推动不同地域之间的戏剧研究交流。该中心于 2015 年出版首部专书，题为《今日世界舞台：变动中的形式》（*La Scène mondiale aujourd'hui: des formes en mouvement*）。笔者有幸受邀撰写《昆曲的演员、文本与演出》一文，②在前人的研究基础上，试着补入一些过去较少被提及的信息，如两岸三地近年为抢救昆曲而设计的推广活动、大学课程等。

从上述几个学术研讨会、论文集专书的名称可以看出，法国戏剧学者关注的面向主要是昆曲表演的传统形式，以及这种传统形式如何因应现代化进程而存续。例如 2015 年 5 月 8 日于阳光剧团（Théâtre du Soleil）举办的"音乐与戏剧"研讨会上，研究各民族传统音乐的学者齐聚一堂。长年关注昆曲音乐的毕卡德教授，以"昆剧与昆曲同舟共济：场上的音乐，场上演出用的音乐，演出中的音乐，不在场上的音乐"为题，③深入剖析昆曲音乐与昆剧表演的各种密切关系、昆曲音乐与仪式的渊源，以及昆曲清唱的历史背景与社会意涵。另外，南特尔西巴黎大学戏剧系毕埃（Christian Biet）教授近年与巴黎第三大学王婧博士合作，分别在 2013 年、2016 年与《戏剧/公众》（*Théâtre/Public*）、《戏剧史研究》（*Revue d'histoire du théâtre*）两本戏剧专

---

① Françoise Quillet, *Le Théâtre s'écrit aussi en Asie*, L'Harmattan, Paris, 2011, pp. 131–139.

② Lo Shih-Lung, "Acteurs, texte et représentation de l'opéra *kunqu*," Françoise Quillet, ed., *La Scène mondiale aujourd'hui: des formes en mouvement*, L'Harmattan Univers théâtral, Paris, 2015, pp. 177–200.

③ François Picard, "*Kunju et Kunqu sont dans un bateau*, musique de scène, musique pour la scène, musique en scène, musique hors-scène," conference, Théâtre du Soleil, Paris, 8 May 2015.

业期刊推出"当代中国戏剧""华语戏剧·当代视角"专号,其中包括戏曲如何现代化的议题,自然也涉及了昆曲。收录于《戏剧/公众》的文章由中国艺术研究院戏曲研究所刘祯所长、中国人民大学江棘副教授联名撰写,波尔多蒙田大学戏剧系马爱莲(Eléonore Martin)教授翻译,题为《戏曲:回归源头与现代性的要求》,文中以青春版《牡丹亭》为例,略述昆曲现代化的运作模式之一。[1] 收录在《戏剧史研究》里关于昆曲的文章,则是由武汉大学邹元江教授撰写,巴黎第八大学张茜茹博士翻译,题为《今日如何保存昆曲?》,主要着眼点在于昆曲传统剧目的流失,以及现今昆曲艺人传承剧目的困难等。[2]

　　保存戏曲、戏曲现代化的议题,目前仍是法国戏剧学者关注的焦点,且常邀集亚洲各地学者互相交流,显示法国戏剧关注的往往不只是昆曲本身,而是各种非欧洲中心的"传统"戏剧。[3] 例如2016年11月8—9日,法国艾克斯马赛大学与柬埔寨金边皇家艺术大学合办"亚洲传统戏剧的现代化挑战"(Les Théâtres traditionnels d'Asie à l'épreuve de la modernité)国际学术研讨会。齐烨教授、马爱莲教授与笔者皆受邀发表专题报告,和与会者探讨京剧、豫剧、昆曲的存续现况。笔者以《昆曲的现代化挑战:几出当代的〈桃花扇〉制作》为题,借由江苏省昆剧院全本《桃花扇》、田沁鑫导演《1699桃花扇》,以及台湾地区1/2Q剧团改编自《桃花扇》的实验昆曲《乱红》三出制作为例,阐述当代昆曲艺人与剧团如何在折子戏的基础上恢复全本,

---

[1] Liu Zhen and Jiang Ji, "Le Xiqu: Retour aux sources et exigences de la modernité," trans., Eléonore Martin, *Théâtre/Public* 210 (Oct.-Dec. 2013), pp. 130–133.

[2] Zou Yuanjiang, "Comment préserver le Kunqu aujourd'hui?," trans., Zhang Qianru, *Revue d'histoire du théâtre* 271 (Jul.-Sep. 2016), pp. 73–78. 本专题所收论文,主要皆发表于2014年12月17—19日由巴黎卢米埃大学、南特尔西巴黎大学、巴黎第八大学、巴黎高等师范学院合办的"华语戏剧:当代视角,交会研究"(Les Théâtres de langues chinoises. Perspectives contemporaines, recherches croisées)学术研讨会。

[3] 关于"传统"(traditionnel),齐烨教授曾多次向笔者表示她并不赞同法国学者使用这个词汇来形容昆曲、京剧等戏曲。她认为"传统"有与"现代"对立之意,暗示这些戏曲与现代生活无涉。齐烨教授认为应该称之为"古典"(classique)戏剧,一如法国学者提及十七世纪戏剧如莫理哀的戏剧时,不会称之为"法国传统戏剧",而是称其为"法国古典戏剧"。

让更多传奇剧本重新成为可演的作品,而两岸当代的戏剧导演又是通过何种方式对昆曲进行提炼与加工,使这一项古老的艺术如何在保有传统之美的同时,又能与时俱进。

四、1980年代至新世纪以来昆曲在法国的演出与推广活动

(一) 从艺术节框架下的传统昆曲展演到跨文化的改编

虽然20世纪上半叶的法国汉学家与中国留学生已或多或少向法国读者介绍了昆曲这一古老艺术,但昆剧团要到1980年代以后才有机会登上欧洲与法国的戏剧舞台。其实早在1955年,巴黎举办的第二届国际戏剧节就已经邀请中国戏曲演出。但当时赴法演出的中国代表团中以京剧、杂技为主,并没有昆曲演员随团演出。有意思的是,节目单列有京剧名角叶盛兰、赵文奎合演的昆腔戏《石秀探庄》,系京剧吸收昆曲武戏而来;另一出刘兰、张春华合演的京剧《秋江》,虽然故事来自传奇《玉簪记》,但京剧本实改自川剧,而与昆曲无甚直接关联了。

1983年,苏州昆剧团应意大利的戏剧节之邀,赴威尼斯与佛罗伦萨演出;1985年,江苏省昆剧院赴柏林演出《牡丹亭》以及《朱买臣休妻》《十五贯》等剧目。然而直到1986年,巴黎"秋季艺术节"才终于迎来江苏省昆剧院张继青、王亨恺、徐华担纲的《牡丹亭》演出。① 1986年巴黎"秋季艺术节"邀请的中国戏剧包括昆曲、越剧、地戏、偶戏,以及多种民间说唱与杂技

---

① 此次张继青等人在巴黎的演出场地为摩加多剧院(Théâtre Mogador),时间为1986年9月18日至22日。巴黎演出结束之后,转往法国其他城市及西班牙巡演。巡演的法国城市及演出场地包括:格勒诺伯文化中心(9月26至27日)、安锡(Annecy)的文化活动中心(10月1日)、里昂-维勒邦的国家人民剧院(TNP)(10月3至4日)、蒙彼利埃(Montpellier)歌剧院(10月8至9日)。

艺术。主办单位印制了一本百余页的节目手册，图文并茂，兼收教育与推广宣传之效。艺术节总监米歇·基（Michel Guy）在手册前言中特别强调，四年前即开始积极筹划中国传统戏剧赴法演出。节目册收录多篇知名文艺界人士如作曲大师丹德列尔（Louis Dandrel）、作家罗瓦伊（Claude Roy）等人的专文，推崇中华文化之美，字里行间尽是孺慕之情与敬仰之心。此外，还收有中国书法名家虞启龙教授《从黄帝到今日》（*De l'empereur Jaune à aujourd'hui*）一文，由汉学家谭霞客（Jacques Dars，1941—2010）翻译，文中叙述中国戏曲发展进程、演员社会地位等，让从未接触过戏曲的法国民众不至于摸不着头绪。节目册正文是各演出剧种的介绍以及剧本曲词翻译或本事介绍。节目册最后则是中国地图、历史年表等附加信息。整本节目册俨然是一本中国戏曲欣赏入门教学手册，深入浅出，即使今天看来都非常雅洁大气，值得收藏。

昆曲部分，刊头附有书法"昆曲"两字。谭霞客为之撰写题为《细腻之源》（*Aux sources du raffinement*）的专文，简述昆曲的起源与兴衰、海内外演出概况、艺术特征，及其如何滋养京剧和越剧。此外，谭霞客也在同一篇文章里介绍汤显祖生平与创作、《牡丹亭》的剧情，以及剧中"情"与"梦"的思想和意境。专文之后则是此次演出的折子，含《游园》《惊梦》《寻梦》《写真》《离魂》五场戏的剧情简介与曲词翻译，执笔者仍为谭霞客。文字之外，另附整页王亨恺（饰柳梦梅）、张继青（饰杜丽娘）黑白照片各一张，黑白剧照两张（柳梦梅、杜丽娘梦中幽会，以及杜丽娘殇逝场景）、彩色剧照一张（花神场景），以及万历年间藏本《牡丹亭》所附《惊梦》《拾画》场景插图两幅，整体编排赏心悦目。

值得注意的是，由于这个《牡丹亭》译本系演出推广所用，故译文贵浅不贵深，有时稍加改写，避免过度艰深的文学笔法描写，而着重呈现杜丽娘的性格与早逝青春。例如原曲词"可知我一生爱好是天然"，谭霞客译为"你知道我一向深爱天生之美"；又如"原来姹紫嫣红开遍，似这般都付与断井颓垣。良辰美景奈何天,赏心乐事谁家院",谭以无韵诗行译为:"柔和的紫色与耀眼的红色铺展开来,和那些残破的井与墙融成一片和谐。多美好的时光啊!多愉悦的景色啊!谁人家里才有如此欢欣与喜乐来与之相汇合?"译文虽然不完全忠于原曲词,但自有一番情趣。同样也是为了配合法国观众的观剧习惯,节目册所附的演职员表上列有"导演"一栏,将姚传芗、周特生、范继信三人之名并列。此三位前辈即为1986年张继青演出电影版《牡丹亭》的"舞台导演"。

继张继青之后,华文漪于1994年11月8日至13日在巴黎圆点剧场(Théâtre du Rond-Point)的"四种中国戏曲"艺术节演出《牡丹亭》,搭档演出的是台北兰庭昆剧团的高蕙兰(饰柳梦梅)、陈美兰(饰春香)。规划此次演出的是前文曾提及的"世界文化会馆",并获巴黎台北新闻文化中心经费支持。① 演出折子包括《游园惊梦》《寻梦》《冥判》《拾画》《幽媾》《还魂》六场。相较于张继青在秋季艺术节的版本着重刻画杜丽娘的性格,华文漪在圆点剧场的这个版本让法国观众更清楚地看到《牡丹亭》故事的来龙去脉。更可贵的是,演出实况录音灌录成双片装 CD,收录在世界文化会馆旗下的"前所未闻"(Inédit)系列音乐典藏数据库中(1995年发行),让昆曲音乐流通更为广泛、收藏更易普及。CD 内附英、法双语小册子,除了简介昆曲渊源、《牡丹亭》本事、演员背景之外,配有取自班文干《梨园闲步:中国古典戏曲》书中的藏本《牡丹亭》插画,且附上此次演出的每一出折子的曲词宾白法译。根据 CD 版权页介绍,小册子的"法语说明与剧本法语改写"是出自民族音乐学家、"前所未闻"系列音乐专辑总监波瓦(Pierre Bois)之手。既名之"改写",可见曲词译文只取神似,不取形似。还以"原来姹紫嫣红开遍,似这般都付与断井颓垣。良辰美景奈何天,赏心乐事谁家院"为例,波

---

① 1991年,台北有关部门成立"纽约中华新闻文化中心"(今"纽约台北文化中心"前身),旋即于1994年元月在巴黎成立"台北新闻文化中心"。

瓦以无韵诗行译为"四周紫红与猩红之花/仿佛为此弃井与倾圮之墙而绽放。/上天赐予我们迷人时光与引人入胜之景,/但能为此欢欣之心在哪儿?"此处"心"字法语为复数形,隐约暗示杜丽娘愿求交心之人共赏美景。曲词之外,小册子的说明内容特别关注昆曲的音乐元素,以演出片段为实例说明"唱"在昆曲演出里的重要性。小册子进一步说明昆曲演唱的"五音四呼""倚字行腔"等原则和技巧,解释宫调与曲牌的概念,指出文武场使用的各种乐器名称、音乐特色,以及不同乐器在演出过程中所各自发挥的功用。这次演出不但在公演期间让观众较完整地认识整出昆"剧"情节,更在演出后记录保留昆"曲"余韵,这在昆曲于法国的传播史上是相当重要的里程碑。

20世纪末,两出与《牡丹亭》相关的演出让巴黎观众大开眼界。一是1998年,美国导演谢勒斯以《牡丹亭》为灵感创作的同名音乐剧在巴黎近郊博比尼剧院(Théâtre Bobigny MC93)上演。一是1999年底,华裔美籍导演陈士争带着他的全本《牡丹亭》在巴黎"秋季艺术节"亮相。① 如前所述,陈士争的全本《牡丹亭》不但与雷威安《牡丹亭》全译本同年问世,相得益彰,而且迄今仍在法国的戏曲观众群里有颇高知名度。2011年第40届巴黎"秋季艺术节"期间,主办单位在卢浮宫的电影放映室播放陈士争全本《牡丹亭》录影(10月1—2日,分6个场次共3小时播映),是新世纪昆曲的另一种推广传播途径。2012年6月19日,北方昆曲剧院的昆曲电影《红楼梦》(龚应恬导演)在位于香榭丽舍大道旁的瓦格拉姆厅(Salle Wagram)配合昆曲文物展览放映,活动过程中还包括昆曲示范演出、观众到后台观摩演员化妆等。②

---

① 关于这两出制作在巴黎引起的反响,见前引笔者译《〈牡丹亭〉在法国的接受:以1998年、1999年的两出制作为例》一文。
② 本次活动由中国文化部中外文化交流中心、驻法国使馆文化处和巴黎中国文化中心共同主办,法国普瓦提埃大学(Université de Poitiers)孔子学院承办。

新世纪以来,昆曲在法国的公开演出常置于"艺术节""戏剧节"等大型文化活动的框架下,作为精致中国文化的代表。这一类型的"艺术节"演出,又常是中法双方共同推动的交流。例如巴黎中国文化中心于2003年创办、每两年举办一届的"中国戏曲节",就多次可见昆剧团赴法演出。"中国戏曲节"是以竞赛的方式,评选中国国内专业戏曲团体赴巴黎。在为期一周的演出后,由中、法组成的专家评审团选出优胜者给予奖项,其中最大奖取巴黎之意,名为"塞纳大奖"。姑且不论参赛剧种之间本质上的艺术特点差异,但以此形式包装的传统戏曲节,气氛热闹欢庆,很大程度上吸引了原本对戏曲一无所知的法国观众。演出过程基本允许观众拍照、摄像,而不比照一般法国剧院严格禁止摄影摄像的规定。可以看出,主办单位有意让观众在轻松愉快过程里,自然而然地接受戏曲。就昆曲而言,2007年第三届巴黎中国戏曲节期间,中国戏剧家协会梅花奖艺术团演出《白蛇传》。[①] 2009年第四届巴黎中国戏曲节则有浙江昆剧团演出《公孙子都》、苏州昆剧院演出《浮生三梦》、香港京昆剧场演出《牡丹亭》。期间并安排有浙昆演员林为林讲座,题为《中国昆曲渊源和发展》。[②] 此外,借苏州昆剧院访法之便,位于巴黎的联合国教科文组织也邀请其演出《牡丹亭》片段。[③] 2007年、2009年连续两届中国戏曲节共四个昆剧团演出,《白蛇传》《公孙子都》分别获得第三、第四届戏曲节"塞纳大奖",相较于其他剧种,昆曲在法国曝

[①] 戏曲节为2007年11月12—18日举办,演出地点为巴黎阿迪亚尔剧院(Salle Adyar,含平面层与二楼,共可容纳385名观众,今原址已易主改名为"埃菲尔铁塔剧院"Théâtre de la Tour Eiffel)。昆曲《白蛇传》演出为11月17日,共一场。另,香港"京昆剧场"剧团于11月12日演出,但演出剧目并非昆曲,而是京剧《乌龙院》。

[②] 第四届戏曲节于2009年11月16—22日举办,演出地点为巴黎勒蒙弗尔剧院(Le Monfort Théâtre)。浙江昆剧团《公孙子都》于20日晚间演出,苏州昆剧院《浮生三梦》于21日晚间演出,京昆剧场《牡丹亭》于22日下午演出(邓宛霞、耿天元、蔡玉珍、王洁清主演)。林为林讲座安排在21日下午。

[③] 演出时间为2009年11月17日。

光的机率不算低。① 巧合的是,这两出戏的法语字幕都是由法国李得艺(Denis Bolusset-Li)翻译,显见昆曲在法国要能推广,字幕乃是相当重要的问题。2011年第5届中国戏曲节虽然没有昆曲演出,但节目册却选用林为林《公孙子都》剧照作为封面。2016年第7届中国戏曲节亦未有昆剧团演出,但在戏曲节以及纪念汤显祖逝世400周年的框架下,中国文化中心特于11月23—28日举办为期六天的昆曲工作坊,由3位专业昆曲演员带领法国学员(其中几位已有戏曲表演基础)学习昆曲唱腔与身段,并于11月28日的"中国戏曲巴黎研讨会"闭幕时将成果呈现给与会来宾。② 法国昆曲学者费智则获邀出席研讨会,就子题之一"汤显祖和莎士比亚对中西戏曲的影响"发表报告。

法国南部的阿维尼翁也有昆曲演出。2015年第50届阿维尼翁OFF戏剧节(Avignon OFF)共有6出中国戏剧作品参加展演,其中包括江苏省昆剧院的《牡丹亭》(孔爱萍、施海涛主演)。需要注意的是,OFF戏剧节的节目筛选机制不同于阿维尼翁主场艺术节(Avignon In)。有意参加OFF戏剧节的团体,一般只要备好节目,找到演出场地并支付场租,填具主办单位要求的行政作业表格,并自行处理好机票、签证、住宿等手续,就可以在戏剧节亮相。由于所需经费庞大,故赴OFF戏剧节表演的外国团体,一般仍多有接受公共部门的经费补助。

除了上述几个较大型的戏剧节、艺术节之外,还有些较为零散的昆曲巡演。例如2011年4月18日,上海昆剧团在巴黎中国文化中心演出《牡丹

---

① 2009年12月9日,中国大使馆在中国文化中心举办一场昆曲赏析会,由江苏省昆剧院演出《牡丹亭》《宝剑记·夜奔》等剧。法国当时的总理夫人费庸女士以及法国多位政界、商界、教育高层人士应邀莅临。来宾们参观昆曲演员化妆的过程并欣赏演出。不过这场演出属外交活动,一般民众比较没有机会看到。

② 主要演出的学员是曾于中国戏曲学院留学的瑞典学生提姆西·皮洛堤(Timothy Pilotti)、法国学生诺拉·珊荷姆阿兹玛(Nora Sandholm-Azémar)。呈现的片段包括《牡丹亭》以及京剧昆腔武戏《挡马》等。

亭》折子，为巴黎"上海文化月"揭开序幕。2013年10月30日，北方昆曲剧院在巴黎皮尔卡丹剧院（Espace Pierre Cardin）演出《牡丹亭》（魏春荣主演）。此为北昆欧洲四国巡演的其中一站。2014年6月25日，北昆再度于皮尔卡丹剧院演出，乃庆祝中法建交50周年系列活动之一。① 演出现场同时展示有北京的曹氏风筝、京绣、剪纸等民俗艺品，且有专人示范制作技艺。另外，也有中国戏曲服装展示。虽然节目单上注明是昆曲演出，但由于活动现场的各项非物质文化遗产展览并未特别强调昆曲元素，所以对于不谙昆曲的法国观众而言，毋宁更偏向于介绍中国戏曲、民俗的综合文化活动。

总的来说，以戏剧节、艺术节为框架推出昆曲演出，主要目标是要让法国观众认识中国戏曲。特别是新世纪以来，昆曲顶着"世界文化遗产"的光环，使其较容易被法国观众接受，视为具有代表性的、传统的、精致的中国艺术形式。演出作品多为《牡丹亭》，几乎成为昆曲的唯一代表剧目。

另一方面，随着法国的戏曲观众对于昆曲渐有认识或耳闻，"跨界""跨文化"的昆曲演出也开始登上法国戏院舞台。例如台湾地区的"二分之一Q"剧团以"实验昆剧"为名，撷取袁于令《西楼记》的《楼会》《拆书》《空泊》《错梦》四折改编为《情书》，于2010年3月16—17日在巴黎"想象艺术节"演出。标题《情书》发想自原作里书生于叔夜与名妓穆素徽私订终身之后，因信函之误接而引发一连串悲欢离合。演出舞台上以台湾地区常见的载货客车替代传统戏曲表演的一桌二椅，既创造出剧情所需的各种地点想象，又将台湾地区元素导入昆曲，并结合台湾地区民间布袋戏以演出男主角的梦境，创造出全剧既庄且谐的实验风格，让法国观众看到古典昆曲的另一种表现可能。又如2013年2月10—16日，巴黎夏特莱剧院（Théâtre

---

① 黄冠杰：《昆曲〈牡丹亭〉巴黎上演受追捧，尽显中国传统戏剧之美》，《欧洲时报》2014年10月27日。

du Châtelet)推出中日版《牡丹亭》,由日本歌舞伎演员坂东玉三郎、苏州昆剧院俞玖林主演。坂东的个人魅力,让此次《牡丹亭》演出场场爆满,座无虚席,赢得法国媒体超高度关注与压倒性的好评。①

(二) 演讲、示范等推广活动

法国华侨人数众多,喜爱聆听昆曲的侨民亦有人在。虽然少数同好之间或有心得交流,但因为没有曲社组织,所以固定交流唱曲、票友演出的机会少之又少。据笔者所悉,侨校、私人协会近年举办较为侨民所知的昆曲推广活动,当属巴黎中华文化经典文化协会"巴黎渊澄学堂"(负责人为郑言言女士)所推出的"清音雅韵欧陆秋声"。活动于 2014 年 10 月 31 日至11 月 2 日举办,邀请昆曲名家张卫东发表昆曲讲座、带领吟诵《孝经》课程等。张卫东先生的昆曲讲座题为《昆曲四大行当表演风格》,于 10 月 31 日晚间在巴黎十三区华埠戴高乐中文图书馆(即主办的协会所在地)举办。张卫东一一讲解并演示各行当表演特色,过程中也谈到他多年来从昆曲中感悟的人生体会。张卫东并且带领听众试看工尺谱,学唱《牡丹亭·游园》曲词。由于语言限制,参与活动者皆为侨民或华裔子弟。此外,巴黎华埠"华风协会"负责人陈惠美女士对昆曲颇有爱好,偶尔会在其开设的侨校活动中表演,并尝试将曲词融入汉语教学里。较为近期的活动是 2016 年 12 月 16 日由陈女士本人在其协会举办的免费"细说昆曲"在线讲座。

以法语进行的讲座、示范等推广活动,主要是通过法国大学、研究机构的协助。例如 2014 年 6 月 16 日,英国伦敦大学亚非学院访问学者汪诗珮(现任教台湾大学中文系)受齐烨教授主持之"国际表演艺术研究中心"(CIRRAS)邀请,以《〈牡丹亭·惊梦〉一折的诠释与改编》为题发表演讲,由笔者担任翻译。2014 年 10 月,任教于格勒诺伯第二大学(Université

---

① 关于此次演出的宣传与演出细节、媒体报道、观众反响等,见罗仕龙:《中日艺术家巴黎合演〈牡丹亭〉:兼论昆曲在法国的传播》,叶长海主编:《戏剧学》第 2 辑,第 243—251 页,文化艺术出版社,2014 年。原登载于《汤显祖研究通讯》2013 年第 18 期,第 1—6 页。

Pierre-Mendès-France Grenoble II)中文系的迟玉梅博士,与格勒诺伯市政府、苏州大学合作,为格勒诺伯当地的"中国月"规划交流活动,以中法两国18至20世纪的音乐交流为主题。10月6日,苏州大学、中国昆曲研究中心周秦教授受邀发表讲座,介绍昆曲音乐,由迟玉梅博士担任翻译。

部分推广活动也受惠于海外孔子学院。例如孔院2016年5月出版的"戏剧"专题中法双语院刊,当中即收录有专文介绍汤显祖"临川四梦",以及专访江苏省昆剧院演员柯军。① 2016年11月25日,费智受普瓦提耶大学孔院邀请,以《昆曲〈牡丹亭〉》为题发表讲座,会后并有示范演出。2017年2月7日,笔者受布列塔尼孔子学院、雷恩第二大学(Université de Rennes II)之邀,以《昆曲:一种中国生活艺术》为题,向大学师生、社会大众介绍昆曲名段。讲座后开放听众自由发问与交流,听众们最感兴趣的问题主要集中在昆曲为何衰落以及京昆之间的互动等。

除了上述直接与昆剧有关的推广活动之外,亦偶有昆曲音乐会。如巴黎吉美亚洲艺术博物馆(Musée Guimet)于2015年1月16日举办昆曲音乐会,由知名昆笛演奏家曾明教授、旅居瑞士的琵琶演奏家俞玲玲两人共同为法国当地听众演奏知名昆曲曲牌。

五、小　　结

回顾昆曲在法国的传播,可知其虽可上溯至19世纪的南戏戏文翻译,但真正建立起"昆曲"剧种的概念,则是20世纪初期中国留学生的贡献,其中以蒋恩铠的《昆曲》一书最为重要。20世纪下半叶,法国汉学界在积累多次翻译经验后,终于在世纪末出现了传奇剧本《牡丹亭》的全本翻译。在一

---

① 王宁:《一个老人和他的四个梦》,《孔子学院》总第36期,2016年,第6—11页。林溪:《柯军——奔》,《孔子学院》总第36期,第62—69页。

群对亚洲、中国文化充满热忱的文化人士努力下，昆曲得以站上法国戏剧舞台。张继青、华文漪等知名前辈艺人，都在巴黎留下风采，也让更多汉学界以外的学者和大众注意到昆曲这古老又精致的剧种。新世纪以来，昆曲一方面在艺术节里展现传统精粹，另一方面又在跨文化与跨界的展演中证明它与时俱进的动能。不论是官方资助的推广活动，或是民间自发组织的艺文分享，可以看出有越来越多法国观众与旅法侨民对昆曲的重视。展望未来，昆曲仍将作为中国传统文化的代表元素之一，幽然吐露其芬芳于法兰西的国土上。

法国里尔市立图书馆藏戏曲小说版本述略

陈恒新　曹淑娟*

摘要：法国里尔市立图书馆藏汉籍共计515部，其中小说文献36部，戏曲文献8部。这部分汉籍主要来源于法国东方学家勒温·罗尼私人捐赠。戏曲文献中，清末广州成德堂、荣德堂刊印的俗曲13种较为珍稀。小说文献以清刻本为主，其中《平山冷燕》《好逑传》《玉娇梨》等有多个版本。

关键词：里尔市立图书馆；汉籍；小说戏曲；版本

法国里尔市立图书馆（Bibliothèque de Lille）藏汉籍共计515部，典藏号CHINOIS1－515。这部分藏书的主体部分是法国东方学家勒温·罗尼（Léon de Rosny, 1837—1914）的藏书。该馆馆藏汉籍，编有中文汉籍目录和法文汉籍目录两种。其馆藏中文目录《罗尼特藏中文图书》（Fonds Chinois Bibliotheque：Léon de Rosny, 1994），共著录汉籍512部，据此目录可知该典藏为罗尼旧藏。其法文版馆藏目录，共著录汉籍515部，法文目录多出三部汉籍为：清抄本《撒冷传福音》、明治十一年刻本《注解千字文》、朝鲜刻本《全韵玉篇》。

---

* 陈恒新，男，1986年生，山东沂源人。文学博士，现为山东理工大学文学院副教授。曹淑娟，女，1983年生，山东沂南人。现为山东师范大学外国语学院副教授。合编有《法国国家图书馆中文古籍目录（古恒部分）》。

勒温·罗尼,1837年出生于法国里尔市,语言学家家、东方学家。1854年,成为法国东方学会会员。1856年,出版《日语研究导论》。1884年,获荣誉军团骑士勋章。1885年,获得儒莲奖。其学术研究涵盖汉学、日本学、韩国学等领域。

一、法国里尔市立图书馆汉籍的来源

罗尼是法国汉学家儒莲的弟子,儒莲生前将自己的大部分藏书赠送给了罗尼,①例如清嘉庆二十二年本《易经句解》(图1),书衣有儒莲亲笔签名,赠送给他的学生罗尼(Léon de Rosny)。

(一)儒莲

儒莲(Stanislas Julian,1797—1873),法国汉学家,雷慕沙得意弟子。儒莲旧藏汉籍书中有儒莲法文注释,或书前有儒莲法文介绍。根据书中的儒莲亲笔注释,以及法文目录介绍,该馆所存的儒莲旧藏中文古籍,统计如下表。

典藏号	题　　名	版　　本
CHINOIS 7	大唐西域求法高僧传二卷	抄本
CHINOIS 10	重订春秋纲目左传句解全书八卷	清刻本
CHINOIS 16	谐声品字笺十集五十七卷	清康熙十六年刻本
CHINOIS 26	钦定四库全书简明目录二十卷	清刻本
CHINOIS 31	新镌批评绣像玉娇梨小传二十回	公元1829年巴黎石印本
CHINOIS 45	书经体注大全合讲六卷	清乾隆五十三年刻本

---

① 刘蕊:《法国所藏中国俗文学文献编目与研究:回顾与展望》,《图书馆论坛》2018年第5期,第114页。

续 表

典藏号	题 名	版 本
CHINOIS 54	大明三藏圣教目录四卷	明刻本
CHINOIS 58	续高僧传四十卷	明万历三十九年径山寂照庵刻本
CHINOIS 60	南海寄归内法传四卷	明万历三十九年刻本
CHINOIS 74	大唐内典录十卷续大唐内典录一卷	清顺治十八年刻本
CHINOIS 77	妙法莲华经七卷	清乾隆二十九年刻本
CHINOIS 79	缥缃对类大全二十卷	明古吴聚锦堂刻本
CHINOIS 81	大唐西域记十二卷	明汪起凤刻本
CHINOIS 86	开元释教录二十卷	明刻本
CHINOIS 88	至元法宝勘同总录十卷	嘉兴藏
CHINOIS 89	翻译名义集二十卷	嘉兴藏
CHINOIS 90	五经不二字音韵释文五卷	清道光三十年刻本
CHINOIS 95	清末广州成德堂、荣德堂刊印的俗曲13种	清广州成德堂、荣德堂刻本
CHINOIS 98	古香斋鉴赏袖珍史记一百三十卷	清刻本
CHINOIS 99	五车韵瑞一百六十卷附洪武正韵一卷	明万历刻本
CHINOIS 107	芥子园重订监本易经四卷	清嘉庆二十三年刻本
CHINOIS 114	字汇十二集	清步月楼刻本
CHINOIS 115	新刻笑林广记四卷	清刻本
CHINOIS 151	喻林一百二十卷	明万历四十三年自刻本
CHINOIS 167	鬳斋列子口义八卷	明万历二年刊本
CHINOIS 169	代微积拾级十八卷	清咸丰九年上海墨海书馆刻本
CHINOIS 179	易经句解三卷	清嘉庆二十二年刻本
CHINOIS 182	云林别墅新辑酬世锦囊四集	清五云楼刻本

续 表

典藏号	题　名	版　本
CHINOIS 193	十八史略七卷	日本明治三年刻本
CHINOIS 198	刻石堂较正监韵分章分节四书正文	公元1824年法国巴黎石印本
CHINOIS 199	新订故事寻源详解全书十卷	清五云楼刻本
CHINOIS 209	新注二度梅奇说全集六卷四十回	清刻本
CHINOIS 210	龙图公案四卷	清刻本
CHINOIS 220	清文典要大全十二集	清抄本
CHINOIS 226	西域记八卷	清嘉庆十九年味经堂刻本
CHINOIS 244	四书不二字音释	清道光二十二年刻本
CHINOIS 256	妙法莲华经七卷	清抄本
CHINOIS 277	沩山警策句释记二卷	清乾隆二十七年广州海幢寺经坊刻本
CHINOIS 298	芥子园重订监本礼记十卷	清乾隆五十五年芥子园刻本
CHINOIS 320	儒莲通讯集(1835—1837年)	稿本
CHINOIS 335	详订古文评注全集十卷	清道光三年刻本
CHINOIS 336	芥子园重订监本书经六卷	清嘉庆二十三年刻本
CHINOIS 445	新编雷峰塔奇传五卷	清嘉庆十一年刻本
CHINOIS 446	合订西厢记文机活趣全解八卷	清刻本
CHINOIS 465	芥子园绘像第七才子书(琵琶记)六卷	清雍正十三年芥子园刻本
CHINOIS 489	西厢记(满汉合璧)	抄本
CHINOIS 492	钦定同文韵统六卷	清乾隆刻本

共计46种,其中俗文学典籍9种,佛教典籍11种,儒家经学典籍13种。涵盖经史子集四大门类,涉及文学、哲学、历史、宗教等多个学科。其中,CHIOIS 320《儒莲通讯集(1835—1837年)》是儒莲的读书笔记和部

分书信。儒莲先后翻译《西厢记》《平山冷燕》《玉娇梨》等汉文书。里尔所藏巴黎石印本《新镌批评绣像玉娇梨小传》、清抄本《西厢记(满汉合璧)》等书中有儒莲亲笔注释,这部分藏书可以为儒莲汉学研究提供基础资料。

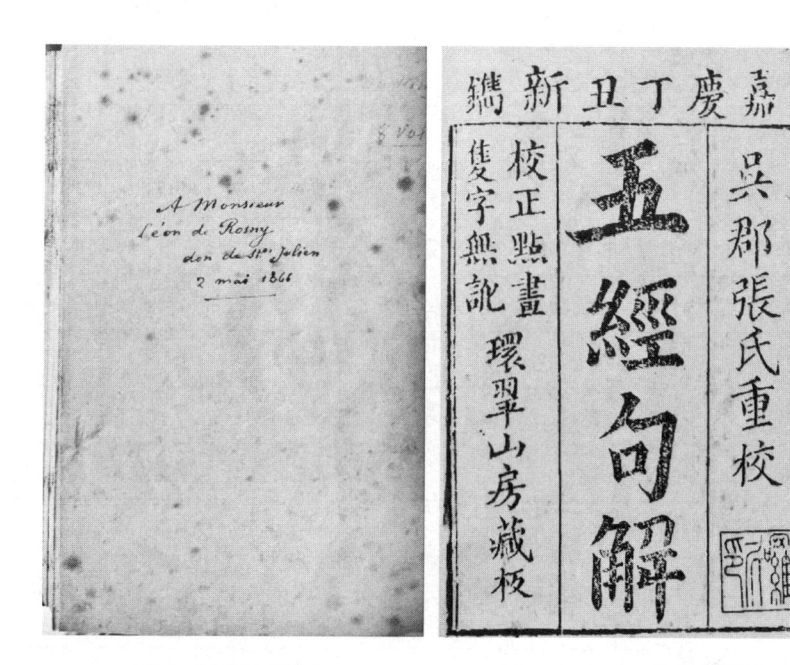

图1 儒莲赠书签名　　图2 图右下为罗尼藏书印

(二) 罗尼

罗尼捐赠图书中,书名页或序首页钤有罗尼的印章,或为朱印或为蓝印。其藏书印为"罗尼印""啰尼印"(图2)。有其藏书印,说明这部分书为其私人藏书,与其学术研究有更紧密的联系。书中有罗尼藏书印的汉籍,统计如下:

典藏号	题　名	版　本
CHINOIS 7	大唐西域求法高僧传二卷	抄本
CHINOIS 9	礼记庭训十二卷	清乾隆五十六年刻本

续 表

典藏号	题 名	版 本
CHINOIS 12	小学体注大成附孝忠经六卷	清刻本
CHINOIS 44	崇道堂易经大全会解不分卷（与周易本义合刻）	清嘉庆二十一年刻本
CHINOIS 45	书经体注大全合讲六卷	清乾隆五十三年刻本
CHINOIS 46	增补诗经体注大全合参八卷	清老会贤堂刻本
CHINOIS 50	徐霞客游记十卷外编一卷补编一卷	清嘉庆十三年叶氏水心斋刻本
CHINOIS 52	群书考索古今事文玉屑二十四卷	明万历二十五年叶贵等刻本
CHINOIS 55	历代地理志韵编今释二十卷	清道光十七年辈学斋木活字印本
CHINOIS 67	分类字锦六十四卷	清刻本
CHINOIS 76	正字通十二集三十六卷首一卷	清刻本
CHINOIS 78	草字汇十二卷	清乾隆五十二年刻本
CHINOIS 79	缥缃对类大全二十卷	明古吴聚锦堂刻本
CHINOIS 80	古文渊鉴六十四卷	清康熙二十四年内府刻五色套印本
CHINOIS 85	西域水道记五卷	清道光三年刻本
CHINOIS 91	四书不二字音释	清道光二十二年刻本
CHINOIS 101	朝时课诵	清乾隆五十七年刻本
CHINOIS 106	佩文斋广群芳谱一百卷目录二卷	清康熙四十七年内府刻本
CHINOIS 107	芥子园重订监本易经四卷	清嘉庆二十三年刻本
CHINOIS 109	寄傲山房塾课新增幼学故事琼林四卷	清福文堂刻本
CHINOIS 110	字汇十二集	清乾隆五十一年刻本
CHINOIS 111	字汇补十二集附拾遗一卷	清康熙五年汇贤斋刻本
CHINOIS 113	荫槐堂四书真本	清刻本
CHINOIS 114	字汇十二集	清步月楼刻本

续 表

典藏号	题 名	版 本
CHINOIS 116	韵府拾遗一百六卷	清康熙五十九年内府刻本
CHINOIS 117	明文小题解不分卷	清带经堂刻本
CHINOIS 119	铜板诗经遵注合讲八卷	清乾隆四十六年刻本
CHINOIS 122	钦定授时通考七十八卷	清乾隆间江西巡抚陈弘谋刻本
CHINOIS 123	大清律例统纂集成四十卷	清道光十年刻本
CHINOIS 125	说文解字十五卷	清嘉庆九年孙氏五松书屋刻本
CHINOIS 134	昭明文选六臣汇注疏解十九卷	清康熙间心耕堂刻本
CHINOIS 135	新纂氏族笺释八卷	清刻本
CHINOIS 138	文选锦字录二十一卷	明万历五年吴兴凌氏刻本
CHINOIS 148	增订二三场群书备考四卷	明崇祯间致和堂刻本
CHINOIS 151	喻林一百二十卷	明万历四十三年刻本
CHINOIS 170	天目中峰和尚广录卷十五	清广州海幢寺刻本
CHINOIS 171	注释白眉故事十卷	清致和堂刻本
CHINOIS 172	精选黄眉故事十卷	清乾隆七年刻本
CHINOIS 176	诗经句解四卷	清嘉庆二十二年刻本
CHINOIS 177	书经句解四卷	清嘉庆二十二年刻本
CHINOIS 178	春秋句解四卷	清嘉庆二十二年刻本
CHINOIS 179	易经句解三卷	清嘉庆二十二年刻本
CHINOIS 180	礼记句解六卷	清嘉庆二十二年刻本
CHINOIS 183	增续字林集韵大全二卷	日本弘化四年刻本
CHINOIS 203	历代帝王年表不分卷	清道光四年小琅嬛仙馆刻本
CHINOIS 226	西域记八卷	清嘉庆十九年味经堂刻本
CHINOIS 277	沩山警策句释记二卷	清乾隆二十七年广州海幢寺经坊刻本

续 表

典藏号	题 名	版 本
CHINOIS 281	修设瑜伽集要施食坛仪不分卷	清海幢经坊刻本
CHINOIS 285	爵秩全览不分卷（清咸丰甲寅秋季）	清咸丰刻本
CHINOIS 294	贤劫千佛号二卷	清刻本（满蒙藏文对照）
CHINOIS 309	［乾隆］钦定皇舆西域图志四十八卷	清乾隆四十七年武英殿刻本
CHINOIS 313	诸经日诵朝时功课集要	清道光二十一年刻本
CHINOIS 325	天元历理全书十二卷首一卷	清初刻本

二、里尔市立图书馆藏戏曲小说简目

凡　例

1. 著录内容：书名、卷数、回数、典藏号、责任者、出版者（刊刻者）、抄刻时间、版式特征、书名页、牌记、序跋等。因大部分汉籍经合订处理，故未著录函册。

2. 书名：依据正文卷端。部分书籍，失封面，卷端无署，或是多种书籍合缀而无总题，则据内容拟题，并加"［　］"作标识。

3. 作者：依据正文卷端，并参考书名叶、目录、序所题。

4. 版式特征：著录行款、边栏、书口、鱼尾等。

5. 原书如有书名页、牌记等，则著录有关内容。书名页，按由上而下、自右至左次序著录。

6. 编排次序：按典藏号先后、同类相序的顺序排列。

（一）曲类

1. ［广州成德堂、荣德堂刻俗曲］十三种　CHINOIS 95

第一种：买臣斥妻。清广州成德堂刻本。3页。9行3句。书名页题

"朱买臣南音 闲情居士稿/买臣斥妻/省城成德堂"。

按:《买臣斥妻》,南音。法国国家图书馆藏清富桂堂刻本《大棚朱买臣分妻》。正文首句"向对面 自心烦 令人可恼讥多番",末句"今日你嫁犬还须逐犬并行"。叙朱买臣斥责其前妻事。

第二种:老鼠告状。清广州荣德堂刻本。3页。9行3句。书名页题"新本/老鼠告状/省城荣德堂"。

按:《老鼠告状》,新本。正文首句"真高兴 唱南音",末句"街坊邻舍远传文"。国内有清末芹香阁刻本《老鼠告状》。① 叙老鼠告状,包拯秉公执法事。

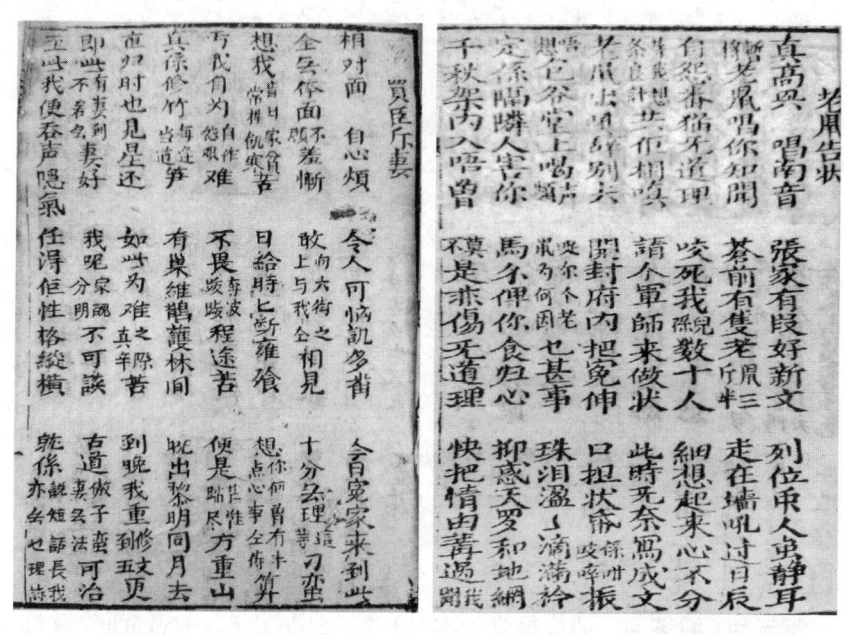

图3 《买臣斥妻》　　图4 《老鼠告状》

第三种:陈姑探病。清成德堂刻本。3页。10行3句。书名页题"手抄翻必正/陈姑探病/成德堂梓"。

---

① 骆伟:《岭南文献综录》,广东人民出版社,2016年,第556页。

225

按：《陈姑探病》，正文首句"谩讲书生身染病　又道陈姑在殿前"，末句"从此鹊桥终有望　亏我［未知何日正得］埋群"。叙潘生思念陈姑成疾，陈姑探问潘生。

第四种：寄探金兰。清广州荣德堂刻本。3页。9行3句。书名页题"南音/寄探金兰/省城荣德堂梓"。

按：《寄探金兰》，南音。首句"书寄妳　达饴台"，末句"姐呀望你见书如面作似把小妹周旋"。叙自疏女义结金兰事。

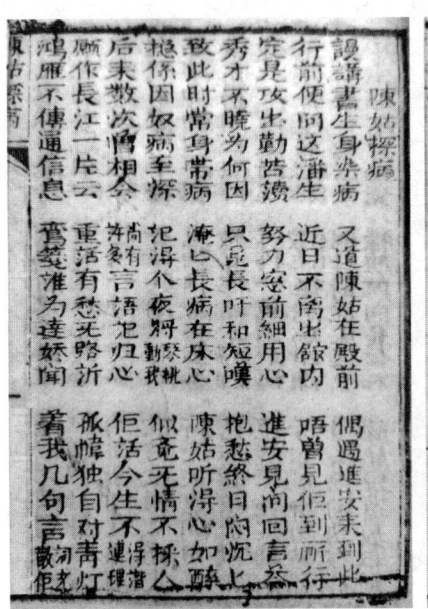

图5　《陈姑探病》　　　　图6　《寄探金兰》

第五种：解茶泡。清成德堂刻本。3页。8行3句。书名页题"风月主人/新解茶泡/成德堂梓"。

按：《解茶泡》，《俗文学丛刊》第419册影印广州以文堂刻本。正文首句"公子开言忙借问　你是堆人深（夜到来临）"，末句"（总系免令终日在此处盼望佳）人"。叙丫鬟为自家小姐与书生牵红线事。

第六种：送香茶。清成德堂刻本。2页。8行3句。书名页题"白雪主人/新送香茶/成德堂梓"。

按：《送香茶》，正文首句"千金步出栏杆外 听闻隔苑习出文"，末句"老爷唔系细心人 接持香茶观仔细"。叙丫鬟借送茶为小姐与苏解元牵红线事。

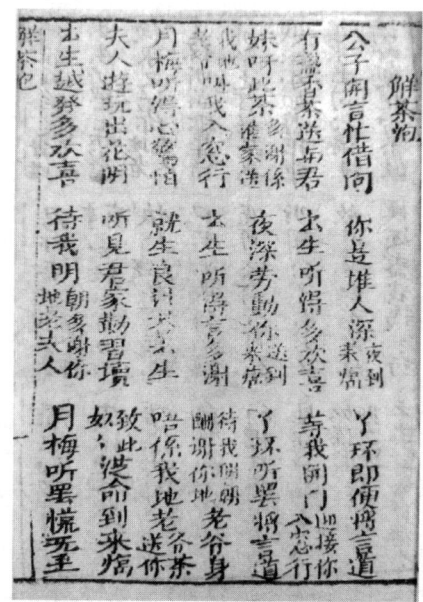

图7 《解茶泡》　　　　图8 《送香茶》

第七种：踏梯。清成德堂刻本。2页。8行3句。书名页题"清雅南音/徐娘踏梯/成德堂板"。

按：《踏梯》，南音。正文首句"满园春色添惆怅"，末句"姐呀相思从此切莫苦苦追寻"。叙徐娘踏梯偷看邻馆书生事。

第八种：活捉三郎。清成德堂刻本。3页。9行3句。书名页题"严婆媳/新捉三郎/成德堂梓"。

按：《活捉三郎》，首句"魂飘荡 渺茫茫 七魄游游透上苍"，末句"君呀花烛重辉 共你再庆洞房"。叙严婆媳、张三郎有私，激怒宋江之事。出自传奇《水浒记》。

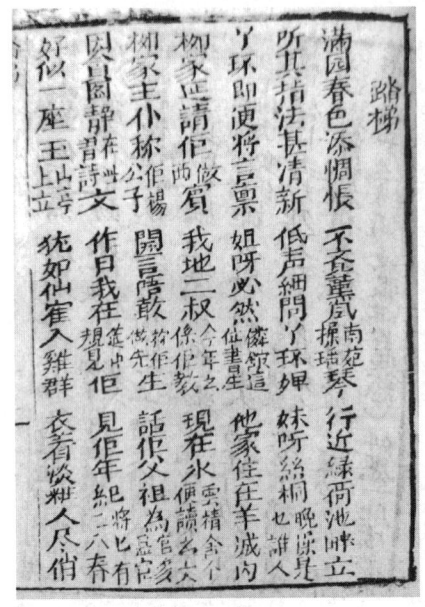

图9 《踏梯》　　　　　图10 《活捉三郎》

第九种：拷打凤娇。清成德堂刻本。3页。9行3句。书名页题"女娲镜 南音/拷打凤娇/成德堂梓"。

按：《拷打凤娇》，南音，正文首句"□□□屏愁几倍 ［想起个晚花烛联辉实暗］断肠"，末句"待等马□来救我地失水蛟龙"。法国国家图书馆藏清刻本《拷打凤娇（新南音）》。叙拷问凤娇与李旦交往之事。

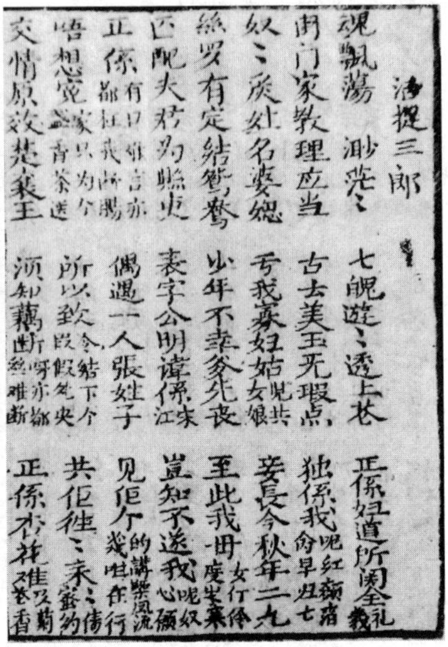

第十种：十二时辰包心。清荣德堂刻本。3页。12行3句。书名页题"南音/十二时辰包心/荣德堂梓"。

按：《十二时辰包心》，南音，国内有清末同文堂《新出清唱十二时辰》，清醉经堂本《新出龙舟歌十二时辰》。正文首句"自系多情分别散 （专我回家）朝夕指偷弹"，末句"（望姐包藏切无沟出）外人闻"。叙以少女一日十二时辰思念亲人。

第十一种：六女投塘。清省城荣德堂刻本。3页。10行3句。书名页题"新本南音/六女投塘/省城荣德堂"。

图 11 《拷打凤娇》　　　　图 12 《十二时辰包心》

按：《六女投塘》，新本南音，国内有广州五桂堂刻本。① 正文首句"姊妹六人情惨切 两行眼泪落纷纷"，末句"此情堪恤悯 眼白白可怜六个少女丧□魂"。

第十二种：山伯忆友·访友上。 清刻本。3页,9行3句。书名页题"访友上 打圈是正板、踢靴是跳板/山伯忆友/堂"。

按：《山伯忆友》，国内藏清五桂堂本、清末醉经堂本《山伯访友》。② 正文

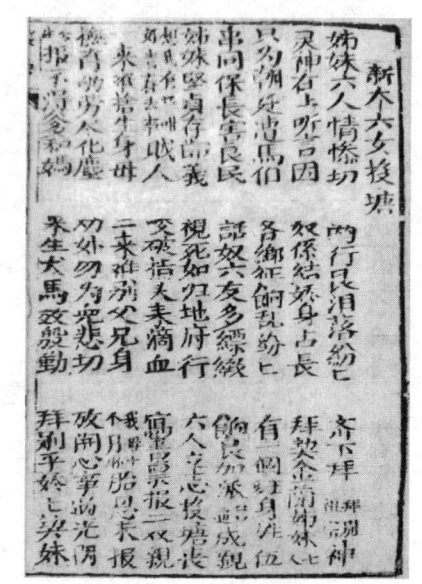

图 13 《六女投塘》

---

① 东莞市政协：《东莞风俗叙述与研究》，广东人民出版社,2008年,第262页。
② 谭正璧：《木鱼歌、潮州歌叙录·曲海蠡测》，上海古籍出版社,2012年,第94页。

首句"自别祝娘归馆内 （亏我怀人孤寂寔系）可销魂"，末句"想必都胜如医道个贴六味回阳"。叙梁山伯访祝英台事。

第十三种：老来难。清广州荣德堂刻本。2页，9行3句。书名页题"南音/老来难/省城荣德堂"。

按：《老来难》，南音。广东省图书馆藏清五桂堂本。正文首句"愁默默 泪偷弹"。叙八十一岁老人去女儿家受冷遇事。

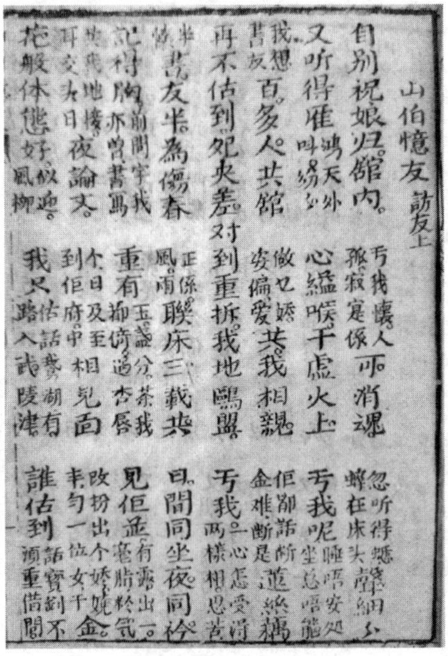

图14 《山伯忆友》 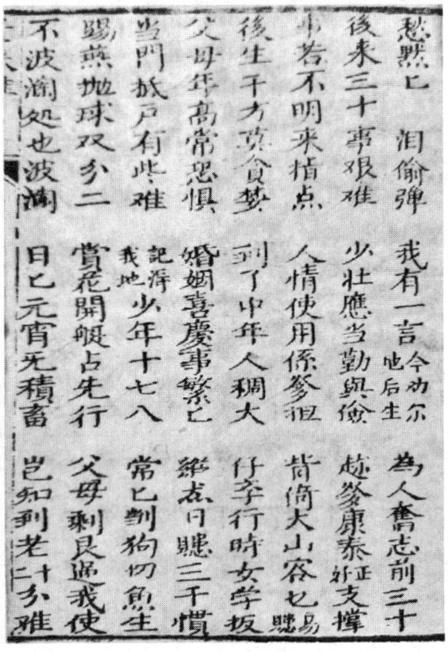　　图15 《老来难》

2. 增注第八才子书花笺记四卷　CHINOIS 458

题静净斋评选。清禅山福文堂刻本。半叶9行20字，小字双行同，左右双边，白口，单黑鱼尾。书名页题"静净斋评 情子外集/绣像第八才子笺注/续辑文章 禅山福文堂藏板"。卷端题"题静净斋评选"。

按：《第八才子书花笺记》是广东木鱼书代表作品之一，在欧洲传播较广，法国、英国、丹麦等地有藏。

3. 雷峰塔传奇四卷　　CHINOIS 213

清方成培撰。清乾隆三十七年(1772)水竹居刻本。半叶7行15字，四周双边，白口，单黑鱼尾。书名页题"乾隆壬辰新镌/雷峰塔传奇定本/水竹居藏板"。卷端题"岫云词逸改本　海棠巢客点校"。

4. 邯郸梦传奇四卷　　CHINOIS 214

明汤显祖撰。清刻本。半叶7行18字，四周单边，白口，单黑鱼尾。卷端署"临川汤若士撰"。

5. 芥子园绘像第七才子书六卷　　CHINOIS 465

元高明撰。清雍正十三年(1735)苏州程氏芥子园刻本。半叶8行15字，小字双行同，四周双边，白口，单黑鱼尾，版心下镌"芥子园"。书名页题"声山先生原评/绣像第七才子书/芥子园校刊"。前有雍正乙卯(1735)程士任"重刻绣像七才子书序"。

6. 合订西厢记文机活趣全解八卷　　CHINOIS 446

元王德信撰，清金人瑞批点。清文绮堂刻本。半叶10行24字，左右双边，单黑鱼尾，白口。书名页"圣叹先生批点/吴吴山三妇合评西厢记/增注第六才子书释解　续增围棋闯局选句骰谱/邓汝宁音义　文绮堂藏板"。

7. 西厢记（满汉合璧）　CHINOIS 489

元王德信撰。清抄本。

8. 元曲选十集一百卷　CHINOIS 295

明臧懋循编。明万历刻本。半叶9行20字，小字双行同，左右双边，

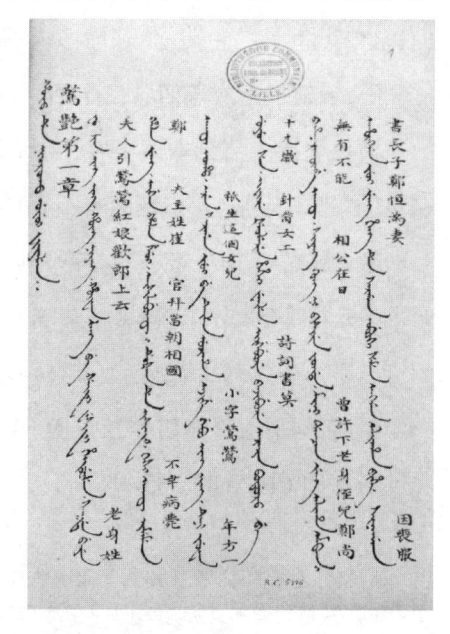

图16　《西厢记（满汉合璧）》正文首叶

白口,单黑鱼尾。书衣题"元人百种曲选"。卷端题"明吴兴臧晋叔校"。前有明万历四十三年(1615)"元曲选序",末署"万历旃蒙单阏之岁春上巳日书于西湖僧舍"。

(二) 小说类

1. 新刻批评绣像平山冷燕六卷二十回　　CHINOIS 4

清佚名撰,清冰玉主人批点。清静寄山房刻本。半叶9行21字,小字双行同,四周双边,白口,单黑鱼尾。书名页题"冰玉主人批点/平山冷燕/静寄山房开雕"。

按:孙殿起《贩书偶记》著录此本约为康熙间静寄山房刊。[1] 孙楷第认为"清怡僖亲王弘晓,号冰玉道人,当是其人"。后人多承袭孙楷第之说。此本刊刻精美,刊刻时间当不晚于乾隆六十年。南京大学刘璇从避讳字的角度进一步论证此本为怡亲王府所刻、弘晓评点。[2]

2. 新刻天花藏批评平山冷燕四卷二十回　　CHINOIS 462

清荻岸散人编次。清刻本。半叶11行21字,小字双行同,四周单边,白口,单黑鱼尾。卷端题"荻岸散人编次"。

3. 新刻平山冷燕四卷二十回　　CHINOIS 365

清佚名撰。清刻本。半叶14行28字,四周单边,白口,单黑鱼尾。书名页题"平山冷燕/天花藏原本/新刻第四才子书"。

按:前有"平山冷燕序",不著撰者,与"天花藏合刻七才子书序"内容相同。此本据天花藏合七才子刻本翻刻。天花藏主人是清初才子佳人小说流派的开创者,《平山冷燕》《玉娇梨》等十余部才子佳人小说,前均有天花藏主人序。

4. 新刻平山冷燕四卷二十回　　CHINOIS 366

版本同 CHINOIS 365

---

[1] 孙殿起:《贩书偶记》,上海古籍出版社,1999年,第1054页。
[2] 刘璇:《清怡僖亲王弘晓评本〈平山冷燕〉考》,《民族文学研究》2018年第4期,第143—150页。

5. 好逑传四卷十八回　CHINOIS 189

清佚名撰。清独处轩刻本。半叶10行20字,四周双边,白口,单黑鱼尾。书名页题"癸亥年花朝月/好逑传/独处轩藏板"。

按:柳存仁认为癸亥年是康熙二十二年(1683),谭正璧等人多承袭其说。

6. 好逑传(义侠好逑传)四卷十八回　CHINOIS 212

清名教中人编,清游方外客评。清乾隆五十二年(1787)青云楼刻本。半叶11行22字,四周单边,白口,单黑鱼尾。书名页题"精刊古本两才子书/好逑传/乾隆丁未年镌/青云楼藏版"。卷端题"名教中人编次　游方外客评"。

7. 好逑传(义侠好逑传)四卷十八回　CHINOIS 433

清名教中人编,清游方外客评。清乾隆五十二年(1787)振贤堂刻本。半叶11行22字,四周单边,白口,单黑鱼尾。书名页题"精刊古本两才子书/好逑传/乾隆丁未年镌　振贤堂藏板"。卷端题"名教中人编次　游方外客评"。

8. 好逑传(义侠好逑传)六卷十八回　CHINOIS 463

清名教中人编,清游方外客评。清道光二年(1822)刻本。半叶11行22字,四周单边,白口,单黑鱼尾。书名页题"道光壬午年重镌/天花居士批评/合刻绣像九才子书/艺海堂藏板"。卷端题"名教中人编次　游方外客评"。

9. 蜃楼志二十四回　CHINOIS 8

清庾岭劳人说、清禺山老人编。清嘉庆九年(1804)刻本。半叶10行25字,左右双边,白口,单黑鱼尾,四周单边。书名页题"嘉庆九年新镌/蜃楼志/本衙藏板"。卷端题"庾岭劳人说　禺山老人编"。

10. 新镌批评绣像玉娇梨小传二十回　CHINOIS 31

清荑秋散人编次。公元1829年法国巴黎石印本。半叶双栏,上栏9行

4字,下栏9行24字,四周双边,白口,单黑鱼尾。书名页题"己丑年镌/栾城臣子笔/玉娇梨/刻石堂藏板"。卷端题"荑秋散人编次"。大连图书馆藏同版。①

11. 新刻天花藏批评玉娇梨四卷二十回　CHINOIS 459

清荻岸散人编次。清刻本。半叶11行21字,小字双行同,四周单边,白口,单黑鱼尾。卷端题"荻岸散人编次"。

12. 新刻天花藏批评玉娇梨四卷二十回 残存卷二　CHINOIS 460

版本同CHINOIS 459

13. 今古奇观四十卷　CHINOIS 71

明抱瓮老人辑。清芥子园刻本。半叶11行25字,小字双行同,四周单边,白口,单黑鱼尾,版心下镌"芥子园"。

14. 拍案惊奇十八卷　CHINOIS 97

明凌濛初编。清消闲居刻袖珍本。半叶12行25字,小字双行同,四周单边,白口,单黑鱼尾。书名页题"姑苏原本/袖珍拍案惊奇/消闲居精刊"。

15. 拍案惊奇十八卷　CHINOIS 468

明凌濛初编。清同仁堂刻本。半叶12行25字,小字双行同,四周单边,白口,单黑鱼尾。书名页题"姑苏原本/拍案惊奇/同仁堂藏板"。

16. 品花宝鉴六十回　CHINOIS 104

清陈森撰。清道光二十九年(1849)幻中了幻斋刻本。半叶8行22字,左右双边,白口,单黑鱼尾。书名页题"品花宝鉴"。牌记题"戊申年十月幻中了幻斋开雕己酉六月工竣"。前有石函氏"品花宝鉴序",陈森,字少逸,号石函氏。次有幻中了幻居士"品花宝鉴序"。

---

① 李晓非、王若:《新发现刻石堂版〈玉娇梨〉》,《明清小说研究》1991年第3期,第191—196页。

17. 品花宝鉴六十回 残存十六回至三十回、四十六回至六十回 CHINOIS 469

清陈森撰。清刻本。半叶8行22字,左右双边,白口,单黑鱼尾。

18. 新注二度梅奇说全集六卷四十回　CHINOIS 209

清步月居士编次。清刻本。半叶11行21字,左右双边,白口,单黑鱼尾。书名页题"忠孝节义全传/岁月居士编次　老会贤堂发兑/绣像二度梅/玉茗堂藏板"。

19. 觉世名言十二楼　CHINOIS 211

清觉世稗官编次,清睡乡祭酒批评。清刻本。半叶9行20字,四周单边,白口,单黑鱼尾。书名页题"今古奇观续十二楼"。卷端题"觉世稗官编次　睡乡祭酒批评"。前有顺治十五年钟离濬序。

20. 觉世名言十二楼　CHINOIS 449

清觉世稗官编次,清睡乡祭酒批评。清刻本。半叶9行20字,四周单边,白口,单黑鱼尾。卷端题"觉世稗官编次　睡乡祭酒批评"。

21. 岭南逸史十卷二十八回　CHINOIS 430

清黄岩撰,清醉园狂客评点。清嘉庆十七年(1812)刻本。半叶10行25字,小字双行同,四周单边,白口,单黑鱼尾。书名页题"嘉庆十七年镌/张西园先生鉴定/绣像岭南逸史/合德堂梓"。目录首页题"花溪逸士编次　醉园狂客评点"。

22. 忠义水浒全书一百二十回　CHINOIS 5

明施耐庵撰,李贽评。清初刻本。半叶10行22字,小字双行同,四周单边,白口,无黑鱼尾。书名页题"卓吾评阅/绣像藏本/水浒四传全书/本衙藏板"。

23. 新评龙图神断公案十卷　CHINOIS 72

明佚名撰。清嘉庆二十一年(1816)一经堂刻本。半叶11行24字,左右双边,白口,单黑鱼尾。书名页题"嘉庆丙子年新镌/绣像龙图公案/一经堂梓行"。

24 新评龙图神断公案十卷　　CHINOIS 428

版本同 CHINOIS 72

25. 新评龙图神断公案十卷　　CHINOIS 429

版本同 CHINOIS 72

26. 龙图公案四卷　　CHINOIS 210

明佚名撰。清道光八年(1828)刻本。半叶11行24字,四周单边,白口,单黑鱼尾。书名页题"道光戊子年新镌／龙图公案／阴阳奇断　福文堂藏板"。

27. 四大奇书第一种(三国志演义)六十卷一百二十回　　CHINOIS 19

明罗本撰,清毛宗岗评。清嘉庆十九年(1814)刻本。半叶11行23字,小字双行同,四周单边,白口,单黑鱼尾。书名页题"嘉庆十九年重镌／金圣欢批点／绣像第一才子书／福文堂藏板"。

28. 四大奇书第一种六十卷一百二十回　　CHINOIS 165

明罗本撰,清毛宗岗评。清藻思堂刻本。半页12行26字,小字双行同,四周单边,白口,单黑鱼尾。书名页题"金圣欢先生原本／毛声山先生评定／绣像第一才子书／藻思堂藏板"。

29. 玉茗堂绣像昭君和番双凤奇缘传八卷八十回　　CHINOIS 36

清佚名撰,清玉茗堂主人评点。清芥子园刻本。半叶10行25字,四周单边,白口,单黑鱼尾。书名页题"新刻昭君和番／玉茗堂评点／绣像双凤奇缘全传／芥子园梓"。

39. 玉茗堂绣像昭君和番双凤奇缘传八卷八十回　　CHINOIS 163

版本同 CHINOIS 36

31. 新镌玉茗堂批评按鉴参补出像南宋志传十卷五十回北宋志传十卷五十回　　CHINOIS 418

明研石山樵订正,明织里畸人校阅。清刻本。半叶10行23字,小字双行同,左右双边,白口,单黑鱼尾。书名页题"戊寅年新镌/南北宋志传/福文堂"。卷端题"研石山樵订正,织里畸人校阅"。

32. 台湾外记十卷　CHINOIS 422

清江日升撰。清刻本。半叶 10 行 23 字,小字双行同,四周双边,白口,单黑鱼尾。卷端题"九闽珠浦东旭氏江日升识"。

33. 春秋列国志　残存卷二　CHINOIS 447

明冯梦龙编。清刻本。半叶 12 行 22 字,四周单边,白口,单黑鱼尾。书衣墨笔题"春秋列国志"。版心题"列国志"。

34. 西游真诠一百回　CHINOIS 421

清陈士斌诠解。清芥子园刻本。半叶 10 行 24 字,左右双边边,白口,单黑鱼尾,版心下镌"芥子园"。书名页题"悟一子批评/绣像金圣叹加评西游真诠　芥子园藏板/长春真人证道书"。卷端题"山阴悟一子陈士斌允生甫诠解"。

35. 新编雷峰塔奇传五卷　CHINOIS 444

清玉花堂主人订。清刻本。半叶 9 行 17 字,四周单边,白口,单黑鱼尾。书名页题"新本白蛇精记/雷峰塔/姑苏原本"。卷端题"玉花堂主人校订"。

36. 新编雷峰塔奇传五卷　CHINOIS 445

版本同 CHINOIS 444

法国里尔市立图书馆藏汉籍以明清刻本为主,戏曲小说文献为其特色,与儒莲旧藏有一定关联。另藏有部分稀见档案文献,如里尔馆藏一部完整的太平天国时期刊印的《旨准颁行诏书》,清抄本《清道光二十七年广东告示》较为稀见,与法国国家图书馆藏《清道光二十六年广东告示》时间前后相接。

【说明】本文所用书影版权归里尔市立图书馆所有,特此声明。

法国陈庆浩藏广府曲类目录

周丹杰　李继明[*]

摘要：本文著录法国国家科学研究中心研究员陈庆浩教授所藏的广东地方戏曲、说唱曲本共17种，其中广府唱本（含木鱼书、南音）11种、粤剧类6种。全文包含《广府唱本类简目》及《粤剧类叙录》两部分。《广府唱本类简目》每条含题名、卷数、作者、以往著录情况、出版者、版本、存佚状况及特殊说明。《粤剧类叙录》每条含题名、卷数、出版者、版本、页数、特殊说明及全文首末二行内容。

关键词：陈庆浩；广府唱本；粤剧

导　言

陈庆浩先生，祖籍广东澄海。1941年出生于香港，20世纪50年代曾就读于广东澄海中学，60年代毕业于香港中文大学，师从潘重规先生；1978年获法国巴黎第七大学东方学博士学位。现为法国国家科学研究中心（C.N.R.S.）研究员，法国远东学院、巴黎第七大学教授。早年主要致力于

---

[*] 周丹杰，1990年生，河南焦作人。文学博士，现为广东技术师范大学文学与传媒学院讲师。发表有《香港大学所藏粤剧剧本文献概述》《现存清代粤剧剧本初探》等论文。李继明，1988年生，黑龙江齐齐哈尔人。文学博士，现为广东技术师范大学文学与传媒学院讲师。发表有《香港高校图书馆藏木鱼书概述》《香港五桂堂"正字南音"考论》等论文。

《红楼梦》研究,曾于1972年在香港出版《新编红楼梦脂砚斋评语辑校》一书,被冯其庸赞为"脂评之渊薮,红学之宝藏"。曾在法国国家科学研究中心从事宋史研究,编有《宋辽金史书籍论文目录通检》《宋代书录》等。20世纪80年代以来,主要致力于搜集整理世界各地汉文小说和汉文化整体研究,主持或参与编纂了《古本小说丛刊》(41辑205册)、《思无邪汇宝——明清艳情小说丛刊》(41册)、《越南汉文小说丛刊》(2辑12册)、《日本汉文小说丛刊》(1辑5册)、《中国民间故事全集》(40册)等大型丛书。21世纪以来,在"汉文化整体研究"学术理念的驱动下,与上海师范大学人文学院和台湾地区及东亚各国学术界合作整理"域外汉文小说大系",分为《越南汉文小说集成》《朝鲜汉文小说集成》《日本汉文小说集成》《传教士汉文小说集成》四部分,其中《越南汉文小说集成》(全20册)已于2010年由上海古籍出版社出版。

陈庆浩先生以《红楼梦》为切入点开启古代小说研究的学术之路,并以世界性的眼光审视和重新发现中国古代小说的多重文化基因,更以质朴的中国文化研究者的责任担当和学术自觉去提倡和力行汉文小说研究乃至汉文化的整体研究。其代表性的中文学术著作和论文有《红楼梦脂评研究》《新编石头记脂砚斋评语辑校》《推动汉文化的整体研究》《八十回本〈石头记〉成书初考》《一部佚失了三百多年的短篇小说集〈型世言〉的发现和研究》《中国文学研究的展望》《八十回本〈石头记〉成书再考》《新发现的天主教基督教古本汉文小说》和《第一部翻译成西方文字的中国书——〈明心宝鉴〉》等。同时,他十分关注中国民族文学、民间文学、俗文学和方言文学,曾大力搜集包括粤语戏曲、说唱在内的方言文学文献。① 本文所列目录,为2014年夏黄仕忠教授赴法国巴黎访问时,与陈庆浩先生交流所得。

---

① 有关陈庆浩先生的生平介绍、学术经历及重要著述,可详见刘倩:《汉文化整体研究——陈庆浩访谈录》,《文学遗产》2007年第3期,第153—158页;段江丽:《文化大视野下的文献整理与文本研读——陈庆浩研究员访谈录》,《文艺研究》2008年第5期,第63—71页。

其中所收版本,尤其是粤剧早期剧本,十分难得,故此列目,以飨读者。

一、广府唱本类简目

1. 新刻机器板正字二度梅全本（正字二度梅全本） 四卷

【作者】抱芳楼怜香居士编辑。

【著录】谭氏目①页56,梁氏目②页2,佛山目③页5,《木鱼书目录》④页83—84著录。

五桂堂,机器板。目录后有五桂堂主人识语,封底有《五桂堂书局出版正字好唱南音类列》。

2. 新刻反唐女娲镜全本（正字南音反唐女娲镜全本） 四卷

【作者】不详。

【著录】谭氏目页67,梁氏目页22,佛山目页56—58,《木鱼书目录》页114—115著录。

香港五桂堂,机器板,封底有《五桂堂书局出版正字好唱南音类列》。

注:《广州大典·曲类》第6册页423—453据以影印。

3. 金刀记十四集五十六卷

【作者】不详。

【著录】谭氏目页62、页71、页74、页77、页84,梁氏目页53—67,佛山目页139—142,《木鱼书目录》页93、页142、页195—198、页305著录。

---

① 谭正璧、谭寻:《木鱼歌、潮州歌叙录·曲海蠡测》,上海古籍出版社,2012年。下简称"谭氏目"。
② 梁培炽:《香港大学所藏木鱼书叙录与研究》,香港大学亚洲研究中心,1978年。下简称"梁氏目"。
③ 曾赤敏、朱培建:《佛山藏木鱼书目录与研究》,广州出版社,2009年。下简称"佛山目"。
④ 金文京、稻叶明子、渡边浩司:《木鱼书目录》,好文出版社,1995年。下简称"《木鱼书目录》"。

存初集至三集。

4. 新刻正字金丝蚨蝶全本（正字金丝蚨蝶全本）二集十卷

【作者】抱璞楼主人编。

【著录】谭氏目页 78，梁氏目页 77—78，页 168—169，佛山目页 151—155，《木鱼书目录》页 203—206 著录。

广州以文堂，机器板，存后集。

5. 新刻陈世美三官堂琵琶记全本（正字南音陈世美三官堂全本）四卷

【作者】不详。

【著录】谭氏目页 75，梁氏目页 103、页 176，《广东唱本提要》①页 31、页 33，佛山目页 127—129，《木鱼书目录》页 106，页 247—250 著录。

香港五桂堂据以文堂机器板改板印行，机器板。

6. 新刻雁翎扇坠节义奇缘（正字雁翎扇坠全本）四卷

【作者】不详。

【著录】谭氏目页 84，梁氏目页 113，佛山目页 212—213，《木鱼书目录》页 292—293、页 332 著录。

广州五桂堂，机器板。

7. 新刻正字关伦卖妹全本（正字关伦卖妹全本）四卷

【作者】不详。

【著录】梁氏目页 139，佛山目页 103，《木鱼书目录》页 352—354 著录。

香港五桂堂书局据以文堂机器板改板印行，机器板。

8. 新选清唱沉香宝扇南音（沉香宝扇）二卷

【作者】不详。

【著录】梁氏目页 50，《广东唱本提要》页 3，《木鱼书目录》页 173

---

① 艾伯华：《广东唱本提要》，东方文化书局，1972 年。下同。

著录。

广州五桂堂据丹柱堂刻本改板印行,刻本。

注:《广州大典·曲类》第 8 册页 380—388 据以影印。

9. 新刻正字红楼梦南音全套(红楼梦全本) 四卷

【作者】不详。

【著录】谭氏目页 80、页 101,梁氏目页 93、页 170,佛山目页 108,《木鱼书目录》页 224—225 著录。

香港五桂堂据以文堂机器板改板印行,机器板。

10. 敕赐五显华光大帝灵签(华光灵签) 一卷

【作者】不详。

【著录】暂无。

五桂堂据丹柱堂刻本改板印行,机器板。

注:封面题"机板正字,好唱南音"。

11. 新刻全本刘秀走国(新本刘秀走国) 四集 二十四卷

【作者】株守山房订稿,西埭居士订。

二、粤剧类叙录

1. 出头三娘卖卦(新出尧天乐出头三娘卖卦)不分卷

【著录】《中国俗曲总目稿》①页 403 著录,广州以文堂刻本;《北平京剧学会图书馆书目》②页 53 著录"以文堂刻本一卷";《粤剧剧目通检》③页 84 编号 413、《粤剧大辞典》④"剧目通检"部分页 158 著录。

---

① 刘复、李家瑞:《中国俗曲总目稿》,1932 年编印,台北文海出版社 1973 年翻印出版。
② 傅惜华:《北平京剧学会图书馆书目》,北平京剧学会发行,1935 年。
③ 梁沛锦:《粤剧剧目通检》,生活·读书·新知三联书店,1985 年。
④ 《粤剧大辞典》编纂委员会编:《粤剧大辞典》,广州出版社,2008 年。

广州华玉堂,刻本,19页。

封面题"学院前华玉堂板/新出尧天乐出头/三娘卖卦";正文前有出版堂的说明;卷末署"下集"。

首二行:(撞点。梅香企洞)(铁旦上唱)不幸夫君归泉世,留/下家财百万时。单生一子行孝义。(云く)(埋位)老身

末二行:巾边抬松出放衣角度过松掘地)(边白)肚饿咯,/食碗早粥再埋手。(丑白)着打鼓退堂食粥。(下集)

注:仅存上卷。《广州大典·曲类》第20册页71—79据以影印。

2. 班本打烂太庙(五桂堂戏桥打烂太庙)不分卷

【著录】《中国俗曲总目稿》页450著录;《粤剧剧目纲要》①(下册)页395著录《薛刚打烂太庙》;《粤剧剧目通检》页238著录,编号9253;《粤剧大辞典》"剧目通检"部分页252著录《薛刚打烂太庙》。

广州五桂堂,刻本,16页。

封面题:新出正班本/与别不同/五桂堂戏桥打烂太庙/纪鸾英招亲/大闹花灯;版心题:班鸾英。

首二行:(一花面扫板唱)杀得我通城虎浑/身是汗、浑身是汗。(跌出白)哎。(中板

末二行:妹做二娘くくくく,方遂得我老大人/家的心肠呀くく。(下集便)

3. 仙女牧羊(新出正戏桥仙女牧羊)不分卷

【著录】《北平京剧学会图书馆书目》页52著录"仙女牧羊一卷 不题撰人 以文堂刻本";《粤剧剧目通检》页109编号1838、《粤剧大辞典》"剧目通检"部分页178著录。

---

① 中国戏剧家协会广东分会编:《粤剧剧目纲要》,1961年12月初版,羊城晚报出版社2007年重印本。

刻本,16页。

  首二行:(手下□孤上,跳架下)(正花旦内)(扫板)在瑶池苦修炼,何/等不好。(羊跟旦上唱)都只为蟠桃会,惹

  末二行:欢畅。好呀。(撒科)(仝唱)这一段奇/姻缘,万古流传那哑くく呀。(完)

  注:《广州大典·曲类》第20册页783—792据以影印。

4. 新戏桥姐弟重逢(满堂春班本姐弟重逢)不分卷

【著录】《北平京剧学会图书馆书目》页54著录"姐弟重逢一卷 以文堂刻本",齐如山旧藏;《粤剧剧目通检》页138编号3485、《粤剧大辞典》"剧目通检"部分页212著录。

  广州以文堂板,刻本,13页。

  首二行:(总生上唱)蒙王宣召回朝上,挑选文才作栋/梁。昨日金殿来呈上,主上钦点状元郎。于

  末二行:后堂摆酒盏。(仝白)好呀。(撒火)(仝唱)有谁知姐/弟相逢,仝在山岗那哑呀くく呀。

5. 正班金丝蚨蝶(五桂堂戏桥金丝蚨蝶)不分卷

【著录】《中国俗曲总目稿》页505著录;《广东戏剧史略》[①]页36著录,演员为肖丽湘;《粤剧剧目纲要》(下册)页114、《粤剧剧目通检》页137编号3398、《粤剧大辞典》"剧目通检"部分页207著录。

  广州五桂堂,刻本,20页。

  封面题"新出正班本/与别不同/五桂堂戏桥金丝蚨蝶/唐龙光截嫁/海瑞审判"。

  首二行:(生内扫板)李书云在长街,把字来卖。(上)(中板)思想/起不由人,珠泪两行。(白)小生李书云,父亲

---

① 麦啸霞:《广东戏剧史略》,《广东文物》抽印本,中国文化协进会编印,1940年。

末二行：忘。(末白)趁此天色尚未明亮,你们快些走路/也罢。(仝白)知道。就此拜别。(各做手幺匕)(分两便入)(大撒科)

注:《广州大典·曲类》第 21 册页 617—627 据以影印。

6. 戏桥新卖疯金枝配玉环(新卖疯翠山玉戏桥金枝配玉环)不分卷

【著录】未见著录

光绪二年(1876)刻本,18 页。

书口:金枝配玉环;卷末署:新戏本金枝配玉环尾。

首二行:(生随末、旦上)(末唱)穷在路边无人问,富在深/山有远亲。家贫犹如水洗净,思想起

末二行:白)嗱哋唔好题起嚎。(生白)好呀。(仝鸣)/从今后不是三代转过好人呀呀呀。

注:《广州大典·曲类》第 21 册页 571—580 据以影印。

法国国家图书馆藏戏曲、俗曲总目

刘 蕊[*]

摘要：法国国家图书馆古恒目录中"想象的著作"大类下设有"戏曲"小类，该馆所藏中国戏曲、俗曲古籍文献主要收录于此，其中不乏稀见的明清刊本。另外，"戏曲"小类中还混入了几种清代弹词刻本。再者，伯希和特藏中包含有少量戏曲文献，清抄本《环翠山房集十五种曲》尤为值得关注。现汇编成目，以供学人查阅。

关键词：法国国家图书馆；古恒目录；伯希和特藏；戏曲；俗曲

法国国家图书馆古恒目录（*Bibliothèque Nationale Département des Manuscrits. Catalogue des Livres Chinois, Coréens, Japonais, etc, 1902—1912*）下设想像的著作（Œuvres d'imagination）大类，该大类之下又设有戏曲（Théatre）小类，包括中国戏曲的单刻本以及《元曲选》《六十种曲》等合集。另外，也有《绣像水晶球传》《绘真记》等几种弹词也被置于"戏曲"一类。值得注意的是，进入20世纪以后，法国学者对于中国戏曲的观念有了巨大改变。众所周知，中国戏曲首次被介绍到法国可以追溯到1713年马若瑟将《元曲选》中收录的《赵氏孤儿》翻译成法文，这几乎也成为欧洲世界了解中

---

[*] 刘蕊，女，1986年生，陕西西安人，文学博士，现为上海大学文学院副教授。本文为教育部人文社会科学研究基金项目"欧洲大陆所藏中国俗文学文献的著录与研究"（17YJC751021）阶段性成果。

国戏曲的开端。但此时法国人对于中国戏曲的理解尚处于摸索阶段。譬如：马若瑟称《赵氏孤儿》为悲剧，只是因为他觉得故事内容非常悲惨，并强调"中国人完全不像我们一样，在喜剧和悲剧之间作出明确区别"。[1] 正面提出法国（欧洲）人观念中的喜剧、悲剧划分方式并不应用于中国人。马氏又说道："这类著作（戏曲）与中国的短篇小说没有大的区别，仅仅是剧本从中加入了一些在舞台上对话的人物，而在小说中则是作者让他们在文中讲话。"[2]一方面，马氏忽略了戏曲的独立性，误认为戏曲只是在短篇小说的基础上增加角色人物；另一方面，马氏似乎清楚小说的叙事体的特点，但尚不能理解代言体是中国戏曲区分于其他文体的最大特征。他将唱词视作是演员为了强调悲欢、喜怒等强烈感情而掺进道白的一些晦涩难懂的语言。或许正是基于这样的误解，马若瑟的译本删去了《赵氏孤儿》的唱词，主要翻译了宾白部分。但值得肯定的是，马氏还关注到了中国戏曲形式上的特点，例如曲牌在一部戏曲中的数量和用途。这些都为此后中国戏曲在法国的翻译和研究打下了良好的基础。进入 19 世纪，另一位法国著名汉学家儒莲不仅重新翻译了《赵氏孤儿》的整本词曲，还先后翻译了元曲《灰阑记》和《西厢记》。可见，法国学者们已经对中国戏曲有了更加全面的认识，不再简单地将戏曲中的唱词误看作说白的附庸。而到了 20 世纪，戏曲已经明确成为与小说平行的门类，古恒将戏曲与传奇、故事集、杂著同置于想象的著作大类下就是很好的例证。只不过，古恒没有再进一步细致区分弹词与戏曲的差异。

现将于法国国家图书馆访查所得戏曲、俗曲、弹词等古籍文献汇集编目，主要按照原索书号为序，分类著录如下。

---

[1] ［法］陈艳霞：《入华耶稣会士对中国音乐的研究》，[法]谢和耐、戴密微等著，耿昇译：《明清间耶稣会士入华与中西汇通》，东方出版社，2011 年，第 517—518 页。
[2] ［法］陈艳霞：《入华耶稣会士对中国音乐的研究》，[法]谢和耐、戴密微等著，耿昇译：《明清间耶稣会士入华与中西汇通》，东方出版社，2011 年，第 518 页。

一、古恒目录之藏本

（一）戏曲

1. 红楼梦散套 十六出/荆石山民 填词

清嘉庆蟾波阁刊本。白口，无鱼尾，半叶八行十九字，小字双行，左右双边，下书口刊"蟾波阁"。附绣像。内封面题"绣像红楼梦散套/荆石山民填词/曲谱附 蟾波阁刊本"。目录末刊"太仓张浩三镌"。前附：忏摩居士题识；乙亥竹醉日听涛居士序；题词。[Chinois 4179]

2. 秋水堂双翠圆传奇 三十八出 二卷/（清）夏秉衡 填词

清刻本。秋水堂藏板。白口，单鱼尾，无界栏，半叶九行十六字，四周双边，版心刊"秋水堂"。前有序文。封面题"双翠圆/夏谷香先生填词"。附图。[Chinois 4421]

3. 新镌绣像西厢琵琶合刻

明末刻本。白口，无鱼尾，半叶九行二十字，四周单边。附图。明崇祯庚辰（1640）醉香主人序。封面题"新镌绣像西厢琵琶合刻/画仿元华 安雅堂藏板"。

子目：园林午梦；

围棋闯局/元晚近王生 撰；

西厢摘句骰谱/（明）汤显祖 辑；

钱塘梦；

会真记/（唐）元稹 撰；

李卓吾先生批点西厢记真本 二卷 二十出；

琵琶记 四十一出。[Chinois 4329]

4. 增补笺注绘像第六才西厢释解 八卷 末一卷

清刻本。文绮堂藏板。白口，单鱼尾，无界栏，四周单边，半叶上下两栏,下栏正文十行二十大字,上栏释解小字双。内封面题"圣叹先生批点/增注第六才子书释解/续增围棋闯局/选句骰谱/吴吴山三妇合评西厢记/邓汝宁音义/文绮堂藏板"。清康熙己酉(1669)汪溥勋原序。内附图像出自文苑堂。[Chinois 4330]

5. 元人杂剧百种/(明)臧晋叔 校

明万历年序刻本。白口,单鱼尾,半叶九行二十字,左右双边,上书口刊"元曲选",版心刊"杂剧"。前附插图一百十二幅。内封面题"元人杂剧百种/雕虫馆校订/本衙藏本"。明万历乙卯(1615)臧晋叔序。画中刊"仿李唐笔""仿马麟笔"等。[Chinois 4331-4338]

6. 元曲选/(明)臧晋叔 校

明末刻本。本衙藏板。白口,单鱼尾,半叶九行二十字,左右双边,上书口刊"元曲选",版心刊"杂剧"。

首册开卷为:天台陶九成论曲;燕南芝庵论曲;高安周挺斋论曲;吴兴赵子昂论曲;丹丘先生论曲;涵虚子论曲;元曲论。[Chinois 4339-4344]

7. 六十种曲(一) 十二集

明末汲古阁刻本。白口,无鱼尾,半叶九行十九字,左右双边。下书口刊"汲古阁"。内封页题"六十种曲/汲古阁订正/本衙藏板",并钤"江古三多斋校订古今书籍经史时文于江南省状元境书坊发兑"。封页二题"绣刻演剧十本"。阅世道人撰"演剧首套弁语"。板有漫漶。间有抄配。[Chinois 4345-4358]

8. 六十种曲(二) 十二集

明末汲古阁刊本。白口,无鱼尾,半叶九行十九字,左右双边。下书口刊"汲古阁"。内封页题"六十种曲/汲古阁订正/本衙藏板"。封页二题"绣刻演剧十本"。阅世道人撰"演剧首套弁语"。板有漫漶。[Chinois 4359-4375]

9. 成裕堂绘像第七才子书 六卷/(元) 高明 撰;(清) 毛宗岗 评

清雍正乙卯(1735)文光堂、同文堂重刻袖珍本。白口,单鱼尾,无界栏,半叶八行十六字,四周双边,版心刊"成裕堂"。前附绣像。内封面题"绣像第七才子书/声山先生原评/文光堂同文堂较刊"。清雍正乙卯(1735)程士任序于成裕堂;自序;清康熙乙巳(1665)吴侬撰总论;清康熙丙午(1666)浮云客子序;等。[Chinois 4376 - 4377]

10. 绘风亭评第七才子书琵琶记 六卷/(元) 高明 撰;(清) 毛宗岗 评

清映秀堂刻三多斋印本。白口,单鱼尾,半叶八行十九字,左右双边,下书口刊"映秀堂"。内封面题"精绘全像第七才子书/毛声山批琵琶记/三多斋梓行/后附写情篇"。清雍正元年(1723)陈方平撰"写情篇"。清康熙丙午(1666)参论。附:第七才子书琵琶记释义。钤"江南省状元境内三多斋王氏书林发兑□□"印。[Chinois 4378 - 4379]

11. 牡丹亭还魂记 八卷/(明) 汤显祖 编

清芥子园刻袖珍本。白黑口,单鱼尾,无界栏,半叶八行十六字,四周单边。内封面题"绣像牡丹亭/玉茗堂原本/芥子园发兑"。[Chinois 4380]

12. 玉茗堂四种/(明) 汤显祖 编

清刻袖珍本。白口,单鱼尾,半叶九行十八字,四周单边。

子目:牡丹亭还魂记 四集;

　　　紫钗记 四集;

　　　南柯记传奇 四集;

　　　邯郸梦传奇 四集。[Chinois 4381 - 4383]

13. 新刊韩朋十义记 二卷 二十七出

明万历丙戌(1586)新安余氏绍崖自新斋精刻本。白口,双鱼尾,半叶九行二十大字,宾白小字双行,四周单边。附插图。封面题"韩鹏十义记/万历丙戌冬月/余氏绍崖梓行"。卷端题"新安余氏自新斋梓行"。[Chinois 4384]

14. 长生殿传奇 四卷 四十九折/(清) 洪昇 填词

清刻袖珍本。昭德堂藏板。白口,单鱼尾,半叶九行十八字,小字双行,四周双边。内封面题"绘像新镌长生殿"。清康熙己未(1679)洪昇序;汪熷序;吴人序。

前附:例言;长恨歌/(唐) 白居易 撰;长恨歌传/(唐) 陈鸿 撰。[Chinois 4385]

15. 重订缀白裘新集合编 十二集

清道光三年(1823)刻本。共赏斋藏版。白口,单鱼尾,半叶十二行二十字,四周单边。内封面题"重订缀白裘新集合编/共赏斋藏版/道光三年新镌 内分十二集"。清乾隆庚寅(1770)程大衡序。附绣像。[Chinois 4386-4387]

16. 桃花扇传奇 四卷 四十出/云亭山人 编

清乾隆后西园刻本。白口,单鱼尾,半叶十行十九字,左右双边,眉栏镌评。内封面题"桃花扇/云亭山人编/西园梓行"。梁溪梦鹤居士序。清康熙己卯(1699)云亭山人撰"小引"。吴穆后序。[Chinois 4388]

17. 寒香亭 四卷 四十出/(清) 李凯 填词;(清) 范梧 评点

清嘉庆二年(1797)怀古堂刻袖珍本。友益斋藏板。白口,单鱼尾,半叶九行二十字,左右双边。下书口刊"怀古堂",栏上镌评。内封页题"寒香亭传奇/嘉庆二年新镌/鄞江图凌李凯填词 同里素园范梧评点/友益斋藏板"。清雍正辛亥(1731)范梧序。清乾隆丁酉(1777)罗有高序。周埙题词。[Chinois 4389]

18. 笠翁十种曲/(清) 李渔 撰

清道光丁亥(1827)重刻本。聚秀堂藏板。白口,单鱼尾,半叶十一行二十三字,左右双边。[Chinois 4391-4393]

19. 笠翁传奇十二种曲/(清) 李渔 编次

清经术堂刻袖珍本。白口,单鱼尾,无界行,半叶九行十八字,左右双边。内封面刊"笠翁传奇十二种曲/经术堂偶刊"。耕塘居士题小引于大知堂。前附序文。[Chinois 4394 – 4405]

20. 西江祝嘏 四种 四卷/（清）王兴吾 鉴定；（清）蒋士铨 编；（清）陈守诚 订

清嘉庆十五年(1810)大文堂刻本。白口，单鱼尾，半叶十行十九大字，小字双行，左右双边。王兴吾序。封面题"嘉庆十五年春新镌/西江祝嘏/大文堂梓行"。

附:《一片石》，清荣外集，蛰斋藏板。

子目：第一种 康衢乐 四出；

第二种 忉利天 四出；

第三种 长生箓 四出；

第四种 昇平瑞 四出。[Chinois 4406]

21. 鱼水缘传奇 二卷 三十二出/澹庐居士 填词；竹轩主人 评点

清道光甲申(1824)刻本。暨阳聚珍堂藏板。白口，单鱼尾，半叶七行十六字，四周双边，眉栏镌评。清乾隆庚寅(1770)古愚学者序。清乾隆丁亥(1767)曾萼序。清乾隆庚辰(1760)陈世㷆序，竹轩主人序，王永熙序，澹庐居士序。内封面题"绣像鱼水缘"。前附插图，题词。[Chinois 4407]

22. 藏园九种曲/（清）蒋士铨 撰

清刻袖珍本。明新堂藏板。白口，单鱼尾，无界行，半叶九行二十二字，小字双行，左右双边。内封页题"藏园九种曲/香祖楼/空谷香/冬青树/雪中人/第二碑/桂林霜/临川梦/四弦秋/一片石/明新堂藏板"。清乾隆甲午(1774)藏园居士自序，陈守诒后序。[Chinois 4408 – 4409]

23. 石榴记传奇 四卷 三十二出/（清）黄振 填词

清嘉庆己未(1799)重刻本。拥书楼藏板。白口，单鱼尾，无界栏，半叶九行十九字，四周双边。版心刊"柴湾村舍"。天头镌评。蒋宗海序；顾云序。前有题辞、清乾隆壬辰(1772)柴湾村农自题小引、凡例。插画十六幅。内封面题"嘉庆乙未孟秋重镌/石榴记/拥书楼藏板"。卷末另有跋文。[Chinois 4410]

24. 砥石斋二种曲

清松月轩刻本。白口,单鱼尾,无界栏,半叶八行十八字,左右双边。内封面题"砥石斋二种曲 松月轩梓行/附刻赏心幽品 破牢愁 妻梅子鹤 散曲"。洞圆山客自序。阮学浚跋。清乾隆乙酉(1765)王宽补序。

  子目：诗扇记传奇 二卷 三十二折/(清)汪柱 撰；

     梦里缘传奇 二卷 三十二出/洞圆主人 填词

  附：砥石斋韵品杂出：林和靖梦里妻梅子鹤 一出/(清)汪柱 撰；

    赏心幽品四种/(清)汪柱 撰；

    破牢愁 四出/(清)汪柱 填词；

    砥石斋散曲：秋日遣兴。[Chinois 4411]

25. 双鸳祠传奇 八出/群玉山农 填词

清嘉庆庚辰(1820)刻本。咬得菜根堂藏板。白口,单鱼尾,半叶十行二十四字,左右双边。天头有批注。封面题"双鸳祠传奇/嘉庆庚辰春仲/咬得菜根堂藏板"。清嘉庆庚辰(1820)汪云任弁言,顾元熙序,刘士菜后序。前有题词。后有刘华东书后。附图。[Chinois 4419]

26. 虎口余生传奇 四卷 四十四出/遗民外史 著

清翻刻袖珍本。本衙藏板。白口,单鱼尾,半叶八行十六字,四周单边。封面题"虎口余生记/遗民外史著/铁冠图/本衙藏板"。遗民外史自叙。[Chinois 4422]

(二) 俗曲

1. 新刻二度梅全本 四卷/怜香居士 编辑

清禅山近文堂刻本。佛山书林远文堂藏板。白口,单鱼尾,无界栏,半叶上下四栏,以七言韵文为主,四周单边。内封面题"新刻二度梅全本/新

订梅开二度/与别本不同/赐眼团圆/禅山近文堂梓"。[Chinois 4052]

2. 静净斋第八才子书花笺记(一) 六卷

清康熙五十二年(1713)静净斋序刻本。木鱼书。黑口,双鱼尾,无界栏,半叶十行十九字,左右双边。清康熙五十二年(1713)朱光曾序。封面题"第八才子花笺/情子外集"。[Chinois 4110]

3. 静净斋第八才子书花笺记(二) 六卷

清刻本。福文堂藏板。木鱼书。白口,单鱼尾,无界栏,半叶八行十七字,左右双边。附图。内封面题"静净斋评/绣像第八才子笺注/续辑文章"。卷一为"自序""总论"。[Chinois 4111]

4. 新刻正原本第八才子花笺 四卷/(清) 钟映雪 评

清道光二十年(1840)省城九曜坊翰经堂新刻本。木鱼书。白口,单鱼尾,无界栏,半叶十一行二十八字,四周单边。版心刊"翰经堂"。封面题名"第八才子花笺"。附图。[Chinois 4112]

5. 新刻正西番宝蝶全本 二卷

清福文堂刻本。南音。白口,单鱼尾,无界栏,半叶上下四栏,十行,七字句为主,四周单边。内封面题"新刻西番宝蝶全本 天赐麒麟 金殿鸣冤 苏生执蝶 奇仙试母 琼仙闻喜 奉旨团圆"。内刊"此书砌成二卷,全套正西番宝蝶,买者细看,与别本不同"。[Chinois 4324]

6. 西番宝蝶 下卷

清刻本。残本,仅存下卷。南音。白口,无鱼尾,无界栏,半叶上下三栏,十行,七字句为主,四周单边。版心刊"西番下"[Chinois 4328]

7. 杂歌曲一:[Chinois 4325]

(1) 胡生哭别

新南音。富桂堂藏板。无板框,十行十九字,六半叶。

(2) 槐阴分别

正字弟试本南音。富桂堂梓。无板框,十行二十四字,六半叶。

（3）鲁智深买酒新马头调解心（什锦解心智深卖酒）

解心。富桂堂发客。无板框，十二行二十二字，七半叶。

（4）郭子仪祝寿（新本郭子仪祝寿）

南音。富桂堂。无板框，十行二十一字，六半叶。

（5）呆佬嫖舍（板眼呆咾打钉）

板眼。富桂堂发客。无板框，九行十八字，七半叶。

（6）大棚朱买臣分妻

粤剧。富桂堂梓。无板框，十行二十三字，六半叶。

（7）伯党追友

班本。富桂堂发客。无板框，十一行二十二字，十半叶。

（8）打洞结拜（班本打洞结拜）

班本。富桂堂。无板框，十二行二十二字，八半叶。

（9）新本七嫁才郎（解心七嫁才郎）

解心。富桂堂。无板框，十行十八字，六半叶。

（10）新本奶妈自叹

上下二卷。木鱼书。富桂堂板。无板框，八行十八字，六半叶。

（11）新本关伦卖妹（关伦卖妹）

南音。富桂堂。无板框，十行十九字，六半叶。

（12）新本嘱别相如（嘱别相如）

南音。无板框，七行十六字，八半叶。

（13）和尚嫖舍（新本和尚嫖舍）

解心。富桂堂发客。无板框，十行二十字，六半叶。

（14）访三元店

南音。富桂堂板。无板框，八行十八字，六半叶。

（15）卖疯解心

解心。富桂堂发客。无板框，十二行二十二字，六半叶。

(16) 新本洋烟十得解心(劝戒洋烟十得)

解心。富桂堂发客。无板框,十二行二十字,六半叶。

(17) 伯党追友(班本散瓦岗)

班本。富桂堂发客。无板框,十一行二十二字,十半叶。

(18) 寒宫取笑(班本寒宫取笑)

班本。富桂堂。无板框,十二行二十四字,八半叶。

(19) 尤氏扇坟(班本庄子扇坟)

班本。富桂堂。无板框,十一行二十二字,六半叶。

(20) 新本今晚水大(一)

解心。富桂堂。无板框,七行十六字,六半叶。

(21) 新本今晚水大(二)

解心。富桂堂。无板框,七行十六字,六半叶。

(22) 大战长沙(班本义伏黄忠 中)

粤剧。□桂堂发客。无板框,十行二十二字,八半叶。

(23) 崔子弑齐君(班本催子弑齐君)

粤剧。富桂堂板。无板框,十二行二十字,六半叶。

(24) 新本士九求药

南音试本。富桂堂发兑。无板框,十行二十四字,六半叶。

(25) 新清明柳(清明柳解心)

解心。富桂堂。无板框,七行十六字,四半叶。

(26) 周氏反嫁

南音。富桂堂发客。无板框,十二行二十二字,八半叶。

(27) 新本痴蟹解心(解心痴金蟹)

解心。富桂堂发兑。无板框,九行十九字,八半叶。

(28) 新本爷们看灯(板眼爷门看灯)

板眼。富桂堂发客。无板框,十二行二十二字,九半叶。

(29) 新本多情雁（新本多情雁解心）

解心。富桂堂板。无板框，八行十四字，四半叶。

(30) 新本多情笛解心（一）

解心。富桂堂板。无板框，八行二十字，四半叶。

(31) 新本多情笛解心（二）

解心。富桂堂板。无板框，八行二十字，四半叶。

(32) 斩杨波（班本马芳困城）

班本。富桂堂发客。无板框，十行二十字，六半叶。内题"梆子腔"。

(33) 方伦饯别

南音。富桂堂发客。无板框，十二行二十二字，六半叶。

(34) 摘锦解心吊秋喜（粤讴吊秋喜解心）

粤讴。富桂堂板。无板框，八行十六字，六半叶。

(35) 八相七赞新有（七赞新有解心）

解心。无板框，九行十九字，六半叶。

(36) 新本海珠夜月解心（海珠夜月解心）

解心。富桂堂。无板框，九行十九字，四半叶。

(37) 新本祭李彦贵（生祭李彦贵）

南音。富桂堂梓。无板框，九行二十字，八半叶。

(38) 烂大鼓拜年（新本烂大鼓拜年）

木鱼书。富桂堂发客。无板框，十行十八字，六半叶。

(39) 梁婆求媳

新本南音。富桂堂。无板框，九行十六字，六半叶。

(40) 新本总要快活（解心真正要快活）

解心。富桂堂。无板框，七行十六字，六半叶。

(41) 新本云英问病 上卷

木鱼书。富桂堂藏板。无板框，七行十七字，六半叶。

（42）蓝芳草探监

木鱼书。富桂堂发客。无板框，十二行二十字，八半叶。

（43）新卖高底屐（亚奀歌卖高底屐）

木鱼书。富桂堂。无板框，十一行二十二字，四半叶。

（44）新本奶妈游白云私约（奶妈共契仔游白云）

木鱼书。富桂堂。无板框，十一行二十二字，四半叶。

（45）新本英台祭奠

南音。富桂堂发兑。无板框，十行十九字，六半叶。

8. 杂歌曲二：[Chinois 4326]

（1）拷打凤娇

新南音。□□堂梓。白口，单鱼尾，无界栏，半叶上下三栏十行，七字句为主，四周单边，六半叶。

（2）罗卜挑经

南音。省城□□堂。白口，单鱼尾，无界栏，半叶上下四栏十二行，七字句为主，四周单边，八半叶。

（3）凤娇写血书投水（凤娇写血书）

南音。省城□□堂板。无板框，半叶十一行二十八字，六半叶。

（4）凤娇进香

南音。闲情居士稿，省城广文堂梓。白口，无鱼尾，无界栏，半叶上下三栏九行，七字句为主，四周单边，六半叶。

（5）碧容拜月（新本碧容拜月）

木鱼书。省城丹柱堂。白口，单鱼尾，无界栏，半叶上下三栏十一行，七字句为主，四周单边，四半叶。

（6）谏走广西（五谏才郎）

南音。丹柱堂板。无板框，半叶十行二十一字，五半叶。

（7）杨四郎叹五更

叹五更。省城□□堂。白口,单鱼尾,无界栏,半叶上下四栏十行,七字句为主,四周单边,四半叶。

（8）蒙正赏月

龙舟歌。省城丹柱堂。白口,无鱼尾,无界栏,半叶上下三栏十行,七字句为主,四周单边,四半叶。

（9）张生闹斋

南音。省城丹柱堂。白口,单鱼尾,无界栏,半叶上下三栏十行,七字句为主,四周单边,四半叶。

（10）贤妻谏赌

新南音。省城丹柱堂板。白口,单鱼尾,无界栏,半叶上下三栏十一行,七字句为主,四周单边,四半叶。

（11）金生拜契

新本南音。省城□□堂。白口,单鱼尾,无界栏,半叶上下三栏十行,七字句为主,四周单边,六半叶。

（12）亚烂卖鱼

南音。省城□□堂梓,白口,无鱼尾,无界栏,半叶上下三栏十行,七字句为主,四周单边,五半叶。

（13）望夫山桃花夹竹（望夫山）

粤曲。丹柱堂。白口,无鱼尾,无界栏,半叶七行十八字,四周单边,三半叶。

（14）马迪逼亲

木鱼书。省城广文堂。闲情居士校。白口,无鱼尾,无界栏,半叶上下三栏九行,七字句为主,四周单边,六半叶。

（15）盘龙宝扇

木鱼书。省城□□堂。白口,单鱼尾,无界栏,半叶上下四栏十一行,七字句为主,四周单边,六半叶。

（16）新本嘲哑妈（新嘲哑妈）

新本南音。白口,无鱼尾,无界栏,半叶上下三栏九行,七字句为主,四周单边,五半叶。

（17）河下温旧情（温旧情 河下打水围）

南音。省城□□堂梓。白口,无鱼尾,无界栏,半叶上下三栏十二行,七字句为主,四周单边,四半叶。

（18）赌仔自叹

粤曲。省城广文堂。白口,无鱼尾,无界栏,半叶上下四栏十一行,七字句为主,四周单边,四半叶。

（19）新本断机教子（断机教子）

南音。省城广文堂。白口,单鱼尾,无界栏,半叶上下三栏十行,七字句为主,四周单边,四半叶。

（20）起解李旦

南音。丹桂堂。白口,单鱼尾,无界栏,半叶上下三栏十行,七字句为主,四周单边,六半叶。

（21）磨房相会

南音。省城丹柱堂。白口,单鱼尾,无界栏,半叶上下三栏十行,七字句为主,四周单边,四半叶。

（22）桃花妹送药（桃花送药）

南音。白口,单鱼尾,无界栏,半叶上下三栏十行,七字句为主,四周单边,六半叶。

（23）桂枝写状

木鱼书。闲情居士校订,省城广文堂梓。白口,无鱼尾,无界栏,半叶上下三栏九行,七字句为主,四周单边,六半叶。

（24）陶府诉情

试卷南音。省城□□堂。白口,单鱼尾,无界栏,半叶上下三栏九行,七字句为主,四周单边,六半叶。

(25)十送英台

南音。白口,无鱼尾,无界栏,半叶十二行二十二字,四周单边,四半叶。

(26)新禅房怨马头调包心(新禅房怨解心)

省城□□堂。白口,单鱼尾,无界栏,半叶上下三栏八行,七字句为主,四周单边,三半叶。

(27)遇吉别母

南音。白口,单鱼尾,无界栏,半叶上下三栏十行,七字句为主,四周单边,六半叶。

(28)执诗求合(新偷诗稿)

木鱼书。省城□□堂。白口,无鱼尾,无界栏,半叶九行二十一字,四周单边,六半叶。

(29)新方孝孺草诏(方孝孺草召)

南音。□□堂梓板。白口,单鱼尾,无界栏,半叶上下四栏十一行,七字句为主,四周单边,四半叶。

(30)观音十劝

南音。白口,无鱼尾,无界栏,半叶上下四栏十一行,七字句为主,四周单边,四半叶。

(31)孙夫人投江

木鱼书。白口,无鱼尾,无界栏,半叶上下三栏十行,七字句为主,四周单边,五半叶。

(32)姑嫂卖鱼

试卷南音。白口,无鱼尾,无界栏,半叶上下三栏十行,七字句为主,四周单边,四半叶。

(33)新出解心内附十比贤娇

解心。巨经堂梓。白口,无鱼尾,无界栏,半叶九行二十四字,四周单边,二十六半叶。末叶题"闲情居士校订,省城□桂堂梓,一字无讹"。

(34) 新刻盆龙宝扇全本 二卷

木鱼书。禅山近文堂板。白口,单鱼尾,无界栏,半叶上下四栏十二行,七字句为主,四周单边,三十四半叶。封面题"观灯遇美,慈悲遭救,化龙祭奠,容仙还魂"。上卷末叶题"此书较正与别本不同"。

(35) 新刻全本包心事对答(子弟新解包心对答全本)

木鱼书。福贤堂藏板。白口,单鱼尾,无界栏,半叶八行二十二字,四周单边,四十三半叶。

(36) 新本再续绣鞋记解心(绣鞋记解心)

解心。富桂堂藏板。无板框,半叶九行十八字,十二半叶。

(37) 新雪梅买水(雪梅买水)

南音。顺邑雅韵轩订选,省城□□堂。白口,单鱼尾,无界栏,半叶上下三栏十行,七字句为主,四周单边,五半叶。

(38) 昭君出塞(昭君和番)

木鱼书。闲情居士校订。白口,无鱼尾,无界栏,半叶上下三栏十行,七字句为主,四周单边,六半叶。

(39) 新文公遇雪(韩文公遇雪)

白口,单鱼尾,无界栏,半叶上下四栏十行,七字句为主,四周单边,六半叶。

9. 新出祭奠潘郎 不分卷

南音。富桂堂发客。无板框,半叶七行十四字。版心刊"潘郎"。书衣题"祭奠潘郎"。[Chinois 4327]

10. 新刻三凤归鸾康汉玉全本 二卷

清刻本。佛山近文堂藏板。白口,单鱼尾,无界栏,上下四栏,半叶十行二十八字,七字韵文为主。封面题"全本康汉玉三凤鸾/禅山近文堂板/

投水遇救/错入香房/花园发誓/三凤团圆"。[Chinois 4423]

(三) 弹词

1. 天雨花 三十回/(清) 陶贞怀 撰

清嘉庆庚辰(1820)刻本。金阊修缏山房藏板。宽黑口,单鱼尾,半叶八行二十字,左右双边。有绣像。清顺治八年(1651)陶贞怀自叙。[Chinois 4087-4092]

2. 绣像风筝误 八卷 三十二回

清嘉庆辛未(1811)刻本。环秀阁藏板。白口,单鱼尾,无界栏,半叶十行二十字,左右双边。附绣像。封面题"嘉庆辛未新镌风筝误传/时调秘本弹词/又名一线缘 环秀阁藏板"。清嘉庆十五年(1810)竹斋主人序。[Chinois 4390]

3. 绣像水晶球 三十八卷

清嘉庆庚辰(1820)重刻本。白口,单鱼尾,无界栏,半叶十行二十字,左右双边。附绣像。内封面题"嘉庆庚辰年新镌/绣像水晶球传/时调秘本弹词/鸳湖悦成阁发兑"。清嘉庆乙丑(1805)鸳湖悦成主人序。[Chinois 4412]

4. 绣像玉连环 八卷 七十六回/(清) 朱素仙 著;樵云山人 订;钓月山人 较正

清嘉庆乙丑(1805)刻本。艺芸书屋藏板。白口,单鱼尾,无界栏,半叶十一行二十一字,左右双边。上书口刊"钟情传"。有绣像。封面题"嘉庆乙丑年新镌/素仙女史手编/玉连环传/艺芸书屋藏板"。清嘉庆十年(1805)雨亭主人序。版面漫漶。[Chinois 4413-4414]

5. 绘真记 四十卷/邀月楼主人 手编;朱素仙 校

清嘉庆壬申(1812)刻本。白口,单鱼尾,无界栏,半叶九行二十一字,左右双边。有绣像。内封面题"绘真记/嘉庆壬申秋镌/本衙藏板"。朱素仙序。李绣虎撰凡例。[Chinois 4415]

6. 绣像百花台 四卷 十九回

清嘉庆庚辰(1820)文成斋刻本。白口,无鱼尾,无界栏,半叶十行二十字,四周单边。封面题"嘉庆庚辰新镌/绣像百花台全集/时调秘本弹词/文成斋梓"。卷端题"绣像百花台初集"。附绣像。清嘉庆二十一年(1816)文成斋序。[Chinois 4416]

7. 新刊时调百花台全传 二十卷

清裕德坊刻本。白口,无鱼尾,无界栏,半叶十行十九字,四周单边。封面一题"弹词第一新书/秘本新镌/裕德坊梓",其余各集封面题"文和斋""文和斋梓"。[Chinois 4417]

8. 绣像蕴香丸 十卷 二十回

清嘉庆戊寅(1818)兰玉轩刻本。白口,单鱼尾,无界栏,半叶十行二十字,四周单边。附绣像。内封面刊"嘉庆戊寅年镌/绣像蕴香丸/时调秘本弹词/兰玉轩梓"。清嘉庆二十二年(1817)啸霞山人序。[Chinois 4418]

9. 绣像金如意 五卷 二十二回

清道光壬午(1822)漱芳轩刻本。白口,无鱼尾,无界栏,半叶十行二十字,四周单边。附绣像。内封面题"道光壬午年新镌/绣像如意八美图/新编雅调/淑芳轩梓"。了空主人序。[Chinois 4420]

二、伯希和特藏之藏本

1908年8月至1909年10月间,伯希和在中国收购了近三万册中文图书。这些书籍后归入法国国家图书馆,从而构成了伯希和特藏A藏B藏。伯氏亲自为这批文献按照拉丁字母转写的书名字母顺序排列编目,作《法国国家图书馆中文藏书伯希和A藏和B藏索引》(*Répertoire de «Collections Pelliot A» et «B» du Fonds Chinois de la Bibliothèque Nationale, 1913*),分为A、B藏,其中A藏收录329条,B藏收录1 743条,合计书目2 072条。最初发表在《通报》1913年第14卷（页697—781）。同年，荷兰莱顿博瑞出版社（Leiden：E. J. Brill）出版发行。而后，王重民在此索引基础上，对伯希和特藏重新编目、分类，编写完成《伯希和 A 藏 B 藏目录》(Catalogue des collections Pelliot A et B rédigé par Wang Tchong-min. 1935—1939)。

伯希和特藏 A 藏、B 藏以史志、丛书类文献为重，集部亦多为诗文集。陈恒新《法国国家图书馆藏汉籍研究》[①]在论述伯希和 A 藏、B 藏汉籍时，按经史子集丛分类，着重介绍了其中的善本部分，然而对戏曲、小说类文献则用墨较少。王重民目录在第六大类"文学"之下，又分为别集、合集、词和戏剧、小说、评论五小类。曲谱则被分散于"戏剧"及第七大类"古董与艺术"之"音乐"小类下。值得注意的是，戏剧类下既包含明刻本《四声猿》、清抄本《环翠山房集十五种曲》，也有1906年印本第4版《国民唱歌集》、1906年印本第7版《教育唱歌集》、1908年印本《越南亡国惨》，还包含《晨风阁丛书》版《曲录》《戏曲考源》等。现择选其中版本特殊者详加考述。

1.《环翠山房集十五种曲》，二函十五册。线装，每种传奇为一册。抄本。无版框，素纸正楷抄写，半叶十一行二十四字。曲词为大字，文白科介为小字。内封面手题"环翠山房集/十五种曲"。前附目录。钤"归恩堂藏书印""环翠山房珍赏""叶东卿阅书记""叶志诜印"。

《环翠山房十五种曲》共含传奇十五种，详情如下：

《万寿冠传奇》：二卷 二十五出。

《文星现传奇》：二卷 二十六出。前附同治辛未（1871）云石主人序。

《风云会传奇》：二卷 二十七出。

《一品爵传奇》：二卷 二十八出。

《天成福总纲》：二卷 二十七出。

《朝阳凤传奇》：二卷 二十六出。

---

① 陈恒新：《法国国家图书馆藏汉籍研究》，山东大学2018年博士学位论文。

《倒精忠传奇》：二卷 二十八出。

《盘陀山传奇》：二卷 二十七出。

《十美图传奇》：二卷 二十六出。

《元宝媒传奇》：二卷 二十七出。

《锦西厢传奇》：二卷 二十六出。

《胭脂雪传奇》：二卷 二十五出，另有"开场"。又作"臙脂雪传奇"。

《琥珀匙传奇》：二卷 三十一出。

《四合奇传奇》：二卷 二十五出，另有"始末"。

《月华缘传奇》：二卷 三十一出，目录有"开场"，正文无。又作"月华圆传奇"。

有关此戏曲合集，王国维在《录曲余谈》中言："今秋，观法人伯希和君所携敦煌石室唐人写本，伯君为言新得明汪廷讷《环翠堂十五种曲》，惜已束装，未能展视。此书已为巴黎国民图书馆所有，不知即《澹生堂书目》著录之《环翠堂乐府》否也。"①此"今秋"乃1909年秋，伯希和完成西域探险后携少数敦煌卷子赴北京考察。而此时，包含《环翠堂十五种曲》在内的大批书籍已经运送回巴黎。是以，王国维未能亲见该书，遂不知伯氏所得《环翠堂十五种曲》与《澹生堂书目》收录的《环翠堂乐府》是否为同本。

尔后，刘修业撰《记巴黎国家图书馆所藏环翠山房十五种曲》②一文，详细考述该书递藏过程、戏曲内容、版本。十五种曲中，国内有传本者三种：《元宝媒》（《容居堂三种曲》本）、《锦西厢》（北平图书馆藏明刻本）、《琥珀匙》（孙子书先生云"新获传钞本"）。而清黄文旸《曲海总目》著录并撰提要者七种：《文星现》《风云会》《一品爵》《朝阳凤》《倒精忠》《盘陀山》

---

① 谢维扬、房鑫亮主编，房鑫亮分卷主编：《王国维全集 第二卷》，浙江教育出版社，2009年，第293—294页。

② 该文最先发表在1944年6月、9月《图书季刊》新5卷2、3合刊，后收入《古典小说戏曲丛考》，作家出版社，1958年，第106—128页。

《胭脂雪》，其余《万寿冠》《天成福》《十美图》《四合奇》《月华圆》五种国内既无传本，且《曲海总目》亦未撰提要。①

1957年，《古本戏曲丛刊三集》收录《琥珀匙》（三集影印程氏玉霜簃藏旧钞本）、《朝阳凤》（影印大兴傅氏藏钞本）、《如是观》（即《倒精忠》，影印北京杜氏藏旧钞本）、《胭脂雪》（影印程氏玉霜簃藏旧钞本）。1986年，《古本戏曲丛刊五集》收录《锦西厢》《风云会》《一品爵》《万寿冠》《文星现》《十美图》《天成福》《四合奇》《月华缘》《盘陀山》，此十种皆据法国巴黎国家图书馆藏旧钞本，即《环翠山房十五种曲》影印。

2. 《四声猿》，明徐渭撰，包括《狂鼓史渔阳三弄》《玉禅师翠乡一梦》《雌木兰替父从军》《女状元辞凰得凤》，附于《徐文长全集》。版式为白口，单白鱼尾，半叶九行二十字，四周单边。内封面题"袁中郎先生批点/本衙藏版"。黄汝亨序。虞淳熙序。钤"四游"朱印。有抄配。

3. 《一笠庵北词广正谱》，明徐于室原稿，钮少雅乐句，李玄玉更定，清朱素臣同阅。清刻本，文靖书院藏板。白口，单鱼尾，半叶六行二十五字，小字双行，左右双边。下书口刊"青莲书屋"。内封页题"一笠庵北词广正九宫谱 青莲书屋定本/文靖书院藏板/吴门李元玉手订"。前附吴伟业序。

4. 《纳书楹曲谱》，清叶堂订谱，王文治参订。清刻本。白口，单鱼尾，无界栏，半叶六行十八字，四周双边，夹行镌工尺谱，上书口刊"纳书楹曲谱"。清乾隆五十七年（1792）王文治序，怀庭居士自序。乾隆五十九年（1794）怀庭居士自序。前附凡例、总目。

全书分正集四卷，续集四卷，外集二卷，补遗四卷；《西厢记全谱》二卷；《紫钗记全谱》二卷；《牡丹亭全谱》二卷；《邯郸记全谱》二卷；《南柯记全谱》二卷。

---

① 刘修业：《古典小说戏曲丛考》，作家出版社，1958年，第108页。

5.《越南亡国惨》一卷,分十本。清光绪戊申(1908)北京正宗爱国报馆铅排本。光绪戊申丁宝臣序。内封页题"光绪戊申年五月卷一/新戏越南亡国惨/北京正宗爱国报馆印"。卷末印"以下接演游洋 俟编就再登"。

1908年2月至4月《新朔望报》第2至6期连载了此剧前五本:《劝爱国演说遭殴》《受感动破产兴学》《破顺京文祥引法兵》《做顺民越人遭奇辱》《图光复英雄结义党》,作者署名柚生道人。尔后,1908年5月《国华报》第1期续刊第六本《遭败溃志士受酷刑》。北京正宗爱国报馆印本为全十本,然各本未题本目,且删去了《劝爱国演说遭殴》等情节。① 但北京正宗爱国报馆印本前附"光绪戊申仲夏吉日丁宝臣序"。丁氏序言如下:

> 自海禁大开,万国一家,而优胜劣败,乃天演之公例;强存弱亡,亦世界志至理。故凡有国有家者,于政治教育之法,技能工艺之术,殖民理财之道,国际交涉之方,无不求美满完全者。是以立官署以治公,建学堂以肄业,设局所以制造,开社会以集谋。而退食休息,则又有公园戏园,使其优游乐趣,涵养性情,活泼心思,发明理想,是故戏曲一道,于时势有不可阙者。然往日所排之戏,舍迷信妖淫而外,其能启人知识、有益社会者,实不多觏。志士某君,有鉴于此,特编越南亡国惨新戏一部,以寰球之真迹,作邦国之榜样,于优胜劣败则揭明原动之理由,于强存弱亡则指出发生之根据,果能平心静气,玩味研求,足使人发忠君爱国之思想,启自强保种之精神。本馆物色得之,陆续登诸报端,而阅者每以简断为憾,故再重录于附张之上,以成联珠之美。将来装订成秩,以供好者之浏览焉。
>
> 光绪戊申仲夏吉日丁宝臣序

丁宝臣(1875—1914),字国珍,北京回族人,我国早期白话报的倡导者

---

① 参见吕小蓬:《论〈越南亡国惨〉与〈越南魂〉》,《人文丛刊》2016年00期。

之一,1906年12月创办《正宗爱国报》,任主编。该报旨在宣扬爱国保国、爱民保民的思想,试图唤醒民众觉悟。《正宗爱国报》在丁宝臣被袁世凯政府当局杀害后,由丁氏内弟马志远、马仲安改组为复华印刷所。①

丁氏序言,先述强国优胜之法,再切入戏园戏曲于强国之道在于"优游乐趣,涵养性情,活泼心思,发明理想",从而强调戏曲之于是时势有不可或缺的地位。相较与以往的排演的戏曲,《越南亡国惨》则取材邻国实例,意在揭示国家民族强存弱亡的根本原因,启发民众忠君爱国、自强保种。这一点正与《正宗爱国报》的办报宗旨相契合。

北京正宗爱国报馆印本后,1919年《春柳》第8期则选登有该剧前六本,内容与前者基本同。

6.《教育唱歌集》,清曾志忞编,清光绪三十二年(1906)第七版铅印本。卷末版权页印:光绪三十年四月十五日发行/光绪三十二年十月初一日七版/实价每册三角/编者 留学日本东京上海曾志忞/发行者 上海西门外音乐传习所/印刷者 日本东京浅草黑舟町廿八番地榎本棒信/发行所 上海 文明书局 时中书局 各大书房/印刷所 日本东京浅草黑舟町廿八番地并木活版所。

该歌集分:幼儿园用 八章;寻常小学用 七章;高等小学用 六章;中学用 五章。后附:乐典摘要;教授方法;进行曲。

7.《中学校用国民唱歌集》,清曾志忞编,清光绪三十二年(1906)第四版铅印本。卷末版权页印:光绪三十年四月十五日发行/光绪三十二年十月初一日四版/实价每册二角五分/编者 留学日本东京上海曾志忞/发行者 上海西门外音乐传习所/印刷者 日本东京浅草黑舟町廿八番地榎本棒信/发行所 上海 文明书局 时中书局 各大书房/印刷所 日本东京浅草黑舟町廿八番地并木活版所。

---

① 参见白寿彝主编:《中国回回民族史(下)》,中华书局,2003年,第1121—1124页。

曾志忞(1879—1929),号泽民,又号泽霖,1901年赴日本留学。清末民初学堂乐歌时期,曾志忞是与沈心工、李叔同等齐名的音乐活动家,也是我国第一个西式管弦乐队的创办人。①

---

① 参见陈聆群:《中国近现代音乐史研究在20世纪 陈聆群音乐文集》,上海音乐学院出版社,2004年,第117—127页。

法国国家图书馆伯希和特藏之"俗唱本"

刘 蕊

摘要：法国国家图书馆伯希和特藏中,收录有秦腔戏本、俗曲唱本等115种,合称"俗唱本"。应是1908年8月至9月,法国汉学家伯希和结束西域探险之行后,逗留西安期间,搜购文物、书籍时获得。这批"俗唱本"多数由清同治、光绪年间陕西西安当地书坊刊印发兑。明确刊印时间最早者为同治癸酉(1873)复兴堂刻《雪梅观文》。"俗唱本"中绝大多数为秦腔戏本,部分版本稀见,尚未见诸目录,或为孤本。这批文本的披露,对于秦腔、俗曲、书坊业等相关研究具有特殊的价值,值得关注。

关键词：伯希和特藏；俗唱本；秦腔；俗曲

法国国家图书馆馆藏中文古籍主要包括三部分：一是古恒目录(*Bibliothèque Nationale Département des Manuscrits. Catalogue des Livres Chinois, Coréens, Japonais, etc*, 1902—1912),收录书目9 080条。二是伯希和特藏目录(*Répertoire de «Collections Pelliot A» et «B» du Fonds Chinois de La Bibliothèque Nationale*, 1913),分为A、B藏,共录书目2 074条。而后,王重民在此目录基础上,对伯希和特藏重新编目、分类。三是新增汉籍,为1912年至1973年入藏法国国图的中文书籍,索书号接续古恒目录,现至Chinois15934。

伯希和特藏涵盖经史子集丛各部,史部约占总藏三分之一,其中尤以方志最具特色,合计572种。① 丛书约有一百种,集部颇多善本。② 索书号为 PELLIOT B1620 者,名曰"俗唱本",装订为洋装五册,所谓"俗唱本"乃编目者自拟书名。据笔者目验,实际为115种③大约刊行于清同治、光绪年间的秦腔、俗曲等文本之合集。明确刊发时间最早者为同治癸酉(1873)复兴堂本《雪梅观文》,另有部分文本未题刊发时间和书坊,基本可以断定为同时期的清末刻本。这批"俗唱本"中,部分版本未见目录著录,或为孤本,对于地方戏曲、俗曲,尤其是秦腔的研究,别具意义。笔者大体依照刊刻时间、刊发书坊及文本内容,著录如下,以飨读者。需注说或考辨处,作按语说明。④

一、戏　　本

1. 雪梅观文　一回　一册

清同治癸酉(1873)复兴堂刻本。白口,单鱼尾,无界行,半叶6行14字,四周单边。上书口刊"观文"。封页题"同治癸酉刊/裕兴堂发"。回末刊"省垣复兴堂刻发"。

2. 秦雪梅吊孝　一回　一册

清光绪甲申(1884)复兴堂刻本。白口,单鱼尾,无界行,半叶6行13字,四周单边。上书口刊"吊孝"。封页题"新刻雪梅吊孝/光绪甲申年 十

---

① 戴思哲:《法国国家图书馆藏中国西北地方地方志》,《首届中国地方志学术年会暨方志文献国际学术研讨会论文集》,2012年,第455—482页。
② 陈恒新:《法国国家图书馆藏汉籍研究》(山东大学2018年博士学位论文)第二章第二节对此有详细论述。
③ 剔除复本一种,装订错倒一种。
④ 著录其他版本时,以抄本、刻本为先;若无抄、刻本、石印本,简要注明口述抄录本、书录本。

五/裕兴堂发行"。回末刊"省城复兴堂新刻"。

3. 劝夫（雪梅劝夫）一回 一册

文明堂刻本。白口，单鱼尾，无界行，半叶 6 行 13 字，四周单边。

4. 雪梅教子 一回 一册

龙威阁刻本。白口，单鱼尾，无界行，半叶 6 行 14 字，四周单边。

按：另存清大荔三友书局梓行本；清富均堂梓行本；清光绪八年（1882）德兴堂梓行本；清忠信堂梓行本；民国西安德兴书局刊行本；清光绪年间泉省堂刊《雪梅上坟》。①《西行日记》载录洪洞同意堂本《雪梅吊孝》、文明堂本《雪梅劝夫》《雪梅观文》《雪梅教子》。② 法图藏《雪梅观文》《雪梅吊孝》《雪梅教子》，三者未见目录著录。

5. 汉阳院（汉阳院全本）一回 一册

清同治甲戌（1874）刻本。白口，单鱼尾，无界行，半叶 7 行 17 字，四周单边。封页题"同治甲戌年刊/二十册/省城树德堂发行"。③

按：傅斯年图书馆藏民国初年刊本，李福清以为该藏本为今存此剧唯一刊本。④ 实则，法图藏本系现知最早刻本。

6. 临潼山全本 三回 一册

清同治乙亥（1875）刻本。白口，单鱼尾，无界行，半叶 6 行 15 字，四周单边。封页题"新刻临潼山全本/同治乙亥 十五/树德堂发"。

回目：《李渊辞朝》《临潼山》《李渊攻军》。

---

① 山西、陕西、河南、河北、山东省艺术（戏剧）研究所合编：《中国梆子戏剧目大辞典》，山西人民出版社，1991 年，第 517—518 页。寒声：《寒声文集》第 2 卷《中国梆子声腔源流考论 下》，三晋出版社，2010 年，第 563 页。
② 陈万里：《西行日记》，见兰登·华尔纳著，姜洪源、魏宏举译：《在中国漫长的古道上》，新疆人民出版社，2013 年，第 188、197 页。
③ 苏育生：《秦腔看家戏："二十四大本"》，见冀福记、陈昆峰、卢恺编著：《品评秦腔》，太白文艺出版社，2010 年，第 206 页。
④ 李福清、王长友：《梆子戏稀见版本书录（上）》，《九州学林》2003 年秋季创刊号，第 281—282 页。

按：另有清同乐堂抄本串贯《临潼山》；京都立本堂梓行《李渊大战临潼山》新刻临潼山梆子腔；泰山堂《李渊大战临潼山》新刻梆子腔；□□堂梓行《临潼山》梆子腔真词抄本（京都大学人文研究所藏）；《临潼山》梆子腔真词抄本（风陵文库藏）；宝文堂刊《临潼山》梆子腔；清末民初怀兴堂刻同州梆子《临潼山》；清末民初永庆堂刻《临潼山》；民国西安德华书局刊行本。① 《西行日记》载录文明堂本《李渊辞朝》《李渊劝军》《临潼山》。② 李福清推断同乐堂抄本、立本堂刊本、泰山堂刊本三者为19世纪版本，③时代早于上述其他版本。法图藏本当为该剧现存较早的版本。

7. 锦绣图全本　二回　一册

清光绪丙子（1876）树德堂刻本。白口，单鱼尾，无界行，半叶6行13字，四周单边。上书口刊"过江"。封页题"锦绣图全本/光绪丙子刊/树德堂发"，钤"三国"墨印。

回目：《甘露寺》《走马分石》。

按：《锦绣图》，又名《回荆州》《龙凤呈祥》《美人计》等，是陕西秦腔传统剧目。④ 该本未见目录著录，当为该剧现存较早刻本。

8. 苦节图全本　十七回　六册

清光绪己卯（1879）龙威阁刻本。白口，单鱼尾，无界行，半叶6行14字，四周单边。封页题"苦节图全本/己卯年　一百七十册/新改正　裕兴堂发行"。回末刊"龙威阁刊""省城多公祠龙威阁发印"等。

按：据"俗唱本"收录清光绪九年龙威阁刊《紫竹庵全本》可知，西安龙威阁的刊印活动当在光绪九年前后。故而，笔者推断该本封页所题"己卯

---

① 陕西省艺术研究所编：《秦腔剧目初考》，陕西人民出版社，1984年，第174—175页。
② 《西行日记》，第197页。
③ 李福清、王长友：《梆子戏稀见版本书录（中）》，《九州学林》2003年1卷2期，第295—296页。张蕾：《陕西省艺术研究院藏秦腔木刻本总目》，《戏曲与俗文学研究》2018年第6辑，第293—294页。《秦腔剧目初考》，第174—175页。
④ 吴民、钟菁：《中国秦腔史》，四川大学出版社，2015年，第38页。

年"应为光绪五年,即1879年。

陕西省艺术研究院藏《苦节图》四种:清末刻同州梆子、清末吉庆堂刻本、清末刻同州梆子、清末刻秦腔,皆为残本,①与法图藏本异。《西行日记》载录文明堂本《苦节图》全本②。

9. 紫竹庵全本 十七回 四册

清光绪九年(1883)龙威阁刻本。白口,单鱼尾,无界行,半叶6行14字,四周单边。封页题"紫竹庵全本/光绪九年新刊/省城裕兴堂发行"。回末刊"龙威阁刊发"。

按:该本与中国艺术研究院戏曲研究所藏本同,原为杜颖陶旧藏。③

10. 渭水河·文王访贤 一回 一册

清光绪甲申(1884)复兴堂刻本。白口,单鱼尾,无界行,半叶6行14字,四周单边。上书口刊"渭水河"。封页题"渭水河/文王访贤/光绪甲申新刻 十五/西安复兴堂发行"。

按:另存北京中吉堂刻《文王请太公》残本、清同乐堂抄本串贯《渭水河》秦腔杂角戏;百本张抄本《渭水河》总讲全本梆子真词真戏秦戏、石印本二种;清别墅堂抄本全串贯《渭水河》;锦文堂《渭水河》元红梆子腔。④《西行日记》载录绛州文兴堂本《渭水河》。⑤ 该本未见目录著录。

11. 回龙阁 一回 一册

清光绪乙酉(1885)文明堂刻本。白口,单鱼尾,无界行,半叶6行13字,四周双边。上书口刊"赶坡"。封页题"回龙阁全本/光绪乙酉年 廿七册/西安府顺城巷文明堂刊发"。

---

① 《陕西省艺术研究院藏秦腔木刻本总目》,第291—293页。
② 《西行日记》,第197页。
③ 孙崇涛:《戏曲文献学》,山西教育出版社,2008年,第153—154页。
④ 《梆子戏稀见版本书录(上)》,第270—271页。
⑤ 《西行日记》,第188页。

按：《回龙阁》为连台本戏《五家坡》之折戏。另存清同州清义堂梓行本、民国西安德华书局刊行李正敏《五典坡》演唱本等。① 《西行日记》载录文明堂本，②未知与法图藏本异同。

12. 出汤邑全本 三回 一册

清光绪丙戌(1886)刻本。白口，单鱼尾，无界行，半叶6行14字，四周单边。上书口刊"出汤邑"。封页题"出汤邑全本/光绪丙戌年刊 廿册/裕兴堂发"。

回目：《出汤邑拆书》《出汤邑别妻》《伍员逃国》。

13. 伍员逃国 一回 一册

鸿兴堂刻本。白口，单鱼尾，无界行，半叶6行13字，左右双边。版心刊"逃国/鸿兴堂"。

按：另存锦文堂刻《杀府逃国》梆子腔；北京学古堂排印本；民国西安德华书局刊行《伍员逃国》改良本秦腔。③《西行日记》载录文明堂本《伍员别妻逃国》。④

鸿兴堂刻《伍员逃国》一回，与前一种《出汤邑全本》之《伍员逃国》内容同，版式异，文词稍有差别。以上二种刻本未见目录著录，且清光绪丙戌(1886)刊《出汤邑》当为该剧今存最早刻本。

14. 红灯记 七回 二册

清光绪丙戌(1886)义盛堂刻本。白口，单鱼尾，无界行，半叶6行14字，四周单边。封页题"红灯记全本/光绪丙戌年新刻 四拾六册/裕兴堂发行"。末回刊"义盛堂发行"。

---

① 《秦腔剧目初考》，第271—272页。
② 《西行日记》，第197页。
③ 《梆子戏稀见版本书录(上)》，第272页；《秦腔剧目初考》，第40—41页。
④ 《西行日记》，第197页。

按：另存陕西省艺术研究院藏抄录本。① 该本当为该剧现存最早刻本。

15. 守义图·官断 一回 一册

清光绪壬辰(1892)年富贵堂刻本。白口，单鱼尾，无界行，半叶6行14字，四周单边。上书口刊"守义"。封页印"守义图/光绪壬辰年 十九/西安顺城巷 富贵堂发"。

按：该本未见目录著录，或为孤本。

16. 辕门斩子全本 三回 一册

清光绪壬辰(1892)刻本。白口，单鱼尾，无界行，半叶6行14字，四周单边。上书口刊"斩子"等。封页题"辕门斩子全本/光绪壬辰年 廿八册/西安富□□"。

回目：《辕门斩子》《八王讲情》《桂英祈恩》。

17. 辕门斩子 一回 一册

裕兴堂刻本。白口，单鱼尾，无界行，半叶6行14字，四周单边。上书口刊"斩子"。

按：另存清抄本《斩子》梆子腔；北京中吉堂刊《辕门斩子》穆桂英救夫梆子腔；北京打磨厂宝文堂《辕门斩子》新刻梆子准词；北京宝文堂刊《斩子见英》；北平打磨厂学古堂《女斩子》；②民国三十年(1941)西安德华书局刊行本；民国西安同兴书局刊行本。③《西行日记》载录文明堂本《桂英诉恩》《八王讲情》，④笔者疑："诉"误，当为"祈"。

法图藏本后一种折戏《辕门斩子》，与前一种全本之第一回同。此二种

---

① 《秦腔剧目初考》，第448页。
② 李福清、王长友：《梆子戏稀见版本书录(下)》，《九州学林》2004年2卷1期，第171—172页。
③ 《秦腔剧目初考》，第577—578页。
④ 《西行日记》，第197页。

版本未见目录著录。

18. 卖布（张琏卖布） 一回 一册

清光绪甲午（1894）裕兴堂刻本。白口，单鱼尾，无界行，半叶6行16字，四周单边。封页题"张琏卖布/光绪甲午年新刻/省城南院门裕兴堂发行"。回末刊"鸿兴堂发"。

按：另存民国西安德华书局刊行本。①《西行日记》载录文明堂本《张琏卖布》。② 该本属曲子戏，未见目录著录，应为现存较早的版本。

19. 诸葛观星 一回 一册

清光绪乙未（1895）裕兴堂刻本。白口，单鱼尾，无界行，半叶6行14字，四周单边。上书口刊"观星"。封页题"诸葛观星全本/光绪乙未年 十四/西安府南院门裕兴堂刊发"。回末刊"下接祭灯""裕兴堂发兑"。

按：该本与陕西省艺术研究院藏本同。③ 另存清光绪二十一年（1895）泉省堂刻本；④《西行日记》载录永福堂本《观星一大回》。⑤

20. 五丈原 一回 一册

清光绪乙未（1895）复兴堂刻本。白口，单鱼尾，无界行，半叶6行14字，四周单边。封页题"五丈原全本/光绪乙未年/裕兴堂发兑"。回末刊"复兴堂新刻"。

按：《陕西省志·出版志》载清光绪二十一年（1895）西安裕兴堂刊行本，⑥应与该本同。另存民国西安义兴堂书局、德华书局刊行本。⑦

---

① 《秦腔剧目初考》，第577—578页。
② 《西行日记》，第197页。
③ 《陕西省艺术研究院藏秦腔木刻本总目》，第306页。
④ 《寒声文集》第2卷《中国梆子声腔源流考论 下》，第563页。
⑤ 《西行日记》，第197页。
⑥ 陕西省地方志编纂委员会编：《陕西省志·出版志》，三秦出版社，1998年，第147页。
⑦ 《秦腔剧目初考》，第154页。

21. 黄河阵 一回 一册

清光绪乙未(1895)刻本。文明堂藏板。白口,单鱼尾,无界行,半叶7行14字,四周单边。封页题"黄河阵全本/光绪乙未年 三十册/文明堂藏板"。

按:另存民国西安义兴堂书局、德华书局刊行本。①《西行日记》载录文明堂本《黄河阵》全本,②未知与法图藏本异同。

22. 调寇准 一回 一册

清光绪丙申(1896)裕兴堂刻本。白口,单鱼尾,无界行,半叶6行14字,四周单边。上书口刊"吊寇"。封页题"吊寇准全本/光绪丙申新刊 三册/省城裕兴堂梓行"。

按:另存清光绪壬寅(1902)木刻《调寇准全本》;民国三十七年(1948)西安德华书局刊行《调寇准》折戏本。③ 该本未见目录著录,当为该剧今存最早刻本。

23. 王彦章观兵书 一回 一册

清光绪二十四年(1898)怀兴堂刻本。白口,单鱼尾,无界行,半叶6行13字,四周单边。封页题"彦章观兵书/光绪式④十四年新刊 六册/满城大差市怀兴堂发行"。

按:傅斯年图书馆藏□□堂《新刻王彦章夜看兵书》,与该本异。另有西安德华书局刊行秦腔《观兵书》。⑤ 该本未见目录著录,或为该剧今存最早刻本。

24. 四郎探母 一回 一册

清光绪壬寅(1902)泉省堂刻本。白口,单鱼尾,无界行,半叶6行12

---

① 《秦腔剧目初考》,第12—13页。
② 《西行日记》,第197页。
③ 鱼讯主编:《陕西省戏剧志·西安市卷》,三秦出版社,1998年,第243页。《秦腔剧目初考》,第297页。
④ 该字依原本,下同。
⑤ 《秦腔剧目初考》,第268—269页。

字,四周单边。上书口刊"探母四回"。封页题"四郎探母全本/光绪壬寅新刊 十一/省城泉省堂梓行"。回末刊"下结藏龙"。

按:另存清同乐堂抄本、民国西安德华书局刊行本。① 该本为《四郎探母》第四回,为此剧现存较早刻本。

25. 斩秦英(乾坤褂)一回 一册

清光绪乙巳(1905)裕兴堂刻本。白口,单鱼尾,无界行,半叶6行13字,四周单边。封页题"乾坤褂/光绪乙巳刊刻 十七/裕兴堂梓行"。

按:另存民国西安德华书局刊行本;②新刻梆子调石印本。③《西行日记》载录文明堂本《乾坤带》。④ 该本当为该剧今存最早刊本。

26. 乾隆王让位 二回 一册

清光绪乙巳(1905)刻本。白口,单鱼尾,无界行,半叶6行13字,四周单边。上书口刊"乾隆王""让位"。封页题"光绪乙巳年刻/乾隆王让位/西安　堂发行　不误"。

回目:《乾隆王让位》《二回坐殿》。

按:《西行日记》载录文明堂本《乾隆王让位》。⑤ 该本未见目录著录,或为该剧今存最早刻本。

27. 铁兽图 一回 一册

清光绪丙午(1906)文明堂刻本。白口,单鱼尾,无界行,半叶6行14字,四周单边。封页题"铁兽图全本/光绪丙午新刻 二十三册/省城文明堂刊"。

按:另存清末民初刻同州梆子《铁兽图》,⑥与该本异。《西行日记》载

---

① 《梆子戏稀见版本书录(下)》,第170页。《秦腔剧目初考》,第299—300页。
② 《秦腔剧目初考》,第207—208页。
③ 《梆子戏稀见版本书录(中)》,第302页。
④ 《西行日记》,第197页。
⑤ 《西行日记》,第197页。
⑥ 《陕西省艺术研究院藏秦腔木刻本总目》,第299页。

录文明堂本《铁兽图》,①未知与法图藏本异同。

28. 八蜡庙·替死 一回 一册

清光绪三十二年(1906)怀兴堂刻本。白口,单鱼尾,无界行,半叶6行13字,四周单边。封页题"光绪三十二年刻 十四/八擳庙全本/怀兴堂刊发"。卷端题"八蜡庙"。

按:《春台班戏目》《庆升平班戏目》著录该剧目,甘肃靖远清嘉庆古钟有铸目。② 双红堂文库藏泰山堂排印本京调折子戏《虮蜡庙》。该本当为今存秦腔戏本最早刻本。

29. 下四川 一回 一册

清光绪三十二年(1906)怀兴堂刻本。白口,单鱼尾,无界行,半叶6行13字,四周单边。封页题"下四川/光绪三十二年 拾册/单别窑/西安府大差市怀兴堂刊发"。

按:今存烟歌流行剧目《下四川》、曲子戏传统剧目《干妹子下四川》。③ 该本未见目录著录,与以上二种同名异本。

30. 天水关 一回 一册

清光绪丁未(1907)刻本。白口,单鱼尾,无界行,半叶6行13字,四周单边。封页题"收姜维 天水关/光绪丁未年刊/西安满城怀兴堂发行"。题名下刊"二黄腔"。

按:《天水关》又名《收姜维》,是汉调二黄传统剧目。④ 陕西省艺术研究所黄笙闻先生处收藏有清代石印本《天水关》,封页印"陕西秦腔",剧本

---

① 《西行日记》,第197页。
② 齐森华等主编:《中国曲学大辞典》,浙江教育出版社,1997年,第539页。
③ 郭锦堂、王锡平、杜小军:《秦州烟歌》,甘肃文化出版社,2015年,第95—99页。《中国戏曲志·甘肃卷》编辑委员会编:《中国戏曲志 甘肃卷》,中国ISBN中心,1995年,第131页。
④ 《陕西省戏剧志 安康地区卷》,第71页。

开头标明"二黄",由此推断二黄与秦腔当时是名别义同。① 李福清先生认为,二黄(或作"二簧")在清代中晚期时是相对独立的,不少戏词抄本上都专门表明是"二簧",后来才逐渐成为腔调名称。②

另有民国陕西省城南院门义兴堂书局刊印本。③ 法图藏本或为该剧今存最早刻本。

31. 抢板 一回 一册

清光绪丁未(1907)刻本。白口,单鱼尾,无界行,半叶6行14字,四周单边。封页题"新刻抢板全本/光绪丁未年 二四/省城金玉堂发行"。回末刊"西安省城金裕堂发行"。

按:该本未见目录著录,或为此剧今存最早刻本。

32. 断桥亭(一) 一回 一册

清光绪三十三年(1907)怀兴堂刻本。白口,单鱼尾,无界行,半叶6行13字,四周单边。封页题"断桥亭/光绪三十三年十月刊 十八/省城怀兴堂发行"。

33. 断桥亭(二) 一回 一册

裕兴堂刻本。白口,单鱼尾,无界行,半叶6行14字,四周单边。上书口刊"断桥"。卷端题"断桥亭相会",回末刊"裕兴堂发兑"。

按:陕西艺术研究院藏《断桥》残本二种:一为清末兴文堂刻同州梆子,二为清末刻本,④皆与以上两种版本异。另有民国二年(1913)西安泉省堂刻《断桥亭》。⑤ 法图二种藏本故事情节相同,文词多有差异。

34. 梓桑镇 一回 一册

清光绪戊申(1908)怀兴堂刻本。白口,单鱼尾,无界行,半叶6行13

---

① 戴承元、柯晓明主编:《中国汉调二黄研究》,三秦出版社,2014年,第27页。
② 《梆子戏稀见版本书录(上)》,第262—263页。
③ 《秦腔剧目初考》,第150页。
④ 《陕西省艺术研究院藏秦腔木刻本总目》,第284页。
⑤ 《寒声文集》第2卷《中国梆子声腔源流考论 下》,第563页。

字,四周单边。封页题"梓桑镇全本/光绪戊申年新刊 十六册/怀兴堂发行"。

按:该本未见目录著录,或为孤本。

35. 大报仇·祭灵 一回 一册

清光绪三十四年(1908)省城泉省堂刻本。白口,单鱼尾,无界行,半叶6行14字,四周单边。上书口刊"祭灵"。封页题"大报仇全本/光绪卅四年新刊 十二/省城泉省堂梓行"。

按:齐如山旧藏清光绪年间泉省堂刊本,①当与该本同。又,《西行日记》载录文明堂本《大报仇》。②

36. 双玉镯 十七回 四册

清光绪年间(1875—1908)刻本。白口,单鱼尾,无界行,半叶6行14字,四周单边。封页题"双玉镯全本/宋巧娇告状 壹百贰拾册//法门寺降香 裕兴堂发行"。回末刊"龙威阁发兑"。

按:该本与陕西省艺术研究院藏本同。③ 另存清同乐堂抄本串贯《法门寺》、民国西安德华书局刊行本。④

37. 徐杨订本 一回 一册

复兴堂刻本。白口,单鱼尾,无界行,半叶6行13字,四周单边。版心刊"订本/复兴堂"。封页题"裕兴堂/徐杨订本 九"。回末刊"省城多公祠门复兴堂发行"。

按:《西行日记》载录文明堂本《徐杨叮本》。⑤ 该本未见目录著录。

---

① 《寒声文集》第2卷《中国梆子声腔源流考论 下》,第563页。
② 《西行日记》,第197页。
③ 《中国戏曲志·陕西卷》编辑委员会编:《中国戏曲志 陕西卷》,中国ISBN中心出版社,2000年,第639—640页。
④ 《梆子戏稀见版本书录(下)》,第185—186页。《秦腔剧目初考》,第444—445页。
⑤ 《西行日记》,第197页。

38. 金沙滩 一回 一册

复兴堂刻本。白口，单鱼尾，无界行，半叶6行14字，四周单边。封页题"裕兴堂/金沙滩 十二"。回末刊"复兴堂刻发"。

按：另存清同乐堂抄本串贯《金沙滩》、清同治七年（1868）宝盛堂刻本、民国西安义兴堂书局刊行本。①《西行日记》载录文明堂本《金沙滩》。② 该本未见目录著录。

39. 二进宫 一回 一册

复兴堂刻本。白口，单鱼尾，无界行，半叶6行14字，四周单边。封页题"裕兴堂/二进宫 一"。回末刊"复兴堂刻发"。

按：另存清同乐堂抄本串贯《二进宫》二出；北京打磨厂中吉号梓行《二进宫》梆子腔；陕西省艺术研究院藏有二种秦腔清末刻本，与该本异。③《西行日记》载录万世堂本。④ 该本未见目录著录。

40. 投唐（李蜜投唐）一回 一册

复兴堂刻本。白口，单鱼尾，无界行，半叶6行14字，四周单边。封页题"裕兴堂/李蜜投唐 一"。回末刊"省城复兴堂刻"。

按：陕西省艺术研究院藏蒲天信口述抄录本。⑤ 该本未见目录著录，应为此剧今存早期刻本。

41. 斩文忠（斩李文忠）一回 一册

复兴堂刻本。白口，单鱼尾，无界行，半叶6行14字，四周单边。上书口刊"文忠"。封页题"裕兴堂/斩李文忠 一"。回末刊"省城复兴堂刻发"。

---

① 《梆子戏稀见版本书录（下）》，第168页。《中国梆子戏剧目大辞典》，第291页。
② 《西行日记》，第197页。
③ 《梆子戏稀见版本书录（下）》，第189页。《陕西省艺术研究院藏秦腔木刻本总目》，第285页。
④ 《西行日记》，第197页。
⑤ 《秦腔剧目初考》，第187—188页。

按：另存民国西安义兴堂书局刊行本。① 该本未见目录著录，当为该剧今存最早版本。

42. 玉莲走雪 一回 一册

复兴堂刻本。白口，单鱼尾，无界行，半叶6行14字，四周单边。上书口刊"走雪"。封页题"裕兴堂/玉连走雪 十三"。回末刊"省城复兴堂刻发"。

按：《西行日记》载录文明堂本《玉莲走雪》。② 该本未见目录著录。

43. 长板坡 一回 一册

复兴堂刻本。白口，单鱼尾，无界行，半叶6行14字，四周单边。封页印"裕兴堂/长板坡 五"。回末刊"省城复兴堂刻发"。

按：另存汉调桄桄程海清口述本。③ 该本未见目录著录，或为此剧今存唯一刻本。

44. 投朋（宋江投朋）一回 一册

复兴堂刻本。白口，单鱼尾，无界行，半叶6行14字，四周单边。封页题"裕兴堂/宋江投朋 五"。回末刊"省城复兴堂刻"。

按：另存陶隆富口述抄录本。④ 该本未见目录著录，或为此剧现存唯一刻本。

45. 诸葛掌船·接主 一回 一册

复兴堂刻本。白口，单鱼尾，无界行，半叶6行14字，四周双边。上书口刊"接主"。封页题"裕兴堂/诸葛掌船 五"。回末刊"复兴堂刻"。

按：此折戏出自《锦绣图》，该本未见目录著录。

46. 放牛 一回 一册

复兴堂刻本。白口，单鱼尾，无界行，半叶6行14字，四周单边。封页

---

① 《秦腔剧目初考》，第426页。
② 《西行日记》，第197页。
③ 《秦腔剧目初考》，第128—129页。
④ 《秦腔剧目初考》，第356—357页。

题"裕兴堂/放牛 八"。回末刊"复兴堂刻发"。

按：另清光绪年间咸阳永盛堂刊本；北京打磨厂宝文堂《小放牛》新抄张小仙十三旦真词梆子腔，及排印本等。①《西行日记》载录洪洞同意堂刻本。② 该本属曲子戏，未见目录著录。

47. 王婆骂鸡 不分卷 一册

复兴堂刻本。白口，单鱼尾，无界行，半叶6行14字，四周双边。题名下题"月调"。封页印"裕兴堂/王嫂骂鸡 五"。回末刊"复兴堂新刻"。

按：陕西中路秦腔小戏、清乾隆北京秦腔皆有同目。另存民国西安德华书局刊行本。③ 该本未见目录著录。

48. 秦琼打粮 一回 一册

复兴堂刻本。白口，单鱼尾，无界行，半叶6行13字，四周单边。上书口刊"打粮"。封页题"复兴堂/秦琼打粮"。

按：该本未见目录著录，或为此剧今存最早刻本。

49. 杀四门 一回 一册

复兴堂刻本。白口，单鱼尾，无界行，半叶6行14字，四周单边。封页题"杀四门 六"。回末刊"省城复兴堂刻"。

按：该本乃取材宋代故事《赵太祖三下南唐》，不同于《秦腔传统剧目初考》④所著录之《杀四门》，演唐太宗东征事。圣彼得堡东方研究所藏清同乐堂抄本串贯《下南唐》。法图藏本当为该剧今存最早刻本。

50. 云南上寿 一回 一册

裕兴堂刻本。白口，单鱼尾，无界行，半叶6行13字，四周单边。封页

---

① 《梆子戏稀见版本书录（下）》，第198—199页。《寒声文集》第2卷《中国梆子声腔源流考论 下》，第563页。
② 《西行日记》，第187页。
③ 《秦腔剧目初考》，第569页。
④ 《秦腔剧目初考》，第196页。

题"裕兴堂/云南上寿 一二"。

按：另存清末大荔清义堂梓行本、民国西安德华书局刊行本。①《西行日记》载录文明堂本。② 该本未见目录著录。

51. 三娘教子 一回 一册

裕兴堂刻本。白口，单鱼尾，无界行，半叶6行13字，四周单边。上书口刊"交子"。封页印"裕兴堂/三娘教子"。

按：另存清抄本《教子》；北京锦文堂存板《教子》新抄盖绛州梆子腔准词；北京东泰山堂《三娘教子》；北京打磨厂西口内中古号《三娘教子》新刻梆子腔；结元堂《三娘教子》；北京宝文堂梓行《三娘教子》新刻盖绛州梆子准词；北京学古堂排印本；咸林庆春堂刻《三娘教子》；民国三十年(1941)西安同兴书局刊行《三娘教子》折戏本；陕西省艺术研究院藏有两种：一为清末民初刻秦腔《三娘教子》，残本；二为抄本。③ 该本未见目录著录。

52. 观春秋 一回 一册

裕兴堂刻本。白口，单鱼尾，无界行，半叶6行14字，四周单边。封页题"裕兴堂/观春秋 九"。

按：另存清光绪年间咸阳永盛堂刊本。④ 该本未见目录著录。

53. 铁坵坟全本 二回 一册

清末刻本。白口，单鱼尾，无界行，半叶6行14字，四周单边。封页题"铁坵坟全本/杨六郎戏妻 式拾册/柴郡主祭坟/裕兴堂发兑"。回末刊"龙威阁发兑"。

回目：《铁角坟》《铁角坟十张纸》。

---

① 《秦腔剧目初考》，第525页。
② 《西行日记》，第197页。
③ 《梆子戏稀见版本书录(下)》，第192—193页。《陕西省艺术研究院藏秦腔木刻本总目》，第295页。《秦腔剧目初考》，第513页。
④ 《寒声文集》第2卷《中国梆子声腔源流考论 下》，第563页。

按：陕西省艺术研究院藏《铁角坟十张纸》二种：一为清末刻本，与该本第二回同；二为清宣统三年同州梆子刻本。① 另有民国西安德华书局刊行本。②《西行日记》载录文明堂本《铁角坟》《十张纸》。③

54. 谪仙楼全本 十六回 四册

裕兴堂刻本。白口，单鱼尾，无界行，半叶6行14字，四周单边。封页题"谪仙楼全本／江上游抢亲／花天彪报仇／九十册／省城裕兴堂发梓"。目录末刊"龙威阁梓"。

按：该本装订时第十四至十六回被错置于首回前，未见目录著录。

55. 二姐做梦 一回 一册

裕兴堂刻本。白口，单鱼尾，无界行，半叶6行14字，四周单边。封页题"裕兴堂／二姐做梦"。

按：该本未见目录著录。河南、山东、山西等地方戏、曲艺等皆有《小二姐做梦》，与该本内容相似，文本不同。

56. 十八姐 一回 一册

裕兴堂刻本。白口，单鱼尾，无界行，半叶6行14字，四周单边。封页题"裕兴堂／十八姐儿 五"。

按：另存民国西安德华书局刊行本。④ 该本或为该剧今存最早刊本。

57. 于让䄂袍 一回 一册

文明堂刻本。白口，单鱼尾，无界行，半叶6行14字，四周单边。封页题"文明堂／于让䄂袍 十"。

按：陕西艺术研究院藏清末刻本《䄂袍》，残本，⑤与该本同。《西行日

---

① 《陕西省艺术研究院藏秦腔木刻本总目》，第298—299页。
② 《秦腔剧目初考》，第309—310页。
③ 《西行日记》，第197页。
④ 《秦腔剧目初考》，第555页。
⑤ 《陕西省艺术研究院藏秦腔木刻本总目》，第305—306页。

记》亦载录文明堂本《于让斫袍》。①

58. 牧羊卷放饭 一回 一册

文明堂刻本。白口，单鱼尾，无界行，半叶6行14字，四周单边。封页题"文明堂/牧羊放饭"。

按：另存清同治辛巳(1881)京都王记梓行《牧羊圈》二簧梆子；1920年京都宝文堂《牧羊圈》小元红金香玉准词梆子腔；②民国三十年(1941)西安德华书局刊行本；民国西安同兴书局刊行本；甘肃省文化艺术研究所藏清木刻本。③《西行日记》载录洪洞同意堂本《牧羊卷》。④ 该本未见目录著录。

59. 合凤裙 一回 一册

文明堂刻本。白口，单鱼尾，无界行，半叶6行15字，四周单边。封页题"文明堂/合凤裙 四一"。

按：另存民国西安义兴堂书局刊行本、长安书店刊行本。⑤《西行日记》载录文明堂本，⑥未知与该本异同。

60. 打灶君(打灶) 一回 一册

龙威阁刻本。白口，单鱼尾，无界行，半叶6行14字，四周单边。封页题"打灶 一"。回末刊"龙威阁刊发"。

按：另存清同乐堂抄本串贯《打皂分家》；万顺堂刻本《打造王》新刻梆子腔；《打皂王》梆子腔京调；民国西安义兴堂书局刊行秦腔本。李福清推断以上前两种或为今存最早版本。⑦ 法图藏本未见目录著录，李氏推断有

---

① 《西行日记》，第197页。
② 《梆子戏稀见版本书录(中)》，第306页。
③ 《中国梆子戏剧目大辞典》，第264页。
④ 《西行日记》，第197页。
⑤ 《秦腔剧目初考》，第487—488页。
⑥ 《西行日记》，第197页。
⑦ 《梆子戏稀见版本书录(上)》，第279—280页。

待考证。

61. 起解秦琼 一回 一册

龙威阁刻本。白口,单鱼尾,无界行,半叶6行14字,四周单边。版心刊"起解/龙威阁"。

按:另存清末永庆堂梓行《秦琼起解》,残本,一册,①与该本异;民国西安德华书局刊行《男起解》折戏本。② 该本未见目录著录。

62. 双凤钗 二十三回 六册

龙威阁刻本。白口,单鱼尾,无界行,半叶6行14字,四周单边。上书口刊"双凤钗"。封页题"双凤钗全本/多大人征贼 式伯卅册/错乱鸳鸯谱 裕兴堂发行"。回末刊"西安省城龙威阁发行"等。

按:第二十一至二十三回装订错乱,被置于《回龙阁》前。

63. 双凤钗·陆回哭楼 一回 一册

清末刻本。白口,单鱼尾,无界行,半叶6行14字,四周单边。版心刊"双凤钗/六回"。封页题"双凤钗哭楼 十八"。回末刊"六回终 下接病故"。

按:《陆回哭楼》即《双凤钗》第六回《哭楼》,与前一种《双凤钗》第六回同。《西行日记》载录文明堂本《双凤钗哭楼》。③ 另有清末民国间刻同州梆子《双凤钗》,④乃《双凤钗》第十八回《扮女》的残本。

64. 烟鬼显魂 一回 一册

义盛堂刻本。白口,单鱼尾,无界行,半叶6行16字,四周单边。上书口刊"烟鬼"。封页绣图,题"烟鬼显魂"。回末刊"义盛堂发行"。

按:另存京都王记梓行《烟鬼显魂》新刻二簧梆子全唱;京都锦文堂梓

---

① 《陕西省艺术研究院藏秦腔木刻本总目》,第294—295页。
② 《秦腔剧目初考》,第183—184页。
③ 《西行日记》,第197页。
④ 《陕西省艺术研究院藏秦腔木刻本总目》,第297页。

《烟鬼显魂托梦》新出梆子腔。① 该本未见目录著录。

65. 赵颜求寿 一回 一册

义盛堂刻本。白口,单鱼尾,无界行,半叶6行14字,四周单边。上书口刊"求寿"。封页题"赵颜求寿 十二"。回末刊"西安义盛堂发兑"。

按:另存清末文星堂刻秦腔《赵颜求寿》、②西安树德堂刊《赵颜求寿》。③ 该本未见目录著录。

66. 扫雪(裙边扫雪) 一回 一册

义盛堂刻本。白口,单鱼尾,无界行,半叶6行14字,四周单边(间有左右双边)。封页题"裙边扫雪 十四"。回末刊"义盛堂发刊"。

按:另存北京打磨厂西串贯《裙边扫雪》;宝文堂刊串贯《裙边扫雪》新镌梆子腔、苏州观澜阁书局石印本《裙边扫雪》新印梆子腔等。④ 该本未见目录著录。

67. 别母(周俞别母)一回 一册

义盛堂刻本。白口,单鱼尾,无界行,半叶6行14字,左右双边。封页题"周俞别母 十"。回末刊"义盛堂新刻"。

按:本戏全名《周遇吉别母》。另存西安华西书局印本、西安义兴堂书局刊行本。⑤ 该本未见目录著录,或为此剧现存最早刻本。

68. 香山还愿 一回 一册

义盛堂刻本。白口,单鱼尾,无界行,半叶6行14字,左右双边。回末刊"义盛堂刻"。

按:另存清末民初吉庆堂刻秦腔《香山还愿》,残本。⑥《西行日记》载

---

① 《梆子戏稀见版本书录(下)》,第201页。
② 《陕西省艺术研究院藏秦腔木刻本总目》,第307页。
③ 《寒声文集》第2卷《中国梆子声腔源流考论 下》,第562页。
④ 《梆子戏稀见版本书录(上)》,第277页。
⑤ 《陕西省戏剧志·西安市卷》,第202页。
⑥ 《陕西省艺术研究院藏秦腔木刻本总目》,第300页。

录文明堂刻本。① 该本未见目录著录。

69. 五郎出家 一回 一册

义盛堂刻本。白口，单鱼尾，无界行，半叶 6 行 14 字，四周单边。封页题"裕兴堂/五郎出家 十九"。回末刊"义盛堂刊"。

按：圣彼得堡东方研究所藏清光绪十七年(1892)北京打磨厂西口内中古号新刻梆子腔《杨五郎出家》，李福清推测此本或是本剧最早刊本。傅斯年图书馆藏有三种：聚义堂《杨五郎出家》、梆子《五台出家》、石印本《五台山》。另有民国西安德华书局刊行本，以及抄录本、油印本等。② 法图藏本，一回，为 19 世纪义盛堂刊本，转为裕兴堂发售，未见目录著录，当为此剧现存最早秦腔折戏刻本。

70. 刘玉郎思家（忠孝贤） 十一回 四册

义盛堂刻本。白口，单鱼尾，无界行，半叶 6 行 14 字，四周单边。封页题"忠孝贤全本/刘状元思家 一百廿册/郭兰英劝父 裕兴堂发行"。卷端题"刘玉郎思家"。内刊"省城多公祠门口义盛堂书坊发梓"等。

按：傅斯年图书馆藏《刘玉郎思家》，十二卷，版式与法图藏本异，内容同。另存民国西安义兴堂书局刊行本；1950 年西安德华书局刊本；山西临汾蒲剧院藏蒲州梆子抄本；山西上党戏剧院木刻本（残本），以及抄录本等。③《西行日记》载录文明堂本《忠孝贤》全本。④ 该本尚未见目录著录。

71. 串龙珠 一回 一册

怀兴堂刻本。白口，单鱼尾，无界行，半叶 6 行 13 字，四周单边。封页题"怀兴堂/新刻串龙珠"。

---

① 《西行日记》，第 197 页。
② 《梆子戏稀见版本书录（下）》，第 167—168 页。《秦腔剧目初考》，第 290 页。
③ 《中国梆子戏剧目大辞典》，第 456 页。
④ 《西行日记》，第 197 页。

按：另存长安书店刊行冯杰三改编本。① 该本未见目录著录，当为此剧今存最早刻本。

72. 永寿庵 一回 一册

怀兴堂刻本。白口，单鱼尾，无界行，半叶6行13字，四周单边。封页题"怀兴堂/永寿庵/十三"。

按：另存民国西安德华书局刊行本；②该本未见目录著录，当为此剧今存最早版本。

73. 双背鞭 一回 一册

怀兴堂刻本。白口，单鱼尾，无界行，半叶6行13字，四周单边。封页题"怀兴堂/双背鞭 七"。

按：甘肃靖远清嘉庆古钟有铸目。同州梆子有此剧，秦腔、河北梆子作《反徐州》。③ 该本未见目录著录。

74. 观表(蛟龙驹观表)一回 一册

聚魁堂刻本。白口，单鱼尾，无界行，半叶6行14字，四周单边。下书口刊"聚魁堂"。封页印"聚魁堂/蛟龙驹观表 八"。

按：另存清末民初同州梆子刻本《蛟龙驹》，残本；④陕西德兴堂刻《蛟龙驹·拷鸾》。⑤《西行日记》载录文明堂本《蛟龙驹观表》。⑥ 该本未见目录著录。

75. 张子明表八杰(表八杰) 一回 一册

聚魁堂刻本。白口，单鱼尾，无界行，半叶6行14字，四周单边。回末

---

① 《秦腔剧目初考》，第414页。
② 《秦腔剧目初考》，第384—385页。
③ 齐森华等主编：《中国曲学大辞典》，浙江教育出版社，1997年，第588页。
④ 《陕西省艺术研究院藏秦腔木刻本总目》，第290—291页。另，《秦腔剧目初考》著录陕西省艺术研究院藏本为清代道光同州木刻本，与张蕾一文有别。
⑤ 《寒声文集》第2卷《中国梆子声腔源流考论 下》，第563页。
⑥ 《西行日记》，第197页。

刊"聚魁堂刻"。

按：该本后附复本一册。《甘肃传统剧目汇编 秦腔》第六集附《表八杰》，①与该本故事情节同，文词多有差异。《西行日记》载录文明堂本《表八杰》。② 该本未见目录著录，当为此剧现存较早刻本。

76. 花亭相会 一回 一册

聚魁堂刻本。白口，单鱼尾，无界行，半叶 6 行 14 字，四周单边。封页刊"花亭相会 一四"。回末刊"聚魁堂刻"。

按：另存民国间德华印书局刻本《改良花亭相会》。③《西行日记》载录《花亭相会》，无刊处。④ 该本未见目录著录，当为该剧今存较早刻本。

77. 文太师显魂 一回 一册

聚魁堂刻本。白口，单鱼尾，无界行，半叶 6 行 14 字，四周单边。版心刊"文太师/聚魁"。回末刊"聚魁堂刻发"。

按：傅斯年图书馆藏刻本一种，另有抄录本及存目。⑤ 该本未见目录著录。

78. 双官诰 一回 一册

聚魁堂刻本。白口，单鱼尾，无界行，半叶 6 行 14 字，四周单边。封页题"裕兴堂/双官诰 六"。回末刊"省城聚魁堂刻"。

按：另存清抄本串贯《双官诰》；京都中吉号《双官诰》新刻梆子腔；北京学古堂排印本《双官诰》京调梆子；民国西安德华书局刊行秦腔本。⑥ 该本未见目录著录。

---

① 甘肃省文化局编：《甘肃传统剧目汇编 秦腔》第六集，甘肃人民出版社，1963 年，第 359—368 页。
② 《西行日记》，第 197 页。
③ 《陕西省艺术研究院藏秦腔木刻本总目》，第 286 页。
④ 《西行日记》，第 197 页。
⑤ 《梆子戏稀见版本书录(上)》，第 271 页。
⑥ 《梆子戏稀见版本书录(下)》，第 192—193 页。《秦腔剧目初考》，第 513 页。

79. 李翠莲上吊 一回 一册

聚魁堂刻本。白口,单鱼尾,无界行,半叶 6 行 14 字,四周单边。封页题"裕兴堂/李翠连上吊 七"。回末刊"聚魁堂新刻"。

按:《西行日记》载录《李翠莲上吊》,无刊处。① 该本未见目录著录。

80. 马芳困城 一回 一册

聚魁堂刻本。白口,单鱼尾,无界行,半叶 6 行 14 字,四周单边。封页印"裕兴堂/马芳困城 九"。回末刊"西安府聚魁堂刻板"。

按:另存清同乐堂抄本串贯《困城》;北京本立堂梓行《马方困城》新刻梆子腔;苏州观澜阁书局石印《马方困城》新刻梆子;民国西安德华书局刊行秦腔本。② 该本未见目录著录。

81. 绝禄岭 一回 一册

聚魁堂刻本。白口,单鱼尾,无界行,半叶 6 行 14 字,四周单边。封页题"裕兴堂/绝禄岭 九"。回末刊"聚魁堂刻发行"。

按:1920 年代西安剧社曾演出该戏,③ 另有梅兰芳藏甘肃秦腔脸谱《绝禄岭》文仲脸谱。④ 该本未见目录著录。

82. 天门阵 一回 一册

聚魁堂刻本。白口,单鱼尾,无界行,半叶 6 行 14 字,四周单边。封页题"裕兴堂/天门阵"。回末刊"省城聚魁堂刻板"。

按:陕西省艺术研究院藏抄录本。甘肃靖远清嘉庆古钟有铸目。⑤ 该本未见目录著录,当为此剧今存唯一刻本。

---

① 《西行日记》,第 197 页。
② 《梆子戏稀见版本书录(下)》,第 189—190 页。《秦腔剧目初考》,第 462 页。
③ 西安戏曲志编辑委员会编:《西安戏曲史料集》,中国广播电视出版社,1989 年,第 113 页。
④ 毛忠:《梅兰芳纪念馆藏戏曲抄本文献述略》,《中华文化画报》2018 年第 1 期,第 20 页。
⑤ 《秦腔剧目初考》,第 308 页。

83. 古城（古城聚义）一回 一册

富贵堂刻本。白口，单鱼尾，无界行，半叶 6 行 14 字，四周单边。封页印"富贵堂/古城聚义 十四"。

按：《中国梆子戏剧目大辞典》著录有梆子戏《古城会》，现存版本为口述本、书录本、抄录本。① 《西行日记》载录文明堂本《古城聚义》。② 该本未见目录著录，或为今存唯一刊本。

84. 哭五更 一回 一册

双盛堂刻本。白口，单鱼尾，无界行，半叶 6 行 14 字，四周单边。封页题"双盛堂/王连哭五更"。

按：眉户戏有同名剧目。《西行日记》载录文明堂本《王连哭五更》。③ 该本未见目录著录，当为此剧今存较早刊本。

85. 送女 一回 一册

双盛堂刻本。白口，单鱼尾，无界行，半叶 6 行 14 字，四周单边。封页题"双盛堂/新刻送女 十二"。

按：另存民国间西安德华书局刊《改良送女》。④《西行日记》载录泉省堂本《送女》。⑤ 该本未见目录著录，当为此剧今存较早刊本。

86. 南阳关 一回 一册

忠顺堂刻本。白口，单鱼尾，无界行，半叶 6 行 14 字，四周双边。卷端题名下刊"二黄"。封页题"裕兴堂/南阳关 九"。回末刊"书院门忠顺堂刊发"。

按：另存清同乐堂抄本串贯《南阳关》，为今存最早抄本；傅斯年图书

---

① 《中国梆子戏剧目大辞典》，第 122—123 页。
② 《西行日记》，第 197 页。
③ 《西行日记》，第 197 页。
④ 《陕西省艺术研究院藏秦腔木刻本总目》，第 285—286 页。
⑤ 《西行日记》，第 197 页。

馆藏《南阳关》(未知书坊)刻本;民国西安义兴堂刊行本。① 上海图书馆藏批发处卧龙桥文明书社《改良南阳关》(索书号:560840)。《西行日记》载录文明堂本。② 该本未见目录著录。

87. 骂殿 一回 一册

鸿兴堂刻本。白口,单鱼尾,无界行,半叶6行13字,左右双边。下书口刊"鸿兴堂"。封页题"骂殿 一五"。

按:《骂殿》,即《贺后骂殿》。另存清同乐堂抄本串贯《骂殿》秦腔杂角戏二;致文堂《贺后骂殿》十二红梆子腔准词;宝文堂刊《贺后骂殿》梆子腔;长安书店刊行郝根志编秦腔本。此外,俄国国家图书馆藏京都泰山堂刊《赵二舍谋位》新刻梆子腔,内容与《贺后骂殿》大体同,李福清推断泰山堂本为19世纪刻本,大约是今存此剧最早刻本。③ 由法图藏清光绪甲午(1894)刊《张琏卖布》,可知鸿兴堂与裕兴堂同为19世纪西安书坊。故而《骂殿》一剧现存最早刻本当为何,有待商榷。

88. 打銮驾 一回 一册

鸿兴堂刻本。白口,单鱼尾,无界行,半叶6行13字,左右双边。下书口刊"鸿兴堂"。封页题"打銮驾 十五"。

按:另存北京中吉堂梓行《打銮驾》新刻梆子腔(1—6本);广州广文堂《包公打銮》;民国西安德华书局刊行改良本;民国西安同兴书局刊行改良本。其中,中吉堂本约为19世纪末刊本,广文堂本则约为19世纪初刊本。④《西行日记》载录文明堂本《挞銮驾》。⑤ 法图藏本未见目录著录。

---

① 《梆子戏稀见版本书录(中)》,第296页。《秦腔剧目初考》,第178页。
② 《西行日记》,第197页。
③ 《梆子戏稀见版本书录(下)》,第166—167页。《中国梆子戏剧目大辞典》,第289页。
④ 《梆子戏稀见版本书录(下)》,第174—175页。《秦腔剧目初考》,第332—333页。
⑤ 《西行日记》,第197页。

89. 刘鬼儿做活 一回 一册

清末刻本。白口，单鱼尾，无界行，半叶6行13字，四周单边。封页题"裕兴堂/刘鬼儿做活"。回末刊"复兴堂发行"。

按：该本未见目录著录，或为孤本。

90. 下河东 一回 一册

清末刻本。白口，单鱼尾，无界行，半叶6行14字，四周单边。封页题"裕兴堂/下河东 九"。回末刊"聚魁堂发"。

按：圣彼得堡东方研究所藏北京打磨厂西口中古号《赵匡胤下河东》新刻梆子腔，或为今存河北梆子最早刊本；陕西省艺术研究院藏秦腔清末三元堂刻《下河东》，残本（笔者按：《陕西省志·出版志》载清光绪三年三元堂刊《下河东》）①；另有民国西安义兴堂书局刊行本及抄录本。②《西行日记》载录文明堂本。③ 该本与三元堂刊本文词略有不同，未见目录著录。

91. 取西川（取城都全本） 四回 二册

清末刻本。白口，单鱼尾，无界行，半叶6行14字，四周单边。封页题"取城都全本/三十五册/裕兴堂发兑"。回末刊"省城多公祠门龙威阁发行"。

回目：《升帐》《登殿》《观兵》《让位》。

按："俗唱本"洋装第二册收录《让位》一回，乃该本第四回之单行本，全名《刘张王让位》，二者同。此外，齐如山旧藏清光绪二年（1876）西安树德堂刻本。④

---

① 《陕西省志·出版志》，第144页。
② 《梆子戏稀见版本书录（下）》，第167页。《陕西省艺术研究院藏秦腔木刻本总目》，第300页。《秦腔剧目初考》，第288页。
③ 《西行日记》，第197页。
④ 《寒声文集》第2卷《中国梆子声腔源流考论 下》，第562页。

92. 血手拍门 一回 一册

清末刻本。白口,单鱼尾,无界行,半叶6行14字,左右双边。封页题"裕兴堂/血手拍门 十二"。回末刊"义盛堂发兑"。

按:另存抄本一种;永兴堂刊《血手印》新刻梆子二簧腔;北京锦文堂板《血手印》新刻梆子腔准词;民国西安德华书局刊行秦腔本;山西省戏剧研究所藏蒲州梆子、中路梆子、北路梆子本等。① 《西行日记》载录文明堂本《血手拍门》。② 该本未见目录著录。

93. 三上轿 一回 一册

清末刻本。白口,单鱼尾,无界行,半叶6行13字,四周单边。

按:东洋文化研究所藏清抄本《三上轿》二卷;傅斯年图书馆藏刻本二种,一为清光绪八年(1882)新刻《三上轿》二卷,一为刻本《三上轿》,不分卷;民国西安德华书局刊行秦腔《三上轿》折戏本。③《西行日记》载录同意堂刻本。④

94. 陈友谅箭射花云(花云带箭) 一回 一册

清末刻本。白口,单鱼尾,无界行,半叶6行14字,四周单边。封页印"花云带箭 一二"。

按:另存西安德华书局刊行本。⑤ 该本当为此剧今存最早刊本。

95. 绑子上殿 一回 一册

清末刻本。白口,单鱼尾,无界行,半叶7行16字,四周单边。

按:另存清同乐堂抄本三种:串贯《代[绑]子上殿》、串贯《打金砖》、串贯《进宫赔罪》。清刻本三种:富桂堂发客班本《绑子上殿》二黄梆子腔、

---

① 《梆子戏稀见版本书录(下)》,第175—176页。《中国梆子戏剧目大辞典》,第343页。
② 《西行日记》,第197页。
③ 《梆子戏稀见版本书录(下)》,第188页。《秦腔剧目初考》,第456—457页。
④ 《西行日记》,第197页。
⑤ 《秦腔剧目初考》,第421页。

宝文堂刊串贯《绑子上殿》、中吉堂刻《姚期绑子上殿》新刻时调梆子腔。① 该本未见目录著录。

96. 文王哭狱 一回 一册

清末刻本。白口,单鱼尾,无界行,半叶6行13字,四周单边。

按：另存魏青山口述抄录本。② 该本未见目录著录,当为此剧今存最早版本。

97. 广成子骂阵 一回 一册

清末刻本。白口,单鱼尾,无界行,半叶6行12字,四周单边。

按：秦腔、商洛二黄皆存有此剧目,未收录曲本。该本或为孤本。

98. 审苏三儿(审苏三) 一回 一册

清末刻本。白口,单鱼尾,无界行,半叶6行16字,四周单边。

按：连台本戏为《玉堂春》,别名《女起解》。该剧现存版本颇多,不复赘言。

99. 全家福 一回 一册

清末刻本。白口,单鱼尾,无界行,半叶6行16字,四周单边。

按：另存民国年间刊本。③ 该本未见目录著录,当为此剧今存最早刻本。

100. 夜打登州(夜挞登州) 一回 一册

清末刻本。白口,单鱼尾,无界行,半叶6行14字,左右双边。

按：《西安秦腔剧本精华 三意社卷》收录《夜打登州》,④与该本文词多有不同。《西行日记》载录文明堂本《夜打登州》。⑤ 该本当为此剧今存较

---

① 《梆子戏稀见版本书录(上)》,第278—279页。
② 《秦腔剧目初考》,第5—6页。
③ 《秦腔剧目初考》,第176页。
④ 西安市政协文史资料委员会、西安曲江新区管理委员会编:《西安秦腔剧本精编·三意社卷》,西安出版社,2011年,第157—194页。
⑤ 《西行日记》,第197页。

早刊本。

二、俗 曲 等

1. 撒草歌 不分卷 一册

清光绪丙戌(1886)义盛堂刻本。白口,单鱼尾,无界行,半叶 6 行 14 字,左右双边。封页题"光绪丙戌年 六/裕兴堂发"。卷末刊"义盛堂刊发"。

按：开篇为《娶亲拜本演礼赞》,其后依次为：《撒草赞》《下轿赞》《拜门神赞》《拜土地赞》《大庭赞》《二门赞》《天地赞》《灶神赞》《家堂赞》《祖宗赞》《家堂赞》《祖宗赞》《进洞房赞》《饮合卺赞》《踢四角赞》《装桃枣赞》《抓盖头赞》。

撒草歌,为民间举办婚礼时所唱歌谣,属汉族婚礼的传统习俗,涵盖婚礼的整套礼仪流程。《中国歌谣集成 青海卷》收录 1977 年采录大通县《娶亲赞词》,仅包括《娶亲拜本演礼赞》《撒草赞》《下轿赞》《拜门神赞》《拜土地赞》《大庭赞》《二门赞》《天神地祇赞》《灶神赞》《家堂赞》。[①] 该本未见目录著录,或为今存唯一刻本。

2. 口外歌（出口外歌） 不分卷 一册

清光绪丙午(1906)文明堂刻本。白口,单鱼尾,无界行,半叶 6 行 14 字,四周单边。封页题"出口外歌/光绪丙午年 廿五册/文明堂刊发"。回末刊"文明堂"。

按：《出口外歌》为新疆曲子传统唱本。新疆木垒县民族博物馆藏清光绪三十二年(1906)文明堂印本,除内封页未刊"文明堂"外,其他与该本

---

① 中国歌谣集成青海卷编辑委员会编：《中国歌谣集成 青海卷》,中国 ISBN 中心,2008 年,第 43—44 页。

同。然新疆藏本著录为石印线装本,当有误。①《西行日记》亦载录文明堂本,②未知其与该本异同。

3. 烟花院 不分卷 一册

聚魁堂刻本。白口,单鱼尾,无界行,半叶6行12字,四周单边。卷封页印"裕兴堂/烟花院 五"。回末刊"聚魁堂新刻"。

按:该本讲述妓院中,妓女服侍客人吸食鸦片的情景。《中国歌谣集成·山东卷》收录有"劝戒歌"《烟花院》,二者内容异。③ 该本或为孤本。

4. 小寡妇做春梦 不分卷 一册

复兴堂刻本。白口,单鱼尾,无界行,半叶6行14字,四周单边。回末刊"省城复兴堂刻发行"。

按:《山陕古逸民歌俗调录》收录此俗曲,④内容同,文词略有异。《西行日记》载录洪洞同意堂本《寡妇做春梦》。⑤ 该本未见目录著录。

5. 当皮袄 不分卷 一册

泉省堂刻本。白口,单鱼尾,无界行,半叶6行14字,四周单边。封页题"泉省堂/当皮袄 八"。

按:该本系曲子,未见目录著录。《西府曲子资料汇编校注》⑥收录西府曲子曲词《当皮袄》,内容与该本同,但文词略有差异。《西行日记》载有荣意堂刻本。⑦

---

① 《中国曲艺志·新疆卷》编辑委员会编:《中国曲艺志 新疆卷》,中国 ISBN 中心,2009年,第551页。
② 《西行日记》,第197页。
③ 中国歌谣集成山东卷编辑委员会编:《中国歌谣集成 山东卷》,中国 ISBN 中心,2008年,第668—669页。
④ 张贵喜、张伟编著:《山陕古逸民歌俗调录》,三晋出版社,2013年,第323—333页。
⑤ 《西行日记》,第187页。
⑥ 赵德利编:《西府曲子资料汇编校注》,文化艺术出版社,2010年,第188—189页。
⑦ 《西行日记》,第187页。

6. 十杯酒 不分卷 一册

清末刻本。白口,单鱼尾,无界行,半叶6行12字,四周单边。封页题"裕兴堂/十杯酒"。卷末刊"义盛堂发行"。

按:该本与《黄土风情歌谣录》①所录古旧抄本内容同,但文词有异,或为今存最早刻本。

7. 十二红 不分卷 一册

清末刻本。白口,单鱼尾,无界行,半叶6行11字,四周单边。

按:此本系民间俗曲,内容从一月至十二月,每月为一段。上海图书馆藏民国间三元堂《新刊十二红全本》蓝印本(索书号:510435),与该本异。该本未见目录著录,或为此曲今存唯一刻本。

8. 吴王采莲 不分卷 一册

清末刻本。白口,单鱼尾,无界行,半叶6行10字,四周单边。

按:《南阳曲艺作品全集》收录大调曲子《吴王采莲》,②与该本异。法图藏本或为该曲现存最早刻本。

9. 绣八仙 一回 一册

清末刻本。白口,单鱼尾,无界行,半叶6行11字,四周单边。

按:该本为书串,又名曲串,其原型是民间时调歌曲的精华作品,《三门峡市曲艺志》收录有该曲。③ 1946年西安同兴书局发行石印本《改良绣八仙》。④ 法图藏本或为今存唯一刻本。

10. 新媳妇回十 不分卷 一册

清末刻本。白口,单鱼尾,无界行,半叶6行13字,四周单边。封页题

---

① 张贵喜编著:《黄土风情歌谣录》,第284—286页。
② 恩洲、阎天民主编:《南阳曲艺作品全集》第2卷《大调曲子 中》,河南大学出版社,2004年,第72页。
③ 三门峡市文化局编:《三门峡市曲艺志》,河南人民出版社,1993年,第315—318页。
④ 李秋菊:《清末民初时调研究 下》,九州出版社,2016年,第720页。

"堂/媳妇回十"。

按：该本系民间俗曲，内容为新妇回门诉说闺房之事，未见目录著录，或为孤本。

11. 送情人 不分卷 一册

清末刻本。白口，单鱼尾，无界行，半叶6行10字，四周单边。

按：该本为"太平调"。《黄土风情歌谣录》①收录古旧抄本《送情人》，二者内容同，但文词有差异。法图藏本或为此曲今存唯一刻本。

12. 长发贼出山 一回 一册

清末刻本。白口，单鱼尾，无界行，半叶6行14字，四周单边。封页题"长毛贼出山 五"。

按：该本讲述同治朝陕西一带太平天国运动事，未见目录著录。

此外，另有清光绪七年（1881）刻《倒九归歌》不分卷，一册，裕兴堂发行，为珠算口诀，附《韩信点兵歌》。清末刻本《九归算法》不分卷，一册，为算术演算口诀。清光绪丙戌（1886）裕兴堂刻《干话本》不分卷，一册，裕兴堂发。此三种均未见目录著录。

三、余 论

伯希和特藏中的"俗唱本"，应是1908年8月至9月间，法国汉学家伯希和结束西域探险之行后，逗留西安期间搜购文物、书籍时获得。1909年末归入法图馆藏。这批唱本大约刊行于清同治、光绪年间，绝大多数为秦腔戏本，另有俗曲、歌谣、算术口诀等。戏本中，除《临潼山》《锦绣图》《苦节图》《紫竹庵》《出汤邑》《红灯记》《辕门斩子》《乾隆王让位》《双玉镯》《取西川》《铁垃坟》《谪仙楼》《双凤钗》《刘玉郎思家》以外，其余皆为单

---

① 《黄土风情歌谣录》，第271—273页。

回本。

就刊发书坊而言,涉及复兴堂、树德堂、龙威阁、文明堂、鸿兴堂、义盛堂、裕兴堂、怀兴堂、泉省堂、金裕(玉)堂、聚魁堂、富贵堂、双盛堂、忠顺堂等15家西安书坊。而《陕西省志·出版志》①仅载录怀兴堂和裕兴堂。同一地区,书商间交换或转让书板,以及代售书籍的现象较为常见。我们从"俗唱本"各册封页、正文刊印不同的书坊名可以推断,裕兴堂与复兴堂、龙威阁、鸿兴堂、义盛堂、聚魁堂、忠顺堂六家书坊之间存在书板往来,即后六者刊发的部分书籍后归前者所有。或者说,这六家书坊将一部分书板转与裕兴堂,由其刊印发兑。诸如清同治癸酉(1873)刊《雪梅观文》,封页题"裕兴堂发",回末刊"省垣复兴堂刻发"。又如,1925年,陈万里先生在《西行日记》中记录,曾在西安碑林博物馆外文明堂购得秦腔剧本及小曲若干,其中多数为文明堂本,另有德兴堂本、万世堂本、泉省堂本等。

"俗唱本"共包含115种文本,仅《紫竹庵》《诸葛观星》《五丈原》《大报仇·祭灵》《双玉镯》《铁角坟十张纸》《于让斫袍》《双凤钗·扮女》与他本同,绝大多数版本未见目录著录,不乏孤本、珍本。新文献、新版本的披露,不仅为地方戏曲、俗曲,尤其是秦腔的研究,提供了更加丰富、珍贵的文献材料。同时,也将补充清晚期陕西西安书坊业的内涵,推进相关研究。

---

① 《陕西省志·出版志》,第143—149页。

后 记

黄仕忠

我与海外戏曲的缘分,始于东瀛,也许将止于西洋。

2001年春,我赴日本创价大学作访问研究。这也是我人生中第一次出国。作为一个俗文学研究者,我最感兴趣的,自然是日藏中国曲籍以及日本学者的相关研究——因为这是我熟悉的领域,心底有个比较的基准,能较为准确地评估所见文献的珍稀程度,判断学者所做研究的学术史意义。这次访问开启了我查访海外藏中国曲籍之路,也在无意之中闯入"海外汉学"这一领域。

在整整一年的时间里,我以东京为中心,足迹北至仙台,中至名古屋,西至京都、大阪、天理,南至九州。凡有中国曲本收藏的公私图书馆,我几乎一一到访,以逐册目验为据,编制成目录。在实地调查过程中,我对这些曲籍的东渡历程以及馆藏来源产生了浓厚兴趣,从而触及江户以来对中国戏曲的庋藏和接受与明治以降在西方文艺观念影响下所展开的中国戏曲研究。这些探索让我发现了明治学术对王国维戏曲研究的启迪,也见证了王氏戏曲著述对此后日本学术界的深远影响。从文献寻访到学术史的探寻,从学术史的回溯到文化交流的观察,我逐步窥见中西方文化交流融合的深层脉络,从而极大地开拓了我的研究视野。

此后十多年时间里,我多次赴东京大学、京都大学、早稻田大学、庆应大学等处作访问研究。期间不断完善我的目录,梳理江户以来戏曲的接受脉络，探讨明治以来的研究进展。先后编制了《日藏中国戏曲文献综录》（2010），编选影印出版《日本所藏稀见中国戏曲文献丛刊》（共三辑：2006、2017、2024）以及东京大学、关西大学收藏的长泽规矩也旧藏戏曲俗曲（2013、2016）等，并将有关的研究结集为《日本所藏中国戏曲文献研究》（2011）。

在完成日藏戏曲的寻访与编目之后，我将目光转向西方。2011年，以"海外藏珍稀中国戏曲俗曲荟萃与研究"为题，获得国家社会科学基金重大项目的支持。这项工作以我的学生为主要参与力量：李芳曾赴荷兰三个月，对荷兰莱顿大学汉学研究院所藏曲籍作了系统的调查。刘蕊在博士期间，赴法国法兰西学院汉学研究所（简称巴黎汉研所）访学一年，为该所收藏的汉籍编制目录；在做博士后时，再去法国两年，系统地调查了法国所藏汉籍，特别是俗文学文献。李健赴法国高等研究实践学院交流一年，也续有调查。李继明到德国莱比锡大学学习一年，调查了德藏中国俗文学文献。徐巧越到英国伦敦大学亚非学院访学一年，全面系统地调查了英藏中国俗文学文献。廖智敏到美国加州大学洛杉矶分校一年，调查了北美的俗文学收藏。周丹杰赴新加坡国立大学一年，调查了那里收藏的粤剧和"外江戏"资料。还有仝婉澄、张诗洋、孙笛庐、林杰祥、陈艳林等位，先后赴日，继续深化了日藏戏曲俗曲的研究。他们的调查与研究成果，成为他们各自的博士论文或者国家社科基金青年项目的组成部分。我自己也曾两度赴法作短期访问，调查了法国国家图书馆的收藏；又曾赴德国，查阅了巴伐利亚图书馆和科隆大学图书馆的收藏，都颇有收获。

我们的目标是厘清海外藏中国俗文学文献的家底，通过逐册目验编制目录，遴选珍稀文献影印出版。然后在此基础上，撰写系列论文或专题研究著作，对相关文献的西渡、递藏情况作出梳理，对孤本、珍稀文献作出介绍，同时也研讨这些文献的传播和接受情况，考察它们在中西文化交流中所发生的作用。

本书便是这项长期合作的结晶之一,主要聚焦于法国藏中国俗文学的收藏、接受、传播与影响的研究。书中既有直接的研究,也有间接的研究;核心的内容,就是与法国有着某种关联。

书稿编成之际,不由得回想起我们与法国的点滴缘分。

我与法国汉学的机缘,始自于学生梁基永博士。他经常赴欧洲访书游历,与巴黎法兰西学院汉研所图书馆古籍部的岑咏芳主任是熟识,促成了我与该馆的深度合作。当时该馆正在为所藏30万册汉籍编制目录,因经费受限,工作维艰。我在日本访曲时,曾为东京大学东洋文化研究所双红堂文库的一千多册"唱本"编制了目录,又为"仓石(武四郎)文库"的"词曲"部分重编了目录,还为天理大学和东北大学编制了所藏戏曲目录。这些目录成为我与相关机构展开合作的基础,也为我后续展开调查、影印提供了方便。所以我有意继续拓展这一模式,提出由我们派人协助汉研所编制汉籍目录。我的博士生刘蕊,有较好的英语水平,又有一定的法语基础,我们共同商量之后,她成为这项工作的具体执行者。

刘蕊当时是博士二年级学生,文献基础尚在夯实,古籍编目经验还浅,研究方向未定。虽然申请到中山大学博士生出国留学基金,但事实上这点钱要在法国生活,只是杯水车薪,大部分费用需要自己筹措补贴。她在征得家人同意之后,毅然前行。因为这也是一个难得的机会。世界上的事情,大多是需要艰辛付出才能有所得的,却也有少数目标明确、艰辛付出而没有收获的。因为读书原是学者的本分,现在有一个图书馆的古籍任她逐册阅读著录,有馆长的支持,有古籍部作后盾,有几位馆员配合辅助,她只需要认真执行老师与馆方制订的编纂规则与计划便可。她既是为馆方编目,也是在为自己的学问铺路,每天面对的都是新的知识,贪婪地吸收着养分。这般"我为人人,人人为我"的经历,让她在法国的这一年里,学术视野得以拓展,个人能力获得全面提升。期间,定下了以法国藏稀见汉籍文献的编目与研究作为博士论文的选题,积累了丰富的资料。她做事认真严谨,勤奋努力,不仅赢得了馆方的高度认可,还获得了许多法国汉学家的友谊。博士毕业后,她在中大历史系随桑兵教授做博士后,期间获得博士后国际交流计划派出项目的支持,再度赴法展开合作研究,进一步深化了对法藏汉籍及法国汉学相关领域的探索,成功申报多个科研课题,开拓出一片属于自己的研究"根据地",还意味着有了一个可以做一生的研究领域。她也为本书奉献了最多的成果。

访书是艰苦的,但收获则是令人欣喜的。2019年5月,我和刘蕊再访法国国家图书馆,重点查阅伯希和特藏。这些藏本编有两个目录,分别为A编和B编。法图古恒目录中的小说部分,之前学者已经给予充分关注;戏曲俗曲部分,刘蕊也做过一些工作,而伯希和特藏中的这类书籍却鲜有人涉足。我一眼便看到伯希和目录中有"俗唱本"一目,含唱本115种。问刘蕊,她之前也未曾留意。调出书来一看,原来是1908年伯氏在西安购得,其中多为晚清木刻版的秦腔剧本,有很多版本在中国本土已经无存了。随后,刘蕊专门为之编制了细目,收录在本书之中。我们计划将这批曲本与法藏其他珍稀戏曲俗曲一同影印出版,目前正与相关机构洽谈。

法图的罗栖霞女士,重点为我介绍了馆藏的《秋月风声》画册。这是清代嘉道间画家费丹旭的作品,为世间孤本,共十二幅画页,描绘的是《西厢记》的情景,画工极为精美。法图已经把彩色扫描本放到了网上。我的学生陈旭耀是《西厢记》版本研究的行家,我请他作了比较研究。旭耀考证后发现,此画册借鉴了清康熙五十九年怀永堂刊《绣像第六才子书》的相关插图而再作创造,成为细腻优雅、栩栩如生的艺术精品。而怀永堂刊本的插图则受到晚明启祯间的凌濛初刻本、李廷谟刻本等插图的影响。此画册以其独特的艺术美在《西厢记》传播接受史上留下了浓墨重彩的一笔。旭耀的研究文章现已收入本书。

韩国汉阳大学的吴秀卿教授,曾长期关注韩国所刻《五伦全备记》,发掘出多种版本,有助于考证此剧作者以及版本流传情况。她曾利用了韩国中央图书馆所藏的一种黑白胶片,是据法国巴黎东洋语学院图书馆藏本拍摄而成的。新冠疫情期间,我的学生李健赴法国访学,我嘱咐他寻找这个版本的下落。吴教授说是"法国巴黎东洋语学院",并未注明该馆的法文名称,经李健查核,应即法国国立东方语言文化学院(Institut national des langues et civilisations orientales,简称 Inalco)。法国文化部门在 2011 年把 Inalco 图书馆在内的 20 余家图书馆合并,成立 Bibliothèque universitaire des langues et civilisations(语言与文明大学图书馆,简称 BULAC)。但查该馆所藏汉籍,并无此书。

在一筹莫展之际,李健忽然想到:此本是李氏朝鲜王朝所刻,会不会藏在 BULAC 的韩国书库中？再请工作人员去韩国书库中查找,果然找到了。这是法国东方学家古恒在 1894—1895 年间从朝鲜购得的,后来入藏法国国立东方语言文化学院图书馆,再转移到 BULAC。之前吴秀卿教授已经发现韩国奎章图书馆藏有同类版本,但仅存上半部二册残本;后来我的学生陈艳林在东京大学文学部发现了另一藏本,但也只有前二册。而法国的这个藏本却是四册俱在,保存完整,尤为珍贵的是,此本除了有卷首两篇序文之外,还在最后一册保存了一篇独有的跋文,署名"是岁嘉平月,点溪叶叠青钱父识"。此跋对于了解《五伦全备记》的编刊过程意义重大。

李健撰文介绍了此书的发现过程和主要特点,现收录到本书之中。后来我又据这份资料并参酌其他版本,重新考察了丘濬《五伦全备记》的写作过程,发现吴秀卿教授将此剧的二序一跋,分别归为景泰元年庚午(1450)、正德五年庚午(1510)、隆庆四年庚午(1570)的不同刊本,是对文献有所误解,其实它们都撰于同一个"庚午",即景泰元年庚午(详见《五伦全备记新考》,载《文学遗产》2024 年第一期)。

我的学生斯维,主要致力于王国维戏曲理论有关研究。我最初拟送他去英国伦敦大学作交流,因故未成,遂转而去了日本早稻田大学。他细致地查阅了日本对于"悲剧"概念的翻译与阐释,延及王国维的接受与使用,因王国维《宋元戏曲史》提出《赵氏孤儿》《窦娥冤》放在世界大悲剧之林而无逊色，而注意到法国汉学家巴赞对于《窦娥冤》的翻译对王国维悲剧观念的影响，再进而考察巴赞的译文，发现巴赞有意识地将"冤"译作"怨"，以不同于古典悲剧观念的方式，创造性地激活了《窦娥冤》的悲剧之性质。他的论文曾在《文艺研究》上刊出，现在也收录到了本书之中。

我自己则是在考察《窦娥冤》的经典化进程中，注意到巴赞的译介对王国维的影响。王国维在1909年前后，谈到元曲的代表作家，只列人们熟知的"元曲四大家"中的三家，未及关汉卿。而在1912年底写成的《宋元戏曲史》里，却高度赞扬关汉卿，称其"一空倚傍，自铸伟词"，"当为元人第一"，并将《窦娥冤》推到"世界大悲剧"的高度，从此确立了此剧在中国戏曲史上的经典地位。而王国维的这种转变，正是由于他在与京都大学学者的交流中，受到了法国汉学家所作评价的启发与影响。

台湾清华大学罗仕龙教授，长期从事中西戏曲的跨文化研究，对中国戏曲在法国的翻译、接受作过系统的研究，感谢他参与本书编撰，并将其最新研究成果收录其中，为本书增添了光彩。

感谢山东大学全球汉籍合璧工程的支持，让我们的工作能够纳入他们的视野，从而促成了本书的编辑出版。

岁月如梭，我们展开法藏汉籍寻访与研究，转眼已有十年。俗语谓"十年磨一剑"，其实这仍只是一个开端而已，真正系统深入的研究，尚有待于年轻人。

　　　　　　　　　　　　　　　　　　2025年元旦识于康乐园

图书在版编目(CIP)数据

中国俗文学在法国的庋藏与接受研究 / 黄仕忠编.
上海：上海古籍出版社，2025.1. --（汉籍合璧）.
ISBN 978-7-5732-1458-4

Ⅰ.I206.09

中国国家版本馆 CIP 数据核字第 20253YU379 号

汉籍合璧研究编

中国俗文学在法国的庋藏与接受研究

黄仕忠　编

上海古籍出版社出版发行

（上海市闵行区号景路 159 弄 1-5 号 A 座 5F　邮政编码 201101）

(1) 网址：www.guji.com.cn
(2) E-mail：guji1@guji.com.cn
(3) 易文网网址：www.ewen.co

浙江临安曙光印务有限公司印刷

开本 710×1000　1/16　印张 20　插页 2　字数 258,000

2025 年 1 月第 1 版　2025 年 1 月第 1 次印刷

ISBN 978-7-5732-1458-4

I·3883　定价：98.00 元

如有质量问题，请与承印公司联系